Lisa Rosenbecker

Monster Magie

Drachenmond Verlag

Drachenmond Verlag GmbH
Auf der Weide 6
50354 Hürth
https://www.drachenmond.de
E-Mail: info@drachenmond.de

Lektorat: Natalie Röllig – Lektorat Bücherseele
Korrektorat: Michaela Retetzki
Satz & Layout: Astrid Behrendt
Charakterillustration: @kalisdice
Monsterillustrationen: Melis Art
Illustration Pebbles: Lin Rina

Umschlag- & Farbschnittdesign: Alexander Kopainski
Bildmaterial: Shutterstock

Druck: Booksfactory

ISBN 978-3-95991-956-2

Für alle kleinen und großen Wunder

Und für meine Oma Uda

Im Jahr 2018 hast du mit mir zum Erscheinen von Monstermagie
über 300 Lesezeichen gebastelt und in Briefe gepackt.
»Wir machen Handarbeit«, hast du dazu gesagt und gelächelt.
Dein Esstisch war voll mit meinem Kram, einer Kanne Tee und
zwei Tassen. Es waren schöne gemeinsame Stunden,
immer mit Mama im Herzen.
Dass du jetzt das Taschenbuch von Monstermagie
nicht mehr erleben kannst, bricht mir das Herz.
Aber manchmal bleiben Wunder leider aus.

VORWORT

Liebe Leser*innen,

bei dieser Ausgabe von *Monstermagie* handelt es sich um eine überarbeitete Neuauflage des gleichnamigen Titels, der 2018 erschienen ist.

Jetzt stellt sich jetzt die Frage: Hat sich im Vergleich zu der alten Ausgabe viel verändert? Die Antwort lautet: Nein.

Natürlich bietet jede Neuauflage die Option, ein Buch von vorn bis hinten noch mal umzukrempeln und bspw. an den neuen Schreibstil anzupassen. In den vergangenen fünf Jahren hat sich der auch bei mir verändert, und würde ich Monstermagie heute noch mal schreiben, würde ich es stellenweise anders machen. Aber ich habe mich bewusst dazu entschieden, so wenig wie möglich in den alten Text einzugreifen. Denn er ist meiner Meinung nach auch heute noch so, wie er sein sollte – mit all seinen wunderbaren Macken (die vielleicht auch gar keine sind …) :D Natürlich haben wir (das Verlagsteam und ich) noch mal nach Rechtschreibfehlern Ausschau gehalten, den einen oder anderen Satz etwas umgestellt, gestrichen oder umgeschrieben, aber vom Inhalt her hat sich nichts verändert. Auch das Ende nicht. Auch wenn ich selbst nach fünf Jahren noch immer … Nein, das verrate ich nicht. Spoileralarm. ;)

Am Ende des Buches findet ihr den Test »Welches Monster passt zu mir?«. Er enthält keine Spoiler, man kann ihn also entweder vor oder nach dem Lesen des Buches machen und auswerten.

Ich wünsche euch ganz viel Spaß mit **Monstermagie**!

Alles Liebe

Lisa

Im Dezember 2022

1. Kapitel

Leah

Glue war kurz davor, ihr Urteil zu fällen. Ich erkannte es an ihren zusammengekniffenen smaragdfarbenen Eulenaugen und den leicht aufgeplusterten Federn. Für die Familie Cooper hieß es jetzt, Daumen drücken. Denn wenn Glue sich entschieden hatte, gab es kein Zurück mehr. Ich war etwas nervös, aber auch voller Vorfreude, denn dies würde meine erste selbstständig abgewickelte Adoption sein, sollte die Familie sich dazu entschließen, das Monster aufzunehmen.

Unruhig rutschte ich auf dem Schreibtischstuhl hin und her. Es kostete mich all meine Willenskraft, um nicht ungeduldig mit den Fingern auf die Arbeitsfläche meines Schreibtisches zu tippen.

Die Eltern standen mit ihrer sechsjährigen Tochter schon eine Weile vor Leos Holzstall. Sonnenstrahlen tauchten den Platz im Erkerfenster mitsamt dem Stall in warme Farben und untermalten die fröhliche Atmosphäre, die sich auf den Gesichtern der Anwesenden widerspiegelte. Die anderen fünf im Heim lebenden Monster hatten sich von der guten Laune der Coopers anstecken lassen und wuselten vergnügt durch ihre Behausungen, während zwischen Leo und der kleinen Familie die ersten zarten Bande geknüpft wurden.

Leo, ein Hasenwolf mit gefiederten Vogelflügelohren, schnupperte interessiert an den Händen, die die Coopers ihm vorsichtig vor die Nase hielten. Seine Ohren flatterten aufgeregt. Ihn schien die Familie schon überzeugt zu haben. Vor allem das Mädchen, das Leo den Kopf kraulte, was er sonst so gut wie nie zuließ.

Glue, die auf ihrem Beobachtungsposten – einem eingetopften kleinen Baum – saß, beobachtete das Geschehen aufmerksam. Ihre Meinung war das Zünglein an der Waage, wenn es um eine Adoption ging.

Sie drehte ihren braun gefiederten Eulenkopf zu mir und blinzelte einmal wie in Zeitlupe. Das war unser Zeichen. Ich richtete meine Aufmerksamkeit auf den Schreibtisch. Genauer gesagt, auf den blauen Stiftebecher in der rechten Ecke. Mit einem kaum hörbaren *Plopp* verwandelte sich ein funktionstüchtiger Bleistift darin in eine unbrauchbare, aber leckere Stange Schokolade. Ich grinste zufrieden. Glues Entscheidung war gefallen. Sie stimmte der Adoption zu.

Wäre der Kugelschreiber Glues Schokoladenmagie zum Opfer gefallen, hätten die Coopers allein nach Hause gehen müssen. Nun mussten wir nur noch die Wahl der Familie abwarten. Diese – da war ich mir sicher – würde keine Überraschung sein.

Es dauerte gar nicht lange, bis die Coopers an meinen Schreibtisch traten. Die Eltern sahen sich verlegen an und einigten sich wortlos, wer mit mir sprechen sollte. Es war die Mutter, die letztendlich das Wort ergriff.

»Wir möchten gern Leo adoptieren – wenn wir dürfen«, sagte sie und warf einen freundlichen Seitenblick auf Glue. Die meisten Leute, die sich an *Monsters & Glue* wandten, hatten schon von ihr und unserem Entscheidungssystem gehört.

Unsere Klienten kamen fast ausschließlich auf Empfehlung in das Heim für Monster, das ich seit Kurzem allein führte. Hier lebten die Kleinen so lange, bis sie ein neues Zuhause fanden. Es gab keine Website, und aus Werbung hatte sich Mr. Lambers – der ehemalige Besitzer – nie etwas gemacht. Aber es funktionierte auch so, und zusammen mit den Leuten, die zufällig auf uns stießen, konnten wir regelmäßig Monster an neue Familien vermitteln. Selten verlief ein Besuch bei uns jedoch so erfolgreich wie heute.

Das Mädchen sah erwartungsvoll zu seiner Mutter auf. Der Vater tippte der Kleinen auf die Schulter und erklärte ihr in Gebärdensprache, was seine Frau gesagt hatte. Das Mädchen nickte nachdrücklich und richtete ihre grünen Kulleraugen auf mich.

»Wie Sie wissen«, setzte ich an, »haben alle Monster bei *Monsters & Glue* eine kleine Besonderheit. Auch Leo, das habe ich Ihnen ja vorhin schon erzählt. Trotzdem muss ich Sie das jetzt fragen: Macht Ihnen das wirklich nichts aus?«

Die Mutter nickte und lächelte mich an. »Genau aus diesem Grund sind wir zu Ihnen gekommen. Wissen Sie, unsere Hanna hat zwar wie jeder Mensch zwei Ohren, kann aber weder hören noch sprechen. Sie hat sich einen Freund gewünscht, der ihr ähnelt. Und Leo«, sagte sie mit einem verräterischen Glitzern in den Augen, »hat zwei geflügelte Ohren, kann aber trotzdem nicht wie seine Artgenossen fliegen. Die beiden könnten sich also gegenseitig unterstützen.«

Der Vater übersetzte fleißig für seine Tochter, die erneut nickte und vor Aufregung ganz unruhig am Arm ihrer Mutter zappelte. Ich schmunzelte. Es gab keinen Grund, sie weiter auf die Folter zu spannen.

»Das sehen wir auch so. Es würde uns freuen, wenn Sie Leo ein neues Zuhause schenken«, verkündete ich.

Hanna hüpfte vor Freude auf und ab, als sie die frohe Kunde durch die Hände ihres Vaters vernahm. Sie rannte zu Leos Stall zurück und streichelte das Monster. Leo wackelte mit den riesigen Ohren und schien genau zu wissen, was wir besprochen hatten.

Die Eltern seufzten erleichtert und sahen sich glücklich an. Zufrieden legte ich den Coopers die Adoptionspapiere vor, und während diese die Unterlagen durchgingen, holte ich aus dem Hinterzimmer eine Transportbox für Leo. Als ich damit zurück in das Heim kam, unterschrieben die Eltern den Vertrag in zweifacher Ausfertigung. Ich platzierte die Box auf meinem Stuhl und unterzeichnete die Dokumente ebenfalls, bevor ich dem Paar eins davon überreichte. Im Gegenzug stellte es mir noch einen Scheck über eine Spende aus, die in meinen Augen allerdings viel zu hoch war. Doch Widerrede half nichts, die Coopers wollten *Monsters & Glue* gern unterstützen. Also nahm ich den Scheck dankend an und legte ihn zu dem Vertrag, bevor ich erneut nach der Transportbox griff.

Zusammen mit den Eltern ging ich zu dem kleinen Mädchen hinüber und stellte die Box neben das niedrige Podest im Erkerfenster, auf dem Leos Stall stand. »Mach's gut, Leo«, flüsterte ich meinem Freund zu. Er hopste aus seinem alten Zuhause in die Box. Hanna nahm die rote Decke, auf der Leo am liebsten schlief, aus dem Stall und legte sie neben das Monster. Die beiden passten wirklich gut zusammen.

Dann überreichte ich dem Vater die Transportbox.

»Vielen Dank«, sagte er freudestrahlend.

Plötzlich wurde es still im Raum. Keines der Monster regte sich mehr. Die Eltern sahen sich unsicher um, wussten nicht, was los war. Hanna bemerkte ihre veränderte Haltung und deutete etwas mit den Händen. Das folgende Ritual hatte sich noch nicht herumgesprochen, worüber ich sehr froh war. Man musste es einfach selbst erleben.

»Halten Sie sich die Ohren zu, denn jetzt kommt die Verabschiedung«, riet ich den Eltern und presste die Hände auf meine Ohren. Den beiden blieb nur noch Zeit für einen verwirrten Blick, dann legten die Monster los und stimmten ein Lied an.

Ihre unterschiedlichen Stimmen mischten sich zu einem sirenenartigen Gesang, der an manchen Stellen gut, an manchen gar nicht zusammenpasste. Es war eine fröhliche, Trommelfell zerlegende Melodie, in der wohl viele gute Wünsche eingewebt waren.

Die Eltern zuckten zusammen, und auch Hanna schien zumindest die Vibrationen der Luft wahrzunehmen. Schließlich lächelten alle drei, weil man einfach nicht anders konnte, und verließen mit einem letzten Winken und einem glücklichen kleinen Wesen das Heim.

Nach einem kurzen ruhigen Moment setzte das allgemeine und angenehme Gebrabbel der Monster wieder ein. Mit einem fröhlichen Seufzen und einem leisen Fiepen in den Ohren setzte

ich mich an den Schreibtisch und heftete die Kopie des Adoptionsvertrages ab. Glue flatterte auf die Tischplatte und sah so zufrieden aus, wie eine Eule es nur sein konnte.

»Das war eine sehr gute Entscheidung, meine Liebe.« Ich kraulte sie am Kopf und Glue schloss verzückt die Augen. Die Eule wusste genau, wie jedes einzelne Monster hier drauf war und was es für ein erfülltes Leben brauchte. Es waren vor allem die richtigen Menschen. Schade nur, dass es Tage wie heute viel zu selten gab.

Beschwingt und auch ein bisschen stolz auf meine erste abgeschlossene Adoption ohne Mr. Lambers, säuberte ich Leos Stall und räumte ihn in das Hinterzimmer. Dann wischte ich das Podest im Erkerfenster. Ich sah hinaus auf die Straße und die Leute, die von Geschäft zu Geschäft gingen und flüchtige Blicke in unser Heim warfen. Die *Cartref Road* lag im Stadtzentrum und war immer gut besucht. Neben *Monsters & Glue* gab es hier viele Geschäfte und kleine Läden, die unterschiedliche Waren und Dienstleistungen anboten. Im Gegensatz zu den anderen war bei uns allerdings wenig los.

Ob wir heute noch einmal so ein Glück haben würden wie mit Leo? Unwahrscheinlich. Ich drehte mich zu meinen zurückgebliebenen Monstern um. Sie freuten sich ehrlich füreinander, wenn eines von ihnen vermittelt wurde, aber natürlich blieb auch ein bisschen Wehmut zurück. Darüber, nicht selbst ausgewählt worden zu sein.

Es schmerzte mich, dass bisher nicht alle von ihnen ein neues Zuhause gefunden hatten, denn ich wusste genau, was es hieß, nicht ausgesucht zu werden. Was es bedeutete, wenn ein Heim das einzige Zuhause war, das man hatte.

Meine Gedanken wanderten zu Mr. Lambers und seinem Vermächtnis: das kleine Heim, das nun mir gehörte und das mir am Herzen lag wie sonst nichts auf dieser Welt. Den einzigen Platz in *Bwystfilwood* für Monster mit vermeintlichen Makeln.

Es war traurig, wie sie teilweise behandelt wurden. Die meisten Menschen wollten nützliche Monster wie feuerspuckende

Wachhunde, prestigeträchtige wie Drachen oder solche, die einfach schön aussahen und am besten auch funkelnde Magie wirken konnten. Sobald eines nicht perfekt war, wurde es uninteressant für Leute mit weniger Herz als die Coopers. Deswegen saßen sie hier, meine Monster. Sie waren ausgesetzte, im Heim abgegebene oder zwangsbeschlagnahmte Wesen, die in die Hände der falschen Besitzer geraten waren. Entsprechend hatte jedes der noch verbliebenen Monster eine unschöne Vorgeschichte.

Ich schüttelte den Kopf über die Intoleranz und Herzlosigkeit, die mir durch sie viel zu oft vor Augen geführt wurde. Ich konnte nicht mehr tun, als ihnen ihr Übergangszuhause so schön wie möglich zu gestalten. Das war auch Mr. Lambers' Philosophie gewesen. Er hatte *Monsters & Glue* vor knapp zwei Jahren nach der freiwilligen Kündigung seiner Lehrerstelle gegründet, diesen ehemaligen Laden gemietet und verschiedene Behausungen gebaut, die in großen Regalfächern an der Wand standen. Je nach Bedarf konnte man sie an die Bewohner im Heim anpassen oder austauschen. Verbunden waren sie – soweit möglich – durch Leitern und Rutschen und gewährten den Monstern damit möglichst großen Spielraum. Nur Monty war etwas eingeschränkt, da er als Krake an ein Aquarium gebunden war. Was ihn aber nicht davon abhielt, sich in das Geschehen einzumischen.

Dieser Gedanke brachte mich auf eine Idee. Was wir nun alle gut gebrauchen konnten, war eine gemeinsame Aktivität. Etwas, das uns auf andere Gedanken brachte.

»Ich schlage vor, dass wir zur Feier des Tages heute Abend eine lange Filmnacht veranstalten. Was meint ihr? Das Popcorn geht selbstverständlich auf mich.«

Die Rückmeldung verursachte mir erneut ein Fiepen in den Ohren und brachte mich zum Lachen. Ich kannte meine kleinen Allesfresser eben, und mit einem schönen alten Krimiklassiker konnte ich sie immer aufmuntern.

Als sich kurz vor Feierabend die Eingangstür erneut öffnete, sah ich mit einem überraschten Lächeln auf. Ein Mann in einem feinen dunkelblauen Anzug trat über die Schwelle und ließ die Tür sanft ins Schloss fallen. Ich erhob mich und begrüßte den doch eher ungewöhnlichen Besuch. Menschen in Anzügen kamen nur äußerst selten hierher. Und in einem solch teuer aussehenden schon gar nicht. Dazu war unser Heim »nicht exklusiv« genug, wie Mr. Lambers mir mit einer Portion Ironie bereits zu Beginn meiner Arbeit bei ihm zu verstehen gegeben hatte. Und die Monster entsprachen mit ihren kleinen Makeln meist auch nicht den Vorstellungen dieser gut betuchten Kunden. Der Mann vor mir sah aber trotz seines Anzuges nicht so aus, als ob er sich bei uns unwohl fühlen würde. Als er näher kam, entdeckte ich an seinem Kragen eine kleine goldene Brosche, auf der ein Wappen abgebildet war, das ich allerdings nicht kannte. Ich lenkte meinen Blick wieder zum Gesicht des Mannes, der mit seinen warmen braunen Augen einen sympathischen und offenen Eindruck machte.

»Willkommen bei *Monsters & Glue*. Wie kann ich Ihnen helfen?«

Der Mann erwiderte mein Lächeln.

»Sind Sie Miss Leah Mint, die Besitzerin dieses Heims?«, wollte er wissen.

»Ja, die bin ich. Was kann ich für Sie tun?«, antwortete ich nun doch etwas verunsichert. Was wollte der Mann von mir? Wegen der Monster war er augenscheinlich nicht hier, er hatte ihnen nicht mal einen flüchtigen Blick zugeworfen.

Der Mann schob eine Hand unter sein Jackett und zog schwungvoll einen Umschlag daraus hervor, den er mir reichte.

»Miss Mint, ich habe einen Brief von Mister Aelfric Waystone für Sie. Außerdem habe ich von ihm den Auftrag bekommen, Ihre Antwort direkt entgegenzunehmen.«

Ohne den Mann aus den Augen zu lassen, nahm ich das Schreiben an mich. Wer verfasste denn heutzutage noch Briefe?

Als ich mich mit der Nachricht in der Hand nicht weiter rührte, nickte der Mann aufmunternd und faltete die Hände hinter dem Rücken. Er wartete.

»Okay«, erwiderte ich leicht verwirrt und öffnete den Umschlag. Ich zog eine Klappkarte heraus, unterschrieben von Mr. Aelfric Waystone, Leiter der Privatschule *Bwystfilwood Hall*. Ich stockte. Dort war Mr. Lambers als Lehrer tätig gewesen. Der Name des Schulleiters war bei den wenigen Erzählungen über seine Zeit an der Einrichtung ein paarmal gefallen. Ich erinnerte mich daran, weil – nun ja. So einen Namen vergaß man nicht so schnell.

Das Papier fühlte sich fest an und wirkte sehr edel. Am oberen Rand der Karte entdeckte ich ein Wappen. Es zeigte einen Löwen auf einem Schild, umrandet von Zweigen, einer Schärpe und einer Krone. Unter dem Bild, in fein geschwungenen Lettern, stand der Name der Schule.

Ich blickte zu dem Überbringer der Nachricht auf. Seine Brosche zierte dasselbe Wappen. Er hatte sich keinen Zentimeter von der Stelle bewegt. Die Monster beachteten ihn kaum, nur Glue beäugte den unerwarteten Gast aufmerksam. Ja, dieser Mann wirkte definitiv wie jemand, der im Auftrag der bekanntesten und zugleich geheimnisvollsten Privatschule von Bwystfilwood hergekommen war.

Neugierig las ich den Brief. Es war eine Einladung zu einem Treffen in *Bwystfilwood Hall*. Mr. Waystone bat mich, ihn am kommenden Tag um vier Uhr nachmittags auf einen Kaffee zu besuchen. Vermutlich wollte er mit mir über Mr. Lambers reden. Aber *ich* in den heiligen Hallen der sagenumwobenen Schule?

»Ich weiß nicht mal den Weg dorthin«, führte ich meine Gedanken laut fort und richtete sie an den namenlosen Mann. Sicherlich kannte er den Inhalt des Briefes, wenn er auf eine Antwort warten sollte.

»Ich werde Sie um halb vier abholen und im Anschluss an Ihr Treffen mit Mister Waystone wieder nach Hause bringen.«

»Das nenne ich Service«, antwortete ich amüsiert. Dieses Mal erwiderte der Mann das Lächeln nicht.

»Nehmen Sie die Einladung an?«

»Wäre ein ›Nein‹ denn eine Option?«

Der Mann richtete sich auf. »Natürlich. Niemand will Sie zu etwas zwingen.« Er klang empört.

»Es ist nur ... Ich weiß nicht, worüber Ihr Arbeitgeber mit mir sprechen will. Ich kenne ihn nicht.«

»Soweit ich weiß, möchte er gern sein Beileid zum Tod von Mister Scott Lambers ausdrücken. Ich im Übrigen auch. Es tut mir sehr leid.«

»Danke. Kannten Sie ihn?«

Der Mann nickte. »Er war ein sehr geschätzter Kollege. Auch von Mister Waystone. Vermutlich wird er Ihnen genau das sagen wollen.«

Ich ließ mich auf meinen Stuhl sinken und betrachtete die Karte und das Wappen.

»Aber warum? Er kennt mich doch gar nicht. Wieso interessiert es ihn, was ich denke?«

»Trauer heilt man am besten gemeinsam. Ein Treffen zum Kaffee und geteilte Erinnerungen an eine verstorbene Person mögen sich oberflächlich anhören, aber sie helfen. Glauben Sie mir.«

»Soll es ihm helfen oder mir?«

»Vermutlich Ihnen beiden.«

Ich ließ meine Finger über das Papier gleiten. Seit dem Tod von Mr. Lambers vor zwei Wochen hatte ich bisher mit niemandem außer unserer Nachbarin Mrs. Rainwater darüber geredet. Die Monster und ich saßen ab und an zusammen, doch das zählte wohl kaum als Gespräch. Es würde keine Beerdigung geben, und auch keine Trauerfeier. Mr. Lambers, im Herzen für immer ein Naturwissenschaftler, hatte seinen Leichnam der Wissenschaft überlassen.

Da nach der Krebsdiagnose ziemlich schnell klar gewesen war, dass mein Chef sterben würde, hatte ich vorher Lebewohl sagen und mich mit der Situation abfinden können. Bisher hatte ich auch geglaubt, dass mir das einigermaßen gelungen war, auch wenn ich oft an Mr. Lambers dachte und mir dabei jedes Mal Tränen in die Augen traten. Es war einfach so scheißunfair. Nur danebenstehen und nichts tun zu können, war einfach mies. Jedes

Mal, wenn sich sein Bild in meine Gedanken schlich, überkam mich eine Mischung aus Trauer und Wut. Ich wünschte mir, er wäre hier. Ich schluckte den Kloß im Hals hinunter, als mich bei diesem Gedanken die Gefühle überfielen. So viel dazu, dass ich damit umgehen konnte. Vielleicht würde es mir tatsächlich helfen, darüber zu reden. Und wenn ich damit jemandem etwas Gutes tun konnte, warum nicht?

»Ich nehme die Einladung an.«

»In diesem Fall sehen wir uns morgen, Miss Mint. Auf Wiedersehen.«

Ich winkte ihm zum Abschied. Ohne ein weiteres Wort wandte er sich ab und ging. Zu spät fiel mir auf, dass ich vergessen hatte, ihn nach seinem Namen zu fragen. Der Brief hatte mich wohl mehr aus der Bahn geworfen, als ich zugeben wollte.

»Ihr habt es gehört, ich werde morgen kurz verschwinden. Ich rufe Misses Rainwater an, damit sie solange auf euch aufpasst.«

Als der Name der älteren Dame fiel, horchten die Monster auf. Mrs. Rainwater hatte eine Schwäche für Monster und – das machte sie bei ihnen besonders beliebt – Kekse. Wenn die ehemalige Besitzerin des kleinen Cafés gegenüber uns besuchte, versorgte sie uns immer mit einem vollen Glas, damit auch niemand zu kurz kam. Ein paarmal war sie auch schon als Monstersitterin eingesprungen. Vor allem im letzten halben Jahr, als Mr. Lambers und ich unterwegs gewesen waren, um seinen Nachlass zu regeln. Ich konnte ihr das Heim guten Gewissens anvertrauen, vorausgesetzt, ich hing nicht an meinem Keksanteil.

»Ich sehe schon«, sagte ich, als ich in die strahlenden Gesichter meiner Monster blickte, »ich tue euch einen Gefallen, wenn ich euch mit ihr allein lasse.«

Ihr unschuldiges Glucksen brachte mich zum Lachen, als ich nach dem Festnetztelefon griff, um Mrs. Rainwater anzurufen.

Als ich die Heimtür am Abend zuschloss und die Rollläden herunterließ, tat ich dies mit einem Kopfschütteln. Der Tag heute war ungewöhnlich betriebsam gewesen. Ein ruhiger Abend mit einem guten Film war nun genau das Richtige.

Ich holte eine leere Kiste aus dem Hinterzimmer und platzierte sie in der Mitte des Raumes. Ich stellte meinen Laptop darauf und richtete ihn zu den Regalen hin aus. Während die Monster es sich in ihren Behausungen gemütlich machten, flitzte ich in meine Wohnung über dem Heim und schob eine Packung Popcorn in die Mikrowelle. Mit einer vollen Schüssel eilte ich zurück und rückte meinen Schreibtischstuhl in Position. Ich verteilte die Knabberei und behielt auch etwas für mich. Nachdem ich auf Play gedrückt hatte, setzte ich mich und machte es mir bequem. Glue ließ sich auf der Stuhllehne nieder, und ich reichte ihr das Popcorn an. Die Titelmelodie ging unter dem Geräusch des Geknabbers fast unter, aber mit dem ersten Wort im Film verstummten wir. Nun musste ein Mörder entlarvt werden. Fast zwei Stunden später war es so weit, und ich blickte in die müden, aber zufriedenen Gesichter von fünf kleinen Detektiven.

Es war Zeit, das Heim sowie seine Bewohner für die Nacht fertig zu machen. Dabei nahm ich mir immer Mr. Lambers und seine Freude am Arbeiten zum Vorbild. Für die Monster war mein Gutenachtkuss immer das Beste an der ganzen Sache. Nur bei Robbie war das mit dem Kuss zuweilen etwas schwierig. Er war ein zur Hälfte unsichtbares Chamäleon, wobei die sichtbare Körperhälfte ständig wechselte oder sogar auch mal ganz verschwand. Er liebte es, mich damit aufzuziehen. Den Kuss bekam er am Ende trotzdem.

Nuvo machte keine solcher Späße und schwebte mir sogar entgegen. Bei ihm handelte es sich um ein Wolkenwesen, das leider ab und an etwas reines Wasser verlor. Mit seiner Magie konnte das an Zuckerwatte erinnernde Monster Erinnerungsmurmeln erschaffen. Eine lange und anstrengende Prozedur.

Die beiden waren die Ersten, denen ich gute Nacht sagte, nachdem ich alles an seinen Platz zurückgeräumt und den Boden gekehrt hatte.

Danach war Pebbles an der Reihe – ein pinkes, etwa handballgroßes fluffiges Wesen mit lila Augen. Aufgeregt hüpfte sie auf ihren zwei dünnen Beinen in ihrem Puppenhaus herum. Pebbles litt unter unkontrollierbaren Krampfanfällen, die sie die Beherrschung über ihre Bewegung verlieren ließen und ihr weiches Fell in eines aus Stacheln verwandelten. Ihre Behausung war aus diesem Grund mit Schaumstoff ausgekleidet, in dem sie stecken blieb, wenn sie im Schlaf einen Anfall bekam. Auf diese Weise konnte sie keines der anderen Monster ungewollt verletzen, was ihre größte Sorge war. Ich musste mich jeden Abend versichern, dass die Polsterung auch an ihrem Platz war, ehe sie sich endgültig schlafen legte. »Alles in bester Ordnung«, flüsterte ich, nachdem ich mich prüfend umgesehen hatte. Ich strich ihr über das Fell.

»Schlaf gut.«

Glue hatte sich auf ihren Baum zurückgezogen und die Augen schon halb geschlossen. Monty war der Letzte, dem ich eine Gute Nacht wünschte. Er erhob sich aus dem Wasser, damit auch er einen Kuss auf den Kopf bekam.

»Träum was Schönes.«

Mit seinen Tentakeln zupfte er sein rosa Tutu zurecht und legte sich schlafen. Oder schwamm sich schlafen? Ich musste das endlich recherchieren.

Ich löschte das Licht und öffnete die Tür zum Treppenhaus, das in meine neue *Behausung* führte. Die kleine Wohnung direkt über dem Heim hatte mir Mr. Lambers zusammen mit *Monsters & Glue* überschrieben. Nach neunzehn Jahren war mir mein erstes eigenes Zuhause geschenkt worden, was ich immer noch nicht glauben konnte. Auch wenn der Preis dafür ein sehr trauriger war. Gerade mal ein Jahr lang war ich bei ihm angestellt gewesen, als er vor zwei Wochen starb.

Nach der Diagnose war ihm noch ein halbes Jahr geblieben, in dem wir uns um alles gekümmert hatten. Bis zu seiner letzten Woche war er noch recht fit gewesen und hatte gemeinsam mit mir im Heim gearbeitet, wobei ich die meiste körperliche Arbeit übernommen hatte. Als er mich kurz nach seiner Diagnose gefragt hatte, ob ich das Heim übernehmen möchte, war ich zwar überrascht und ein wenig überwältigt gewesen, hatte aber keine Sekunde gezögert. Mr. Lambers und ich hatten uns nicht lange gekannt, und doch waren wir und die Monster zu einer ganz besonderen und vielleicht auch eigenwilligen Familie geworden. Vom ersten Tag an war er wie ein Onkel für mich gewesen, der mir beigebracht hatte, wie man ein Geschäft führte, und immer für mich da gewesen war, wenn ich ihn brauchte. So eine Beziehung war Neuland für mich gewesen, doch ich glaubte, dass wir beide daran gewachsen waren. Wir hatten uns gut ergänzt, viel zusammen gelacht.

Das wahnsinnig große Vertrauen, das er mir mit der Erbschaftsfrage entgegengebracht hatte, erfüllte mich auch heute noch mit Stolz. Es hatte mir das Selbstbewusstsein geschenkt, das ich lange nicht hatte aufbringen können. Ich kämpfte zwar auch heute noch mit der Angst vor der Verantwortung, doch ich hatte mir geschworen, die Monster nie im Stich zu lassen. Und daran würde ich mich halten. Immer.

Woher ich diese Überzeugung nahm, war mir selbst manchmal schleierhaft, aber es beruhigte mich zu wissen, dass ein Teil von mir anscheinend genug Kampfgeist besaß, um aufkommende Zweifel immer wieder auszuräumen. Die Leah, die vor ihrem Job bei *Monsters & Glue* existiert hatte, wäre bei der Aussicht auf so viel Verantwortung vermutlich weinend zusammengebrochen. Aber diese Person war ich nicht mehr. Ich hatte sie mit all den schlechten Erinnerungen zurückgelassen. Für sie war in meinem jetzigen Leben kein Platz.

Auch in meiner neuen Wohnung hielt ich mich an diesen Grundsatz und hatte alle alten Erinnerungsstücke gar nicht erst ausgepackt. Die neue Unterkunft war weder besonders groß noch chic eingerichtet, aber sie war ganz und gar mein. Hier konnte ich tun und lassen, was ich wollte. Keine aufgezwungenen Mitbewohner, die mich nervten, oder Leute vom Jugendamt, die mir auf die Finger schauten. Niemand redete mir rein oder versuchte mich zu ändern. Ich hatte, genau wie die kleinen Monster, meine

Macken und Mängel, aber hier interessierte das keine Menschen- und keine Monsterseele. Ich konnte einfach ich sein. Hier war ich zu Hause.

Ein mulmiges Gefühl stieg in mir auf, als ich an das kommende Gespräch mit Mr. Waystone dachte. Auch wenn der namenlose Mann nichts gesagt hatte, bestand die Möglichkeit, dass der Schulleiter über *Monsters & Glue* reden wollte. Er würde doch sicherlich nicht seine wertvolle Zeit opfern, nur um sich nach meinem Befinden zu erkundigen.

Warum sollte er auch? So selbstlos, wie sich das bei dem Mann angehört hatte, war er sicherlich nicht. Um das zu glauben, hatte ich leider schon zu oft herbe Enttäuschungen erlebt, vor allem im Heim und in der Schule. Einladungen zum Spielen hatten sich als Fallen entpuppt und damit geendet, dass man mich beschimpft oder auch gern irgendwo eingesperrt hatte. Freundschaften waren nur mit der Absicht angeboten worden, mich dazu zu bringen, die Hausaufgaben für andere zu erledigen, anschließend hatte man mich nicht mehr beachtet. Seither war ich äußerst misstrauisch gegenüber scheinbar gut gemeinten Angeboten. Auch wenn ich jedes Mal mit neuem Mut an solche Dinge herangehen wollte, war da doch dieses Bauchgrummeln, das mich warnte.

Vielleicht erhob Mr. Waystone irgendwelche Ansprüche, die Mr. Lambers mir verschwiegen hatte. War das von ihm angelegte Geld, dessen Zinsen allein ausreichten, um das Heim noch jahrelang zu finanzieren, vielleicht nur geliehen? Ich war einfach davon ausgegangen, dass es Mr. Lambers gehörte. Aber was, wenn dem nicht so war?

Ich würde es früher oder später erfahren.

Solange konnte ich nur hoffen, dass Mr. Waystone mich nicht zu sich eingeladen hatte, um den Monstern und mir das einzige Zuhause zu nehmen, das wir kannten.

2. Kapitel

Leah

Monster waren Langschläfer.

Wie jeden Morgen war es mucksmäuschenstill, als ich das Heim betrat und die Rollläden hochzog. Und wie jeden Morgen wurde mein Hereinplatzen mit unzufriedenem Gegrummel, Seufzern und Blubbern bestraft.

»Aufstehen! Ein neuer Tag wartet auf uns!«, rief ich, was mir jede Menge böse Blicke einbrachte. Doch es dauerte gar nicht lange, da hatten sie sich alle den Schlaf aus den Augen geblinzelt und saßen erwartungsvoll in ihren Behausungen. Es war Zeit für das Frühstück. Jeder von ihnen bekam das für sich und seine Magie passende Futter, wobei die Monster generell alles aßen. Aber wie wir Menschen brauchten sie ab und an etwas Gesundes.

Nachdem das Frühstück erledigt und die Kleinen herausgeputzt waren – zumindest deren sichtbare Teile, bei Robbie konnte ich nur spekulieren –, war es an der Zeit, das nächste Erker-Monster auszuwählen. Neben den großen Regalen, in denen die Behausungen der Monster standen, existierte nur eine freie Stelle auf dem Podest im Erkerschaufenster. Mehr Platz stand uns leider nicht zur Verfügung, um die Monster für die Besucher besser *präsentieren* zu können. Alle bis auf eines mussten sich mit den Behausungen im Inneren des Heims zufriedengeben. Leo hatte die letzten drei Tage im Erker verbracht, und nun konnte ein neues Monster benannt werden, das diesen für die kommende

Woche belegte. Ich stellte mich vor die Kleinen im Regal. Ehrfürchtige Stille breitete sich aus.

»Wie immer dürft ihr entscheiden, welches Monster als Nächstes im Erkerfenster wohnen soll.« Monty, Nuvo, Pebbles und Robbie fingen sofort mit dem Geplapper an. Es gab hier keine zwei Monster derselben Spezies, und doch verstanden sie sich und mich problemlos. Ich jedoch beherrschte ihre Sprache leider nicht, musste mich in dieser Hinsicht auf Bauchgefühl und Erfahrung verlassen.

Glue flatterte auf meine Schulter und wartete gemeinsam mit mir auf das Ergebnis der Diskussion. Sie beteiligte sich nicht an der Wahl, denn als Bewohnerin auf Lebenszeit bei *Monsters & Glue* hielt sie sich aus dieser Angelegenheit raus. Glue war Mr. Lambers' erstes gerettetes Monster und ihm bis zu seinem Tod nicht mehr von der Seite gewichen. Daher kam auch der Name des Heims. Auch sie hatte mit seinem Verlust zu kämpfen. Sie war ruhiger geworden, aber sie kümmerte sich weiterhin rührend um ihre Schützlinge. Wir beide würden das Vermächtnis von Mr. Lambers fortführen, so lange wir konnten.

Nach zwei Minuten war die Entscheidung gefallen. Pebbles hüpfte aus ihrem Puppenhaus und Richtung Erkerfenster. Ein trauriges Lächeln huschte über meine Lippen. Pebbles war von den anderen Monstern schon oft auf das Podest geschickt worden, aber adoptiert hatte sie bisher noch niemand, obwohl sie so süß war und oft das Interesse von Leuten weckte. Ihre kleine Besonderheit machte ihr jedes Mal einen Strich durch die Rechnung.

Die anderen gaben das rosa Monster jedoch nicht auf und entschieden sich immer wieder für sie. Ächzend hob ich das riesige Puppenhaus aus dem Regal und hievte es in den Erker. Ich nahm Pebbles in beide Hände und setzte sie in die mit Schaumstoff verkleidete Puppenküche. Ein neuer Tag, ein neues Glück.

Um fünf Minuten vor halb vier klopfte Mrs. Rainwater an die Tür und ich ließ sie herein.

»Hallo, Kindchen«, begrüßte sie mich und kniff mir in die Wange. Ihre bunt bedruckte Bluse roch frisch gewaschen, das Haar war wie immer ordentlich frisiert. »Du wirst immer dünner. Hier, nimm einen Keks.« Sie hielt mir ein gefülltes Glas mit Schokoladenkeksen unter die Nase.

»Danke, Misses Rainwater, ich möchte nichts. Aber ich denke, die Monster werden Ihnen gern ein paar Kekse abnehmen. Schön, dass Sie spontan Zeit hatten und auf die kleinen Racker aufpassen.«

Meine Nachbarin marschierte schnurstracks zum Schreibtisch und stellte das Glas ab. Für ihr Alter war Mrs. Rainwater flink, vermutlich ein Überbleibsel aus ihrer Zeit als Cafébesitzerin.

Für diesen Job musste man auf Zack sein, erzählte sie immer. Fast hätte ich selbst einen Sommerjob in ihrem alten Café angenommen, da es damals ein großer Traum von mir gewesen war, ein solches zu besitzen.

Aber dann war *Monsters & Glue* dazwischengekommen. Doch Cafés interessierten mich noch immer, und es war schön, mit jemandem über dieses Thema reden zu können, der selbst eines betrieben hatte. Auch heute begegnete Mrs. Rainwater ihrer »Kundschaft«, wie sie die Monster nannte, mit viel Freundlichkeit und – wie schon erwähnt – einer Menge Keksen. Die ältere Dame öffnete den Deckel des Glases und der herrliche Duft von Schokolade zog durch den Raum.

Die Monster schauten auf, hielten sich aber respektvoll zurück.

Noch.

»Ich helfe gern, wenn ich kann. Nicht wahr, meine Schöne?« Sie war zu Glue hinübergeeilt und strich ihr zärtlich über den Kopf. Dann waren Nuvo, Monty, Pebbles und Robbie an der Reihe. Sie begrüßten die alte Dame freudig. Ich war offensichtlich schon abgemeldet.

Um Punkt halb vier parkte ein Auto vor dem Heim. Das war mein Abholservice.

»Sie wissen, wo der Ersatzschlüssel liegt?« Ich holte meine Tasche unter dem Schreibtisch hervor, und als ich aufsah, stand Mrs. Rainwater wieder vor mir und griff nach dem Glas mit den Keksen.

»Natürlich, Kindchen. Ich bin zwar alt, aber nicht vergesslich. Ich schließe das Heim ab, sobald du weg bist.« Sie schüttelte das Glas. »Vielleicht doch einen Keks für unterwegs?«

Seufzend nahm ich eines der kleinen Gebäckstücke.

»Bis später, ihr Krümelmonster.«

Bevor ich die Tür hinter mir zuzog, hörte ich noch ein mehrstimmiges Knuspern.

Als ich auf das Auto zuging, kam mir der Herr im Anzug und mit dem freundlichen Lächeln von gestern schon entgegen. Staunend betrachtete ich die schwarze Limousine mit getönten Scheiben. Ein echtes Luxusauto.

Der Mann, dessen Namen ich noch immer nicht kannte, musterte kritisch den Keks in meiner Hand. Ich stopfte ihn mir in den Mund und hielt die leeren Hände hoch, was er mit einem zufriedenen Brummen kommentierte.

»Wenn Sie dann so weit sind, Miss Mint.« Er öffnete mir die Tür hinter dem Beifahrersitz und ich ließ mich in das edle Polster sinken.

Mein Chauffeur nahm auf dem Fahrersitz Platz und startete den Wagen. Nach ungefähr zehn Minuten hielt ich die Stille nicht mehr aus.

»Haben Sie auch einen Namen, Sir?«

»Sie können mich James nennen.«

Ich hob die Augenbrauen. »Wirklich? Na, wenn das mal nicht der originellste Name aller Zeiten ist«, witzelte ich. Es entlockte ihm zumindest ein Schmunzeln.

»Wo genau liegt *Bwystfilwood Hall*, James?«

»Mitten im Wald. Es ist ein Privatgrundstück, deswegen ist es nicht ausgeschildert.«

»Muss ich ein Schweigegelübde ablegen und hoch und heilig versprechen, den Weg niemals jemandem zu verraten?«

Dieses Mal lachte der Mann leise.

»Das wäre nun doch etwas zu dramatisch, finden Sie nicht? Sie werden außerdem bald sehen, wieso das nicht nötig ist.«

Dabei beließ er es und widmete seine Aufmerksamkeit der Straße. Ich sah aus dem Fenster und ließ *Bwystfilwood* mit seinen hübschen Häusern und eher klein gehaltenen Wolkenkratzern an mir vorüberziehen, bis sich die Landschaft langsam veränderte und die umliegenden Wälder in Sicht kamen.

Meine kleine Heimatstadt, deren europäischen Flair ich so liebte, lag mitten in einer der schönsten Gegenden im Westen Amerikas. Die Wälder drum herum waren dicht und manche Bäume so dick wie Häuser. Touristen verirrten sich nur sehr selten hierher, was mir nur recht war. Ich mochte Menschen, aber zu viel Gedränge und Chaos waren nicht meins. Ich liebte den stetigen, vertrauten Puls der Stadt und hatte bisher noch nie Fernweh verspürt. Aber nun, in der Stille des Autos, fragte ich mich plötzlich, was wohl noch alles hinter den Wäldern lag. Außer *Bwystfilwood Hall*, versteht sich.

Die Fahrt durch den Wald dauerte nur eine Viertelstunde. Als der Wagen langsamer wurde, hielt ich es für ein Versehen, weil ich weit und breit nichts außer Bäume sah. Ein genauerer Blick nach vorn belehrte mich aber eines Besseren. Ein schmiedeeisernes dunkelgraues Tor thronte zwischen den Bäumen vor uns. James hielt den Wagen neben einem ungefähr ein Meter hohen schwarzen Kasten an und ließ das Fenster herunter. Er holte eine Plastikkarte aus dem Handschuhfach und hielt sie vor eine LED-Anzeige, die man erst bei genauerem Hinsehen erkennen konnte. Das Gerät fing an zu piepsen.

Keine Sekunde später schwang das Tor nahezu lautlos auf. Als wir hindurch- und auf die andere Seite fuhren, entdeckte ich den Zaun, der sich links und rechts ins schier Unendliche erstreckte, sowie viele kleine Kameras, die in regelmäßigen Abständen daran befestigt waren. Vor uns tat sich ein gekiester Weg auf, dem James langsam folgte.

»Das ganze Gelände ist in einem recht großen Radius um die Schule herum eingezäunt. Niemand kommt ihr unerlaubterweise zu nah.«

»Das klingt eher nach Hochsicherheitsbereich und nicht nach einer Schule«, murmelte ich, als ich dem Weg mit den Augen folgte und versuchte, das Gebäude zu entdecken. Doch es dauerte noch fast fünf Minuten, ehe ich die Schule zu Gesicht bekam. Und dann fragte ich mich, wie ich sie nicht hatte sehen können. Sie war so prächtig wie das Anwesen von *Downton Abbey.* Ein verschachteltes altes Gemäuer aus dunklen Backsteinen, umgeben von einer gepflegten Auffahrt und akkurat angelegten Blumenbeeten. Es war überaus imposant, und ich wollte mir erst gar nicht vorstellen, wie viel Geld die Eltern der Schüler jedes Jahr hinblättern mussten, damit ihre Sprösslinge an diesem Ort unterrichtet wurden. Hier also hatte Mr. Lambers jahrelang gelebt und gearbeitet. Jetzt kam mir die Wohnung über dem Heim im Vergleich richtig schäbig vor.

Ich staunte noch immer ehrfürchtig, als James vor dem Haupteingang anhielt und mir die Tür öffnete. Ich warf ihm einen fragenden Blick zu.

»Das ist es?«

»Das ist es. Folgen Sie mir bitte.«

Verunsichert stieg ich aus und ließ meinen Blick über die Fassade schweifen.

»Wow.«

»In der Tat. Kommen Sie?«

Ich folgte James die Treppe zu einem eindrucksvollen Torbogen hinauf und beobachtete gespannt, wie er seine Karte erneut vor einen kleinen schwarzen Kasten hielt. Dieser piepte kurz, dann entriegelte die Tür. Das Anwesen mochte alt wirken, aber anscheinend war es komplett mit moderner Technik ausgestattet.

»Bitte nach Ihnen.« Ich nahm all meinen Mut zusammen und schritt über die Schwelle in das Innere von *Bwystfilwood Hall.* Es war nahezu atemberaubend: hohe Steindecken, ein blank polierter Marmorboden und teilweise bunt verglaste Fenster. Die im

Foyer verteilten Sitzmöbel waren überraschend modern. Auf den ersten Blick irritierte mich der Kontrast, aber es ergänzte sich gut.

»Ich sehe gar keine jungen Leute«, merkte ich an. Für eine Schule, wenn auch eine elitäre, schien es mir doch zu ruhig.

»Sie besuchen den Nachmittagsunterricht.«

Brr. Es schüttelte mich. Zum Glück hatte ich diesen Lebensabschnitt seit einem Jahr hinter mir.

Ich folgte dem schweigsamen James durch einen Gang im Erdgeschoss. An den Wänden hingen gerahmte Einzelporträts der Lehrer sowie Gruppenfotos von einzelnen Klassen. Mr. Lambers entdeckte ich nicht, doch so schnell, wie James lief, wäre das auch ein Wunder gewesen. Vielleicht hatte ich auf dem Rückweg etwas mehr Zeit, mich umzusehen.

Wir hielten vor einer mit geometrischen Schnitzereien verzierten, offen stehenden Tür und James bat mich mit einer Handbewegung, einzutreten.

»Mister Waystone, Miss Mint ist angekommen.« Der Mann, der an einem übergroßen polierten Ebenholzschreibtisch saß, sah auf. Er legte einen Kugelschreiber beiseite und erhob sich. Mit ausgestreckter Hand und einem Lächeln auf den Lippen trat er um den Tisch herum.

»Miss Mint, wie schön, dass Sie gekommen sind. Es freut mich, Sie kennenzulernen. Ich bin Aelfric Waystone, der Leiter von *Bwystfilwood Hall.* Kommen Sie, setzen Sie sich.« Ich war von der Freundlichkeit und der Euphorie in seiner Stimme überrascht. Ich hatte ihn mir definitiv anders vorgestellt, auch wenn der Cordanzug, seine grauen Haare und die Nickelbrille die üblichen Klischees erfüllten. Das Arbeitszimmer wirkte ebenfalls wie aus einem Groschenroman, in dem alles wie aus einer anderen Zeit anmutete. Deckenhohe Bücherregale säumten die Wände, ein alter Globus stand auf einem Sideboard und es herrschte ein wenig Chaos.

»Danke für die Einladung, Mister Waystone.« Ich schüttelte die dargebotene Hand und ließ mich unsicher in einen Sessel gleiten. Während Mr. Waystone ein paar Worte mit James wechselte, sah ich mich weiter in dem Raum um. Auch hier mischten sich Alt und Modern, dicke Lederbücher lagen neben einem hochmodernen Computer, was dem gemütlichen Charme des Zimmers keinen Abbruch tat.

»Kaffee oder Tee, Miss Mint?«

»Kaffee mit Milch und Zucker bitte.«

James verschwand und Mr. Waystone setzte sich mir gegenüber auf ein Sofa.

»Sie haben ein wunderschönes Büro«, sagte ich.

Der Schulleiter lächelte. »Danke. Seit fast dreißig Jahren sitze ich nun schon hinter diesem Schreibtisch und werde es nie müde, mich an dem Anblick der Bücher zu erfreuen. Vieles hat sich mit der Zeit verändert, aber das nicht.«

»Es ist schön, wenn man sich an seinem Arbeitsplatz wohlfühlt. Mir geht es genauso.« Mr. Waystones Miene verdüsterte sich.

»Miss Mint, es tut mir schrecklich leid, dass Scott – ich meine Mister Lambers – gestorben ist. Wir haben hier lange Zeit gemeinsam gearbeitet. Wir waren keine guten Freunde, dennoch habe ich seine Kündigung bedauert. Ich bewundere, was er mit *Monsters & Glue* aufgebaut hat, und kann mir vorstellen, dass er ein hervorragender Vorgesetzter gewesen ist.«

»Für mich war er auch ein Freund«, erwiderte ich und musste die aufkommenden Tränen hinunterschlucken. »Wir kannten uns nicht lange, doch er war der herzlichste Mensch, dem ich je begegnet bin. Ich habe viel von ihm gelernt und hoffe, das Heim mit derselben Hingabe weiterführen zu können.«

»Hat er es auf Sie überschreiben lassen?« Mein Herz raste. Nun würde sich zeigen, ob mein ungutes Gefühl recht behalten sollte. Ich nickte und atmete tief ein, bevor ich antwortete. »Das Heim sowie die Wohnung darüber. Beides hat er vor zwei Jahren gekauft, und als absehbar war, dass er … Es war seine Entscheidung.«

»Dann sollten Sie nicht daran zweifeln, seinem Vorbild gerecht zu werden, Miss Mint. Wenn er solch ein Vertrauen in Sie gesetzt hat, bedeutet das viel.«

»Ja? Ich war mir nie ganz sicher, weil es doch keine Alternative gab, verstehen Sie? Außer zu mir hatte er zu fast niemandem Kontakt.«

»Glauben Sie mir, hätte er auch nur die kleinsten Bedenken gehabt, hätte er Sie gar nicht erst angestellt. Allein das sagt schon alles. Lassen Sie sich das von jemandem sagen, der jahrelang versucht hat, eine engere Verbindung zu ihm aufzubauen. Er war da sehr eigen.«

Ich dachte daran, wie Mr. Lambers die Leute, die in das Heim kamen, genau unter die Lupe genommen und relativ schnell eine Entscheidung getroffen hatte. Manchmal konnte ich sie nicht nachvollziehen, dann sagte er nur, er habe auf sein Bauchgefühl gehört. Er musste wohl schon immer so gewesen sein.

Es klopfte an der Tür und James betrat den Raum, ein kleines Tablett in der Hand balancierend. Er stellte es zwischen uns auf dem Couchtisch ab.

»Danke, James«, sagte Mr. Waystone und schenkte mir einen Kaffee ein. Ich rührte Milch und Zucker hinzu.

»Sie heißen also wirklich so«, stellte ich fest und grinste. Komischerweise beruhigten mich seine Anwesenheit und die Barriere, die er zwischen Mr. Waystone und mir bildete.

»Selbstverständlich, Miss Mint.«

»Sie können gern Leah zu mir sagen.«

Mit einem Lächeln zog sich James zurück.

»Das gilt übrigens auch für Sie, Mister Waystone. Ich habe mich noch nicht daran gewöhnt, so genannt zu werden.« Und ich wollte nicht unhöflich sein, aber das behielt ich für mich. Ich nahm die Tasse in die Hand.

»Einen Toast auf Mister Lambers«, sagte Mr. Waystone.

»Auf Mister Lambers«, antwortete ich. Eine Weile war es still, als wir am Kaffee nippten und jeder seinen Gedanken nachhing.

»Leah, so ungern ich es auch zugebe, doch ich habe Sie nicht nur hergebeten, um mit Ihnen einen Kaffee zu trinken und auf einen meiner ehemaligen Mitarbeiter anzustoßen. Ich würde Sie gern etwas fragen.« Er trommelte unruhig mit den Fingern auf der Sofalehne.

Ich setzte mich aufrecht hin und stellte die Tasse zurück auf den Tisch. Ich vertraute meinen zitternden Fingern nicht mehr.

»Ich werde gern versuchen, Ihre Fragen zu beantworten.«

»Danke.« Mr. Waystone warf einen Blick zu seinem Schreibtisch, öffnete den Mund, sagte aber nichts. Er schüttelte leicht den Kopf, als wollte er einen Gedanken loswerden und sich einem neuen widmen.

»Hat Mister Lambers Ihnen irgendetwas hinterlassen, was in Zusammenhang mit dieser Schule steht? Unterlagen, Bilder oder anderes?« Er beobachtete mich genau, als ich antwortete.

»Nicht dass ich wüsste. Wir sind alle geschäftlichen und persönlichen Sachen vor seinem Tod durchgegangen. Ich kann mich an nichts erinnern, was in Zusammenhang mit *Bwystfilwood Hall* stand. Hätte denn etwas dabei sein müssen?«

Mr. Waystone machte ein komisches Gesicht. Er presste die Lippen aufeinander und hob die Augenbrauen. Ich konnte nicht sagen, ob er verärgert oder erleichtert war.

»Bitte, Leah, verstehen Sie mich nicht falsch. Ich will ihm nichts unterstellen, aber ich möchte sichergehen, dass nichts nach außen dringt …«

»Und in falsche Hände gerät?«, ergänzte ich seinen Satz.

»Das klingt nicht sehr einfühlsam, nicht wahr? Es geht mir dabei nur um den Schutz meiner Schüler und Arbeitnehmer. Vorsicht ist hierbei immer besser als Nachsicht.« Er schluckte schwer, offensichtlich war ihm dieses Thema unangenehm.

»Ich verstehe das, Mister Waystone. So geht es mir mit dem Heim auch. Ich würde alles für meine Monster tun. Und deshalb verspreche ich Ihnen: Wenn ich etwas finden sollte, das Sie und Ihre Schule betrifft, werde ich Sie selbstverständlich informieren und es Ihnen aushändigen. Mich geht das nichts an, und ich nehme das auch nicht persönlich.«

Der Schulleiter legte den Kopf schief und musterte mich mit seinen dunklen Augen.

»Sie sind eine wirklich vernünftige junge Frau.«

»Ich trage eine Menge Verantwortung, es bleibt mir nichts anderes übrig.«

Er schmunzelte. »Einige meiner Schüler könnten sich eine Scheibe von Ihnen abschneiden. Sie denken nicht zufällig darüber nach, später einmal Lehrerin zu werden?«

»Nein. Ich habe mit meiner Bande im Heim schon genug um die Ohren. Wobei ich diesen Beruf durchaus spannend finde. Wie war Mister Lambers denn so als Lehrer?«

Mr. Waystone ließ den Kaffee in seiner Tasse kreisen.

»Mister Lambers war sehr beliebt. Er hatte sein Herz an die Naturwissenschaften und Medizin verloren und wusste, wie er diese Begeisterung an seine Schüler weitergeben konnte. Er hatte teilweise verrückte Ideen. Einmal hat er aus Versehen ein Stück aus der Steinwand des Chemiesaals gesprengt.«

»Wie das?«

Mr. Waystone erzählte mir diese und noch andere Anekdoten aus Mr. Lambers' Zeit in *Bwystfilwood Hall.* So lernte ich ihn auf eine ganz neue Art kennen und entdeckte, dass er viele seiner alten Angewohnheiten auf die Monster übertragen hatte. Und auf mich. Ich hatte ihn nie mit seinem Vornamen angesprochen, da er sich mit Mr. Lambers, wie ihn seine Schüler genannt hatten, besser identifizieren konnte. Daher konnte ich Mr. Waystones Erzählungen auch mit dem einen oder anderen amüsanten Detail ergänzen, was ihn sichtlich freute. Und James behielt recht. Das Reden tat gut. Die Zeit verflog, und als ich das nächste Mal auf die Uhr sah, war es schon fast sechs.

»Wie ich sehe, bekommen Sie langsam Heimweh.« Mr. Waystone deutete auf meine Armbanduhr, die mich einen Moment abgelenkt hatte.

»Entschuldigung, ich wollte nicht unhöflich sein.«

»Keineswegs, Leah. Ich wollte Sie auch gar nicht so lange aufhalten. Vielen Dank, dass Sie sich die Zeit genommen haben. Sollten Sie einmal Hilfe oder nur ein offenes Ohr brauchen, können Sie sich jederzeit bei mir melden.«

»Danke, das ist sehr nett von Ihnen.«

Seit mir klar war, dass Mr. Waystone keinerlei Interesse an dem Heim hatte und es mir auch nicht wegnehmen wollte, fühlte ich mich in seiner Gegenwart wohler. Er war einfach ein netter und besorgter Mensch.

Der Schuldirektor erhob sich, und ich tat es ihm nach. Er ging zum Schreibtisch hinüber und hob gerade den Telefonhörer ab, als es an der Tür klopfte. »Herein.«

Die Tür schwang auf, und ein junger Mann, der vielleicht ein oder zwei Jahre älter war als ich, trat in das Büro. Er trug einen dunkelroten Kapuzenpullover, auf dem das Logo der Schule prangte. Sein Blick fiel kurz auf mich und richtete sich dann auf Mr. Waystone.

»Sir, James schickt mich. Ich soll die ›junge Dame‹ zum Auto bringen.«

Der Schulleiter war überrascht und legte den Hörer abwesend zurück auf die Station. »Ich wusste ja, dass James ein Wundertalent ist, aber dass Gedankenlesen auch zu seinem Repertoire gehört, ist mir neu.«

»Diese Schule ist eben immer wieder für eine Überraschung gut«, murmelte der Junge. Mr. Waystone schüttele den Kopf, wobei sich ein leichtes Schmunzeln auf sein Gesicht schlich. Er reichte mir zum Abschied die Hand und ich ergriff sie.

»Nochmals vielen Dank für Ihr Kommen. Passen Sie auf sich auf, Leah. Und auf die Monster.« Ein trauriges Lächeln huschte über sein Gesicht. »Blake wird Sie zum Auto begleiten. Auf Wiedersehen.«

»Sie sind jederzeit bei *Monsters & Glue* willkommen, Mister Waystone.«

»Danke.«

Ich winkte ihm kurz zum Abschied, dann ging ich an Blake vorbei zur Tür hinaus. Er folgte mir, und gemeinsam liefern wir den Gang entlang in Richtung Eingangshalle. Als wir dort ankamen, hielt Blake an.

»Leah … richtig?« Wie er meinen Namen aussprach … Vorsichtig, testend. Ich blieb neben ihm stehen und sah ihn zum ersten Mal richtig an. Seine Augen hatten die Farbe von Zimt. Ich nickte nur, weil ich befürchtete, sonst etwas furchtbar Peinliches zu sagen. Meine Erfahrungen im Umgang mit Jungs beliefen sich auf dieselbe Anzahl wie die Kekse, die am Ende des Tages in Mrs. Rainwaters Glas noch übrig sein würden. Null.

»Stimmt es?« Seine Stimme riss mich aus meinen Gedanken. »Ist Mister Lambers wirklich vor zwei Wochen gestorben?«

»Leider ja. Tut mir leid. Hast du ihn gekannt?«

Blake biss sich auf die Unterlippe. Auf seinem Gesicht spiegelten sich Enttäuschung, Trauer und … Wut?

»Er hat mich ein Jahr lang unterrichtet. Ich habe ihn sehr gemocht.«

»Ich auch.«

»Woran ist er gestorben?«

»Krebs.«

»Scheiße.« Damit traf er die Sache auf den Punkt.

»Das kannst du laut sagen. Das ist das schrecklichste Biest der Welt. Nicht mal die Magie von guten Monstern kann da helfen.«

»Es tut mir leid«, flüsterte Blake und legte mir eine Hand auf den Arm. Ich verkrampfte mich, war es nicht gewohnt, dass mich fremde Menschen anfassten. Er roch nach Pfefferminze.

»Mir auch«, sagte ich und versuchte das Zittern meiner Stimme zu unterdrücken. Blake sah sich um, fuhr sich mit der Hand durch die Haare. Er sah gut aus, das musste ich zugeben. Blonde Strähnen hingen ihm in die Stirn, und trotz des dicken Pullovers konnte ich die Muskeln darunter erahnen.

»Hör mal, ich …«

In diesem Moment wurde die Eingangstür geöffnet. Blake verstummte. James trat in das Foyer.

»Ah, Leah. Ich wollte Sie gerade holen kommen.«

Moment mal. Hatte Blake nicht behauptet, James hätte ihn geschickt?

»Ich habe sie auf dem Gang getroffen und ihr den Weg hierher gezeigt«, sagte Blake und hielt mir die Hand hin. »Es war nett, dich kennenzulernen, Leah.« Reflexartig ergriff ich sie und war überrascht, wie sanft sich seine Finger um meine legten.

»Ebenso«, erwiderte ich und wandte mich mit einem letzten Blick auf seine zimtfarbenen Augen ab. Warum hatte er gelogen? Wieso hatte er mich sprechen wollen? Und vor allem: Warum hatte ich ihn nicht auffliegen lassen?

Als ich in den Wagen stieg, betrachtete ich noch einmal die Fassade von *Bwystfilwood Hall.* In diesem Moment war ich mir sicher, dass diese alten Gemäuer noch viel mehr Geheimnisse verbargen, als alle Gerüchte vermuten ließen.

3. KAPITEL

Blake

Blake sah dem davonfahrenden Auto aus einem Fenster im ersten Stock nach. Seine Begegnung mit Leah ließ ihn mit noch mehr Fragen zurück, als er eh schon hatte. Von James hatte er vorhin in der Auffahrt eher zufällig erfahren, dass Dr. Lambers gestorben war. Er war erschrocken, und im nächsten Moment hatte ihn Traurigkeit erfüllt. Als er aber erfuhr, dass es bereits am Montag vor zwei Wochen passiert war, wurde er stutzig. Und dann gab es da noch dieses Mädchen, das in Verbindung zu Dr. Lambers stand. Wie genau, damit wollte James nicht rausrücken. Blake fand aber schnell heraus, mit wem sie sich traf.

Diese Infos waren mehr als alles, was er in den letzten zwei Jahren über seinen ehemaligen Lehrer erfahren hatte. Nach seiner Kündigung hatten alle so getan, als hätte es ihn nie gegeben. Keiner sprach über ihn. Und nun war er tot. Würde es bei Xavier ebenfalls so sein? Sein Mitschüler war vor zwei Wochen verschwunden und niemand redete darüber. Hingen das Verschwinden von Xavier und der Tod von Dr. Lambers zusammen? War das der Grund für das Schweigen? Eigentlich konnte es nicht sein, und doch … Blake fragte sich, ob *Bwystfilwood Hall* ihn langsam, aber sicher wahnsinnig machte. »Dem alten Kasten wäre es zuzutrauen«, murmelte er. Gern hätte er mehr von und über Leah erfahren, doch er hatte seine Chance verpasst. Die gestohlenen fünf Minuten waren es trotzdem wert gewesen. Immerhin hatte er jetzt einen Namen. Leah. Leah mit den meerblauen Augen. Sie war winzig, reichte ihm gerade mal bis zum Kinn. Es sollte nicht schwierig sein, sie irgendwie ausfindig zu machen und noch mal mit ihr zu reden.

Seine Smartwatch piepte und zeigte eine Erinnerung an. Die nächste Spritze war fällig. Wie viele hatte er schon bekommen, seit sie vor gut einem halben Jahr überraschend damit angefangen hatten? Noch fühlte er sich nicht stärker dadurch. Ohne einen Blick zurück zur Auffahrt machte sich Blake auf den Weg in den Keller. Im Untergeschoss hielt er seine Uhr an einen Scanner neben einer Metalltür. Es surrte und klickte, dann glitt die Tür zur Seite. Er ging einen gemauerten Gang entlang, in Richtung des Arbeitszimmers, in dem Dr. Persky schon auf ihn warten würde. Er hasste die grellen Lampen an der Decke, die jeden Zentimeter ausleuchteten. Den Kameras, die alle paar Meter an die Decke geschraubt waren, entging nichts. Die Kellergewölbe unter der Schule waren ein autonomer Hochsicherheitstrakt, der Blake mit jedem seiner Schritte ins Innere verschluckte und ihm einen Schauer über den Rücken jagte. Er konnte nur mit Mühe das Brodeln unter seiner Haut in Schach halten. Nicht mal er wusste, was sich hier unten alles befand. Er ahnte es nur. Und das war schlimm genug. Es reichte für den einen oder anderen Albtraum aus.

Zwei Stimmen ließen ihn innehalten, als er um die Ecke biegen wollte. Sein Gehör war berühmt-berüchtigt unter den anderen. Niemand, der sich im selben Raum mit ihm aufhielt, wagte es, ein falsches Wort zu sagen. Das war nur eine seiner »Gaben«, wie sie es hier nannten.

Instinktiv drückte sich Blake dicht an die Steinwand und verharrte. Normalerweise ignorierte er die Geräusche in den Kellergewölben so gut es ging. Da waren zu viele. Zu viele, die er nicht verstand. Zu viele, die ihm die Nackenhaare zu Berge stehen ließen. Doch dieses Mal hörte er genau hin. Er verlangsamte seine Atmung und lauschte.

»… haben Sie das Mädchen danach gefragt?« Das war Dr. Perskys Stimme. Sie sprach leise, aber Blake hörte eine Aufregung heraus, die ihr überhaupt nicht ähnlichsah. Alles an dieser Frau war aalglatt. Ihr strenger Zopf, die gebügelte weiße Bluse und das Make-up.

»Natürlich habe ich das«, antwortete Mr. Waystone nachdrücklich. Blake erkannte ihn sofort.

»Kommen Sie mit ins Büro, dann können wir …«

»Ich werde Ihre heiligen Hallen ganz sicher nicht betreten, Dr. Persky. Es gibt auch nicht viel zu besprechen. Das Mädchen wusste nichts darüber. Sollte sie doch etwas finden, wird sie sich melden. Wir haben momentan ganz andere Probleme.« Papier raschelte, wechselte wohl von der einen Hand in die andere.

»Sind Sie ganz sicher, dass sie nicht gelogen hat? Es ist wirklich wichtig, dass …«

»Dr. Persky, ich versichere Ihnen, sie weiß nichts. Mir ist klar, der Tod von Scott trifft Sie mehr als alle anderen, aber …«

»Sagen Sie nicht, Sie wüssten, wie das ist!«, keifte Dr. Persky.

»Verzeihen Sie mir.«

Schweigen. Dann zischte eine Tür und Mr. Waystone seufzte. Blake setzte seinen Weg fort, so als hätte er nichts gehört.

»Oh, hallo, Blake.« Mr. Waystone fuhr sich mit einer Hand über das Gesicht und sah ungewöhnlich erschöpft aus. »Ist Miss M… Leah schon weg?«

»James ist vor gut zehn Minuten mit ihr losgefahren, Sir.«

»Gut, gut.«

»Wer ist dieses Mädchen, Sir?«

Mr. Waystone grinste wissend. »Sie ist wirklich hübsch, nicht wahr? Aber mehr braucht dich nicht zu interessieren, mein Junge. Das geht auch mich eigentlich nichts an.« Der Schulleiter legte Blake die Hand auf die Schulter. »Ich nehme an, James hat dir gesagt, dass Dr. Lambers gestorben ist, oder?«

»Ja, Sir.«

»Ich wusste es schon seit zwei Wochen. Ich habe es niemandem gesagt, weil … Ich weiß auch nicht. Aber das werde ich noch. Alle sollen es erfahren. Immerhin haben wir ihm einiges zu verdanken.«

»Ich verstehe, Sir.«

Er drückte Blake kurz die Schulter, dann ließ Mr. Waystone ihn allein auf dem Gang zurück. Die Tür zum Arbeitszimmer von Dr. Persky schob sich zur Seite und Joshua, Blakes bester Freund und Sohn von Sarah Persky, streckte den Kopf heraus.

»Blake, wo bleibst du denn? Mach schon, dass du reinkommst.«

»Entspann dich, ich bin doch schon da.« Mit einem mulmigen Gefühl betrat Blake das Arbeitszimmer, und als die Schiebetür hinter ihm zuglitt, fühlte er sich endgültig eingesperrt. Das Arbeitszimmer von Dr. Persky strahlte dieselbe Kühle wie seine Bewohnerin aus. Es war penibel ordentlich, und Blake hütete sich davor, etwas anzufassen.

Einzig Joshua, der wie immer gut gelaunt war, nahm Blake etwas von seiner Anspannung. Er pustete sich eine dunkle Strähne aus der Stirn.

»Gehen wir heute Abend noch eine Runde laufen?« Er boxte ihn auf den Oberarm.

»Hat dir das Ausdauertraining heute Vormittag nicht gereicht?«

»Nö. Ich hab noch immer zu viel Energie.« Joshua ließ die Muskeln spielen.

Eine Tür zu einem angrenzenden Behandlungsraum öffnete sich automatisch, als die beiden darauf zutraten. Drinnen, an einem Metalltisch, stand Joshuas Mutter und zog eine durchsichtige Flüssigkeit in eine Spritze. Sie schwieg, als sich die beiden – wie schon so oft – auf eine der medizinischen Liegen setzten. Joshua war in der Anwesenheit seiner Mutter immer wortkarg. Eine herzliche Beziehung zwischen Mutter und Sohn sah anders aus. Zumindest glaubte das Blake – außer Joshua kannte in *Bwystfilwood Hall* niemand seine leiblichen Eltern. Was also wusste er schon?

»Krempelt die Ärmel hoch«, sagte Dr. Persky abwesend und platzierte die beiden Spritzen in einer Metallschale. Sie stellte sie zwischen die beiden Jungen auf die Liege. Joshua schob seiner Mutter den Arm als Erstes hin. Routiniert griff sie nach dem Unterarm, drehte ihn und setzte die Spritze an. Joshua sah weg, als sich die Nadel in die Haut bohrte. Wenige Sekunden später war es vorbei und Blake war an der Reihe. Er zögerte kurz und sah die Ungeduld in den Augen der Frau aufflackern. Sie umschloss seinen Arm mit kalten Fingern, drückte fest zu und zog ihn zu sich heran. Blakes Haut reagierte instinktiv, bevor er es unterdrücken konnte. Als die Nadel nur noch Millimeter über dem Arm schwebte, formten sich Drachenschuppen auf seiner Haut und bildeten einen schützenden Panzer. Grün schimmernd warfen sie das Licht der Deckenlampe zurück. Dr. Persky seufzte genervt.

»Blake, wie oft haben wir das schon gemacht? Stell dich nicht so an.«

Er gab keine Antwort darauf, denn das hätte sie nur noch mehr verärgert. Stattdessen atmete er tief durch und drängte die Drachenschuppen zurück. Sie lösten sich auf, verwandelten sich wieder in menschliche Haut. Die Ärztin zögerte nicht lange und rammte Blake die Nadel in den Arm. Es tat weh, und verdammt, das wusste sie auch. Sie musste wirklich schlecht gelaunt sein, denn normalerweise hatte Professionalität bei ihr immer Vorrang. Was nur hatte es mit Leah auf sich, dass sie die Frau so aus der Fassung brachte? Denn dass es in dem Gespräch zwischen Mr. Waystone und Dr. Persky um sie gegangen war, daran bestand für Blake kein Zweifel.

In Gedanken versunken bemerkte er nicht, wie Joshuas Mutter die Nadel wieder herauszog.

»Hey, Mann«, sagte sein Freund und wedelte mit der Hand vor Blakes Gesicht. »Wo bist du denn gerade?«

Er fing sich. »Ich geh im Kopf schon durch, wie ich dich gleich beim Laufen fertigmache.«

»Das wollen wir sehen. Bye, Mom. Wir gehen noch eine Runde joggen. Bis später.« Doch seine Mutter antwortete nicht, als die beiden erst den Behandlungsraum und dann das Arbeitszimmer verließen.

»Ach verdammt, ich habe meine Brille vorhin auf der Toilette liegen lassen. Warte hier, ich komme sofort.« Joshua rannte den Gang entlang, immer weiter in das Labyrinth hinein.

Blake atmete tief durch. Als er kurz innehielt, hörte er Dr. Perskys gedämpfte Stimme durch die Tür. Er überbrückte den letzten Abstand und presste sein Ohr an das Metall.

»… ich sage, sie lügt. Und ich werde es beweisen.«

Blake hörte Joshua zurückkommen und trat einen Schritt zur Seite. Als sein Freund um die Ecke kam, stand er genau da, wo Joshua ihn zurückgelassen hatte. Dieser schob sich die vergessene Sonnenbrille auf die Nase.

»Jetzt können wir los.«

»Wozu brauchst du hier unten eine Sonnenbrille?« Blake bemühte sich, nicht zu schnell auf den Ausgang zuzueilen. Dabei wollte er nur raus hier.

»Alter, diese Lampen sind grässlich. Davon wird man auf Dauer blind.«

Blake zog seinem Freund die Kapuze des Pullovers über den Kopf.

»Blödmann«, beschwerte sich Joshua.

Dann endlich erreichten sie den Ausgang. Die schwere Schiebetür schloss sich hinter ihnen und sperrte das Gewölbe dahinter ein. Und mit ihm die schwachen Herzschläge, die Blake in dem steinernen Labyrinth auf Schritt und Tritt verfolgten.

4.
Kapitel

Leah

Als ich das Heim am nächsten Morgen öffnete, hingen meine Gedanken zum Teil noch in *Bwystfilwood Hall.* Ich war erleichtert, dass Mr. Waystone nicht an *Monsters & Glue* interessiert war, dennoch fand ich sein Verhalten und auch das von dem jungen Mann – Blake – merkwürdig. So als steckte mehr hinter dieser Einladung, als es auf den ersten Blick schien.

Schulterzuckend schloss ich die Tür auf und drehte das Schild an der Glasscheibe auf *Geöffnet.* Alles Grübeln half ohnehin nichts, der Alltag im Heim ließ sich davon nicht beirren.

Zumindest bis um zehn Uhr, als die Stimmung mit einem Mal kippte.

Die Monster verstummten, als die Eingangstür ins Schloss fiel. Irritiert sah ich auf. Ein Mann und eine Frau standen im Raum. Beide waren um die dreißig und chic gekleidet. Sie warfen aufmerksame, aber auch nahezu finstere Blicke durch den Raum. Die misstrauischen Reaktionen der Monster sprachen nicht für die beiden Besucher. Auch wenn ich noch nicht wusste warum.

Ich stand auf und trat auf das Paar zur. Er hatte kurz geschorene dunkle Haare, sie einen strengen blonden Dutt. Ich lächelte die beiden an und hoffte, dass sie mir die Freundlichkeit abkauften.

»Willkommen bei *Monsters & Glue.* Wie kann ich Ihnen behilflich sein?«

Die beiden lächelten zurück, doch der Ausdruck erreichte ihre Augen nicht. Wir taten also alle nur so, als ob.

Das Paar machte einen sehr gepflegten und gebildeten, aber keinen netten Eindruck auf mich. Ich tippte auf eingefleischte Geschäftsleute, was auch die strengen Frisuren und schicken Klamotten erklären würde.

»Wir interessieren uns für besondere Monster«, sagte die Frau emotionslos. Mit *Businessmensch* lag ich anscheinend gar nicht so falsch. Sie klang, als ginge es ihr nur um einen guten Deal. Diese beiden wollten kein Monster aus Nächstenliebe adoptieren, nahm ich an. Doch natürlich konnte ich mich, konnten *wir* uns auch täuschen. Man sollte ein Buch niemals nach seinem Cover beurteilen. Also spielte ich ihr Spiel mit. Ich wollte den guten Ruf des Heims nicht gefährden.

»Wenn Sie jemand Besonderes suchen, Misses ...«

»Schuler.«

»Also, wenn Sie jemand Besonderes suchen, Misses Schuler, dann sind Sie hier genau richtig. Unsere Monster sind auf dieser Welt einmalig«, flötete ich, wie es sich für eine Vermittlerin gehörte. Vielleicht übertrieb ich es auch ein bisschen, denn so etwas Aufgesetztes und Geschäftliches sagte ich sonst nie. Das musste ihre strenge Aura sein, die bereits auf mich abfärbte.

»Davon gehe ich aus«, kommentierte Mr. Schuler ebenso trocken wie seine Frau. »Wir würden uns gern umsehen und von den Fähigkeiten der Monster überzeugen.«

Das wurde ja immer besser. Ohne auf eine Reaktion von mir zu warten, stiefelten die beiden zur Wand mit den Behausungen der Monster. Fünf misstrauische Augenpaare – ich nahm einfach mal an, dass Robbie es den anderen nachmachte – waren auf sie gerichtet, was sie allerdings nicht zu kümmern schien. Sie sahen sich alles in Ruhe und geradezu systematisch an.

Monty schwang einen seiner Tentakel über den Rand seines Aquariums. Er streckte ihn gefährlich nahe in die Richtung der Schulers aus.

»Monty«, zischte ich und warf ihm einen warnenden Blick zu. Seine dunkle Tinte ließ sich nur mit größter Mühe von der Haut und so gut wie gar nicht aus Kleidung entfernen, da sie sich jedem Waschmittel, Hitze und chemischer Reinigung widersetzte. Und eine weitere Rechnung für ein neues Kleidungsstück eines verärgerten Kunden sollte nicht auf meinem Schreibtisch landen – egal ob gerechtfertigt oder nicht. Zumal diese beiden aussahen, als würden sie nicht den geringsten Spaß verstehen.

Monty blubberte beleidigt und ein paar Luftblasen stiegen an die Wasseroberfläche. Er zog seinen Tentakel widerwillig zurück ins Wasser.

Die Schulers musterten mich irritiert, und ich lächelte unschuldig. Glue bewachte wie immer alles von ihrem Baum aus, der neben meinem Schreibtisch stand. Ich vernahm ein paar leise »Plopps« und war mir sicher, dass sich gerade sämtliche Kugelschreiber des Stifteköchers in Schokolade verwandelten. *Nein, nein und nochmals nein.* Dafür brauchte ich nicht mal eine Übersetzung. Ich teilte Glues Meinung, aber unternehmen konnte ich noch nichts. Das Schokoladenchaos auf meinem Tisch blieb von den Schulers zum Glück unbemerkt, als sie sich nach knapp fünf Minuten wieder zu mir umdrehten.

»Welche der Monster verfügen über besondere Magie?«, wollte die Frau wissen. Der Ton ihrer Stimme störte mich. Magie nahm – wie die Monster – alle möglichen Formen an. Sie war bis heute noch nicht vollständig erforscht, und das würde sich wahrscheinlich so schnell nicht ändern. Ihre Geschichte und die der Monster reichte sehr viel weiter zurück als die von uns nichtmagischen Menschen.

»Keines von ihnen. Deswegen sind sie hier«, log ich und setzte das schönste falsche Lächeln auf, das in meinem Repertoire vorhanden war. Das ging sie überhaupt nichts an, und ich hoffte, dass es ihr Interesse an den Monstern in Luft auflöste. Mrs. Schuler quittierte meine Aussage mit einem verärgertem »Mhm«. Das klang nicht unbedingt überzeugt. Aber was sollten sie schon unternehmen?

Das Paar sah sich ein letztes Mal um und verließ dann ohne weitere Worte das Heim.

»Danke, Ihnen auch noch einen wunderschönen Tag!«, rief ich ihnen hinterher. Die Monster atmeten kollektiv auf, als die Spannung dem Raum entwich. Auch ich stieß einen Seufzer der Erleichterung aus, ehe ich mich an meine kleinen Mitbewohner wandte.

»Das waren zwei der unsympathischsten Personen, die mir je begegnet sind«, stellte ich fest. »Und das sage ich, die es im Heim und in der Schule mit wirklich allen nur erdenklich ätzenden Leuten zu tun hatte.« Ich sah in den Gesichtern der Monster Zustimmung. Erschöpft ließ ich mich auf meinem Schreibtischstuhl nieder.

Ich betrachtete das kalorienreiche Durcheinander auf meinem Schreibtisch. Zehn Kugelschreiber waren Glues Magie zum Opfer gefallen. Ja, ich hatte immer so viele herumstehen. Schade nur, dass ich sie nicht essen konnte. Nach einiger Zeit ließ die Wirkung der Magie nach, und so ein zerkauter Stift lag sehr schwer im Magen. Das hatte ich am eigenen Leib schon erfahren dürfen. Glue landete vor mir auf dem Tisch und wedelte ein paar Klebezettel weg. Sie sah mich eindringlich an.

»Was ist?«, fragte ich. Auch wenn ich schon seit einem Jahr mit den Monstern zu tun hatte, verstand ich nicht immer, was sie mir mitteilen wollten. Ihre Stimmungen und Körpersprache konnte ich deuten, aber was genau sie manchmal dachten, blieb mir ein Rätsel. Andersherum war es kein Problem, sie verstanden unsere Sprache. Das hatte Theorien führender Experten zufolge ebenfalls mit ihrer Magie zu tun. Mir hingegen blieb nichts anderes übrig, als zu raten.

»Hat es mit diesen beiden Leuten zu tun?«

»*Hoo.*« Das war ein Ja, so viel wusste ich.

»Hat es damit zu tun, dass sie so unfreundlich waren?«

»*Hoo.*«

»Okay. Hm. Haben sie irgendwie komisch gerochen? Monster reagieren stark auf Gerüche, oder?«

»*Hoo.*«

»Das ist manchmal so. Man kann Leute im wahrsten Sinne des Wortes nicht riechen, und dann sind sie einem auch gleich unsympathisch. Und diese beiden waren wohl … Universalstinker. Für Mensch und Monster. Aber das ist doch nichts Besonderes. Oder war der Geruch wirklich so ungewöhnlich?«

Glue blinzelte einmal, ganz langsam, so als wäre ich furchtbar schwer von Begriff. Sie fixierte mich noch einen Augenblick lang, dann flatterte sie auf ihren Baumstamm zurück und schloss die Augen. Was sollte das denn? Meine Neugierde war geweckt. Ich ging zu den anderen Monstern.

»Was war eben mit euch los?«, fragte ich sie. Sie machten bedrückte Gesichter und warfen sich vielsagende Blicke zu.

»Es wäre so schön, wenn ich euch verstehen könnte.«

Pebbles hüpfte von einem Regalbrett aus auf meine Hand. Sie schmiegte sich an mich, als ich ihr über das Fell strich. Ein Zeichen ihrer Zustimmung.

In der nächsten Sekunde klatschte mir Wasser ins Gesicht. Pebbles sprang gerade noch rechtzeitig zurück ins Regal, ehe mich ein weiterer Schwall traf.

»Iiih, Monty! Was soll das?« Mit dem Ärmel trocknete ich mich ab so gut es ging. Der kleine Krake deutete mit einem Tentakel auf Nuvo und nutzte seine Magie, um einen kleinen Ball aus Tinte im Wasser schweben zu lassen. Nuvo und ein Ball? Nein, eine Murmel.

»Nuvo könnte eine Murmel erschaffen, mit deren Hilfe ich die Szene von eben aus seiner Sicht erleben und dann auch seine Gefühle nachempfinden könnte. Dann wüsste ich, worum es geht.«

Nuvo schlug einen Purzelbaum in der Luft.

»Ist es wirklich so kompliziert, dass du es mir nicht in einfachen Bildern beschreiben kannst?«, fragte ich Monty. Er wiegte den Körper auf und ab. Ja, es war also anscheinend wirklich so kompliziert. Monty konnte nur recht einfache Tintenbilder in das Wasser malen, und selbst das kostete ihn schon einiges an Kraft.

»In Ordnung. Dann sehe ich mir die Erinnerungsmurmel morgen an.« Nuvo brauchte zwischen zwölf und vierundzwanzig Stunden, um solch eine Murmel zu erzeugen, je nachdem, wie lang die Erinnerung war, die er darin einfangen wollte.

»Und du hast mich in Montys Falle gelockt, stimmt's, Glue?«

Die Eule öffnete die Augen nicht, als sie ein leises »*Hoohoo*« ausstieß, das verdächtig nach einem Kichern klang.

5. KAPITEL

Leah

Nach meinem Besuch in der ominösen Privatschule und dem des merkwürdigen Paares hätte ich eigentlich auf alles vorbereitet sein sollen, was den Alltag von *Monsters & Glue* durcheinanderbringen konnte. Denn mal ehrlich, so ereignisreich wie in den vergangenen zwei Tagen war es noch nie zugegangen. Dennoch fiel mir fast der Putzeimer aus der Hand, als sich am Nachmittag ein weiterer Besucher in das Heim verirrte. Blake.

Er hatte seine Schuluniform gegen einen dunkelgrünen Pullover getauscht, und obwohl er im ersten Moment fehl am Platz wirkte, erkannte ich ihn und seine zimtfarbenen Augen sofort.

»Hi«, sagte ich, was allerdings mehr wie eine Frage als wie eine Aussage klang.

»Hey.« Blake schloss die Tür hinter sich. »Ein schönes Heim.« In diesem Moment war ich froh, dass ich den Raum und die Regale eben erst aufgeräumt und abgewischt hatte. Seinen aufmerksamen Blicken schien nichts zu entgehen. Er winkte den Monstern zu.

»Was verschlägt dich denn hierher?« Ich stellte den Putzeimer, den ich hatte entleeren wollen, unter den Schreibtisch und ließ auch die gelben Gummihandschuhe schnellstens verschwinden. Mein Herz raste, und ich fragte mich, wieso um alles in der Welt ich so aufgeregt war.

»Neugierde.« Blake durchschritt den Raum, ging direkt auf den Schreibtisch zu. Sein Blick blieb an einer der Wände hängen, und er wechselte die Richtung. Vor einem Foto verharrte er. Darauf zu sehen waren Mr. Lambers, seine Monster und ich. Ein schwaches Lächeln huschte über Blakes Lippen.

»Er sieht glücklich aus.«

Ich stellte mich neben ihn. »Misses Rainwater, eine Nachbarin, hat es aufgenommen, kurz nachdem ich hier angefangen habe. Mister Lambers meinte, ich gehöre nun zu seiner Monsterfamilie, und dafür braucht es auch ein anständiges Foto.« Bei dem Wort Familie musste ich mich zusammenreißen, um nicht in Tränen auszubrechen. Mir war dieses heile Glück nur kurz vergönnt gewesen, und doch fehlte es mir sehr. Ich vermisste Mr. Lambers, der mir so viel gegeben hatte. Falls Blake meine Traurigkeit bemerkte, ließ er es sich nicht anmerken.

»Er hat sich also gut um seine Schützlinge gekümmert?«

Ich nickte und deutete auf das Bild. »Das da ist Shia. Sie ist ein Silberohrfuchs mit einer chronischen Krankheit. Sie sollte eingeschläfert werden, aber Mister Lambers hat sie aufgenommen und alle Kosten für ihre Behandlung übernommen, bis eines Tages eine Dame herkam, die sich auf den ersten Blick in Shia verliebte. Sie hat sie ohne Wenn und Aber adoptiert.«

Blake kniff die Augen zusammen und sah auf das Foto. Er wirkte betrübt.

»Alles okay, Blake?« Als ich seinen Namen aussprach, löste er sich aus seiner Starre und sah mich an.

»Ja. Danke.« Unsere Blicke kreuzten sich, und ich war für einen Augenblick gefangen von der Wärme darin. Doch mir entging die Falte zwischen seinen Augen nicht. Er log, wenn er meinte, es sei alles in Ordnung.

Da erst fiel mir auf, dass im Heim Totenstille herrschte. Keines der Monster gab einen Laut von sich, als ich mich umdrehte. Mich erwartete eine Ansammlung von Monstern zu meinen Füßen. Nuvo, Robbie und Pebbles schwebten beziehungsweise saßen zu unseren Füßen und musterten uns interessiert. Nein, nicht uns – Blake. Selbst Glue, die sonst so zurückhaltend bei fremden Menschen war, hatte sich auf meinem Schreibtisch niedergelassen und beobachtete uns aufmerksam. Monty wäre wohl am liebsten aus seinem Aquarium gekrochen, doch stattdessen drückte er sich die nicht vorhandene Nase am Glas platt.

»Hallo«, sagte Blake und kniete sich hin. Robbie und Nuvo schreckten zurück, Pebbles blieb stehen. Sie tippelte auf Blake zu und schnüffelte an seiner Hand, die er ihr vorsichtig entgegenstreckte. Ich roch nichts Besonderes, doch da musste etwas sein, was ihre Aufmerksamkeit erregte. Sonst würden sie sich nie so eigenartig aufführen. Was war nur los? Morgens bei den Schulers hatte Eiszeit geherrscht, nun gingen die Monster auf Tuchfühlung. Lag vielleicht tatsächlich etwas in der Luft? Ich konnte mich allerdings schlecht neben Blake stellen und fragen, ob ich mal an seiner Achsel schnuppern durfte. Manchmal verhielt ich mich zwar etwas komisch, aber auch das hatte seine Grenzen.

»Möchtest du was trinken?«

»Nein, danke.« Nachdem die Monster ihn ausgiebig beschnüffelt hatten, richtete sich Blake wieder auf. »Ich würde aber gern mit dir reden, wenn das in Ordnung ist. Und du Zeit und Lust dazu hast.«

»Klar.« Ich bot ihm den Besucherstuhl an meinem Schreibtisch an und nahm auf der anderen Seite Platz. Selbst im Sitzen musste ich zu ihm aufsehen. Als er gerade von den Monstern abgelenkt war, die ihm auf Schritt und Tritt folgten, betätigte ich den Hebel an meinem Stuhl und stellte ihn ein Stückchen höher. Schon viel besser. Glue, die noch immer auf dem Tisch thronte, rollte mit den Augen.

»Worüber willst du reden?«, fragte ich.

Blake ließ den Blick noch mal durch das Heim schweifen. »Über alles.«

»Das kostet extra«, erwiderte ich grinsend. »Darf ich dir zuerst eine Frage stellen?«

»Klar.«

»Wieso interessierst du dich für *alles?*«

Er lehnte sich zurück und verschränkte die Hände hinter dem Kopf. Suchend blickte er hinauf zur Decke, als wäre dort die Antwort versteckt.

»Wie viel weißt du über die Zeit, die Mister Lambers in *Buwystfilwood Hall* war?«

»Nicht viel. Das meiste davon habe ich erst gestern von Mister Waystone erfahren.«

»Mister Lambers war ein guter Lehrer, ein beliebter. Er hat uns nicht wie die … verwöhnten Kinder behandelt, die wir waren. Oder vielleicht auch immer noch sind. Als er dann vor zwei Jahren ganz überraschend gekündigt hat, haben wir uns natürlich gewundert, wieso. Aber niemand von der Lehrerschaft oder den anderen Angestellten wollte mit uns darüber reden. Selbst Mister Waystone blockte alle Fragen ab. Keiner redete mehr über ihn, es wurde einfach zur Tagesordnung übergegangen. Irgendwann wurde das Gerücht in die Welt gesetzt, dass er etwas angestellt hat und gekündigt wurde. Angeblich hat er uns in gewisser Weise verraten und musste deshalb gehen. Von da an habe auch ich das Schweigen akzeptiert.«

Ich horchte auf. Ein Satz hatte meine Aufmerksamkeit geweckt.

»Was meinst du damit, dass er euch ›verraten‹ hat?«

Blake wirkte überrumpelt.

»Habe ich das gesagt? Nun ja, die Schule ist eine eingeschworene Gemeinschaft, fast wie eine Familie. Man hält zusammen. Wir haben vermutet, dass er der Schule auf gewisse Weise Schaden zugefügt, einen Verrat begangen hatte und seine Lehrerschaft nicht mehr tragbar war.«

»Gab es Beweise dafür?«

Blake schüttelte den Kopf. »Und wenn ich mich hier so umschaue und den glücklichen Ausdruck auf seinem Gesicht sehe, dann glaube ich auch nicht mehr an diese Gerüchte. So wie er strahlt, ist er freiwillig gegangen.«

Ich musste schmunzeln.

»Du kennst die Wahrheit, oder?« Er beugte sich vor und betrachtete mich aufmerksam und neugierig. In seinen Augen lag ein fast verzweifelter Ausdruck. Am liebsten hätte ich ihm durch seine Haare gestrichen und ihm gesagt, dass alles in Ordnung

sei. Dass er nicht verraten wurde, auch wenn ich diese Wortwahl noch immer heftig fand.

»Natürlich kann ich es nicht mit absoluter Sicherheit sagen, aber ich habe Mister Lambers geglaubt, dass er freiwillig gegangen ist. Er sei gern Lehrer gewesen, das hat er immer betont, aber er sprach auch von den Schattenseiten, die die Arbeit in *Bwystfilwood Hall* mit sich brachte. Er hat mir nie erklärt, was genau er damit meinte. Aber er hat gesagt, dass er dort nicht mehr glücklich war und deswegen gegangen sei. Und er wollte mit dem Rest seines Lebens noch etwas Gutes anfangen.« Ich breitete die Arme aus. »Deswegen gibt es *Monsters & Glue.*«

Ich erzählte Blake vom Heim, wie wir arbeiteten, Adoptionen ausmachten und dass *Monsters & Glue* nun mir gehörte. Er schwieg und lauschte meinen Ausführungen. Auch die Monster am Boden hörten gespannt zu.

»Ich bin so dumm«, waren Blakes erste Worte, nachdem ich fertig war. Pebbles stieß ein protestierendes Piepen aus.

»Doch. Ich habe zwei Jahre lang irgendwelchen Gerüchten geglaubt, für die es keine Beweise gab. Statt nachzuforschen, habe ich einfach angenommen, dass er sich in der Karibik zur Ruhe gesetzt hat und den ganzen Tag am Strand liegt.« Blake lachte ironisch. »Nichts ist weiter entfernt von der Wahrheit als das.«

»Du wusstest nicht mal, dass er noch immer in Bwystfilwood ist?«

»Nein. Wir fahren zwar ab und an in die Stadt, aber nie in diese Gegend.«

»Wie hast du uns jetzt gefunden?«

Er grinste. »James. Ich kann sehr überzeugend sein, wenn ich will.«

»Und weshalb interessiert es dich jetzt, warum und wohin Mister Lambers gegangen ist?«

»Eine Person, zu der ich früher aufgesehen habe, stellt sich doch nicht als der Arsch heraus, für den ich ihn gehalten habe. Er hat uns nicht verraten, und er war offensichtlich selbstloser als wir alle zusammen. Und das erfahre ich erst, als es zu spät ist. Ich kann mich nicht mal entschuldigen. Dabei hat er nur eine halbe

Stunde Fahrt von uns entfernt gewohnt. In einem Notfall wäre er sofort zur Stelle gewesen.«

Blake sprang auf und streifte ruhelos umher, die Monster blieben ihm dicht auf den Fersen.

»Was für ein Notfall?«, hakte ich nach.

»Was?« Blake wirkte abwesend. Er stand vor dem Erkerfenster und blickte auf die Straße hinaus, als könnte er den Anblick des Heims nicht mehr ertragen. »Ach, was weiß ich. Lehrermangel oder so«, murmelte er. Wirklich überzeugend klang das nicht. Zweifel nagten an meinem Inneren. Irgendetwas verschwieg er mir. Als mein Blick den von Glue streifte, sah ich auch in ihren Augen Unsicherheit. Oder bildete ich mir das nur ein? Ein Gedanke, der mir seit meiner ersten Begegnung mit Blake durch den Kopf geisterte, war auf einmal wieder präsent.

»Blake?« Widerwillig löste er sich vom Fenster und stolperte fast über die Monster. Er konnte sich gerade noch fangen und setzte sich dann neben das Puppenhaus im Erker. Sonnenstrahlen fielen auf seinen Rücken und brachten seine blonden Haare zum Leuchten. Ich konnte sein Gesicht nicht sehen, also stand ich auf und ging zu ihm hinüber. Bei meiner nächsten Frage wollte ich ihm in die Augen sehen.

»Wieso gehst du noch immer auf diese Schule? Du bist doch sicherlich schon über achtzehn, oder? Du solltest deinen Abschluss schon längst in der Tasche haben.«

»Ich bin zwanzig. Und ich habe meinen Abschluss letztes Jahr gemacht. Aber in *Bwystfilwood Hall* lernen wir mehr. Wir haben weiterführende Kurse für Bewerbungen, je nachdem, ob man an ein College oder einen Ausbildungsplatz will. Wir nehmen uns die Zeit, um verschiedene Berufsfelder kennenzulernen, und entscheiden dann in aller Ruhe, was wir machen wollen. Immerhin bezahlen wir viel Geld für eine gute Ausbildung, das sollte sich auch lohnen.« Das klang plausibel, und doch bemerkte ich den Kummer in seiner Stimme. Was um alles in der Welt verschwieg er mir? Andererseits war er mir keinerlei Rechenschaft schuldig, ich wollte ihn also nicht weiter bedrängen, wenn ihm das Thema offensichtlich unangenehm war.

»Hast du sonst noch Fragen?«, erkundigte ich mich. Ich mochte es, mit ihm zu reden. Seine dunkle, aber weiche Stimme zu hören.

»Du machst das mit dem Heim jetzt ganz allein?« Ups. Das war eine Richtung, in die ich dieses Gespräch nicht gern lenken wollte.

»Ja«, antwortete ich deshalb so selbstbewusst wie möglich.

»Aber du bist so jung und ...«

»Und was?« Ich verschränkte die Arme vor der Brust. Nein, das gefiel mir ganz und gar nicht. Blake sah fragend zu mir auf.

»Hast du eine Ausbildung gemacht?«

»Ich weiß, was ich wissen muss.« Wow, das klang wirklich super professionell. *Toll, Leah!*

»Okay. Ich meine ja nur, für einen allein muss das unglaublich viel Arbeit sein.«

»Bisher bin ich allein klargekommen.«

»Ich kenne da ein paar Leute, die von so was Ahnung haben. Wenn du willst, könnte ich ...«

»Danke, aber ich brauche keine Hilfe.«

»Bist du dir sicher?«

»Ja«, zischte ich. Ich hatte genug. Er war wie alle anderen, die mich angesehen und sofort an mir gezweifelt hatten. Ich konnte in meinem Leben bisher nicht viel vorweisen, aber das hier, dieses Heim, das würde ich mir nicht nehmen lassen. Ich würde mich nicht seinen Zweifeln beugen, schon gar nicht vor meinen Monstern. Das durften nur sie. Oder ich selbst. Niemand anderes hatte das Recht, über mich zu urteilen. Blake bemerkte meinen Stimmungswechsel. Stirnrunzelnd stand er auf und streckte eine Hand nach mir aus. Ich wich zurück. Er ließ den Arm sinken.

»Falls du ...«

»Nein«, unterbrach ich ihn. Wenn er mir noch einmal Hilfe anbot, weil er glaubte, dass ich ohne sie nicht auskam, würde ich in Tränen ausbrechen. Dann hätte er seinen Beweis, dass ich mir keinesfalls so sicher war, und diese Genugtuung wollte ich ihm nicht gönnen.

»Auf Wiedersehen, Blake.« Ein kollektives Keuchen der Monster begleitete mich, als ich mich umdrehte. Ich setzte mich zurück an den Schreibtisch und klappte demonstrativ einen Aktenordner auf, ohne noch mal nach Blake zu sehen. Ich blendete ihn aus, und erst als die Tür ins Schloss fiel, blickte ich auf. Ich atmete tief durch, als er am Schaufenster vorbeiging und verschwand.

Glue hüpfte auf mich zu und presste ihren Kopf an meine Stirn.

»*Hooho*.« *Ich glaube an dich.* Wie immer wusste sie, welche Gefühle gerade in mir tobten. Es war nicht das erste Mal in den letzten Monaten, dass sie mir auf diese Weise Mut machte, wenn ich an mir selbst zweifelte.

»Danke. Was würde ich nur ohne dich tun?«

Ein lautes Plätschern ließ mich hochfahren.

»Was zum …?«

Monty hatte sich über sein Aquarium gebeugt und wedelte wild mit zwei Tentakeln. Als er sich meiner Aufmerksamkeit sicher sein konnte, deutete er auf den Erker. Die anderen Monster saßen schon in Reih und Glied vor Pebbles' Puppenhaus und starrten auf die Straße. Ein Mädchen blieb vor dem Fenster stehen und sah hinein. Pebbles hüpfte und quietschte, Nuvo drehte sich wie wild im Kreis und Robbie klatschte seine Zunge an das Glas, was das Mädchen erschrocken zurückweichen ließ. Sie verschwand, und sobald der Blick auf die Straße frei war, beruhigten sich die Monster und guckten wieder nach draußen. Es fehlten nur noch wenige Zentimeter und sie alle hätten sich die Nasen an der Scheibe platt gedrückt. Monty zappelte ungeduldig.

»Eines Tages macht ihr mich noch wahnsinnig«, brummelte ich, als ich in das Hinterzimmer ging. Zurück kam ich mit einem leeren Ersatzglas in den Händen, in das der kleine Krake gerade so hineinpasste. Gefüllt mit Wasser konnte ich es noch bequem tragen, auch wenn es auf Dauer anstrengend wurde. Ich musste das Puppenhaus ein Stück zur Seite rücken, um das Glas auf das Podest stellen zu können. Die Monster beachteten mich gar nicht. Nur Monty war aufgeregt und verfolgte jede meiner Bewegungen. Aus dem Klappfach unter seinem Aquarium holte ich einen kleinen Apparat hervor. Es war ein mobiler Filter, der mit geladenem Akku ein paar Stunden am Stück laufen konnte. Mr. Lambers selbst hatte das Gerät gebaut, damit es dem Kraken auch in einer provisorischen Behausung gut ging, während das große Aquarium gereinigt wurde. Ich klebte es mit den dazugehörigen Saugnäpfen an die Innenwand des Glases. Monty war es egal, ob er in Salz- oder Süßwasser schwamm, Hauptsache, es war sauber.

»Na komm, Freundchen.« Ich hob den Kraken, der sich mir schon entgegenstreckte, aus dem Aquarium und setzte ihn dann behutsam in das Becken auf dem Podest. Jetzt saßen dort vier Monster, die ihre Köpfe gegen Glasscheiben drückten. Fehlte nur noch … Ich hatte den Gedanken noch nicht mal zu Ende geführt, als sich Glue auf dem Dach des Puppenhauses niederließ und ebenfalls auf die Straße blickte. Ich hätte mich kaputtlachen können, wenn ich nicht genau gewusst hätte, worauf sie warteten. Oder besser: auf wen.

»Er kommt nicht zurück.« Genauso wenig wie die Paare im Heim, die sich angeblich für mich interessiert hatten. Niemand kam jemals zurück. Die Monster ignorierten meinen Einwand und starrten stur geradeaus.

Eine Dreiviertelstunde später kam Bewegung in die Monster. Sie quiekten aufgeregt, stoben erst durch- und dann auseinander. Pebbles sprang in ihr Puppenhaus, Nuvo schwebte in sein Regalfach, Glue flog auf ihren Baum und Robbie – der war mit einem Mal unsichtbar. Nur Monty konnte nicht fliehen, er hängte ganz galant und entspannt einen seiner Tentakel über den Rand und tat so, als hätte er schon immer seinen Platz im Erker gehabt. Es war so weit. Sie waren endgültig durchgeknallt.

Doch dann öffnete sich die Heimtür und ich traute meinen Augen nicht. Blake. Mit Kapuze in der Stirn und vollkommen durchnässt von dem Regen, der plötzlich eingesetzt hatte. In der linken Hand balancierte er eine Pappschachtel, in der vier Becher steckten. An der rechten, mit der er die Tür gerade so aufdrücken konnte, baumelte eine Plastiktüte. Die Heimtür fiel hinter ihm ins Schloss, während er sich sortierte und auf mich zukam.

Er stellte die Becher vor mir auf dem Schreibtisch ab.

»Ich wusste nicht, was du magst, also habe ich einfach mal alles Mögliche mitgebracht.« Nacheinander hob er die Becher aus der Halterung.

»Ein schwarzer Kaffee, ein Cappuccino, eine heiße Schokolade und ein Tee.« Er kramte mit der nun freien Hand ein paar kleine Tütchen aus seiner Jeanstasche und warf sie neben die Becher auf den Tisch. »Hier hätten wir noch weißen und braunen Zucker, Süßstoff, Milchpulver und – man weiß ja nie – etwas Salz.« Er stellte die Tüte auf die Holzplatte und breitete den Inhalt ebenfalls vor mir aus. »Gummibärchen, Schokolade, Kaugummi, Salzstangen, Chips …«

»Blake!«, unterbrach ich ihn harsch. Er sah das erste Mal zu mir auf, seit er das Heim betreten hatte.

»Ja?« Sein Arm steckte noch in der Tüte.

»Was in aller Welt soll das?«

Glue seufzte. Sie wusste anscheinend mal wieder mehr als ich. Und ja, sie konnte wirklich seufzen.

»Ich wollte es nicht wahrhaben, aber ich bin anscheinend wirklich schlecht darin«, antwortete Blake und holte einen weiteren knisternden Beutel aus der Tüte, die er daraufhin zusammenfaltete und auf den Tisch legte.

»Worin?«, hakte ich nach.

»Darin, mich zu entschuldigen.«

Stille. Man hätte ein Monsterhaar zu Boden fallen hören können.

Ich befand mich wie in einer Schockstarre und konnte nichts anderes tun, als Blake anzustarren.

»Es tut mir leid, Leah. Ich habe dich ganz offensichtlich verletzt. Ich erkenne einen wunden Punkt, wenn ich ihn sehe. Leider zu spät. Das kam alles falsch rüber.«

Seine Kiefermuskeln zuckten, als er weitersprach.

»Ich meinte es nicht vorwurfsvoll, sondern anerkennend. Eine solche Verantwortung … Ich könnte sie nicht tragen. Aber ich bewundere, dass du es tust, und das mit solch einer Selbstverständlichkeit. Ich muss wohl damit klarkommen, dass ich nicht das Maß aller Dinge bin und jemand auch stärker sein kann als ich.« Beim letzten Satz grinste er selbstironisch. Doch der Ausdruck verschwand und wandelte sich in Ernsthaftigkeit.

»Aber glaub mir, nach Hilfe zu fragen ist in meinen Augen keine Schwäche. Es würde nur für dich sprechen. Es ist menschlich und bestimmt auch monsterlich. Ich würde dich gern besser kennenlernen. Dich, die Monster und das Heim. Ich denke, ich könnte mir da noch das eine oder andere abschauen und dir – falls du es willst – unter die Arme greifen. Du darfst mich auch zum Klosäubern verdonnern, wenn das alles ist, was ich tun kann. Die Voraussetzung ist aber, dass du mir verzeihst. Denn es tut mir wirklich leid.«

Blake holte tief Luft. Er presste die Lippen zusammen und streckte die Schultern durch, als er erwartungsvoll zu mir sah.

Ich konnte noch immer nichts tun, außer still dazusitzen und die Worte zu verarbeiten, die aus seinem Mund geschossen waren. Erst langsam sickerte ihre Bedeutung zu mir durch, und das damit verbundene Gefühl kannte ich nicht. Es war warm und machte mich ganz träge.

So also sah eine Entschuldigung aus. Eine etwas verrückte, aber ernst gemeinte Entschuldigung. Es hatte mich noch nie jemand für etwas um Verzeihung gebeten, das über mich gesagt worden war. Niemals. Mein Hirn kam mit dieser Information offensichtlich nicht zurecht, denn noch immer schwieg ich. Blake wandte sich ungeduldig ab, nahm eine kleine gefüllte Tüte an sich und riss sie auf. Der Geruch von Pfefferminze stieg mir in die Nase und hatte auf mich dieselbe Wirkung wie Riechsalz. Ich war augenblicklich wieder bei Sinnen.

Beginnend mit Glues Baum, drehte Blake eine Runde durch das Heim und bot jedem der Monster eine der Pfefferminzpastillen aus dem Beutel an. Die Kleinen nahmen das Angebot dankend an und fischten sich je eine heraus. Montys Pastille löste sich blubbernd im Wasser auf.

»Mir war nicht bewusst, dass sie Pfefferminze mögen«, stellte ich fest, weil ich nicht wusste, was ich sonst sagen sollte. Ich hatte keine Ahnung und fühlte mich deswegen schlecht, denn eine solche Entschuldigung verdiente mehr als mein Geplapper.

»Sie unterstützt ihre Magie«, erklärte Blake, nahm sich selbst eine der Pastillen und bot auch mir eine an, was ich dankend ablehnte.

»Woher weißt du das?«

Er hielt kurz inne und warf einen Blick zu den Monstern hinüber, die zufrieden schmatzten. Monty wedelte mit seinen Tentakeln im Wasser.

»Diesen ganz speziellen Tipp habe ich von einem Freund«, antwortete er dann. Ich nickte nur.

»Weiße Schokolade.« Im Themenwechsel war ich anscheinend ein Naturtalent.

»Wie bitte?« Blake sah mich verständnislos an.

»Ich trinke und esse das hier alles.« Ich deutete auf die Becher und den Berg voller Süßigkeiten. »Aber sowohl mein liebstes Heißgetränk als auch mein liebstes Naschzeug ist weiße Schokolade. Am liebsten in Kombination mit Marshmallows.«

Blake nickte und griff nach dem schwarzen Kaffee.

»Dann hast du sicher nichts dagegen, wenn ich den trinke, oder? Ich habe noch nie so lange in einem Café, geschweige denn in einem Supermarkt verbracht. Ich fühle mich ganz schwach«, witzelte er und grinste.

»Nur zu. Du musst ja für morgen fit sein.«

Blake verschluckte sich. »Morgen?«, fragte er krächzend. Er sah hoffnungsvoll aus. Könnte bitte jemand sein Lächeln abschalten? Das war ja schlimmer als die süßen Blicke meiner Monster. Ich schaute hinüber zu den Kleinen, die auffallend unauffällig wegsahen.

»Jetzt, wo du alle meine Schützlinge bestochen hast, kann ich ja wohl schlecht Nein zu weiteren Besuchen und etwas Hilfe sagen, wenn du sie anbietest. Sie würden mir für den Rest der Woche die Ohren vollheulen. Hast du Monster schon mal heulen hören? Das ist nicht gerade angenehm.«

Ein trauriger Ausdruck legte sich für eine Sekunde auf sein Gesicht, war aber genauso schnell wieder verschwunden.

»Das kann ich natürlich nicht zulassen«, erwiderte er. »Wann darf ich kommen?«

»Morgen Nachmittag um fünf werden neue Futtersäcke geliefert. Wenn du mir dabei helfen könntest, wäre das super.« Es kostete mich einige Überwindung, diese Worte auszusprechen. Damit gestand ich ihm und auch mir ein, dass ich tatsächlich Hilfe brauchte.

Aber er hatte recht. Es ging hier nicht nur um mich, sondern auch um meine Verantwortung den Monstern gegenüber. Und diese trumpfte alles. Nur hatte es ihn erfordert, damit mir das klar wurde. Doch sobald die Bitte meinen Mund verlassen hatte und ich das Strahlen auf Blakes Gesicht sah, waren alle Zweifel weg. Ich fühlte mich erleichtert. Nicht weniger stark, nicht weniger ich selbst.

»Klar.« Sichtlich zufrieden nippte Blake an seinem Kaffee. »Dann bis morgen!« Er war schon fast zur Tür hinaus, als er sich noch einmal umdrehte und zurückgelaufen kam. Mit einem frechen Grinsen schnappte er sich die Gummibärchen vom Tisch. »Ich tausche sie morgen gegen weiße Schokolade ein. Tschüss!«

Er verschwand und ließ mich mit den schmatzenden und nun auch noch grinsenden Monstern zurück.

»Ich mache das nur euretwegen«, stellte ich klar. Den Blick, den sie mir zuwarfen, konnte ich zweifelsfrei deuten. *Das glaubst du doch selbst nicht.*

»Ein falsches Wort und ich lasse ihn nicht wieder rein«, drohte ich spielend mit dem Finger. Doch die Monster beunruhigte das nicht im Mindesten. Zufrieden mit sich und der Welt machten sie es sich in ihren kleinen Behausungen gemütlich. Sie glaubten wohl nicht daran, dass das passieren würde. Sie glaubten an ihn. So wie sie es damals bei mir getan hatten, als ich bei Mr. Lambers im Heim anfing. Ich hoffte, dass sie auch heute recht behielten.

Ich verfrachtete Monty wieder in das große Aquarium. Seine blaue Haut leuchtete intensiver als vorher. Ob das tatsächlich an der Pfefferminze lag? Sollte sich Blake tatsächlich so gut mit ihnen auskennen? Ich schüttelte den Kopf.

»Mensch, Monty. Wieso nur habe ich Ja gesagt?« Er blinzelte, dann hob er einen Tentakel. Dunkelblaue, fast schwarze Tinte strömte in das Wasser, die nach ein paar Sekunden eine Form bildete. Es war ein Herz, das im nächsten Augenblick auch schon wieder verschwunden war.

»Stimmt. Weil ich euch so verdammt lieb habe und nur das Beste für euch will«, riet ich und lachte. Monty rollte mit den Augen und blubberte ein bisschen.

Erst als ich abends im Bett lag, verstand ich, was er mir wirklich mit dem Herz hatte sagen wollen. Es war nicht auf ihn und die Monster bezogen, sondern auf Blake. Eigentlich wusste ich nichts über ihn, außer dass er nach *Bwystfilwood Hall* ging, sich für Monster interessierte und Mr. Lambers gemocht hatte. Nach seiner rührenden Entschuldigung hatte mich alles andere erst mal nicht mehr interessiert. Das Gefühl, als jemand betrachtet zu werden, der eine Entschuldigung verdiente, hatte alles andere unwichtig erscheinen lassen. Ich glaubte, dass ich ihn mögen könnte. Wenn er in so kurzer Zeit meine Gedanken derart durcheinanderbringen konnte, war das doch ein gutes Zeichen. Oder?

Aber es machte mir ein bisschen Angst. Ich nahm mir fest vor, ihm am nächsten Tag ganz viele Fragen zu stellen. Notfalls konnte ich mich noch immer umentscheiden. Aber wollte ich das überhaupt?

»Verdammt, Leah. Was hast du dir da nur eingebrockt?«

6. Kapitel

Leah

Rot blinkendes Licht und ein ohrenbetäubendes Heulen drängten sich in meine Traumwelt. Wieso nur mussten sich meine Träume manchmal so realistisch anfühlen? Ich drehte mich im Bett auf die andere Seite und drückte mir die Decke aufs Ohr.

Drei Herzschläge später begriff ich, dass das Geräusch kein Teil eines Traums war. Es war die sehr reale Alarmanlage. Ich stolperte aus dem Bett und rannte durch die offene Tür auf den Flur. Dort schnappte ich mir aus der Garderobe den Baseballschläger sowie meinen Fahrradhelm, den ich aufsetzte. *Scheiße, scheiße, scheiße.* Was war los? War tatsächlich jemand eingebrochen? Da die Anlage direkt mit dem örtlichen Police Department verbunden war, würde der erste Streifenwagen sicherlich bald anrücken. Doch bis dahin musste ich selbst nach dem Rechten sehen. Ich würde meine Monster auf keinen Fall im Stich lassen.

Barfuß eilte ich die Treppe hinunter und riss die Tür zum Heim auf. Bis auf das Blinken einer weiteren grellroten Warnlampe war es dunkel, und ich war froh, dass ich *Monsters & Glue* in- und auswendig kannte. Ich konnte das Licht auslassen und dem Eindringling die Orientierung erschweren. Die Sirene draußen am Gebäude war hier noch lauter, ich hörte mich selbst nicht, aber das hielt mich nicht auf. Ich stolperte am Schreibtisch vorbei in den Raum, auf die Behausungen der Monster zu. Im Augenwinkel sah ich die aufgebrochene Heimtür.

Vor den Regalen stand jemand mit dem Rücken zu mir. Die Person hatte mein Kommen zum Glück nicht bemerkt. Ich dachte nicht lange nach, holte kräftig aus und schlug mit dem Baseballschläger auf die Gestalt ein. Mögliche Schäden waren mir egal, ich wollte nur die Monster beschützen. Als meine Waffe auf den Körper traf, brannte Schmerz bis hinauf in meine Schultern. Es war, als hätte ich Beton getroffen. Ich fluchte und ließ den Schläger sinken. Jeden Moment würden mir die Arme abfallen.

Der Eindringling drehte sich erschrocken und mit schmerzverzerrtem Gesicht um. Im schwachen Licht der blinkenden Lampe konnte ich nicht viel erkennen, aber es bestand kein Zweifel – es war Blake. Er trug noch denselben dunkelgrünen Pullover, dessen Kapuze er über den Kopf gezogen hatte. War sein gestriger Besuch nur Teil seines Einbruchplans gewesen? Umgebung auskundschaften oder so etwas? Wie hatte ich mich nur so in ihm täuschen können?

Ich hob den Baseballschläger trotz der Schmerzen hoch und drohte ihm. Gestern zählte nicht mehr, heute war er nur noch ein Eindringling und damit eine Gefahr für meine Monster.

»Keinen Schritt näher!«, brüllte ich über die Sirene hinweg, auch wenn es sinnlos war. Ich verlieh meinen Worten mit einem Kopfrucken Nachdruck – was den Helm gefährlich schwanken ließ. Seine Züge, soweit ich das erkennen konnte, wurden weicher und er hob die Arme über den Kopf. Er sagte etwas, doch ich verstand ihn nicht. Rückwärts machte er einen Bogen und ging langsam auf die aufgebrochene Tür zu. Er redete irgendetwas vor sich hin, aber die Sirene war zu laut. Wo war noch mal der Knopf zum Deaktivieren? Verdammt, ich wusste es nicht mehr, ich war viel zu aufgeregt und konnte nicht klar denken.

Schritt für Schritt trieb ich ihn zur Tür. Natürlich wollte ich, dass er gefasst wurde, aber in einem Kurs hatte ich gelernt, man sollte einer aggressiven Person niemals den Fluchtweg versperren. Blake machte jedoch keine Anstalten zu fliehen. Stattdessen hüpften nun auch noch die Monster um mich herum und lenkten mich ab. Was sollte das?

Blaulicht flackerte durch die Ritzen des Rollladens und durch die aufgebrochene Tür. Im nächsten Moment stürmten uniformierte und bewaffnete Officers das Heim. Zwei von ihnen stürzten sich auf Blake, nachdem ich »Das ist der Einbrecher« gerufen hatte, vier weitere folgten, dann war der Raum so gut wie voll.

Das waren für mein Empfinden ganz schön viele Männer, die wegen eines Einbruchs ausgerückt waren, aber ich würde mich ganz sicher nicht beschweren, solange meine Monster dank ihnen in Sicherheit waren. Ein weiterer Mann in ziviler Kleidung trat ein, ging um den Schreibtisch herum und drückte auf etwas, das sich an der Unterseite der Platte befand. Ah, richtig, da war der Knopf. Das Heulen der Sirene erstarb, doch ein unangenehmes Fiepsen blieb zurück. Auch das Warnlicht ging aus, und einer der Officers schaltete die normale Beleuchtung ein.

Ich blinzelte, als sich meine Augen an die Helligkeit gewöhnten. Jetzt, da es geradezu still war, hörte ich mein Herz gegen den Brustkorb donnern und die Monster aufgeregt brummeln.

Als sich das Adrenalin verflüchtigte, wurden meine Knie weich und ich drohte jeden Moment umzukippen. Zwei der Polizisten hatten Blake je an einem Arm gepackt und hielten ihn zwischen sich gefangen. Er redete ununterbrochen auf sie ein, aber die Männer ignorierten ihn. Ich war von dem Piepsen in meinen Ohren und dem Beben meines Herzens so abgelenkt, dass ich nicht verstand, was er sagte. Der Mann in Zivil, mit dunklem grau meliertem Haar und Schnäuzer, trat auf mich zu. Er sah ein bisschen aus wie George Clooney mit Schnäuzer, und seine Stimme war kräftig und angenehm.

»Miss Mint?«, fragte er und lächelte, als er mich von oben bis unten musterte. O Mist, der Helm, der Baseballschläger und der Schlafanzug. Ich musste total dämlich aussehen. So lässig wie möglich entledigte ich mich meiner Kopfbedeckung.

»Ja. Danke, dass Sie so schnell gekommen sind. Dieser Typ ist in mein Heim eingebrochen«, sagte ich und deutete mit dem Schläger auf Blake. Nun konnte ich sein ganzes Gesicht erkennen, man hatte ihm die Kapuze vom Kopf gezogen. Seine Haare standen wirr in alle Richtungen ab und er fixierte mich mit seinen Zimtaugen, was mir einen Schauer über den Rücken jagte. Ich konnte mich doch nicht so in ihm getäuscht haben, oder? Doch Blake wirkte nun nicht mehr wie der nette Junge von gestern, er blickte düster drein und seine Kiefermuskeln zuckten.

»Ich bin nicht hier eingebrochen«, behauptete er aufgebracht. »Wobei, irgendwie schon, aber das war nicht meine Absicht! Ich kann das erklären!«

»Natürlich. Das können sie alle«, sagte der Mann, der eben mit mir gesprochen hatte. »Führt ihn ab!«

»Nein! Warten Sie! Leah, du musst …« Doch die darauffolgenden Worte hörte ich nicht mehr, die Männer hatten Blake bereits unter großem Protest seinerseits nach draußen gezerrt.

»Kennen Sie diesen jungen Mann, Miss Mint?«

»Er war gestern hier und wir haben uns unterhalten. Heute Nachmittag wollte er vorbeikommen, um mir beim Verladen einer Lieferung zu helfen. Er wirkte so … nett«, sagte ich kleinlaut. Der Mann nickte, sah sich prüfend um. Zwei seiner Officers begutachteten gerade die zerstörte Heimtür.

»Was genau ist vorgefallen?«, wollte er dann wissen und zückte ein rotes Notizbüchlein aus der einen Jackentasche, aus der anderen zog er einen Kuli hervor.

Glue flatterte aufgeregt auf meine Schulter und presste mir ihre Krallen in die Haut. Sie war furchtbar aufgeregt. Auch die anderen Monster, die sich um meine Füße herum versammelt hatten, wirkten aufgekratzt. Sie zupften an meiner Pyjamahose und brabbelten vor sich hin.

»Geben Sie mir eine Minute, ja?« Ich zählte die Monster.

»… zwei, drei, vier … Robbie? Bist du auch da?« Etwas Unsichtbares kniff mich in den großen linken Zeh.

»Ist alles in Ordnung?«, fragte ich in die Runde. Aufgeregte Stimmen schlugen mir entgegen, doch die Monster schienen alle unverletzt zu sein. Auch Monty zeigte mir in seinem Aquarium ein *Tentakel hoch*. Glues Griff auf meiner Schulter lockerte sich, als sie sich entspannte. Es war also nichts Schlimmeres passiert.

Alle waren mit einem Schreck davongekommen. Mit beruhigtem Gewissen wandte ich mich wieder dem Mann in Zivil zu. Die anderen Officers sahen sich derweil im Heim um und schossen Fotos. Ich erzählte ihm, was in den letzten Minuten passiert war, und er machte sich ein paar Notizen, wobei ich hoffte, dass er mein unzusammenhängendes Gerede auch verstand. Blake hatte ein großes Chaos hinterlassen. Sämtliche Akten waren aus den Regalen hinter meinem Schreibtisch gerissen und auf dem Boden verteilt worden. Er hatte die Futtersäcke und sämtliche Kisten im Hinterzimmer durchwühlt und umgeworfen, daneben lagen Spielzeug, Deko und allerlei anderer Kram. Nichts war auf seinem alten Platz. Es war ein Schlachtfeld.

Wie er das in der kurzen Zeit zwischen dem Aufbrechen der Tür und meinem Auftauchen geschafft haben sollte, blieb mir allerdings ein Rätsel. Die Polizei würde es aber mit Sicherheit herausfinden.

»Wissen Sie, wonach er gesucht hat?«, fragte der Mann.

»Vielleicht Geld oder etwas anderes Wertvolles? Dahinter sind doch alle Einbrecher her, oder, Mister …«

»Oh«, sagte er mit einem entschuldigenden Lächeln, als ich meinen Satz nicht beendete. »Verzeihen Sie, ich habe mich noch gar nicht vorgestellt. Mein Name ist Tottori. Detective Mario Tottori.« Er zeigte mir seine Dienstmarke des *Buystfilwood Police Department*. Er gab mir die Hand und ich schüttelte sie, was einen stechenden Schmerz bis zu meinem Ellbogen hinaufjagte. Hatte Blake ein Kettenhemd getragen oder wieso tat *mir* nach dem Angriff mit dem Baseballschläger jetzt mein Arm weh?

»Ist alles in Ordnung?«, fragte der Detective.

»Ja. Ich bin nur erschrocken und … enttäuscht«, antwortete ich wahrheitsgemäß.

»Inwiefern enttäuscht?«, wollte er wissen.

Ich erzählte ihm alles, von meiner ersten Begegnung mit Blake, über sein Auftauchen im Heim bis hin zu den aktuellen Ereignissen, die ich ihm vorhin schon einmal geschildert hatte. Detective Tottori machte sich weitere Notizen und horchte gespannt auf, als ich ihm erzählte, dass Blake in *Bwystfilwood Hall* zur Schule ging. Jetzt, da ich mich etwas beruhigt hatte, konnte ich alles der Reihe nach erzählen und nicht nur zusammenhangsloses Zeug reden.

»Ich verstehe«, meinte der Mann, nachdem ich meinen vollständigen Bericht abgeschlossen hatte. Er klappte sein Notizbüchlein zu und steckte es zusammen mit dem Kugelschreiber zurück in die Jackentasche. »Sie können sich jetzt wieder hinlegen, wir werden uns um diesen Blake kümmern. Ich werde einen Handwerker organisieren, der Ihnen die Tür repariert. Solange lasse ich zwei meiner Officers hier, damit sie auf das Heim aufpassen. Das ist alles im Vertrag inklusive. Morgen können wir uns dann gern weiter über den Vorfall unterhalten«, schloss er. Ein Abkommen mit der Polizei? So etwas war möglich? Viel mehr aber als das *Wer* interessierte mich das *Warum*.

»Vertrag? Soll das heißen, Mister Lambers hat sich für so einen Vorfall außerordentlich abgesichert?« Das würde vielleicht auch erklären, warum so ungewöhnlich viele Officers hier aufgetaucht waren. Und Detective Tottori, der normalerweise sicherlich erst nach einer Bestandsaufnahme durch seine Officers an einen Tatort kam. Der Detective presste die Lippen zusammen. Über die Schulter blickte er sich nach den anderen um, dann beugte er sich geheimnistuerisch zu mir herunter und grinste verschmitzt.

»Er hatte seine Monster sehr gern und hat deswegen für jede Eventualität Vorkehrungen getroffen. Zum Glück, wie man nun sagen muss. Er war ein guter Mann, dieser Mister Lambers. Und nun sollten Sie sich schlafen legen. Für den Moment können Sie nichts tun. Wir haben den Einbrecher, und alles Weitere können wir, wie schon gesagt, auch morgen besprechen. Wir machen hier noch ein paar Fotos und gehen dann. Es scheint ja doch ein recht eindeutiger Fall zu sein.«

Mit blitzenden Augen machte er sich an die Arbeit. Es schien ihm zu gefallen, diesen Vorfall zu bearbeiten. Ich konnte nicht genau festmachen, woran es lag, aber dieser Mann war mir sympathisch. Er war lockerer und netter, als ich mir Polizeibeamte immer vorgestellt hatte. Dann drifteten meine Gedanken zu Blake und der Täuschung, der ich unterlegen war.

Ob es eine gute Zeit war, auf mein Bauchgefühl zu hören? Konnte ich die Männer wirklich allein im Heim lassen und mich wieder schlafen legen?

Doch der Detective hatte immerhin recht, denn der Einbrecher war gefasst und dementsprechend standen wir nicht unter Zeitdruck. Meine Aussage konnte auch noch bis morgen warten.

Ich verabschiedete mich und atmete tief durch, als sich Detective Tottori unter seine Leute mischte, die ähnlich motiviert wie er zur Tat schritten. Die Monster hüpften um meine Beine herum und zupften an meinem Schlafanzug. Sie brabbelten auf mich ein, aber wie immer verstand ich sie leider nicht.

»Hört mal, ich bin jetzt zu platt, um Scharade zu spielen. Wir verschieben das auf morgen, ja?« Ihren verärgerten Blicken nach zu urteilen, gefiel ihnen das gar nicht, aber ich wollte einfach nur noch ins Bett.

»Dafür könnt ihr alle in meiner Wohnung schlafen, okay?« Das erntete allgemeine Zustimmung. Die Monster machten sich auf den Weg nach oben, während ich Montys kleines Ersatzglas mit Wasser füllte, ihn hineinsetzte und ihn anschließend in mein Badezimmer trug. Dort stellte ich das Glas auf dem Boden ab und ließ die Badewanne volllaufen, da diese für Monty über Nacht bequemer war als das Ersatzglas.

Ich huschte noch einmal zurück nach unten, um den mobilen Filter zu holen. Wenige Minuten später schwamm Monty in der gefüllten Badewanne und der Filter klebte dank seiner Saugnäpfe am inneren Wannenrand. Ich schleifte die Matratze und mein Bettzeug ebenfalls ins Bad und breitete beides auf dem Boden aus. Noch einmal musste ich in das Heim hinunter, um Pebbles' Puppenhaus zu holen. Jetzt war der Raum bereits leer, nur noch zwei Officers standen vor dem Heim Wache, ich sah sie durch das Fenster der Tür. Sie warteten wohl auf den Schlüsseldienst.

Zwiegespalten blieb ich mitten im Raum stehen. Einerseits hätte ich gern zusammen mit ihnen gewartet und mich versichert, dass das neue Schloss angebracht wurde, andererseits konnte ich mich mittlerweile kaum noch auf den Beinen halten, so müde war ich. Es schüttelte mich vor Kälte, und ich wollte nur noch ins Bett. Ich musste darauf vertrauen, dass die Polizei ihre Arbeit machte.

Das Gesicht von Detective Tottori erschien vor meinem inneren Auge und ich entspannte mich. Mr. Lambers hatte ihm vertraut, also konnte ich es wohl auch tun, richtig? *Ach, Mister Lambers,* dachte ich. *Wenn Sie doch hier sein könnten.*

Wie er wohl mit dieser Situation umgegangen wäre? Hatte er tatsächlich mit so etwas gerechnet und deswegen vorgesorgt? Offenbar gab es doch noch Dinge, die ich nicht über ihn und *Monsters & Glue* wusste.

Morgen, dachte ich. *Morgen ist noch immer Zeit, um darüber nachzudenken.*

Ich ergab mich meiner Müdigkeit. Ächzend hob ich das Puppenhaus aus dem Erker und schleppte es nach oben in die Wohnung. Die Monster hatten sich bereits im Bad versammelt und warteten auf mich. Ich fand noch eine freie Nische für das kleine Haus, und Pebbles hüpfte sofort hinein. Auch ihre Augen waren kurz vorm Zufallen. Den anderen Monstern ging es ähnlich. Ich beeilte mich, jedem von ihnen ein Kuss zu geben, und überprüfte dann Pebbles' Puppenhaus.

»Sieht alles gut aus«, sagte ich zu ihr. Zufrieden mit meiner Antwort legte sie sich hin und war Sekunden später eingeschlafen.

Ich machte es ihr nach und schlüpfte unter meine Decke. Robbie kuschelte sich mit einem »Brrp« an meinen Hals, Nuvo hüpfte federleicht auf meinen Bauch und Glue schmiegte sich an meine Füße.

»Gute Nacht«, murmelte ich schlaftrunken. »Und schnarcht nicht so laut.« Ich hörte noch ein leises Blubbern aus der Badewanne, dann schlief ich erschöpft ein.

7. Kapitel

Leah

Wasser klatschte auf mein Gesicht und ich schnappte nach Luft. Sofort war ich hellwach und richtete mich auf. Kichernde Monster begrüßten mich, als ich die Augen öffnete. Grummelnd wischte ich mir mit dem Ärmel über das Gesicht, um mich abzutrocknen. Ich warf einen möglichst bösen Blick zu Monty, der am Wannenrand hing und vermutlich für die Attacke verantwortlich war.

»Vielen Dank auch«, brummelte ich, musste im nächsten Moment aber lachen. Es ging meinen Monstern gut, und nach der gestrigen Nacht durfte ich ihnen für ein bisschen Spaß nicht böse sein. Zum ersten Mal waren sie früher wach als ich und konnten sich für meine morgendlichen Aufsteh-Appelle revanchieren. Die Chance hätte ich höchstwahrscheinlich auch genutzt.

»Guten Morgen. Habt ihr gut geschlafen?« Die Monster nickten. »Dann können wir uns ja ans Aufräumen machen«, sagte ich, wenn auch herzlich unmotiviert. Ich hatte keine Lust, zurück in das verwüstete Heim zu gehen und die Unordnung zu beseitigen, die jemand anderes verursacht hatte. Die *Blake* verursacht hatte. Der Gedanke an ihn und seine Täuschung versetzte mir einen Stich. Ich sprang auf, um diesem Gedanken nicht mehr Raum zu geben. Das würde mich nur zu sehr runterziehen und auch das letzte bisschen Motivation auslöschen.

»Koffein!«, rief ich an niemand Bestimmten gerichtet und ging in die Küche. Die Monster folgten mir. Während der Kaffee kochte, zog ich mich im Schlafzimmer an und schloss danach die Wohnungstür auf. Die Monster machten sich schon mal auf den Weg nach unten, während ich Monty zurück in sein Glas setzte. Dann lief ich das Treppenhaus hinunter, schloss die Tür zum Heim auf und folgte den Kleinen hinein. Ich setzte Monty zurück in das Aquarium. Als ich mich umdrehte, wuselten Pebbles, Nuvo und Robbie, dessen Hinterteil heute sichtbar war, bereits umher und begannen mit den Aufräumarbeiten, indem sie verschüttetes Futter direkt vom Boden aßen.

»Das nenne ich vollen Einsatz«, sagte ich und lachte. Glue hockte auf ihrem Baum und putzte sich. Ich versorgte sie und Monty mit Frühstück. Auch mein Magen knurrte, und ich huschte schnell nach oben in die Wohnung zurück, holte mir eine Tasse Kaffee und ein trockenes Brötchen vom Vortag, ehe ich mich zurück zu meinen Monstern gesellte.

Am Schreibtisch sitzend und auf dem Brötchen kauend betrachtete ich das Chaos ausgiebig. Es sah wüst aus, aber auf den zweiten Blick war es nicht so schlimm, wie ich es in Erinnerung hatte. Ich würde es schaffen, das Durcheinander bis zum Nachmittag beseitigt zu haben. Dann konnte ich die neuen Futtersäcke, die geliefert würden, auch ordentlich verstauen.

Mir verging der Appetit, als ich wieder an Blake denken musste. Er hatte mir helfen wollen. Wobei, das war wahrscheinlich auch nur eine Lüge gewesen. Ich legte das Brötchen beiseite.

Verdammter Kerl, dachte ich. Wir waren uns nur zweimal begegnet, und doch hatte er es geschafft, mich in schlechte Laune zu versetzen. Dabei verstand ich nicht mal, wieso ich so enttäuscht war. Ich hätte es doch ahnen können. Oder nicht?

Bevor ich mich wieder in Gedanken verlor, leerte ich den Kaffee und stand auf. Ich hatte ganz vergessen, nach dem neuen Türschloss zu schauen, also ging ich zu der Eingangstür hinüber und zog die Jalousie des eingelassenen Fensters hoch.

Die beiden Officers, die Detective Tottori in der Nacht als Wachen abkommandiert hatte, waren verschwunden. Ein Blick nach unten zeigte mir, dass in der Tat ein neues, noch glänzendes Schloss angebracht worden war, und ich drückte den Griff nach unten. Die Tür war verschlossen. Ich öffnete den Briefkasten, der sich direkt innen an der Tür befand und nach außen hin einen Einwurfschlitz hatte, und sah die neuen Schlüssel darin glänzen. Der Mann vom Schlüsseldienst musste nach dem Einbau des neuen Schlosses die Tür von außen verriegelt und die Schlüssel durch den Schlitz geworfen haben. Ich fischte sie heraus und befestigte sie an meinem Schlüsselbund. Danach ließ ich die Jalousie am Fenster wieder herunter. Heute würde *Monsters & Glue* geschlossen bleiben. Es hatte keinen Sinn, Besucher in diesem Chaos zu empfangen.

Robbie, Nuvo und Pebbles kugelten sich mittlerweile stöhnend und mit vollen Bäuchen durch den Raum. Sie hatten es am Iss-so-viel-du-kannst-Frühstücksbüfett wohl ein wenig übertrieben. Aber immerhin wirkte es gleich viel ordentlicher. Ich machte mich daran, die verstreuten Akten aufzuheben, sortierte sie in die herumliegenden Ordner ein und stellte sie zurück ins Regal. Der Einbrecher, aka Blake, hatte wirklich ganze Arbeit geleistet. Bis auf ein paar kleine Kisten im Hinterzimmer hatte er alles geöffnet, durchwühlt und umgekippt. Wie er das in so kurzer Zeit bewerkstelligt hatte, war mir weiterhin schleierhaft. Hatte er irgendwie das Sicherheitssystem ausgetrickst?

Ich verfluchte ihn nicht nur einmal, während ich die Sachen vom Boden aufsammelte. Dabei wollte ich am liebsten gar nicht an ihn denken, da mich das auch sauer auf mich selbst machte. Ich wunderte mich aber auch über Mr. Lambers. Er hatte mir zwar von den diversen Versicherungen erzählt, die er für *Monsters & Glue* abgeschlossen hatte, aber die Absprache mit der Polizei und ihre Dienstleistungen, die weit über die normalen Pflichten hinausgingen, hatte er mir verschwiegen.

Nur warum? Um mich nicht zu beunruhigen?

Hatte er mit so etwas gerechnet?

Diese Fragen würden mich wohl noch eine Weile lang verfolgen, und eine Antwort war auch nicht in Sicht.

Es dauerte einige Stunden und damit wesentlich länger, als ich gedacht hätte, das Heim wieder auf Vordermann zu bringen. Pebbles und die anderen unterstützten mich, wo sie konnten. Als auch der letzte noch herumfliegende Fussel im Mülleimer landete, ließ ich mich erschöpft auf den Schreibtischstuhl sinken.

Die Monster huschten zurück in ihre Behausungen und hielten ein wohlverdientes Nickerchen. Nur Glue saß wie immer wachsam in ihrem Baum. Die Eule flatterte von ihrem Ast herunter und landete vor mir auf dem Tisch.

»Was für eine Nacht. Und was für ein Tag«, seufzte ich. Glue sah mich wieder so an, als wollte sie mir etwas sagen. Das tat sie in letzter Zeit ziemlich oft, und ich kam mir total dämlich vor, weil ich sie nicht immer verstand. Nicht so, wie Mr. Lambers es gekonnt hatte.

»Genau denselben Blick hattest du gestern schon, als diese komischen Schulers hier waren. Was bedeutet er?«, fragte ich. Glue blinzelte langsam und drehte den Kopf leicht zur Seite. Mir schossen viele Fragen durch den Kopf, was mich einen Moment überwältigte. Es war so viel in den letzten Tagen passiert, dass ich nicht mal wusste, wo ich anfangen sollte. Erschöpft ließ ich den Kopf nach hinten sinken, um meine Gedanken zu sortieren. Ich sah erst wieder auf, als Glue mich anheulte.

»*Hoo!*«

Sie klang verärgert. Doch ich ahnte, dass sie nicht auf mich sauer war, sondern auf die Situation. Darauf, dass wir nicht ganz normal miteinander sprechen konnten, denn ganz offensichtlich wollte sie mir etwas mitteilen. Ich wusste noch immer nicht, wo ich mit meinen Fragen ansetzen sollte. Glue blinzelte langsam und zeigte zum erstem Mal Anzeichen, dass auch sie müde und erschöpft war. Ich streichelte ihr über den Kopf und kraulte sie.

»Du solltest dich ausruhen. Wir können es später noch einmal versuchen.« Glue gab sich noch einen Moment meinen Streicheleinheiten hin, dann schüttelte sie sich und flog zurück auf ihren

Baum. Dort verkroch sie sich in dem Astloch und machte die Augen zu. Die darauffolgende Stille war gespenstig. Da auch meine Augenlider immer schwerer wurden, entschied ich mich ebenfalls für ein kleines Nickerchen. Nur ein paar Minuten. Ich verschränkte die Arme auf dem Schreibtisch und legte den Kopf darauf. *Wirklich nur ein paar Minuten.*

Rrrrriiiiiing.

Ich fuhr hoch. Das schrille Geräusch versetzte mich sofort zu den Ereignissen der letzten Nacht zurück. Mit wummerndem Herzen sprang ich auf und knallte dabei mit dem Knie gegen die Tischplatte.

»Au, verdammt!«

Rrrrriiiiiing.

Zwischen mehreren gezischten Flüchen erkannte ich endlich, dass es nicht die Alarmanlage, sondern das Festnetztelefon war, das mich so unsanft geweckt hatte. Und nicht nur mich, so wie es aussah, auch die Monster, denn sie öffneten widerspenstig die Augen.

Ich nahm den Hörer von der Basisstation auf dem Tisch.

»*Monsters & Glue,* Leah Mint am Apparat, wie kann ich Ihnen helfen?«

»Hallo, Miss Mint«, knarzte es durch den Hörer, ich erkannte die Stimme nicht. »Hier ist Mario Tottori. Wie geht es Ihnen?«

Tottori ... Tottori ... mein noch schläfriges Gehirn brauchte einen Moment, den Namen zuzuordnen. Dann dämmerte es mir: der Detective.

»Hallo! Nett, dass Sie anrufen. Uns geht es gut. Gibt es etwas Neues?«

»Nein, leider nicht«, antwortete er, und ich hörte, wie ein Stuhl quietschte. »Der junge Mann, den wir gestern Abend im Heim festgenommen haben, verweigert die Aussage. Er möchte unbedingt mit Ihnen reden und mit sonst niemandem. Wir sind dabei, einen Anwalt für ihn zu organisieren. Dann ...«

Aus den Behausungen der Monster drang aufgeregtes Getuschel zu mir herüber. Ich drehte mich mit dem Stuhl zu ihnen, um sie um Ruhe zu bitten. Glue führte gerade eine intensive Unterhaltung mit Nuvo. Ich winkte mit der freien Hand, bis ich ihre Aufmerksamkeit hatte. Dann deutete ich auf den Hörer und warf Ihnen einen beschwörenden Blick zu. Doch die beiden hörten nicht mit dem Schnattern auf. Ich wandte mich ab und hielt mir das freie Ohr zu, damit ich Detective Tottori besser verstehen konnte.

»... werden wir sehen, ob er uns doch noch etwas sagen will. Ich melde mich bei Ihnen, sollte sich etwas ändern. Kann ich noch etwas für Sie tun?« Ich fand es total nett von ihm, dass er sich um uns sorgte und extra angerufen hatte.

»Vielen Dank, aber momentan brauchen wir nichts. Halten Sie mich ...«

Der Telefonhörer wurde mir vom Ohr gerissen. Ich wirbelte herum und sah Glue mit einem Schrei davonfliegen, den Hörer zwischen den Krallen. Sie ließ das Gerät zu Boden fallen, wo es mit einem lauten Getöse in seine Einzelteile zerschellte. Dann landete sie auf dem Podest im Erkerfenster, wo Pebbles, Nuvo und Robbie bereits auf sie warteten. Monty schwenkte in seinem Aquarium die Tentakel, wie um Glue auf ihre Landebahn einzuweisen.

»Hey!«, rief ich ungehalten. »Was soll das?« Ich hatte schon so einiges mit den Monstern erlebt, aber dass sie die Einrichtung zerstörten, überschritt eindeutig eine Grenze. Gerade von Glue hätte ich das niemals erwartet. Was um alles in der Welt war im Moment nur los? In den letzten Stunden war alles schiefgelaufen. Und nun benahmen sich auch noch die Monster unberechenbar. Fürchterliche Zweifel nagten an mir. Zweifel, dass das alles vielleicht doch zu viel für mich war.

Wütend, aber auch verunsichert sprang ich auf und stürmte auf die Monster zu. Als ich vor ihnen zum Stehen kam, hatte ich nicht mal die Chance, ein Wort zu sagen. Sofort fingen die Monster an, auf mich einzubrabbeln, sogar Monty blubberte wie wild in seinem Aquarium. Ich war völlig überfordert.

»Ruhe!«, rief ich. »So wird das nichts!«

Und tatsächlich verstummten die Monster augenblicklich. Jetzt, da sie meine ungeteilte Aufmerksamkeit hatten, wirkten sie nicht mehr ganz so aufgeregt. Oder war es gerade andersherum?

»Was ist denn los mit euch?«

Nuvo löste sich aus der Reihe der Monster und schwebte an den Rand des Podestes. Dort ließ er sich langsam nieder, bis er nur noch knapp über dem Holz schwebte. Er schloss die Augen und sah nun gänzlich wie eine kleine weiße Wolke aus. Sein Fell bewegte sich, als würde eine unsichtbare Brise hindurchfahren.

Ich entspannte mich, denn ich wusste, was das zu bedeuten hatte. Nuvo würde gleich eine Erinnerungsmurmel erzeugen. Aber wieso waren die Monster deswegen so aufgeregt? Was wollten sie mir zeigen?

Ich erinnerte mich daran, dass wir nach dem Vorfall mit den Schulers über eine Murmel geredet hatten, damit ich die Empfindungen der Monster in den Moment nachvollziehen konnte. Das hatte ich bis eben vergessen. Aber irgendwie glaubte ich nicht, dass es um diesen Vorfall ging. Ich rechnete in meinem Kopf die Zeit nach. Seit dem Einbruch in der Nacht waren fast genau zwölf Stunden vergangen. Die Zeit, die Nuvo mindestens zur Erschaffung einer seiner Erinnerungsmurmeln brauchte. Würde ich gleich die Wahrheit erfahren?

Ich zuckte zusammen, als mir klar wurde, wie dämlich ich gewesen war. Blake hatte in der Nacht bereits seine Unschuld beteuert, und ich hatte einfach beschlossen, ihm nicht zu glauben. Dabei saßen die Kronzeugen in dieser Angelegenheit direkt vor mir. Und ich hatte nicht mal daran gedacht, sie zu fragen, ob Blake log oder nicht.

Wie kann man nur so doof sein, Leah? Siehst du wirklich hinter jeder Ecke eine Enttäuschung und gibst der Wahrheit deswegen nicht mal eine Chance?

Ich musste schwer schlucken. Das war die neue Leah, die das Durchschimmern der alten Leah klar erkannt hatte.

Es dauerte noch ein paar Augenblicke, bis eine milchig grüne Murmel aus Nuvos Fell aufstieg und dann schwebend über seinem

Kopf verharrte. Die kleine Wolke öffnete die Augen und sah mich erwartungsvoll an. Auch die anderen Monster waren ganz still und beobachteten mich. Sie steckten alle unter einer Decke. Ich erahnte, was ich gleich zu sehen bekommen würde. Sie benahmen sich erst so komisch, seit eine gewisse Person bei uns im Heim aufgetaucht war.

Ich pflückte die Murmel aus der Luft, ließ sie in der Handfläche kreisen.

»Ich bin gespannt«, flüsterte ich, doch ich war mir noch immer nicht sicher, ob ich den Hoffnungsschimmer zulassen sollte oder nicht. Unschlüssig ließ ich die Erinnerungsmurmel weiter über meine Haut rollen.

Doch wenn ich jetzt nicht damit anfing, mich auf Hoffnung einzulassen und Enttäuschungen in Kauf zu nehmen, wann sollte ich es dann tun? Meinem inneren Impuls folgend legte ich die andere Hand auf die Murmel und rieb sie zwischen den Fingern, bis sie warm wurde. Ein kleiner Blitz leuchtete im Inneren auf, dann strömte Nuvos Erinnerung auf mich ein.

Ich sah den Raum von seinem Regalplatz aus. Es war dunkel, und von den Straßenlaternen draußen schien nur wenig Licht durch die Ritzen in den Rollläden. Es reichte kaum aus, um etwas zu erkennen.

Nuvo sah sich müde um, während die anderen Monster friedlich zu schlafen schienen. Seine Perspektive schwankte leicht von oben nach unten, die Folge seines andauernden Schwebezustandes. Ein leises Surren war von der Tür aus zu hören. Sie bewegte sich ein winziges Stück, dann wurde sie ganz geöffnet. Zwei Personen mit Taschenlampen traten in den Raum und schlossen die Tür hinter sich. Es surrte erneut und klickte, als die Tür von innen verschlossen wurde.

Nuvo war mit einem Schlag hellwach und beobachtete die beiden ganz genau. Er rührte sich allerdings nicht vom Fleck. Die Angst, die er verspürte, war selbst in der Erinnerung greifbar und lähmend. Er konnte nur zusehen und nichts tun.

Die beiden dunklen Gestalten tuschelten kurz miteinander. Anschließend gingen sie zielstrebig auf den Schreibtisch und die Regale dahinter zu. Sie zogen die Ordner heraus und blätterten wild darin herum, ohne Rücksicht auf Verluste. Einige der Seiten wurden herausgerissen und fielen achtlos zu Boden. Einer der Einbrecher verschwand aus Nuvos Sichtfeld ins Hinterzimmer des Heims, kurz darauf hörte man es poltern. Der andere blieb im Hauptraum und wühlte sich durch alles, was nicht niet- und nagelfest war. Was durchsucht worden war, landete auf dem Boden.

Nun regten sich auch die anderen Monster, die Stimmung änderte sich merklich. Anspannung lag in der Luft. Angst. Keiner von ihnen wagte es, einen Schritt zu tun, geschweige denn einen Ton von sich zu geben. Sie wären nie in der Lage dazu gewesen, die Einbrecher aufzuhalten. Auch nicht mit vereinten Kräften. Und wer wusste, wozu diese Menschen noch imstande waren?

Glue streckte den Kopf aus ihrem Baumstamm heraus, als die im Heim verbliebene Person gerade nicht hinsah. Die Eule musste selbst in der Dunkelheit alles erkennen können.

»*Hoo*«, machte sie leise. Bei dem Geräusch wirbelte die Gestalt herum, schüttelte dann aber den Kopf und widmete sich wieder der Verwüstung des Heims. Offensichtlich hatte sie keine Angst vor den Monstern.

Ich verstand nicht nur, was Glue den anderen mitteilen wollte, ich fühlte es. *Bewegt euch nicht.* Sie selbst aber sah aus, als wäre sie jeden Moment dazu bereit, auf die Einbrecher hinabzustürzen, die mit jeder Sekunde das Chaos vergrößerten. Nuvo dachte angestrengt darüber nach, wie er und die anderen am besten Hilfe holen könnten. Oder sollten sie es einfach aussitzen?

Krach!

Plötzlich schwang die Heimtür auf und donnerte gegen die Wand. Eine dritte Person in einem Kapuzenpullover stürmte herein und stürzte sich auf die Person am Schreibtisch. Der Neuankömmling fackelte nicht lange und schlug dem Einbrecher ins Gesicht, der daraufhin zu Boden ging. Die zweite Gestalt kam aus dem Hinterzimmer gerannt und stürzte sich auf den Angreifer. Die beiden lieferten sich einen heftigen Schlagabtausch. Offensichtlich wussten sie, was sie taten, denn die Schläge und Tritte waren gezielt eingesetzt. Der zweite Einbrecher rappelte sich auf und mischte sich ebenfalls in den Kampf ein. Es sah nicht gut aus für die Person im Kapuzenpullover, doch überraschenderweise hielt er die beiden in Schach. Dann, ohne dass er es bemerkte, rutschte einem der Einbrecher etwas aus der Tasche. Es fiel zu Boden, ein kleines Teil platzte ab. Im selben Moment legte die Alarmanlage los.

Nuvo und die Monster zuckten zusammen, kauerten sich in ihre Behausungen, ohne jedoch den Kampf aus den Augen zu lassen. Auch die Einbrecher erschraken und ließen von ihrem ebenfalls aufgeschreckten Widersacher ab. Einer von den Eindringlingen nickte mit dem Kopf in Richtung Ausgang. Der zweite hob das auf, was ihm aus der Tasche gefallen war. Oder zumindest den Rest davon. Im nächsten Moment rannten die beiden zum Ausgang und waren wenige Sekunden später verschwunden.

Zurück blieb die Gestalt im Kapuzenpullover. Schwer atmend trat sie an das Regal der Monster heran und zog sich die Kapuze vom Kopf – es war Blake. Einen Augenblick später zog er sich die Kapuze wieder über und hielt sich kurz die Hände an die Ohren. Er presste die Lippen zu einem Strich zusammen und schien Schmerzen zu haben. Die Augen zusammengekniffen und die Nase gerümpft hielt er einen Moment inne, ehe er die Hände sinken ließ und die Lider öffnete.

Er suchte das Regal mit Blicken ab, sagte etwas, aber es ging in dem Geheul der Sirene unter. Die Monster erwachten bei seinem Anblick wieder zum Leben. Nuvo schwebte erleichtert etwas höher und auf Blake zu.

Wieder wurde eine Tür aufgerissen, dieses Mal war es die zu meiner Wohnung. Was nun kam, wusste ich nur zu gut. Mit dem affigen Helm auf dem Kopf und dem Baseballschläger in der Hand stürmte ich auf Blake zu und holte aus.

Die Erinnerung war vorüber. Ich tauchte wieder in die Gegenwart ein und blinzelte.

Mir brummte der Schädel. Das war die unangenehme Nachwirkung von Nuvos Erinnerungsmurmeln. Sie verursachten Kopfschmerzen, die nur mit mindestens drei Aspirin wieder vergingen. Doch die Erleichterung, die ich verspürte, machte das wieder wett. Blake war nicht der eigentliche Einbrecher gewesen. Im Gegenteil, er hatte das Heim verteidigt.

Nun schlug ich mir gegen die Stirn, weil ich Blake so schnell verurteilt hatte. Das, was ich bei anderen nicht leiden konnte, hatte ich selbst getan.

Es war Zeit, dieses Unrecht wiedergutzumachen.

Da erst blickte ich den Monstern vor mir in die Augen. Sie sahen aus, als wollten sie mich sofort aus der Tür schubsen, um Blake zu Hilfe zu eilen.

»Ich bin ja schon weg«, sagte ich und musste lachen. So geschlossen und einig traten die fünf selten auf. Aber ich konnte sie verstehen, es quälte sie bestimmt ein schlechtes Gewissen, weil Blake die Nacht bei der Polizei verbracht hatte. Mir ging es genauso. Aber um Blakes Unschuld früher beweisen zu können, hätte es Überwachungskameras gebraucht, und die besaßen wir nicht. Mr. Lambers hatte das immer verweigert, und ich hatte nach seinem Tod noch keine Zeit gehabt, mich darum zu kümmern. Wobei ich mich wunderte, dass Mr. Lambers zwar einen außergewöhnlichen Notfallplan mit der Polizei ausgeklügelt hatte, in diesem aber keine Kameras enthalten waren. Es hätte so vieles einfacher gemacht. Denn wie sollte ich Blakes Unschuld beweisen? Ob mein Wort ausreichen würde?

Ich steckte die nun unbrauchbar gewordene Murmel in meine Hosentasche und griff nach dem Telefon, das Glue mir entrissen hatte. Die Akkus waren herausgefallen, den Deckel für das Fach fand ich nach einigem Suchen auch. Ich puzzelte alles wieder zusammen, doch das Telefon blieb tot.

»Das haben wir jetzt von deinem dramatischen Auftritt, Glue.« Doch die Eule wich meinem vorwurfsvollen Blick nicht aus. Da ich kein Handy besaß, hatten sich meine Kommunikationsmöglichkeiten damit drastisch reduziert.

Es war für einen guten Zweck, schien sie mir sagen zu wollen.

»Dann muss ich eben schnell zu Misses Rainwater rüber, damit …« Ein dunkler Wagen hielt mit heulenden Sirenen und Blaulicht vor der Tür.

»Oh, Mist. Das unterbrochene Telefongespräch!«, fluchte ich und rannte zur Eingangstür.

Als ich sie aufgeschlossen und geöffnet hatte, warteten davor schon Detective Tottori und zwei Officers mit gezogenen Pistolen auf mich.

»Hallo!«, rief ich und schreckte zurück, als ich die Waffe in den Händen des Detectives sah.

»Miss Mint!«, rief er aus und senkte den Arm. »Ist alles in Ordnung bei Ihnen? Als das Gespräch plötzlich unterbrochen wurde und ich den Schrei hörte, dachte ich, dass …«

»Es ist alles gut«, beruhigte ich ihn schuldbewusst. »Ich erkläre es Ihnen unterwegs. Können Sie mich mit auf das Revier nehmen? Und vielleicht einen Ihrer Männer hierlassen, um auf die Monster aufzupassen? Ich muss mit Blake reden.«

Ich hörte selbst, dass ich total aufgeregt klang und etwas wirr redete. Aber Detective Tottori nickte nur und wies seine Männer mit einer Kopfbewegung an, in das Heim zu gehen.

»Richards und Santoso werden hierbleiben, bis Sie zurück sind.«

Ich gab den Monstern kurz Bescheid, dankte den Männern und eilte dann wieder nach draußen. Dort folgte ich Detective Tottori zum Auto, er hielt mir die Tür auf und ich nahm auf dem Beifahrersitz Platz.

»Erzählen Sie mir, was los ist?«, fragte er, als er sich in den Straßenverkehr eingefädelt hatte.

Ich berichtete ihm, wie das mit Nuvos Erinnerungsmurmeln funktionierte und was ich in seiner heutigen gesehen hatte.

»Und man kann es sich kein zweites Mal ansehen?«, wollte er dann wissen.

»Leider nicht. Aber reicht es nicht, wenn ich eine Aussage zu Blakes Gunsten mache?«

»Ich denke schon. Ich hätte sie mir nur gern angesehen, um Hinweise auf die eigentlichen Täter zu bekommen.«

Daran hatte ich gar nicht gedacht.

»Ich könnte Sie Ihnen beschreiben, aber viel erkannt habe ich nicht.«

»Besser als nichts«, kommentierte Detective Tottori. »Aber sind Sie sich wirklich ganz sicher, dass die Erinnerung in der Murmel echt ist? Könnte sie gefälscht sein und nur der Versuch, einen Freund damit zu entlasten?«

»Das ist ein guter Einwand, aber ich bin mir vollkommen sicher, dass meine Monster keinen Einbrecher decken würden. Auch wenn er ihnen zuvor noch sympathisch war.«

»Nun, dann müssen wir Ihrem Wort Glauben schenken. Momentan ist der einzige Beweis, der gegen Mister Henderson spricht, Ihre Aussage, Miss Mint. Wenn Sie die Anschuldigungen zurückziehen, haben wir nichts mehr in der Hand, um ihn weiter festzuhalten.«

Ich musterte den Mann von der Seite. »Wieso fragen Sie mich nicht, ob meine Aussage wahr ist? Ich könnte Ihnen ja auch etwas vorlügen.«

Detective Tottori warf mir einen kurzen Blick zu. »Ich schätze Sie nicht so ein, Miss Mint. Und selbst wenn das, was Sie jetzt behaupten, nicht stimmt, kann ich Sie nicht von einer Neuaussage abhalten. Ich muss mich an die Faktenlage halten, und diese beläuft sich momentan lediglich auf Ihr Wort. Sie bestimmen, wie es weitergeht. Hätten wir Beweise, wie eine Videoaufzeichnung oder andere Augenzeugen, wäre das etwas anderes. So muss ich mich ganz auf Sie verlassen.«

Plötzlich kam mir ein Gedanke. Was, wenn es kein Zufall war, dass erst diese Schulers auftauchten, dann Blake, und dann zwei Leute bei uns einbrachen und von Blake aufgehalten wurden? Was um alles in der Welt hatte er mitten in der Nacht überhaupt in der Nähe vom Heim gemacht?

»Miss Mint?«

»Mhm?«

»Wir sind da.«

Er lächelte und stieg aus. Wenn er so lachte, dann sah er viel jünger aus.

Wir gingen nebeneinander die Stufen zum Eingang hoch. Es war ein recht kleiner, schmuckloser Bau, der schon ein paar Jahre auf dem Buckel hatte. Detective Tottori hielt mir die Tür auf. Auch im Inneren war er recht trostlos eingerichtet. Viele Möbel und Einrichtungsgegenstände zeigten starke Abnutzungserscheinungen und wirkten durch und durch alt. Ich fühlte mich in einen alten Kriminalfilm aus den Siebzigern versetzt. Fehlte nur noch die für damalige Zeit obligatorische Mustertapete. Offensichtlich gab es in unserer Stadt noch weniger Kriminalität, als ich angenommen hatte, wenn der Staat kein Geld für die Modernisierung lockermachte.

»Dann hat der junge Mann also die Wahrheit gesagt, als er behauptet hat, nicht der Einbrecher zu sein. Das ist mal was Neues«, sagte Detective Tottori mit einem schiefen Grinsen, als wir einem der grauen Flure folgten. Wir hielten in einem Gang mit einer Stuhlreihe an der Wand an.

»Bevor ich Mister Henderson aus der Untersuchungshaft entlassen kann, muss ich Ihre Aussage schriftlich aufnehmen und Sie im Anschluss um eine Unterschrift bitten. Nur dann können wir ihn gehen lassen.«

Ich nickte. Der Detective öffnete eine Tür und bat mich herein. Wir traten in einen schmucklosen Raum, in dessen Mitte sich ein Tisch befand, um den drei Stühle standen. Zwei auf der einen, ein einzelner auf der gegenüberliegenden Seite. Ich ließ mich auf den allein stehenden Stuhl sinken. Detective Tottori sagte, dass er gleich wiederkommen würde, und verließ den Raum. Er zog die Tür hinter sich zu, als er ging. Ich sah mich um, doch es gab nicht viel zu entdecken. Graue Betonwände ohne Fenster, ein alter Linoleumboden und der weiße Tisch, an dem ich saß. Ich hatte nichts verbrochen, und doch fühlte ich mich unwohl, sodass ich erleichtert aufatmete, als der Detective nach wenigen Minuten zurückkam. Er legte einen Block, sein kleines Notizbuch und einen Stift auf seine Seite des Tisches.

Detective Tottori notierte auf dem Block zunächst die formalen Angaben wie Datum, Uhrzeit und die Anwesenden, bevor er kurz schilderte, worum es bei dem folgenden Gespräch gehen würde. Dann forderte er mich auf, alles von Anfang an zu erzählen. Es dauerte eine ganze Weile, bis ich die Ereignisse geschildert hatte. Der Detective schrieb stichpunktartig mit und glich die Aufzeichnungen manchmal mit den Angaben aus seinem Notizbuch ab. Als ich in meiner Erzählung bei der Gegenwart ankam, nickte er zufrieden.

»Bitte lesen Sie sich diese Mitschrift gut durch und unterschreiben sie dann.« Er schob mir den Block herüber. Ich las mir die einzelnen Stichpunkte durch und fand keinen Fehler darin, also unterschrieb ich.

»Danke, Miss Mint. Wir werden nun noch Ihre Aussage verschriftlichen, und nachdem Sie diese unterschrieben haben, können wir zum nächsten Schritt übergehen. Bitte warten Sie noch einen Moment.«

Der Detective stand auf und ging. Ein paar Minuten später brachte mir eine Frau einen Kaffee, wofür ich mich bedankte. Endlich hatten meine Hände etwas zu tun und die Wärme in meinem Bauch beruhigte mich. Eine halbe Stunde später kam Detective Tottori zurück und legte mir meine abgetippte Aussage vor. Ich las sie gründlich durch und setzte auch darunter meine Unterschrift.

Im Anschluss geleitete er mich zu einem anderen Gang, in dem ich auf einem Stuhl an der Wand Platz nahm. Wieder musste ich warten, während der Detective in seinem angrenzenden Büro einen Anruf tätigte.

Als er wieder herauskam, lächelte er mich entschuldigend an.

»Es tut mir leid, dass Sie so lange warten mussten. Aber ich habe gute Neuigkeiten. Aufgrund der Tatsache, dass Sie die einzige Zeugin sind und Ihre Aussage nun schriftlich niedergelegt haben, dürfen wir Mister Henderson nicht länger festhalten. Laut

Ihnen ist er unschuldig, und wir haben keine weiteren Indizien gefunden, die gegen ihn sprechen. Vielleicht deuten ein paar Spuren an der Tür auf ihn, die er beim Aufbrechen hinterlassen hat. Das wissen wir, sobald wir sie ausgewertet haben, aber auch diese wären laut Ihrer Aussage gerechtfertigt, weil er den Monstern zu Hilfe geeilt ist und nicht, weil er in das Heim einbrechen wollte, um etwas daraus zu stehlen. Vielleicht verrät er Ihnen ja noch, woher er wusste, dass sich unbefugte Leute im Heim aufhielten. Ich habe einen meiner Officers losgeschickt, um Mister Henderson aus der Zelle zu holen und ihn zu uns zu bringen. Sie sollten jeden Augenblick hier sein.«

Und tatsächlich dauerte es nur ein paar Minuten, ehe ein Officer mit Blake um die Ecke kam. Der Uniformierte übergab Detective Tottori ein paar Papiere und verabschiedete sich wieder.

Blake sah etwas verstrubbelt aus. Nicht verwunderlich, wenn man bedachte, dass er die Nacht über in Haft gesessen hatte. Mein schlechtes Gewissen meldete sich zurück. Ob er mir das würde verzeihen können?

Ich erhob mich und musste allen Mut zusammennehmen, um Blake in die Augen sehen zu können.

»Hey«, begrüßte ich ihn zaghaft. Alle weiteren Worte starben auf meiner Zunge, als ich seinem Blick begegnete. Darin lag weder ein Vorwurf noch Wut. Nicht nur das – Blake lächelte, als er mich sah. Müde zwar, aber er lächelte.

»Hey.«

Detective Tottori sah interessiert zwischen uns hin und her. Er räusperte sich.

»Mister Henderson, falls Sie noch etwas zu dem Vorfall sagen wollen, wissen Sie ja, wo Sie mich finden können.«

Er hielt Blake die Hand hin. Das kam für mich einer stillen Entschuldigung gleich. Blake ergriff und schüttelte sie.

»Danke.«

»Miss Mint, dasselbe gilt für Sie. Officer Pospara wird Sie nun zurück nach Hause bringen. Ich wünsche Ihnen beiden noch einen schönen Abend.«

Kaum dass Detective Tottori wieder verschwunden war, sagten Blake und ich gleichzeitig »Wir müssen reden« und grinsten.

»Kommst du noch mit auf einen Kaffee?«, fragte ich schüchtern.

Blake nickte.

»Mach fünf draus und wir kommen ins Geschäft.«

»Du kriegst so viel Kaffee, wie du trinken kannst«, sagte ich erleichtert. So wie er lächelte, schien er wirklich nicht böse zu sein.

Wir folgten Officer Pospara aus dem Revier zu einem Auto.

Auf der Rückfahrt herrschte Stille, aber sie war nicht unangenehm. Blake und ich waren uns wohl einig, dass wir das dringend notwendige Gespräch nur unter vier Augen führen sollten. Gut zehn Minuten später hielten wir vor *Monsters & Glue*.

Beim Aussteigen sah sich Blake auffällig aufmerksam um. Erst als wir in das Heim traten und ich die Tür hinter uns zuzog, entspannte er sich. Ich bedankte mich bei den Officers, die sich bei den Monstern verabschiedeten und dann mit ihrem Kollegen zurück zum Revier fuhren. Es war ungewöhnlich, dass die Beamten keine Kosten und Mühen scheuten, um Babysitter für die Monster zu spielen. In einem anderen Fall wäre ihre Pflicht sicherlich nicht so weit gegangen, aber allem Anschein nach war bei *Monsters & Glue* tatsächlich nichts normal, nicht nur die Monster, die darin lebten.

Ich verschloss die Tür und fühlte mich ein bisschen sicherer, auch wenn ich wusste, dass ein Schloss Eindringlinge im Ernstfall nicht lange aufhalten würde.

Als ich mich umdrehte, erwartete mich ein Bild, das mich zum Lächeln brachte.

Blake stand mitten im Raum, umlagert von den Monstern, die an ihm hochhüpften und ihn vollquasselten. Selbst die sonst so beherrschte Glue hatte sich auf Blakes Schulter niedergelassen und hoote. Monty gab sich damit zufrieden, im Wasser Pirouetten zu drehen. Blake kniete sich nieder und strich jedem der Monster einmal sanft über den Kopf.

»Gern geschehen«, sagte er in die Runde. »Und ich danke euch, dass ihr dieses Missverständnis aufgeklärt habt.«

Der Schmerz in meinem Ellbogen erinnerte mich an die nächtliche Begegnung. An meinen Schlag, der von Blake abgeprallt war wie von einer Betonwand. Ich würde ihn darauf ansprechen, sobald er fit genug war.

»Wie trinkst du deinen Kaffee?«, fragte ich.

Blake richtete sich auf und Glue flog zurück zu ihrem Baumstamm.

»Schwarz, mit einem Schuss Milch.«

»Geht klar. Mach es dir solange auf dem Schreibtischstuhl bequem, ich bin gleich wieder da.« Ich ging in die Wohnung, kochte Kaffee und fand zwei noch genießbare Donuts im Kühlschrank. Ich stellte die Kanne, zwei Tassen, Teller und das Gebäck auf ein Tablett und kehrte damit in das Heim zurück. Dort angekommen, erwartete mich eine Szenerie, die mich erneut zum Lächeln brachte und die ich in meinem Leben wohl nie mehr vergessen würde.

Blake saß freudestrahlend am Schreibtisch und wurde von seiner Fangemeinde angehimmelt. Seine strubbeligen Haare waren platt gedrückt, was auf einen unsichtbaren Robbie auf seinem Kopf hindeutete. Pebbles saß auf dem Tisch und ließ sich kraulen, Nuvo schwebte über seinem Schoß und drehte sich im Kreis. Da ließ man die Kleinen einmal aus den Augen und sie lachten sich einen neuen Freund an. Vermutlich hatten sie nicht mal bemerkt, dass ich den Raum verlassen hatte.

Was fanden Sie nur so toll an ihm? Sicher, er hatte sie gestern Abend gerettet, machte einen total netten Eindruck und sah dazu auch noch ziemlich süß aus, aber …

Okay, ich gebe es zu, ich verstand sic. Abcr ich konnte mich zurückhalten und warf mich ihm nicht direkt an den Hals. Wobei das … *Leah!* Ich rollte die Augen, trat auf den Schreibtisch zu und verscheuchte die Monster, um das Tablett auf dem Tisch abstellen zu können.

»Achtung, Platz machen bitte. Ich bin mir sicher, dass Blake keine Haare, Murmeln, Stacheln oder unsichtbaren Sabber in seinem Kaffee schwimmen haben möchte. Gebt dem Mann doch

mal etwas Luft zum Atmen.« Blake lachte auf und die Kleinen suchten tatsächlich das Weite – bis auf Pebbles. Ich setzte mich auf einen der Stühle auf der anderen Seite des Schreibtisches.

Dort, wo sonst die Besucher Platz nehmen konnten.

Pebbles hatte sich noch immer kein Stück bewegt und genoss die Streicheleinheiten. Der Anblick verursachte mir ein wenig Bauchschmerzen.

»Blake, bitte sei vorsichtig, denn …«

»Schon in Ordnung, Leah. Mir passiert nichts.«

Ich kniff die Augen zusammen. Woher wusste er, wovon ich redete? Glaubte er, die Monster besser einschätzen zu können als ich? Das mit dem netten Eindruck musste ich mir wohl noch mal überlegen.

Ich goss Kaffee in eine der Tassen und behielt Pebbles im Blick. Meine Skepsis Blake gegenüber löste sich in Wohlgefallen auf, als ich sah, wie sehr der rosa Fluff die Streicheleinheit genoss. Davon bekam sie aufgrund ihrer kleinen Macke leider viel zu wenig. Früher hatte ich sie gern und lange gestreichelt, aber seitdem sie mich dabei einmal verletzt hatte, erlaubte sie mir nicht mehr als kurze Berührungen.

Dankbar lächelte ich Blake an. Er ahnte vermutlich nicht mal, was für eine große Sache das war. Dadurch eroberte er sich die Sympathiepunkte im Sturm zurück. Doch da waren noch einige Fragen, die mir auf der Zunge brannten und die alles wieder verändern konnten. Das letzte Mal, als ich mich der Hoffnung hingegeben hatte, war es im Guten geendet. Blake war kein Einbrecher. Aber was, wenn ich mich dieses Mal wieder darauf einließ, der Ausgang aber ein anderer war?

Dann kommst du damit klar.

Es überraschte mich, wie schnell ich zu dieser Überzeugung kam. Keine Zweifel, kein Vielleicht.

Also stellte ich meine erste Frage.

8. Kapitel

Leah

Ich habe gesehen, was gestern Nacht passiert ist. Aber ich verstehe es nicht. Was hat das alles zu bedeuten?«

Eine möglichst allgemeine Frage zu stellen schien mir am einfachsten. Denn wenn ich konkrete Fragen stellte, all jene, die sich in meinem Kopf aufgestaut hatten, dann würde Blake gar keine Gelegenheit zum Reden haben.

Blake nahm seine Tasse und sah hinein. Er trank einen Schluck, fasste sich.

»Vielleicht sollte ich mit dem Wichtigsten anfangen«, sagte er ruhig. »Ihr müsst weg.«

Ich knallte meine Tasse auf den Tisch. Pebbles schreckte hoch und machte sich auf und davon.

»Wie bitte?« Das war nun wirklich nicht das, was ich erwartet hatte.

»Ihr müsst euch in Sicherheit bringen. Für die nächsten paar Tage bewacht die Polizei das Heim noch, aber sobald sie sich zurückzieht …«

Ich hob die Hand und Blake verstummte.

»Moment mal. Die Polizei bewacht uns nicht«, berichtigte ich ihn. Blake seufzte und stellte seine Tasse neben meine auf den Tisch. Er stand auf und zog mich sanft hinter sich her zum Erkerfenster. Ich war zu überrascht, um zu protestieren, und die Wärme, die er auf mich abstrahlte, lenkte mich ab. Er blieb vor

dem Fenster stehen und zog zwei der Lamellen auf meiner Augenhöhe auseinander. Er musste sich ein wenig herunterbeugen, um ebenfalls durchschauen zu können.

»Siehst du dahinten den schwarzen Wagen? Da an der Straßenecke?« Er deutete mit dem Finger auf einen geparkten Kombi mit getönten Scheiben.

»Und da drüben.« Er nickte in Richtung des schräg gegenüberliegenden Restaurants. »Die beiden da am Fenster sind Officers in Zivil. Sie behalten das Heim bis auf Weiteres im Auge.«

Ich stutzte. »Davon hat Detective Tottori nichts gesagt«, stammelte ich.

»Er ist besorgt«, sagte Blake. »Als der Officer mich aus der Zelle geholt hat, habe ich ihn mit einem Kollegen sprechen hören. Er findet die Anweisung des Detectives, das Heim weiter zu beobachten, unsinnig. Aber Tottori hat wohl darauf bestanden, was ich gut finde. Er glaubt vermutlich – wie ich auch –, dass die wahren Verbrecher wiederkommen. Und dann solltet ihr nicht mehr hier sein, denn ich bezweifle, dass es bei einem einfachen Einbruch bleiben wird. Also müssen wir uns etwas anderes einfallen lassen.«

»Aber …« Ich ließ mich auf das Podest neben dem Puppenhaus nieder. Meine Beine trugen mich nicht mehr, die vielen Fragen in meinem Kopf drohten mich zu erdrücken. Ich warf Blake einen Seitenblick zu. Wer war er, dass er mein Leben nach nur zwei Tagen aus der Bahn geworfen hatte und mir nun sagte, dass ich das Heim zurücklassen musste? Dann erst drang eines seiner Worte endgültig zu mir durch. *Also müssen wir uns etwas anderes einfallen lassen.*

Blake bemerkte, dass ich ihn musterte, und erwiderte meinen Blick. Er ließ den Kopf hängen. »Es ist eine lange Geschichte«, sagte er, als hätte er meine Gedanken gelesen.

Fieps.

Pebbles schaute aus dem Puppenhaus.

Blake schüttelte den Kopf. »Es gibt schönere«, sagte er dann.

Redete er mit Pebbles? Oder mit mir?

Ich sah zu ihr hinunter. Sie ließ den Blick zwischen Blake und mir hin und her schweifen.

»Hört sich an, als würde ich etwas Nervennahrung brauchen«, murmelte ich und erhob mich. Ich schwankte, und Blake griff nach meinem Arm, um mich aufzufangen. Er stützte mich, bis ich mir sicher war, allein weitergehen zu können.

Blake ließ mich los, und sofort wünschte ich mir seine Wärme.

Wir gingen zum Schreibtisch. Blake überließ mir den Bürostuhl, und der gewohnte Platz beruhigte mich ein wenig. Hungrig griff ich nach einem Donut und schob ihn mir fast komplett in den Mund. Es war mir so was von egal, wie das aussehen musste, aber ich war mir sicher, dass ich den Zucker brauchen würde.

Blake schmunzelte, als ich mit vollen Wangen kaute. Wenn er mich jetzt Hamster nannte, würde ich ihn rausschmeißen.

Doch er schwieg und wartete, bis ich den ganzen Donut verputzt hatte. Er schob mir den Teller mit dem zweiten hin.

»Besser, du isst den auch noch.«

»Ist es so schlimm?«

Sein Schweigen war mir Antwort genug. Also aß ich auch noch den zweiten Donut, dieses Mal etwas langsamer und mit mehr Manieren. Ich spülte den süßen Geschmack mit einem Schluck Kaffee hinunter. Der Zucker-und-Koffein-Kick brachte mich auf eine Idee. Ich tat so, als würde ich aus Nervosität die Stiftebecher auf meinem Schreibtisch zurechtrücken. In Wirklichkeit wollte ich aber Glue damit auf mich und das Gespräch aufmerksam machen. Sie blinzelte und verstand, was ich von ihr wollte. Es war einen Versuch wert.

»Schieß los«, sagte ich zu Blake. Ich fühlte mich sicherer, nun, da ich nicht allein entscheiden musste, ob ich ihm die folgende Geschichte glauben würde.

»Was weißt du über *Bwystfilwood Hall?*«

»Es ist eine Privatschule für die Kinder wohlhabender Leute. Sehr exklusiv, sehr abgeschieden. Sie wurde vor ungefähr hundert Jahren gegründet und schon immer von der Familie Waystone

geleitet.« Ich dachte noch mal nach, aber mehr Fakten fielen mir tatsächlich nicht ein.

Blake nickte. »Alles richtig. Was aber niemand weiß – vor dreißig Jahren ging der Schule langsam, aber sicher das Geld aus. Die Leute schickten ihre Kinder lieber an Schulen mit Rang und Namen. *Bwystfilwood Hall* hatte zwar schon immer einen guten Ruf, aber konnte mit den anderen Eliteschulen nicht mithalten. Die Waystones steckten in der Klemme. Sie liefen Gefahr, ihr Familienerbe dichtmachen zu müssen. Denn was ist schon eine Schule ohne Schüler? Sie waren an einem Punkt angekommen, an dem sie alles getan hätten, um *Bwystfilwood Hall* zu retten. Alles. Und genau zu diesem Zeitpunkt erhielten sie ein Angebot von der Regierung.«

Meine Augen wurden groß. »Was für ein Angebot?«

»Sie wollten die Räumlichkeiten unter der Schule für eine riesige Summe Geld anmieten. Unter der Voraussetzung, sie nach ihren Bedürfnissen umbauen zu können. Und natürlich haben die Waystones zugesagt. So konnten sie die Schule am Leben erhalten.«

»Hätte die Regierung nicht einfach irgendwo ein eigenes Gebäude errichten können? Warum sich in den Keller eines veralteten einmieten?«

Blake zog die Unterlippe zwischen die Zähne.

»Selbst die Regierung muss sich an Regeln halten, wenn es um das Errichten neuer Gebäude geht. Anträge, Formulare … Das alles dauert lange, benötigt viele involvierte Leute und erregt somit Aufmerksamkeit. Aber sich irgendwo einkaufen … das kann man auch unter der Hand machen, wenn man es richtig anstellt. Und es würde niemandem auffallen, wenn eine in die Jahre gekommene renommierte Schule Umbauarbeiten in Auftrag gab. Wenn es in der Abgeschiedenheit im Wald überhaupt jemand mitbekam. Es sollte so heimlich wie möglich passieren. Und in den Waystones fand man die perfekten Geschäftspartner. Für einen kleinen Bonus schwiegen sie gern.«

Ich kam mir vor, als berichtete mir Blake von einem Film, den er im Fernsehen gesehen hatte. Das klang mehr nach Politthriller als nach etwas, das im echten Leben passierte. Ich warf Glue einen unauffälligen Blick zu. Sie enttäuschte mich nicht.

Plopp. Ein Bleistift wurde zu Schokolade. Sie glaubte also, dass Blake die Wahrheit sagte. Dieser zuckte zusammen, als er Zeuge der Magie wurde. Er zog den schokolierten Stift aus dem Becher.

»Interessant.«

»Nervöse Angewohnheit von Glue«, erklärte ich und entschuldigte mich im Stillen bei meiner treuen Eule dafür. Blake steckte den Stift zurück.

»Warum der ganze Aufwand?«, fragte ich. »Was war so wichtig und so heikel, dass man sich diese Mühe machte und diese illegalen Umwege nahm? Was ist in den Kellern von *Bwystfilwood Hall?*«

Es kostete mich große Mühe, bei diesen Fragen ruhig auf meinem Stuhl zu sitzen. Blake sah über die Schulter zu den Monstern, die weit genug entfernt waren, um unser Gespräch nicht mitzubekommen. Nur Glue saß in Hörweite.

Als Blake mich wieder ansah, musste ich schlucken. Er schien mich mit seinem Blick zu durchbohren. So intensiv hatte mich noch nie jemand angesehen.

»Blake, was ist es?«, fragte ich erneut, weil ich die Spannung nicht ertrug.

»Monster«, flüsterte er. »Sie haben in den Kellern von *Bwystfilwood Hall* Labore gebaut und Käfige, in denen sie unzählige Monster halten. Sie testen sie, machen Experimente. Was genau sie erforschen, weiß ich nicht, aber es ist … es kann nichts Gutes sein«, sagte Blake mit Nachdruck.

Plopp. Ein weiterer Bleistift wurde zu Schokolade. Ich sah zu Glue hinüber, die ganz still auf ihrem Baumstamm saß.

Er sagte die Wahrheit. Aber das ergab überhaupt keinen Sinn.

»Wieso sollten sie so etwas in *Bwystfilwood Hall* machen? Mit den ganzen Schülern und Lehrern vor Ort ist es doch viel zu unsicher. So etwas kann man doch nicht jahrelang verstecken. Du hast es ja offensichtlich auch rausgefunden.«

Blake sah schuldbewusst zur Seite. Ich kniff die Augen zusammen und musterte ihn skeptisch.

»Ihr werdet auch für euer Schweigen bezahlt, oder? So sichern sie sich eine unauffällige Tarnung nach außen und können weiterhin ihren illegalen Machenschaften nachgehen. Das ist wahnsinnig riskant. Früher oder später kommt so was doch raus!«

»Außer meinem besten Freund Joshua und mir weiß niemand von den Schülern, was genau sich in den Kellern befindet. Alle anderen werden dafür bezahlt, nicht hinzusehen und wegzuhören. In dem Alter so viel Geld zu haben – da fragen die meisten nicht weiter nach.«

Plopp. Dieses Mal ist es ein Kugelschreiber, den Glue verwandelte. Sie glaubte also, dass Blake in diesem Punkt log. Ich ließ mir nichts anmerken und spielte weiter mit.

»Was macht euch beide so besonders? Wieso wisst ihr, was da unten vor sich geht?«

»Joshua ist der Sohn von Doktor Sarah Persky. Sie leitet die Labore unter der Schule und ist seit dem ersten Tag dabei. Joshua wurde auf *Bwystfilwood Hall* geboren und ist dort aufgewachsen. Es ist sein Zuhause. Ich kam mit elf auf die Schule und wir wurden beste Freunde. Er zeigte mir jeden Winkel der Schule, auch die verbotenen. Als seine Mutter das herausfand, war sie furchtbar wütend. Ich musste ihr hoch und heilig versprechen, niemandem etwas zu verraten, sonst würde sie Joshua dafür bestrafen. Also hielt ich meinen Mund. Bis heute. Auch wenn es mir schwerfiel. Leah … das, was sie da unten mit den Monstern machen … Es verfolgt mich bis in meine Träume. Doktor Persky hat uns immer wieder versichert, es diene einem guten Zweck, es sei eine wichtige Arbeit. Ich habe mir so lange eingeredet, dass das stimmt, bis ich es selbst geglaubt habe. Weil ich es glauben musste, um kein schlechtes Gewissen zu bekommen. Aber ich kann nicht länger die Augen davor verschließen.«

Sein Schmerz, als er davon erzählte, war fast greifbar. Kälte schlich meinen Rücken hinauf.

»Wieso hast du deine Meinung geändert?«

»Es ist etwas passiert. Beziehungsweise irgendetwas passiert gerade. Vor zwei Wochen, an einem Montag, verschwand ein

Schüler, Xavier. Niemand weiß wohin, niemand weiß warum. Eigentlich sollte Mister Waystone alle Hebel in Bewegung setzen und ihn suchen lassen, aber das tut er nicht. Er meint, Xavier wird wohl abgehauen sein und irgendwann wiederkommen. Aber das passt einfach nicht zu ihm und … es passt einfach nicht. Dann erfahre ich, dass Mister Lambers ebenfalls vor zwei Wochen gestorben ist. Auch am Montag.«

»Und du siehst da einen Zusammenhang? Blake, Mister Lambers ist an Krebs gestorben. Es war sicher nur ein Zufall, dass diese beiden Ereignisse auf denselben Tag gefallen sind.«

Doch Blake wirkte nicht überzeugt.

»Nein, das glaube ich nicht. Leah, es gibt da etwas, das du über Mister Lambers wissen musst. Ja, er war Lehrer an der Schule, aber er war auch … er hat zusammen mit Doktor Persky die Labore geleitet. Er ist eigentlich *Doktor* Lambers.«

Dieses Mal dauerte es bis zu dem magischen *Plopp* lange. Ein Bleistift. Blake sagte die Wahrheit.

»Du willst mir sagen, dass Mister Lambers, der *Monsters & Glue* gegründet hat, vorher ein Labor leitete, in dem an Monstern geforscht wird? In dem diese Monster für diese Zwecke sogar gequält werden?«

»Ja. Und genau das ist einer der Punkte, warum ich nun nicht länger wegsehen kann, Leah. Ich habe nicht gelogen, als ich gesagt habe, dass ich Mister Lambers mochte und zu ihm aufgesehen habe. Ich wusste, dass er ein guter Mensch war, und deswegen konnte ich mir auch einzureden, dass alles einem guten Zweck diente. Wenn Mister Lambers es tat, musste es so sein. So dachte ich damals. Dann bist du aufgetaucht, ich erfuhr, dass er in den Stadtkern von Bwystfilwood gezogen ist, und ich habe das erste Mal von *Monsters & Glue* gehört. Davon, dass er das hier aufgebaut hat.«

Er sprang auf und ging zu dem Bild, vor dem wir schon einmal gestanden hatten. Zu dem Foto, das Mr. Lambers, mich und die Monster zeigte.

»Als ich dieses Bild gesehen habe, wusste ich, dass das alles nicht richtig ist. Mister Lambers hat bestimmt gekündigt, weil er

es nicht mehr ertragen hat. Er wollte mit *Monsters & Glue* wiedergutmachen, was er in den Laboren angerichtet hatte. Sieh dir an, wie glücklich ihn das gemacht hat. Wie stolz.«

Ich war sprachlos. Ich versuchte zu begreifen, was Blake mir erzählte. Dass Mr. Lambers nicht der gewesen war, für den ich ihn gehalten hatte. Doch ich erinnerte mich gleichzeitig auch an die Zeit bei ihm, an seinen liebevollen Umgang mit den Monstern und die Überzeugung, mit der er das Heim geführt hatte.

Das war alles echt gewesen. Würde seine Vergangenheit etwas an meiner Meinung über ihn ändern? Ich wusste es nicht. Es war zu viel zu verdauen. Und wie mir schien, war das noch nicht die ganze Geschichte.

»Was hat das alles mit dem Einbruch zu tun?«

»Als du nach deinem Gespräch mit Mister Waystone *Bwystfilwood Hall* verlassen hast, hatten Mister Waystone und Doktor Persky einen Streit. Es ging darin um dich. Mister Waystone versicherte Doktor Persky, dass du nichts wüsstest und nichts gefunden hättest, aber sie ließ sich nicht überzeugen.«

»Mister Waystone hat mich gefragt, ob ich Unterlagen gefunden hätte, die die Schule betreffen. Aber da war nichts. Wirklich. Bis eben wusste ich ja nicht mal …«

»Leah«, unterbrach Blake mich, »vor mir musst du dich nicht rechtfertigen. Ich glaube dir. Ich glaube aber auch Doktor Persky, wenn sie sagt, dass Doktor Lambers irgendetwas in seinem Besitz hatte, das für sie von Bedeutung ist. Und sie will es um jeden Preis haben.«

»Was will sie denn? Und woher weißt du das?«

»Erstens: Ich habe null Ahnung, wonach sie sucht. Aber ich bin der festen Überzeugung, dass sie damit nichts Gutes im Sinn hat. Sonst hätte Doktor Lambers es nicht vor ihr versteckt und sie würde es nicht mit allen Mitteln finden wollen. Zweitens: Nachdem ich dieses erste Gespräch belauscht hatte, wurde ich misstrauisch. Doktor Perskys Tonfall war eiskalt. Ich schlich mich um ihr Labor und in ihrer Wohnung öfter herum als notwendig. Es fiel nicht auf, da ich Joshua als Vorwand nutzen konnte. So schnappte ich das eine oder andere auf. Unter anderem auch, dass sie zwei ihrer Leute herschickte, die sich mal ›umsehen‹ sollten. Sie haben sich tagsüber einen Überblick verschafft, und dann kamen sie in derselben Nacht für den Einbruch wieder. Ich bin ihnen den ganzen Tag auf Schritt und Tritt gefolgt. Daher war ich hier, als sie eingebrochen sind. Ich habe lange gebraucht, um mich zu entscheiden, ob ich die Polizei oder Joshua anrufen sollte, oder, oder, oder … Deswegen hat es etwas gedauert, bis ich ihnen gefolgt bin, das tut mir leid.«

»Die beiden, die sie hergeschickt hat, waren das eine Frau und ein Mann?«

Blake nickte. »Ja, sie waren hier im Heim. Nur ganz kurz.«

Die angeblichen Schulers. Sie waren also von dieser Dr. Sarah Persky hergeschickt worden.

»Die Universalstinker«, murmelte ich.

»Wie bitte?«

Ich winkte ab. »Offensichtlich haben die beiden nicht gefunden, was sie gesucht haben. Denn als du kamst, haben sie noch immer alles durchwühlt. Weißt du denn ungefähr, was es ist? Unterlagen, ein Notizbuch, Fotos?«

»Ich habe leider keine Ahnung. Aber wenn du sagst, dass du von nichts weißt, glaube ich dir. Das hilft nur leider nicht, denn sie wird ihre Leute so lange herschicken, bis sie es gefunden haben. Deswegen meinte ich, dass ihr hier wegmüsst. Wer weiß, wozu sie noch in der Lage ist. Ein Einbruch war vielleicht nur der Anfang.«

»Blake, ich lasse das Heim auf keinen Fall im Stich. Nie im Leben.«

»Das dachte ich mir. Dann haben wir nur eine andere Möglichkeit.«

»Wir müssen dieses etwas zuerst finden und es ihr geben, damit sie das Heim in Ruhe lässt. Oder noch besser: Ich übergebe es Mister Waystone, der mich ohnehin darum gebeten hat, der kann es dann dieser Doktor Persky geben. Sollen wir die Polizei darüber informieren? Immerhin wissen wir, wer den Einbruch beauftragt hat.«

»Bloß nicht«, winkte Blake ab. »Sobald Doktor Persky merkt, dass die Polizei gegen sie ermittelt, wird sie zu schlimmeren Methoden greifen. Die Regierung würde sicher Mittel und Wege finden, die Polizei zum Schweigen zu bringen, aber der Schaden wäre bis dahin bereits angerichtet.«

»Und man würde dich zur Rechenschaft ziehen, weil du das Geheimnis von *Bwystfilwood Hall* ausgeplaudert hast.«

»Das würde mich nicht kümmern«, sagte Blake.

»Also bleibt wirklich nur eines. Wir finden das Ding und geben es Mister Waystone beziehungsweise Sarah Persky.«

Er nickte. Wieder biss er sich auf die Unterlippe. Da war noch mehr. Etwas, das er mir verschwieg.

»Blake, ich schätze sehr, dass du mir helfen willst. Und ich bin dir unendlich dankbar dafür, dass du bei dem Einbruch eingeschritten bist. Aber trotzdem musst du vollkommen ehrlich zu mir sein.«

»Ich will nicht, dass Sarah Persky es bekommt.«

»Was? Warum nicht?«

»Weil sie damit nichts Gutes vorhat. Ich glaube, es hat etwas mit den Experimenten zu tun. Und ich kann nicht zulassen, dass es ihr in die Hände fällt, wenn es das Leid in den Kellergewölben verschlimmert.«

»Du willst dich also auf einen Verdacht hin mit einer Forscherin anlegen, die im Auftrag der Regierung unterwegs ist? Indirekt also mit der Regierung selbst?«

»Ja.«

»Hör mal, Blake, ich finde das sehr ehrenhaft von dir, wirklich. Aber bei einer Rebellion werde ich dir nicht helfen. Das hier …«, ich deutete mit den Armen einen Bogen, der das Heim umfasste, »… ist meine kleine Welt. Die will ich beschützen. Alles andere ist eine Nummer zu groß für mich. Ich will nur dieses Etwas finden und es aus dem Heim schaffen, damit diese verrückte Forscherin meine Monster in Ruhe lässt. Wenn der Gegenstand wirklich hier ist, dann gehört er rechtlich gesehen mir und ich kann frei darüber entscheiden. Ich brauche also dein Wort, dass wir, sollten wir diesen Gegenstand finden, ihn Sarah Persky aushändigen und du nicht versuchst, mich zu etwas anderem zu überreden oder ihn mir stiehlst.«

»Willst du denn nicht dabei helfen, Mister Lambers' Willen durchzusetzen? Er wollte verhindern, was auch immer mit diesem Etwas angestellt werden sollte. Sonst hätte er es nicht mitgenommen.«

»Blake. Was mich betrifft, so war Mister Lambers' letzter Wille, dass ich das Heim leite und beschütze. Und auch wenn seine Laborarbeit der Grund für die Gründung des Heims war, so mische ich mich ganz sicher nicht in Dinge ein, die mich nichts angehen und von denen ich keine Ahnung habe. Das könnte nach hinten losgehen und das Ende von *Monsters & Glue* bedeuten. Wenn du nicht damit einverstanden bist, dann muss ich dich leider bitten zu gehen.«

Die Monster keuchten empört auf. Ich musste den letzten Teil lauter gesagt haben als beabsichtigt. Ich konnte mir vorstellen, dass sie protestieren wollten, immerhin hatten sie einen Narren an Blake gefressen. Aber auch sie mussten einsehen, dass sein Vorhaben zu riskant war. Es tat mir leid, ihn enttäuschen zu müssen, doch das Heim würde bei mir immer Vorrang haben.

»In Ordnung«, sagte Blake. »Du hast ja recht. Ich gebe dir mein Wort.« Ich griff nach seiner Hand.

»Blake, du wirst vielleicht nichts gegen das Geschehen in den Laboren tun können, aber du rettest die Welt von fünf kleinen Monstern und deren Freundin, die dir dafür auf ewig dankbar sein werden.«

»Es ist ein Anfang«, sagte er und lächelte schwach.

»Für uns«, sagte ich und drückte seine Hand, »ist es alles.«

Es klopfte an der Tür.

»Miss Mint, hier ist Ricky, ich habe eine Lieferung für Sie!«

»Oh, die Futtersäcke«, rief ich und sprang auf. Ich lief zur Tür und schloss auf.

»Hi! Einen Moment, ich komme!« Eine Hand legte sich auf meine Schulter. Ich sah zu Blake auf, der hinter mir stand.

»Ich mache das. Schließlich hab ich dir versprochen, dir heute zu helfen. Setz dich hin und ruh dich etwas aus.«

Er krempelte die Ärmel hoch, ging an mir vorbei nach draußen und lud gemeinsam mit Ricky die Säcke aus. Einen nach dem anderen trug er in das Hinterzimmer.

Ich zog mich kurz in meine Wohnung zurück, um auf die Toilette zu gehen. Als ich mir anschließend die Hände wusch, betrachtete ich mich im Spiegel. Müde blaue Augen blickten mir entgegen. Aus einem rollte eine einzelne Träne, die ich hastig wegwischte.

Würden meinetwegen die Monster unter *Bwystfilwood Hall* noch schlimmer leiden müssen? Waren es meine Monster wert, dass ich dafür vielen anderen die Hilfe verwehrte?

Ja, dachte ich. Denn selbst wenn ich fand, was Sarah Persky suchte, würde ich damit nichts an der aktuellen Situation ändern können. Es würde einfach so weitergehen wie bisher. Ich konnte sie nicht alle retten.

Und in diesem Moment hasste ich mich dafür, dass ich es nicht einmal versuchte.

9. Kapitel

Leah

Blake war mit der Arbeit fertig, als ich zurück nach unten kam. Er hatte die Säcke im Hinterzimmer ordentlich in eines der Regale gestapelt. Ich war nach dem Schleppen immer einer Ohnmacht nahe, Blake sah aus, als hätte er nicht mal den kleinen Finger bewegt.

Apropos Futter …

»Blake, wann hast du eigentlich das letzte Mal was Richtiges gegessen? Du musst vor Hunger doch umfallen.«

Er presste die Lippen zusammen und legte die Hand auf den Bauch.

»Jetzt, wo du es sagst …« Sein Magen knurrte.

»In meinem Kühlschrank herrscht gähnende Leere. Wäre Pizza okay?«

»Klar.«

Ich wollte nach dem Telefon greifen. Da erst fiel mir wieder ein, dass es hinüber war.

»Hast du ein Handy, das ich mir leihen könnte?«

Er zog ein Smartphone aus der Hosentasche, entsperrte den Bildschirm und reichte es mir.

»Was ist mit deinem passiert?«

»Ich hab keins«, sagte ich, während ich die Nummer des Lieferdienstes eintippte. Eine meiner Mitbewohnerinnen im Heim hatte so ein modernes Ding besessen. Ich hatte ihr oft genug zugesehen, um zu wissen, wie man es bediente.

»Kein Handy?« Blake war sichtlich schockiert.

»Nein. Nur das Festnetztelefon, aber das hat Glue zerstört.«

»Unfassbar.«

»Sag mir lieber, welchen Belag du willst.«

Zwanzig Minuten später stand die noch dampfende Pizza auf unserem Tisch. Der Geruch machte mich fast wahnsinnig, so einen riesigen Hunger hatte ich mittlerweile. Blake und ich hielten uns nicht mit Besteck auf, ein paar Servietten reichten.

Schweigend aßen wir am Schreibtisch, bis jeder von uns drei Stücke verputzt hatte.

»Besser?«, fragte ich zwischen zwei Bissen.

»Um Welten«, antwortete Blake. Die Monster mümmelten ebenfalls, wir hatten sie während der Wartezeit mit Abendessen versorgt.

Dank meines gefüllten Magens fing auch mein Kopf endlich wieder an zu denken, nachdem er nach den vielen Informationen zuvor sprichwörtlich überhitzt war.

»Sag mal, vermisst dich in der Schule eigentlich niemand? Du bist schon ganz schön lange weg.«

Blake zuckte mit den Schultern. »Die meisten Kurse laufen auf freiwilliger Basis, immerhin sind wir jetzt erwachsen und können uns nicht mehr alles vorschreiben lassen. Beim Pflichtprogramm deckt mich Joshua. Bestimmt hat er sich einen ganz fiesen Infekt für mich einfallen lassen, mit dem er meine Abwesenheit begründet. So ekelig, dass nicht mal die Krankenschwester nach mir sehen will.«
»Du sagst das, als hättet ihr Erfahrung damit?«

Blake grinste schelmisch. »Ich sage lieber nichts mehr, sonst hältst du uns noch für Schulschwänzer oder faule Socken.«

Ich lachte. »Für den Abschluss scheint es ja gereicht zu haben. Was willst du denn mal werden? Wenn ich das richtig verstanden habe, machst du gerade Vorbereitungskurse für einen Beruf oder die Uni, richtig?«

Blake schob das gerade zurückgelegte Pizzastück hin und her. »Ich weiß es nicht. Ich bin noch dabei, das herauszufinden.«

»Okay.« Ich wartete einen Moment, aber er schien nicht weiter über das Thema reden zu wollen.

Ich säuberte meine Finger gerade mit einer Serviette, als ich gähnen musste. Schon seit einiger Zeit brummte mir außerdem der Schädel. Die letzten beiden Tage zeigten ihre Wirkung und zwangen mich langsam, aber sicher in die Knie. Es war zu viel passiert, ich hatte zu viele Informationen aufnehmen müssen, die ich nur nach und nach verarbeitete.

»Du bist schrecklich müde«, kommentierte Blake meinen Zustand.

»Allerdings. Du denn nicht?«

»Mach dir um mich mal keine Sorgen. Aber du solltest dich lieber hinlegen«, meinte Blake besorgt.

»Das ist nur die Pizza, die verdaut werden will. Ich muss noch die Unterkünfte der Monster säubern, eher gehe ich nicht ins Bett. Gib mir zehn Minuten, dann bin ich wieder fit.«

Blake hob skeptisch eine Augenbraue. Wenn ich ehrlich zu mir selbst war, glaubte ich selbst nicht wirklich daran.

»Dann mach wenigstens kurz die Augen zu und gönn dir einen Moment Ruhe.«

»In Ordnung.« Ich war viel zu erledigt, um zu protestieren. Also legte ich den Kopf auf meine verschränkten Arme. Darin würde ich noch Profi werden, wenn es so weiterging. Ich wollte die Augen nur für eine kleine Weile schließen, bis meine Kopfschmerzen verschwunden waren. Kurz bevor mir die Lider zufielen, sah ich, wie Blake aufstand und zu den Monstern ging, die ihn freudig begrüßten.

Beruhigt gab ich dem Drängen meiner Augen nach und schloss sie langsam.

Nur fünf Minuten.

Ein Knall ließ mich hochfahren. Meine Zunge klebte am Gaumen, mein linkes Ohr war taub und kribbelte, als das Blut wieder hindurchfloss. Ich war offensichtlich doch etwas länger als nur fünf Minuten auf meinen Armen eingedöst.

Und verdammt, konnte ich nicht einmal normal aufwachen? Ohne dass mich ein lautes Geräusch in den Wahnsinn trieb?

Eine Decke rutschte mir von den Schultern, als ich mich mit schmerzendem Rücken aufrichtete. Blake musste sie mir übergelegt haben, als ich schlief.

Blinzelnd und noch reichlich verschlafen suchte ich nach der Quelle des Geräusches, das mich dieses Mal aufgeweckt hatte. Sie war schnell gefunden. Ein Stein aus Robbies Terrarium war heruntergefallen und lautstark auf dem Boden aufgekommen.

Blake, der in einer Hand einen gelben Lappen hielt, war gerade dabei, ihn aufzuheben.

»In diesem Heim putzen wir die Behausungen und zerstören sie nicht«, murmelte ich und rieb mir die Augen.

»Das war nicht meine Schuld«, protestierte Blake. »Robbie war's!«

Robbie, dessen Vorderseite sichtbar war, plusterte seine Chamäleonbacken auf. Monty entlarvte den wahren Übeltäter Blake, indem er ihn mit einem Schwall Tinte übergoss. Fassungslos sah ich dabei zu, wie erst Blakes blonder Haarschopf, dann sein Gesicht und Shirt von der Tinte überzogen wurden. Monty blubberte fröhlich, und auch die anderen Monster konnten nicht an sich halten und brachen in ein monstermäßiges Gelächter aus.

»Igitt, Monty! Das bekomme ich doch nie wieder raus!« Blake wischte sich mit der Hand über sein Gesicht, machte es damit aber nur noch schlimmer. Er griff nach dem letzten sauberen Zipfel am Saum seines Shirts und zog es nach oben, um sein Gesicht damit zu säubern.

Das Tattoo auf seinem Bauch stach mir sofort ins Auge. So etwas hatte ich noch nie gesehen. Dunkle Drachenschuppen, die im Licht violett, blau und grün schimmerten. Es musste unglaublich aufwendig gewesen sein, sie so realistisch und wunderschön hinzubekommen. Und sie bewegten sich …

Moment. Das Tattoo bewegte sich? So gut war dann doch kein Tätowierer. Ich sah genauer hin. Tatsächlich. Die Drachenschuppen veränderten ihre Position auf Blakes glatter Haut. Eben hatten sie noch den gesamten Bauch bedeckt, nun reichten sie nur knapp über den Hosenbund. Die anderen waren … verschwunden. Eine Sekunde später erschienen sie wieder. Fasziniert starrte ich auf das wunderschöne Schauspiel der wellenartig erscheinenden und verschwindenden Drachenschuppen.

Es war zu schön, um wahr zu sein. Ich musste noch immer schlafen. Das hier war ein Traum, es konnte nicht anders sein. Ich lag noch immer mit geschlossenen Augen auf meinem Schreibtisch und träumte von einem entblößten, drachenbeschuppten Blake.

Seufzend stand ich auf und ging auf ihn zu. Er hatte sich mittlerweile die Tinte aus den Augen gerieben und starrte mich an. Ruckartig zog er sich das Shirt wieder über den Bauch. Was mir gar nicht gefiel. Wenige Zentimeter vor ihm kam ich zum Stehen.

»Leah …«, sagte Blake rau.

»Psst. Mach mir meinen Traum nicht mit Worten kaputt.«

Er spannte sich an, als ich sein Shirt ein wenig anhob und die Finger vorsichtig auf seinen Bauch legte. Von Nahem funkelten die Drachenschuppen noch farbenfroher. Ich konnte mich nicht von dem Anblick losreißen.

Seine Haut war weich, als ich mit meinen Fingern darüberstrich. Ich konnte die Übergänge der einzelnen Schuppen kaum fühlen … Mit Mittel- und Ringfinger fuhr ich sanft die Konturen nach und seufzte bei dem schönen Gefühl, das sich in mir ausbreitete. Ihm so nah zu sein, machte mich schwach und stark zugleich.

»Leah«, sagte er nochmals heiser.

Eine Erinnerung kroch in mein Bewusstsein. Als ich Blake letzte Nacht mit dem Schläger getroffen hatte, war der Zusammenprall mit seinem Körper nur für mich schmerzhaft gewesen. Ob die Drachenschuppen damit zu tun hatten?

Ich sah zu Blake auf, der mehr als einen Kopf größer war als ich. Er starrte erst in meine Augen, dann auf meine Lippen, zurück zu meinen Augen und schluckte schwer. Die Drachenschuppen krochen bis zu seinem Hals hinauf, ehe sie wieder unter dem Stoff seines Shirts verschwanden.

»Leah«, sagte Blake noch einmal. Ich hob den Kopf. Und da war ich mir sicher, dass Traum-Blake mich jetzt küssen würde. Ich meine, so etwas passierte in Träumen doch, oder? Wenn nicht hier, wo dann?

In freudiger Erwartung ließ ich sein Shirt los, als er mich an den Armen fasste … von sich wegschob und leicht schüttelte.

»Leah!« Seine Finger drückten sich in meine Oberarme, übertrugen die Tinte auf meinen Pullover. Er packte mich gerade fest genug, dass ich es spüren konnte.

»Das ist kein Traum. Du bist wach.«

Ich blinzelte verdutzt und kam endgültig zu mir, als mir bewusst wurde, was ich gerade getan hatte. Schameshitze stieg mir in die Wangen, als ich daran dachte, wie seine Drachenhaut …

Ich stolperte rückwärts von Blake weg und brachte Abstand zwischen uns. Nicht weil ich mich vor ihm fürchtete, sondern weil ich sonst etwas Dummes gesagt oder getan hätte – sofern meine Darbietung von eben überhaupt noch zu toppen war.

Blakes Arme blieben in der Luft hängen. Ich betrachtete ihn zum ersten Mal bei vollem Bewusstsein, und mein Hirn begann zu rattern. Die Drachenschuppen waren echt? Aber wie konnte das sein? Blake musste die Emotionen in meinem Gesicht lesen können.

»Bitte lass mich das erklären«, bat Blake mit zitternder Stimme und machte einen Schritt auf mich zu.

»Stopp!«, rief ich lauter als beabsichtigt und wich vor ihm zurück. »Bleib, wo du bist.«

Wenn er mich jetzt berührte, würde mein Verstand doch nur wieder seinen Dienst versagen. Das konnte ich jetzt überhaupt nicht gebrauchen, auch wenn mir die Vorstellung seiner Berührung gefiel. Blake zuckte bei meinen Worten erschrocken zusammen und erstarrte in der Bewegung.

»W-was«, stotterte ich, »was ist das?« Ich deutete auf seinen Bauch. Blakes Herz pochte heftig, das sah ich am Zittern seiner Halsschlagader. Er rang mit sich. Doch dann schüttelte er den Kopf.

»Das ist ein Teil von mir«, antwortete er. »Ein monstermäßiger, wenn man so will.« Er versuchte sich an einem Lächeln. Seine Gesichtszüge entglitten ihm, als ich keine Regung zeigte.

»Bitte, Leah, ich kann dir das erklären.«

»Das hast du heut schon mal gesagt und mir dann offensichtlich nicht die ganze Wahrheit erzählt.«

Ich schrie mittlerweile. Wie konnte er mir so etwas verschweigen und dann auch noch darum bitten, dass ich ihm bei einer Rebellion gegen die Regierung half? Worum ging es bei dieser ganzen Sache wirklich?

»Warum sollte ich dir jetzt noch zuhören?«, brüllte ich weiter.

»Weil ich dir helfen will!«, rief er. Auch er hatte die Stimme jetzt erhoben. Offensichtlich passte ihm meine Reaktion nicht. Was hatte er denn erwartet? Dass ich bereitwillig seiner nächsten Märchenstunde lauschen würde, bei der er mir nicht alles erzählte?

Aufgebracht lieferten wir uns ein Blickduell. Blake atmete schwer und ich zitterte. Teilweise vor Wut, teilweise noch wegen der Aufregung, die der Körperkontakt zu Blake hervorgerufen hatte. Ich war völlig durcheinander. Blake löste Widersprüche in mir aus, die mich wahnsinnig machten. Einerseits wollte ich ihn sofort aus dem Haus jagen, weil er mich belogen hatte, andererseits wollte ich wissen, was er zu sagen hatte. Denn wenn es mir helfen konnte, meine Monster zu beschützen, dann musste ich es mir anhören. Die Bedrohung durch Sarah Persky war noch immer real. Oder war auch das nicht die Wahrheit?

»Du hast eine Minute«, sagte ich und verschränkte die Arme ineinander, um das Zittern zu unterdrücken. Ich zwang mich, Blake in die Augen zu sehen und seinen Bauch zu ignorieren. Blake atmete tief durch, dann legte er los. Er fuhr sich wild durch die Haare, während er redete.

»Ich habe dich nicht angelogen. Alles, was ich erzählt habe, ist wahr. Ich habe nur ein paar Details ausgelassen. Es stimmt, in *Bwystfilwood Hall* gibt es Monster, und ja, es werden Experimente an ihnen durchgeführt. Was ich dir nicht gesagt habe, ist, dass auch ich ein solches Experiment bin.

Bwystfilwood Hall ist keine normale Schule mehr. Dort leben nur Leute in meinem Alter, die zum Teil Monster sind, sowie die Forschenden und die Mitarbeitenden, die sich um unsere Ausbildung kümmern. Man nennt uns Mosaike. *Bwystfilwood Hall* ist unser Zuhause, wir sind dort zur Welt gekommen und aufgewachsen. Wir sind das Projekt, das die Regierung unter dem Radar laufen lassen wollte. Das Ziel ist es, Menschen mit der Hilfe von Monstergenen besser zu machen, und wir sind der Betatest.

Als Embryonen wurden wir Gentherapien unterzogen. Man ›baute‹ uns Monstergene ein, die uns besondere Eigenschaften und Fähigkeiten geben sollten. Tag für Tag hat man uns eingetrichtert, dass wir etwas Besonderes sind. Dass wir uns glücklich schätzen sollten, der Wissenschaft dienen zu können. Ein ganzes Leben lang habe ich mir darauf und auf das …«, er deutete auf seine Drachenschuppenhaut, »… etwas eingebildet. Aber seit einer Weile ertrage ich nicht mehr, was den Monstern in den Laboren unter der Schule angetan wird. Immer heftiger fühlte ich ihre Angst, ihre Qualen. Und als ich dann von Mister Lambers und *Monsters & Glue* gehört habe, und nach allem, was du mir erzählt hast, würde ich mir diese Schuppen am liebsten von der Haut reißen. Ich kann gehen. Ich kann aufhören, ein Experiment zu sein, aber die Monster nicht, Leah.

Ich habe nicht gelogen, als ich von Doktor Persky erzählt habe. Sie hat etwas Schreckliches vor. Ich weiß nicht, was es ist, doch ich will es herausfinden und es verhindern. Vielleicht hängt Xaviers Verschwinden damit zusammen, vielleicht auch nicht.

Aber ich muss dafür sorgen, dass dir … dass euch nichts passiert. Du sollst nicht unter etwas leiden, was in meinem Namen geschieht. Das könnte ich mir niemals verzeihen. Denn, verdammt noch mal, ich verzeihe es mir auch für all die Monster in *Bwystfilwood Hall* nicht.«

Blake nickte entschlossen und baute sich vor mir auf, ein Krieger, der bereitwillig in eine Schlacht zog. Er brannte für dieses Vorhaben. Er wollte es so sehr. Ich beneidete ihn um dieses Feuer, das ich schon immer an Menschen bewundert hatte. Diese Leidenschaft, die einen dazu bringt, sein gesamtes Herzblut in etwas zu stecken. Ich knickte ein, wollte ihm eine letzte Chance geben.

»Und du glaubst, dass du mit dem Ding etwas an all dem ändern kannst? Dass du es womöglich beenden kannst? Eine geheime Operation der Regierung, die seit mehr als zwanzig Jahren existiert?«

Blake sackte unter der Last der Fragen ein wenig zusammen.

»Ich habe es schon gesagt: Ich weiß es nicht, aber es wäre zumindest ein Anfang.«

Das war leider die falsche Antwort.

»Blake«, sagte ich und musste schwer schlucken. »Ich verstehe dich, und ich bewundere dich für deinen Mut. Aber es tut mir leid, ein ›Vielleicht‹ reicht mir nicht. Ich kann für ein ›Vielleicht‹ nicht die Sicherheit meiner Monster aufs Spiel setzen. Was, wenn das alles über dir, über uns zusammenbricht und uns unter sich begräbt? Was dann? Nein, Blake. Ich bleibe dabei. Ich finde, was auch immer diese Sarah Persky will. Ich werde es bei Mister Waystone für sie abgeben und die Bedingung stellen, dass sie meine Monster und das Heim in Zukunft in Ruhe lässt. Und dann bin ich raus.«

Tränen rannen mir in Strömen über die Wangen. Wut und Angst und Verzweiflung flossen mit ihnen aus mir heraus.

»Ich bin keine Heldin, okay? Und genau das brauchst du: Einen Helden, der bereit ist, gegen Gegner zu kämpfen, die weitaus größer sind als er. Das bin nicht ich. Es tut mir leid.«

Blake kam vorsichtig näher, und ich wich nicht vor ihm zurück. Wieder waren da diese Widersprüche. Ich sehnte mich nach einer Umarmung, aber konnte ich sie jetzt wirklich zulassen? Zwei Schritte vor mir blieb er stehen und sah mich mit Mitgefühl in den Augen an.

Ich wischte mir die Tränen von den Wangen.

Das hier musste aufhören, bevor ich zusammenbrach.

»Ich glaube, es ist besser, wenn du jetzt gehst.«

Blake zog scharf die Luft ein. Er war enttäuscht, vielleicht sogar wütend, aber es änderte nichts.

Entschlossen ging ich zur Tür, schloss sie auf und öffnete sie.

Die Monster, die unserer Auseinandersetzung schweigend gefolgt waren, protestierten leise. Mit einer Handbewegung bat ich sie zu schweigen. Blake zögerte, ohne den Blick von mir abzuwenden. Pebbles hüpfte auf seinen linken Fuß und fiepste. Er beugte sich zu ihr hinunter und strich ihr über das Fell.

»Weil ich ein Idiot bin«, sagte er.

Die Kleine hüpfte von seinen Füßen und zog sich traurig zurück.

Blake kam auf mich zu, stellte sich dann in den Türrahmen. Draußen schüttete es wie aus Eimern.

»Es tut mir leid, Leah.«

»Mir auch«, sagte ich.

Blake zog sich die Kapuze über den Kopf und ging dann hinaus in den Regen.

Ich schloss hinter ihm ab. Kraftlos ließ ich die Stirn gegen den Türrahmen sinken. War das gerade wirklich passiert?

»*Fieps?*« Pebbles saß nun zu meinen Füßen und beobachtete mich aufmerksam. Die Augen von Glue, Nuvo, Robbie und Monty waren ebenfalls auf mich gerichtet. Sie sahen geknickt aus, so wie ich mich fühlte.

Dieses Mal musste ich nicht raten, was Pebbles meinte. Es war dieselbe Frage, die sie auch Blake gestellt hatte.

Wieso geht er?

»Weil ich ein Feigling auf allen Ebenen bin.«

»*Fieeeeps?*« Intuitiv wusste ich auch dieses Mal, was sie meinte.

Kommt er wieder?

»Ich weiß es nicht.«

10. Kapitel

Blake

Blake hasste Regen. Schlimmer noch hasste er in diesem Moment allerdings sich selbst.

Es war alles schiefgelaufen.

Er war mit der Tür ins Haus gefallen, hatte Leah in diese Geschichte mit hineingezogen und ihr mit den Schreckgeschichten über Dr. Persky Angst gemacht.

Und das, obwohl sie gerade jemanden verloren und sicherlich genug andere Sorgen hatte.

Depp. Depp. Volldepp.

Blake rannte ziellos durch die Straßen. Sein Pullover bot ihm keinen Schutz vor dem Regen, er war nass bis auf die Haut. Doch ihm war nicht kalt. Seine Drachenschuppen wärmten ihn, und so wanderte er weiter durch den grauen Schleier.

Er wollte den Kopf frei kriegen, seine Gedanken ordnen. Doch mit jedem Meter, den er sich weiter vom Heim, von Leah entfernte, wurde ihm immer deutlicher bewusst, wie bescheuert er gewesen war.

Er, der sich nie um etwas hatte sorgen müssen, weil man ihm all seine Wünsche erfüllte. Die einzige Gegenleistung war, dass er fit blieb, lernte und sich ab und an einer harmlosen Untersuchung unterzog. Er wurde dafür belohnt, dass er einfach nur Blake war. *Nein, das stimmt so nicht*, dachte er. Er war nicht nur Blake, er war eines von wenigen wertvollen Mosaiken aus Mensch

und Monster. Er war einst so stolz darauf gewesen, einer der Auserwählten zu sein.

Aber jetzt?

Jetzt war ihm klar, dass er nie gelernt hatte, was Verantwortung bedeutete. Was es hieß, Geduld zu haben. Und wann seine Grenzen erreicht waren.

Aber Leah, sie wusste es. Und von ihr hatte er verlangt, dass sie einfach alles stehen und liegen ließ, um ihm zu helfen. Dabei war *sie* in Gefahr, wenn etwas schiefging. *Sie* konnte dabei alles verlieren und er nichts.

Blake blieb stehen und sah sich um. Er war im modernen Stadtteil von Bwystfilwood angekommen. Dicke Tropfen perlten an Stahl und Glas ab, sammelten sich in großen Pfützen, die im Schein der Straßenlaternen schimmerten.

Er sah seiner Spiegelung entgegen.

»Du bist ein Trottel.« Dann trat er in das Wasser und setzte den Weg fort.

Er konnte sich nicht vorstellen, was es hieß, die Last einer ganzen Welt auf den Schultern zu tragen. Gerade dann, wenn es die eigene war, die durch einen einzigen Fehler zerstört werden konnte.

Aber er fing an, es zu verstehen. Wie es sein musste, wenn sich die Gedanken den ganzen Tag um nichts anderes drehten. Seit er die Monster in den Kellern nicht mehr ausblenden konnte, dachte er oft an sie. An ihre Schreie, die schnellen, angstvollen Herzschläge. Wann hatte es angefangen, dass er so empfindlich darauf reagierte? Jahrelang hatte er nichts mitbekommen. Aber seit ein paar Wochen war es anders. Vielleicht war es auch einfach nur das schlechte Gewissen, das endlich die Oberhand gewonnen hatte. Vorerst waren ihm die Hände gebunden. Er musste es langsam angehen, eins nach dem anderen. Und in diesem Augenblick war es Leah, die gerettet werden musste.

Der Gedanke an sie brachte Blake zum Lächeln. Sie war so klein, aber er hatte noch nie so viel Stärke in einer anderen Person gesehen. Es war eine innere Stärke, eine Aura, die sie umgab. Die sie selbst gar nicht zu erkennen schien.

Aura?, dachte Blake spöttisch. *Ich war wohl zu lange im Regen.*

Doch ein winzig kleiner Teil von ihm war stolz auf sich, dass er sich solche Gedanken erlaubte.

Blake hielt vor einem Laden an. Große leuchtend weiße Buchstaben hingen über dem Eingang. Er hatte eine Idee. Ohne lange darüber nachzudenken, betrat er das Geschäft.

Eine Stunde später fand sich Blake vor *Monsters & Glue* wieder. Die Läden waren mittlerweile alle geschlossen, und in der Cartref Road war nicht mehr viel los. Nur der Regen leistete Blake Gesellschaft, als er den in eine Plastiktasche eingewickelten Karton vor der Tür des Heims abstellte. Dank des kleinen Vordachs war er vor dem Regen geschützt, doch Blake wollte sichergehen, dass Leah ihn bald fand. Also klopfte er an die Tür, weil er hören konnte, dass sie noch im Heim war.

Er wartete nicht, sondern wandte sich ab und lief auf die andere Straßenseite und ein kleines Stück nach rechts. Dort blieb er in einem Hauseingang stehen und sah zum Eingang von *Monsters & Glue* zurück. Leah stand vor der geöffneten Tür und hielt die Tüte in Händen. Sie blickte sich um, doch durch den Regenschleier und im Schatten des Eingangs entdeckte sie ihn nicht. Sie holte den Karton aus der Tüte und betrachtete ihn einen Moment. Blake hatte nur *Für Leah* und seinen Namen darauf geschrieben. Sie sollte nicht denken, dass sich in dem Paket eventuell etwas Gefährliches befand und es in den nächsten Mülleimer warf.

Nach einem kurzen Kopfschütteln ging Leah mitsamt dem Paket zurück in das Heim und schloss die Tür hinter sich. Blake atmete erleichtert auf. Nun musste er warten. Ebenfalls etwas, was er nicht gewohnt war. Er stand noch eine Weile in dem Hauseingang und sah zum Heim hinüber.

Er versetzte sich zurück in den Moment, in dem er zusammen mit Leah am Schreibtisch gesessen und Pizza gegessen hatte. Es war, abgesehen von dem Thema, so herrlich normal gewesen. Er hatte sich wohlgefühlt, sich gehen lassen. Deswegen hatte er das Aufwallen seiner Drachenschuppen nicht unterdrückt, als er sich das Shirt hochgezogen hatte. Als Leah dann auf ihn zugekommen war und sie voller Bewunderung betrachtete, sie zärtlich berührte, war es mit seiner Kontrolle endgültig vorbei gewesen. Und leider auch mit dem schönsten Abend, den Blake trotz aller Umstände seit Langem gehabt hatte.

Sein Handy klingelte. Das Geräusch riss ihn aus seinen Gedanken. Es war Joshua.

»Na, vermisst du mich?«, flötete Blake, als er den Anruf annahm.

»Blake.« Alarmiert richtete er sich auf. Er kannte Joshua schon sein ganzes Leben lang und wusste, wenn etwas nicht in Ordnung war.

»Was ist los?« Im Hintergrund hörte er lautes Scheppern und Klirren wie von zerspringendem Glas.

»Es ist meine Mutter«, antwortete Joshua mit zitternder Stimme. »Es geht ihr nicht gut. Sie ist außer sich. Als hätte sie den Verstand verloren. Du musst kommen und mir helfen, bitte. Ich bin vor ihrem Labor.«

»Bin sofort da.« Blake legte auf und rannte los. Sein Auto stand noch immer in der Seitenstraße, wo er es zwei Tage zuvor abgestellt hatte, als er den beiden Personen aus *Bwystfilwood Hall* gefolgt war. Schnurrend erwachte der Motor zum Leben und Blake fuhr los.

Dieses Mal zögerte Blake nicht an der Tür zu den Kellergewölben. Er rannte den Gang entlang, kein Geräusch war zu hören, nur seine Schritte, die von den Wänden widerhallten. Er bog in den Gang zu ihrem Labor ein und bremste ab, als er Joshua vor der Tür zu den Räumen stehen sah. Sein Freund hatte rot umrandete Augen, die erfreut aufleuchteten, als Joshua Blake erblickte.

»Was ist passiert?« Blake trat zu seinem Freund und legte ihm eine Hand auf die Schulter.

Der deutete mit dem Kopf zur Tür. »Meine Mutter … Sie war seit zwei Tagen ununterbrochen in ihrem Labor. Ich wollte sie zum Abendessen abholen, als sie ganz plötzlich ausgerastet ist. Sie hat geschrien und angefangen, mit der Laborausstattung um sich zu werfen.«

Abwesend umfasste Joshua sein rechtes Handgelenk. Blake griff vorsichtig nach seinem Arm, hob ihn an und schob den Stoff zurück. Eine blutige Schramme zog sich über das Handgelenk.

»Hätte ich wie du Drachenhaut und nicht das Fell eines Raubmonsters, wäre das nicht passiert. Oder wenn ich auf meinen Instinkt gehört hätte und ausgewichen wäre, als der Glasbecher auf mich zuflog, statt mich nur mit den Armen zu schützen. Aber ich konnte mich nicht von der Stelle rühren. Ich war vor Schreck wie festgefroren«, erläuterte Joshua.

»Das hätte überhaupt nicht geschehen dürfen«, knurrte Blake. »Wieso hat deine Mutter dich beworfen?«

Joshua zog hastig die Hand zurück. »Keine Ahnung. Ich glaube, sie hat gar nicht wirklich mitbekommen, was sich um sie herum abspielte. Aber egal. Seit einer Weile ist es ruhig.«

»Warum bist du nicht reingegangen?«, wollte Blake wissen.

Er sah die Antwort in Joshuas Blick. Er hatte Angst, seiner Mutter allein gegenüberzutreten. Sein Kumpel fürchtete sich sonst vor gar nichts.

Blake ging nicht weiter darauf ein, sondern nickte. »Ich komme mit dir.«

Gemeinsam gingen sie erst in das Büro und dann in das Labor, nachdem sie Ersteres leer vorfanden. Scherben knirschten unter ihren Schuhen, als sie den Raum betraten. Dr. Persky hatte ganze Arbeit geleistet. Jeder Zentimeter Boden war von Glassplittern bedeckt, metallische Instrumente lagen überall verstreut. Es roch nach Desinfektionsmittel, das aus einer zerplatzten Plastikflasche lief. Dr. Persky war nirgends zu sehen. Blake und Joshua umrundeten die Labortische. Hinter der letzten Reihe lag Dr. Persky in einem Meer aus Scherben auf dem Boden, eine noch intakte, aber leere Flasche neben ihr, die einmal Whisky enthalten hatte.

Blake bückte sich zu der schlafenden Frau hinunter und verzog das Gesicht, als der Geruch von Alkohol in seine Nase stieg.

Dr. Persky musste sich nach oder während ihres Ausbruchs betrunken und dann ihrer Erschöpfung hingegeben haben.

Er empfand Mitleid mit ihr. Aber nur ein wenig. Mehr konnte er nun wirklich nicht für sie aufbringen.

»Wir müssen sie in die Wohnung bringen. Ohne dass es jemand mitbekommt«, sagte Joshua. Wenn jemand Sarah so sah, würde sie sicherlich auf der Stelle gefeuert werden. Über das verwüstete Labor mussten sie sich später Gedanken machen.

Blake überzog seine Arme mit Drachenschuppen, dann schob er sie unter die Kniekehlen und den Rücken von Dr. Persky. Die Kälte der Glassplitter prickelte auf seiner Haut, dank seiner Drachenschuppen konnten sie ihm aber nichts anhaben. Er hob die schlafende Mutter seines Freundes hoch.

»Gehen wir.«

Sie nahmen den Weg zurück, den sie gekommen waren. Dank seines guten Gehörs und Joshuas guter Nachtsicht konnten sie Dr. Persky ungesehen aus den Kellergewölben und in die Wohngebäude hinter der Schule bringen. Dort lebte sie in einer kleinen Wohnung, die früher einmal für die Mitarbeiter der Schule reserviert gewesen war. Nun wohnten hier hauptsächlich die Mitarbeitenden aus den Laboren. Joshua schloss die Tür auf, und Blake ließ sich von ihm den Weg zum Schlafzimmer zeigen. Er legte die Forscherin behutsam auf das Bett. Joshua zog ihr die Schuhe aus und deckte sie zu. Sie löschten das Licht und verließen erst das Schlafzimmer, dann die Wohnung.

»Danke«, sagte Joshua.

»Für dich immer.« Blake hatte es nur für seinen Freund getan. Wäre es nur um Dr. Persky gegangen, hätte er sie vermutlich einfach in den Scherben liegen lassen. Doch hier ging es auch um das Wohl seines Freundes, und das war Blake mehr wert als alles andere.

Blake hielt inne, als ihn die Erkenntnis wie ein Blitz durchfuhr.

Genau so geht es Leah, wenn sie an ihre Monster denkt.

Er lief weiter, Joshua hatte sein Innehalten nicht bemerkt.

»Die Kameras«, sagte Blake, und Joshua verstand, was er ihm damit sagen wollte. Sie mochten von den Bewohnern von *Bwystfilwood Hall* unbemerkt geblieben sein, aber den überall installierten Kameras hatten sie nicht ausweichen können. Diese verfügten zwar nicht über Mikrofone, aber die Bilder allein würden genug Fragen aufwerfen.

»Ich werde mit der Aufsicht im Überwachungsraum reden«, meinte Joshua. »Ich werde ihm erzählen, dass sie im Labor eingeschlafen ist. Immerhin sind innen keine Kameras. Und ohne Tonaufnahme kann man nicht erkennen, was dort vorgefallen ist.« Sie liefen weiter auf die Schule zu.

»In solchen Momenten hätte ich gern die magischen Fähigkeiten des Raubmonsters, von dem ich die Mosaik-Gene bekommen habe«, sagte Joshua dann. »Dann hätte ich uns tarnen können.« Das Raubmonster, dessen Gene Joshua in sich trug, verfügte neben seiner Schnelligkeit und den guten Augen auch über die magische Fähigkeit, einen Schleier über sich zu legen, sodass es für seine Beute, die es in der Wildnis jagte, quasi unsichtbar war. Doch Blake und die anderen Mosaike, wie sie von den Forschern genannt wurden, hatten nur die physischen Eigenschaften von den Monstern übertragen bekommen, nicht die magischen.

»Es ist ja bis jetzt alles reibungslos verlaufen«, beruhigte Blake seinen Freund. »Wir bekommen das hin.«

Gemeinsam gingen sie zum Haupthaus zurück. Er folgte Joshua zum Überwachungsraum und wartete draußen, während sein Freund mit den Aufsichtshabenden redete. Als Joshua zurückkam, sah er sichtlich erleichtert aus.

»Sie werden es für sich behalten.«

Blake nickte, dann machten sie sich auf den Weg zu den Laboren. In den letzten Tagen war Blake öfter dort unten gewesen, als ihm lieb war. Auch jetzt, als sich die Türen zu den Gewölben öffneten, drängte alles in ihm danach, umzukehren. Nicht den Geräuschen zu folgen, die im Inneren zu hören waren. Doch es half alles nichts. Blake konzentrierte sich auf den Boden, um auf dem Weg zu Dr. Perskys Labor so wenig wie möglich mitzubekommen.

Als sie in das Büro von Joshuas Mutter traten und die Tür hinter ihnen zuglitt, verstummten die Stimmen und das Pochen. Blake atmete auf. Aber auch nur, weil er wusste, dass Dr. Persky nicht hier war, um ihm eine ihrer Spritzen in den Arm zu rammen. Das Chaos erwartete sie schon und Joshua seufzte.

»Du musst das nicht machen«, sagte er zu Blake, doch der winkte ab.

»Halt den Mund und gib mir einen Besen.«

Blake und Joshua brauchten bis mitten in die Nacht hinein, um den Schaden zu beseitigen, den Dr. Persky angerichtet hatte. Sie hatten alles in Säcken und Kisten verstaut und die mit Chemikalien vollgesaugten Lappen in Müllbeutel gestopft, die sich nun in einer Ecke des Labors türmten. Sie würden sich am nächsten Tag Gedanken darüber machen, wie sie den Müll am besten loswerden konnten. Wobei Blake darauf hoffte, dass Dr. Persky diese Aufgabe übernahm, denn seiner Meinung nach hatte er schon viel zu viel für sie getan.

Joshua hatte aus der Küche im Hauptgebäude zwei Dosen Bier geholt, die Blake und er auf den metallischen Liegen sitzend tranken. Blake war hundemüde, aber er spürte, dass seinen Freund noch etwas bedrückte. Da es nie half, Joshua zu bedrängen, wartete er einfach. Stille kitzelte früher oder später alles aus ihm heraus.

»Sie hat ihn geliebt.« Mit diesen Worten brach Joshua das Schweigen eine Viertelstunde später. Blake konnte die Augen kaum noch offen halten und blinzelte.

»Wer hat wen geliebt?«, hakte er nach.

»Meine Mom hat Doktor Lambers geliebt.« Joshua sah Blake direkt in die Augen. »Als er gekündigt hat, war sie außer sich. Die beiden waren ein Paar. Heimlich, weil solche Beziehungen unter Arbeitskollegen verboten sind. Sie hat nicht verstanden, wieso er gegangen ist. Damals hatte sie einen ähnlichen Anfall. Und jetzt ist er tot. Ich glaube, sie hat ihn in den letzten zwei Jahren nicht mehr gesehen und … und ich glaube, sie bereut das jetzt und kommt nicht damit klar. Wer weiß, was in den letzten beiden Wochen in ihr vorging. Vermutlich ist ihr erst jetzt wirklich bewusst geworden, dass er nicht mehr da ist.«

Blake richtete sich auf und stellte die Bierdose neben sich ab.

»Das wusste ich nicht. Also das mit deiner Mom und Mister Lambers.«

»Ich habe es selbst nur durch Zufall herausgefunden. Und beide haben mich darum gebeten, nichts zu sagen. Ich hab damals für meine Mom dichtgehalten, und heute würde ich es wieder tun.«

»Hast du es wieder getan«, korrigierte Blake ihn.

»Stimmt.« Joshua nickte und lächelte traurig. »So kalt sie manchmal auch erscheinen mag, sie ist und bleibt meine Mom. Ich würde alles für sie tun. Aber ich glaube, gerade kann ihr niemand helfen. Nur die Zeit.«

Blake war mittlerweile hellwach, doch er versuchte, seine Aufregung zu verstecken. Wenn es stimmte, was Joshua sagte, dann könnten auch der Überfall und die Versessenheit von Dr. Persky auf etwas in Leahs Heim damit zu tun haben. Vielleicht wollte sie etwas, das ihr bei ihrer Trauer helfen sollte. Ein Erinnerungsstück oder etwas Persönliches. Blake wusste, dass ihm nur ein paar Tage blieben, bis die Polizei die Überwachung von Leahs Heim einstellte. Und in dem aktuellen Zustand würde Joshuas Mom mit Sicherheit weitere Schritte unternehmen. Das musste er verhindern. Er überlegte eine Weile, wie er nun vorgehen sollte. Seinen Freund anlügen oder ihn einbeziehen? Für Blake gab es letztendlich nur einen richtigen Weg.

»Ich glaube, ich weiß, wie du deiner Mom helfen könntest.«

Joshua drehte sich zu ihm und sah ihn skeptisch an. Blake hielt seinem Blick mit voller Überzeugung stand.

»Schieß los.«

Blake erzählte alles. Von Leahs Besuch bei Mr. Waystone bis hin zu dem Überfall und Blakes Ausrutscher, durch den Leah seine Drachenschuppen zu sehen bekommen hatte. Bei dem Gedanken an ihre Haut auf seiner durchströmte ihn ein warmes Gefühl.

Joshua wollte zunächst nicht glauben, was seine Mutter dazu veranlasst haben sollte. Aber als Blake ihm von den belauschten Gesprächen berichtete und ihm die beiden Personen beschrieb, die in das Heim eingebrochen waren, erkannte Joshua darin zwei der engsten Mitarbeiter seiner Mom, die wohl alles für sie tun würden. Wenn auch eher aus Angst als aus Loyalität. Joshua war fassungslos und sah die Dringlichkeit zu handeln.

»Wenn wir also herausfinden, was meine Mom sucht, und es ihr bringen, dann geht es ihr besser?«

Blake war sich nach wie vor nicht sicher, ob es ihr wirklich psychisch helfen konnte, aber wenn sie es unbedingt wollte, würde es ihre Laune sicherlich verbessern. Auch wenn es Blake noch immer nicht gefiel, ihr in die Hände spielen zu müssen. Aber genau das musste er, wenn er Leah helfen wollte.

»Wir können es zumindest versuchen. Und wir würden damit Leah aus dieser Sache raushalten, denn sie und ihre Monster haben damit wirklich nichts zu tun.«

Joshuas Gesicht hellte sich auf und ein Grinsen schlich sich auf seine Lippen. »So ist das also. Du willst gar nicht mir helfen, sondern diesem Mädchen.«

»Ich will euch beiden helfen.«

»Ist klar.« Joshua erhob sich und klopfte seinem Freund auf die Schulter. »Deswegen hast du mir bisher auch noch nichts davon erzählt.«

»Joshua, ich hatte einfach noch keine Zeit dazu. Seit ich den beiden Aushilfseinbrechern zum Heim gefolgt bin, hatte ich keine ruhige Minute mehr.«

»Und du hast im Knast gesessen.«

»Das auch.«

»Na, dann komm, Herzensbrecher. Die Nacht im Kittchen soll dir Strafe genug sein. Machen wir uns auf die Suche nach einer

Antwort.« Blake stand auf und folgte ihm. Sie gingen zurück in das Büro von Dr. Persky.

»Ich bin kein …«

»Ich kann dich nicht hören!« Joshua hielt sich die Hände über die Ohren. Augenrollend blieb Blake neben ihm stehen, doch er freute sich, dass sich seine Stimmung aufgehellt hatte.

Joshua machte sich am Schreibtisch seiner Mom zu schaffen. Er blätterte durch Unterlagen, Notizbücher und Briefe. Erschrocken sah Blake zur Tür, als würde Dr. Persky jeden Moment hereinstürmen.

»Was tust du da?«, herrschte er Joshua an, der nicht auf ihn hörte und weitermachte.

»Blödmann. Ich suche nach einer Antwort auf die Frage, was meine Mom haben will. Wenn wir ihr und …«, er sah kurz von ein paar Blättern Papier auf und schmunzelte, »… Leah helfen wollen, müssen wir das doch wissen. Und wenn, dann finden wir hier einen Hinweis.«

»Deine Mom wird dich umbringen.«

»Und mich wieder zum Leben erwecken, wenn ich dadurch finde, was sie haben will.«

Blake wich alles Blut aus dem Gesicht. »Kann sie das denn?«

»Klar, Zombies sind ihre …« Joshua hielt inne, als er Blakes erschrockenen Zustand bemerkte. »Alter, natürlich nicht! Beruhige dich. Hilf mir lieber.«

Zögernd trat Blake um den Schreibtisch herum. Dann atmete er durch und griff nach einem Stapel Papier.

»Wir sind so was von tot.« Eine Seite nach der anderen betrachtete er und legte sie beiseite. Das meiste waren Notizen zu den anderen Mosaiken. Befunde von Bluntuntersuchungen, Ergebnisse von Sporttests, Bewertungen der unterschiedlichen Fähigkeiten, die auf den Monster-Genen beruhten, und so weiter.

Wie Blake es auch Leah gesagt hatte, waren er und die anderen so etwas wie Betatests. Sie hatten die Monster-Gene bekommen, und nun wurde beobachtet, wie sich diese auf das Leben auswirkten und wie die Fähigkeiten durch Training weiter ausgebaut wurden. Ein Leben unter dem Mikroskop für die Forschung.

Ein Schauer lief Blake den Rücken hinunter. Das war jedes Mal so, wenn er an seine Zukunft dachte. College, Job … wer wusste schon, ob das für ihn Wirklichkeit werden sollte? Momentan sah es noch nicht danach aus. Denn die Kurse, von denen er Leah erzählt hatte, waren eine Lüge. Momentan lebten sie größtenteils in den Tag hinein, nur unterbrochen von ein paar Untersuchungen und sportlichen Aktivitäten. Solange Blake seine Drachenschuppen nicht voll unter Kontrolle hatte, würde man ihn nicht dauerhaft und auf eigene Faust aus *Bwystfilwood Hall* rauslassen. *Zu Recht*, dachte Blake, wenn er sich an den Zwischenfall bei *Monsters & Glue* erinnerte. Und bisher war auch noch keiner der anderen Mosaike so weit. Vermutlich würden sie noch ein paar Jahre hier festsitzen.

»Ich glaube, ich habe was«, sagte Joshua und durchbrach damit Blakes düstere Gedanken. Er hielt ihm ein Notizbuch vor die Nase. Es war ein kleines, abgegriffenes braunes Ding.

»Hier, so schreibt meine Mom nur, wenn sie es eilig hat oder wenn sie aufgeregt ist.« Auf mehreren Seiten waren Kritzeleien auf dem Papier, die Blake nicht entziffern konnte.

»Was meinst du?«

»Da.«

Joshua blätterte eine Seite um. Dort befanden sich neben den schriftlichen Notizen auch ein paar Zeichnungen. Kreise und tropfenförmige Gebilde waren schnell und unsauber zu Papier gebracht worden. Daneben viele Frage- und Ausrufezeichen.

»Es scheint so, als hätte sie etwas nicht verstanden, würde es aber gern«, riet Blake. Sein Freund stimmte ihm zu.

»Als hätte sie es wütend ins Notizbuch geschrieben. Siehst du, wie tief sie die Stiftspitze in das Papier gedrückt hat? Und hier …«, er deutete auf die linke untere Ecke, »… hier ist das Papier gewölbt, als wäre Flüssigkeit darauf getropft. Könnte Alkohol gewesen sein. Oder sie hat geweint.«

»Oder beides«, meinte Blake. »Sieh dir das Datum an.«

Die Zahlen in der oberen rechten Ecke waren das Einzige, was Blake eindeutig identifizieren konnte. Der Eintrag war am

Montag vor zwei Wochen gemacht worden. Also zeitgleich mit dem Tod von Mr. Lambers und dem Verschwinden von Xavier.

»Aber was soll das sein?« Joshua deutete auf die Zeichnungen.

»Keine Ahnung«, gestand Blake. »Aber irgendwo müssen wir ja anfangen.« Er zog sein Handy aus der Tasche und machte ein Bild von den Zeichnungen. »Ich werde es Leah schicken, vielleicht kann sie damit was anfangen.«

»Meinst du denn, sie vertraut dir jetzt noch?«

Blake wusste, dass Joshua auf Leahs Reaktion anspielte, nachdem sie die Drachenschuppen entdeckt und Blakes Halbwahrheiten erkannt hatte. Er würde den verletzten Ausdruck in ihren Augen nie vergessen.

»Ich hoffe es.«

11. Kapitel

Leah

Wie viele Monster brauchte man, um ein Paket zu öffnen? Offensichtlich mehr als fünf. Pebbles, Glue, Nuvo, Robbie und Monty mitsamt Glas saßen auf meinem Schreibtisch und musterten den Karton, den ich vor der Tür gefunden hatte. Ich saß auf der anderen Seite auf dem Stuhl und starrte ihn an. Er war von Blake, doch ich war mir nicht sicher, ob ich ihn öffnen sollte.

Die Monster waren dafür, denn vor lauter Ungeduld versuchten sie selbst, die Pappe einzureißen. Robbie klatschte seine Zunge dagegen, Monty versuchte, die Verpackung mithilfe seiner Saugnäpfe zu zerreißen, Pebbles knabberte daran und Nuvo ließ ein paar Tropfen darauf regnen. Nur Glue hielt sich vornehm zurück, aber ich sah auch in ihren Augen Neugierde funkeln.

Das Paket sah nach den Öffnungsversuchen der Monster ein wenig demoliert aus. Ich empfand etwas Mitleid.

»Also gut«, sagte ich und nahm die Schere aus der Schublade. Vorsichtig schnitt ich damit das Klebeband an den Kanten ein, bis ich die Oberseite aufklappen konnte. Sofort steckten die Monster ihre Nasen hinein, sodass ich erst mal gar nichts sah. Mit einem Laut der Freude tauchte Pebbles wieder auf. Zwischen den Zähnen hielt sie eine Plastiktüte, die sie aus dem Karton zerrte. Pfefferminzpastillen. Ich nahm ihr die Tüte ab, schnitt sie auf und streute die Bonbons auf den Tisch. Die Monster quiekten und stürzten sich darauf. Endlich hatte ich freie Sicht auf den Inhalt.

Während meine kleinen Freunde schmatzten, holte ich eine kleine weiße Kiste aus dem Paket. Mir fielen fast die Augen aus dem Kopf, als ich erkannte, was es war. Ein Smartphone. Und zwar das aktuellste, das es momentan zu kaufen gab. Ich lebte ja nicht hinter dem Mond, die Euphorie bei der Ankündigung des neuen Modells hatte sogar ich mitbekommen.

Und nun hielt ich dieses sündhaft teure Ding in Händen. Ich hob den Deckel der Schachtel an und nahm das Smartphone vorsichtig in die Hand. Es war leichter, als ich gedacht hatte. Das kühle Metall ließ mich zurückzucken. Auf dem Display befand sich keine Schutzfolie mehr. Das bedeutete …

Ich ertastete den Knopf an der Seite und drückte ihn. Das Display erwachte zum Leben und zeigte mir eine Nachricht an. Ich wischte mit dem Finger darüber und die Anzeige vergrößerte sich.

Hallo Leah,
es ist in Ordnung, wenn du nicht mehr mit mir reden willst, aber ich möchte dir noch immer helfen. Doch das geht nur, wenn wir miteinander kommunizieren können. Daher dieses Smartphone. Du darfst es gern in die Ecke pfeffern, wenn das alles vorbei ist, aber solange behalte es bitte, ja? (Und lass es Glue nicht in die Krallen bekommen.)
Ich werde herausfinden, was Dr. Persky will, und dann bereiten wir all dem ein Ende. Einverstanden?
Ich habe dir meine Nummer eingespeichert, ebenso die von Detective Tottori. Seine ist auf der Kurzwahltaste 1, falls es einen Notfall gibt. In der Anleitung steht, wie das funktioniert.
Passt auf euch auf.
Blake

Etwas tropfte auf das Display. Erst als ich von der Nachricht aufsah, bemerkte ich Robbie, der sich über das Smartphone gebeugt hatte und mit verdrehten Augen auf das Display schielte. Das Pfefferminzbonbon war viel zu groß für seinen Mund und etwas Sabber war herausgetropft.

»Wi-der-lich«, kommentierte ich, als ich das Malheur mit dem Ärmel wegwischte. Dann musste ich lachen.

»Ihr lasst mir ja sowieso keine Ruhe, ihr kleinen Racker.«

Also las ich ihnen die Nachricht vor. Sofort entbrannte zwischen den Monstern eine kleine Diskussion, der ich nicht folgen konnte. Das Schmatzen zwischendurch machte es auch nicht besser. Was würde ich nur dafür geben, meine kleinen Freunde zu verstehen.

So wie Blake, schoss es mir durch den Kopf.

»Moment mal!«, rief ich aus. Die Monster hielten abrupt inne und sahen mich an.

»Blake versteht euch, oder? Also nicht nur teilweise wie ich, sondern so richtig, oder?«

Pebbles nickte. Ich war so blind gewesen. All die kleinen Gespräche zwischen Blake und den Monstern waren zu präzise gewesen. Blake hatte nicht geraten, was die Monster ihm sagen wollten, er hatte es Wort für Wort verstanden. Wieso hatte ich das nicht schon eher bemerkt? War ich wirklich so unaufmerksam? Erst jetzt fiel es mir wie Schuppen von den Augen. Apropos Schuppen …

»Ihr wusstet, dass in Blake auch ein Teil Monster steckt, oder? Ihr habt es gerochen, als er das erste Mal in das Heim gekommen ist. Darum seid ihr so aufdringlich gewesen.«

Nun nickten alle Monster.

»Und an den angeblichen Schulers habt ihr etwas erschnuppert, was etwas Schlimmes bedeutet, oder? Weil sie mit oder … an Monstern arbeiten, könnt ihr sie an ihnen riechen. Ihre … Angst?« Ich musste schlucken, als ich diesen Gedanken aussprach. Die Kleinen bestätigten meine Theorie.

»Das sollte Nuvo mir also in der Erinnerungsmurmel zeigen. Das wolltet ihr mich fühlen lassen, damit ich es verstehe. Dann hat Nuvo sich aber gegen diese Erinnerung und für die von Blake entschieden, richtig?«

Abermals Zustimmung.

»Das ist alles total verrückt. Weil … Mosaike aus Mensch und Monstern? Das ist … krass.« Ich erinnerte mich an das Gefühl von Blakes Schuppen unter meinen Fingern, und sie schienen zu kribbeln. Ich wunderte mich darüber, dass ich bei seiner Offenbarung über die Experimente und die Mosaike nicht völlig ausgeflippt war. Dass ich es auch jetzt noch immer nicht tat.

Monty wedelte mit einem Tentakel, um meine Aufmerksamkeit zu erlangen. Sobald er sie hatte, malte er ein Tintenbild ins Wasser. Es war ein Herz. Schon wieder. Dann deutete er mit demselben Tentakel auf die Monster und sich und anschließend auf das Handy. Anscheinend feuerten meine Neuronen gerade auf Hochtouren, denn ich verstand sofort, was er meinte.

Ich hatte ein Herz für Monster. Auch für solche, die zu einem Großteil Mensch waren.

»Seit wann kennt ihr mich eigentlich besser als ich mich selbst?«, fragte ich und kraulte Montys Krakenkopf.

»Ihr versteht, warum ich ihm nicht helfen kann, oder? Obwohl ich ihn wirklich mag. Ich wünschte, ich könnte etwas für die Monster in *Bwystfilwood Hall* tun, aber ich denke, ich bin die falsche Person dafür. Ich bin kein Held in einem fantastischen Science-Fiction-Roman. Ich bin Leah. Einfach nur Leah.«

Die Monster sahen mich mit vielsagenden Blicken an. Robbie kuschelte sich an meine Hand und ich streichelte ihn. Auch Nuvo und Glue gesellten sich dazu, sogar Pebbles lehnte sich an meinen Arm. Monty wickelte einen Tentakel um meinen kleinen Finger und drückte leicht zu.

In diesem Moment wusste ich genau, was sie mir sagen wollten.

Du bist nicht einfach nur Leah. Du bist *unsere* Leah.

Und das war ich mit ganzem Herzen.

Ich wusste, ich hatte nur ein paar Tage, bis die Polizei ihren Posten vor dem Heim verließ und Sarah Persky eventuell auf die Idee kam, ihre Leute noch mal zu uns zu schicken. Doch so weit wollte ich es nicht kommen lassen, ich würde das *Ding* vor ihr finden. Deshalb suchte ich bis spät in die Nacht das Heim ab. Die Einbrecher hatten alles durchwühlt, aber ich glaubte, dass Mr. Lambers etwas

so anscheinend schrecklich Wichtiges bestimmt nicht offensichtlich versteckt hätte. Also klopfte ich die Dielen und Wände nach Hohlräumen ab, suchte sogar in den Behausungen der Monster nach kleinen Verstecken. Doch ich fand nichts. Auch meine kleinen Freunde wussten keinen Rat. Mir würde nichts anderes übrig bleiben, als am kommenden Tag die Wohnung auf den Kopf zu stellen. Wenn ich wenigstens wüsste, wonach ich suchen musste, hätte ich manches potenzielle Versteck vielleicht von vornherein ausschließen können. So gab es unendlich viele Möglichkeiten. Irgendwann half auch ein Espresso, bestimmt der fünfte in dieser Nacht, nicht mehr und ich fiel erschöpft ins Bett.

Ping. Ich schreckte auf. Schon wieder. Das durfte doch nicht wahr sein! Wenn dieser Albtraum ein Ende hatte, würde ich die Monster und mich in eine Hütte in der Einöde Alaskas einmieten und erst mal zwei Wochen durchschlafen.

Schlaftrunken suchte ich nach der Quelle des Geräusches. Im Dunkeln tastete ich über meinen Nachttisch und bekam das Handy zu fassen. Ich drückte auf den Knopf am unteren Rand und wurde in der nächsten Sekunde vom grellen Display geblendet. Als sich meine Augen an die Helligkeit gewöhnt hatten, blickte ich zurück auf den Bildschirm. Blake hatte mir eine weitere Nachricht geschickt. Ich schwang die Beine aus dem Bett und schaltete die Lampe an, damit mich das Licht vom Smartphone nicht mehr blendete. Dann rief ich die Nachricht auf.

Als Erstes sprang mir ein Foto ins Auge, auf dem ein paar vollgeschriebene Seiten eines Notizbuchs zu sehen waren. Ich erkannte ein paar Kreise und tropfenförmige Symbole. Die Schrift konnte ich nicht entziffern.

Ping. Es folgte eine zweite Nachricht, diesmal war es Text.

Vielleicht suchen wir nach etwas, das aussieht wie diese Skizzen.
Könnten Glaskugeln sein, Murmeln, Perlen oder etwas Ähnliches.
Hast du so was schon mal gesehen?
Halte nach weiteren Hinweisen Ausschau.
Blake

Murmeln? Sofort dachte ich an Nuvos Erinnerungsmurmeln. War Sarah Persky auf der Suche danach? Wenn ja, warum hatten ihre Einbrecher dann nicht einfach Nuvo geschnappt und waren wieder abgehauen? Vielleicht war es doch die falsche Fährte. Doch was hatte es mit diesen tropfenförmigen Dingern auf sich? Gab es vielleicht Monster, bei denen sich die Erinnerungen in so einer Form manifestierten? Was genau ich mit dieser Information anfangen sollte, war mir allerdings nicht klar. Ich würde Nuvo jedenfalls niemals dieser verrückten Frau überlassen. Und wenn wir deswegen tatsächlich nach Alaska auswandern mussten.

Auf schwachen Beinen, die noch immer im Halbschlaf zu sein schienen, stapfte ich zum Sessel hinüber, über den ich meine Klamotten gehängt hatte. In der Hosentasche fand ich die Murmel, in der die Erinnerung an den Einbruch gefangen gewesen war, die nun aber keine Magie mehr enthielt.

Ich machte ein Foto davon – keine einfache Sache, aber ich fand heraus, wie es funktionierte – und schickte es als Antwort auf Blakes Nachricht. Dann steckte ich die Murmel zurück in die Tasche.

Das hier fällt mir spontan dazu ein. Darüber müssen wir aber reden, bevor wir etwas unternehmen. Morgen Mittag? Muss erst mal eine Runde schlafen ...
Leah

Die Antwort ließ nicht lange auf sich warten.

Melde dich einfach.
Blake

Ich grübelte noch eine Weile, doch meine Augen fielen immer wieder zu, und irgendwann gab ich mich ihrem Drängen hin. *Morgen*, dachte ich. *Morgen werde ich mit einem klaren Kopf darüber nachdenken.*

Ich schlief lange und kein plötzliches Geräusch weckte mich. Von allein wurde ich wach und fühlte mich erholt. Seufzend genoss ich dieses Gefühl und gönnte mir noch fünf Minuten, in denen ich dösend im Bett liegen blieb. Der Morgen war schon fortgeschritten, so lange blieb ich sonst nie im Bett. Bestimmt warteten die Monster schon ungeduldig auf ihr Frühstück. Mit schlechtem Gewissen schwang ich mich aus dem Bett, machte mich frisch und ging dann in das Heim hinunter. Als ich die Tür öffnete, erwartete mich entgegen meiner Erwartungen keine ungeduldige Monster-Horde. Die Kleinen lagen alle noch friedlich schlummernd im Bett. Nicht nur an mir waren die vergangenen Tage nicht spurlos vorübergegangen. Auch für die Monster musste all das viel zu verdauen sein.

Auf leisen Zehen schlich ich mich zurück in die Wohnung und kochte mir einen Kaffee. Als mit dem ersten Schluck die Wärme in meine Glieder fuhr, fühlte ich mich gleich noch ein bisschen besser. Egal was der Tag bringen würde, ich war dafür bereit. Hoffte ich zumindest.

Ich ging zurück nach unten und setzte mich so leise wie möglich an den Schreibtisch, um die Monster nicht zu wecken.

Eine Weile betrachtete ich sie, während ich die Tasse umklammert hielt und mich von der Hitze des Kaffees einhüllen ließ. Es hätte ein so schöner, ein so normaler Morgen werden können, wäre da nicht … Ich wusste nicht mal, wie ich es beschreiben sollte. Das Gespräch mit Blake steckte mir noch immer in den Knochen, und ich war auch ein wenig verwirrt. Experimente und Mosaike … all das konnte ich mit meinen Gedanken nicht wirklich greifen. Wobei es mir nicht schwerfiel, mir vorzustellen, dass sich der Mensch das Wissen um die Monster zunutze machen wollte. Wir wollten immer besser werden, wir hatten es schon auf so vielen Wegen versucht, wieso sollte ausgerechnet bei den Monstern eine Grenze sein?

Meine Gedanken schweiften zu Blake und dem Leben, das er bisher geführt haben musste. Alles zu bekommen, was er wollte, aber in dem Sinne keinen freien Willen zu haben, weil er ein

Experiment war und unter ständiger Beobachtung stand. Und dennoch konnte er sich Sorgen um andere machen.

Mein Blick glitt zu dem gerahmten Foto an der Wand. Das mit Mr. Lambers, den Monstern und mir. Er und Blake waren sich gar nicht mal so unähnlich. Sie beide waren vom Guten ihrer Sache überzeugt gewesen, waren enttäuscht worden und wollten sich dann dafür einsetzen, ein Unrecht wiedergutzumachen.

Mein schlechtes Gewissen meldete sich. Ich hatte Blake nach seiner schweren, wenn auch unfreiwilligen Offenbarung einfach rausgeworfen. Natürlich, ich war wegen seiner Drachenschuppen erschrocken, weil ihre Existenz einfach *krass* war, aber es störte mich nicht. Das war nun mal seine Besonderheit, wie auch meine Monster jeweils eine hatten.

Doch noch vor ein paar Wochen war meine Welt überschaubar und normal gewesen, aber seit dem Einbruch hatte sich alles verändert. Der Horizont war weiter, und noch sah ich in ihm mehr Schatten als Licht. Das war es, was mir solche Angst bereitete. Ich ärgerte mich über Sarah Persky, die das Ganze ins Rollen gebracht hatte. Ich erhob mich und ging auf das Bild an der Wand zu. Ich blieb davor stehen und sah Mr. Lambers an.

»Wieso macht sie das alles?«, fragte ich ihn flüsternd. »Was will sie? Und wieso, verdammt noch mal, hat sie es auf das Heim abgesehen? Wie kommt sie auf die Idee, dieses Ding, das sie sucht, wäre hier?«

Mr. Lambers schwieg. Doch das war nicht schlimm, ich antwortete mir einfach selbst. Das Reden tat gut, so musste ich meine Gedanken sortieren, und das beruhigte mich. Es ließ ein paar mögliche Erklärungen reifen.

»Du hast zusammen mit ihr das Labor geleitet, bis du dann vor zwei Jahren gegangen bist. Warum? Hast du etwas herausgefunden, was du nicht ertragen konntest? Hast du Sarah davon erzählt? Wenn ja, warum hat sie dem Ganzen nicht ebenfalls den Rücken gekehrt?«

Ich blickte mich im Raum um. Doch dieses Mal sah ich nicht, was da war, sondern was fehlte. Die Kameras, die bei dem Einbruch durch die Schulers hätten helfen können. Das kabellose Internet, das ich erst nach seinem Tod hatte installieren lassen. Mr. Lambers musste mit Technik vertraut gewesen sein, sicherlich hatte er damit gearbeitet. Vielleicht sogar etwas zu gut …

»Daher gab es hier keine technischen Geräte und WLAN. So konnte das Heim nicht ausspioniert werden. Du hattest deine Ruhe.« Ich drehte mich wieder zu dem Bild um, atmete heftig ein.

»Aber hast du hier wirklich etwas versteckt? Wenn ja, warum? Wieso Aufzeichnungen von etwas aufheben, das so schlimm ist, dass du deswegen *Bwystfilwood Hall* und die Experimente hinter dir gelassen hast?«

Und dann wusste ich es. Es war wie eine plötzliche Eingebung, die sich in meinem Kopf formte und von meinem Bauchgefühl bestätigt wurde.

»Du willst, dass sie es findet, nicht wahr? Damit sie erkennt, warum du gegangen bist. Damit sie eines Tages vielleicht auch ein Foto von sich aufhängen kann, auf dem …«

Ich schloss die Augen, als sich ein Lachen den Weg nach oben bahnte. Es war so einfach. Mr. Lambers' altes und neues Leben wurden durch ein Ereignis von vor zwei Jahren verknüpft. Sarah repräsentierte das alte Leben, das Foto von Mr. Lambers und den Monstern das neue. Sie waren miteinander verwoben. Und wenn Mr. Lambers davon ausgegangen war, dass Sarah irgendwann kommen würde, um mehr herauszufinden, sollten diese Punkte miteinander verbunden werden. Und nur wenn Sarah das verstand, würde sie fündig werden.

Ich stellte mir vor, wie Sarah in das Heim kam und dieses Foto an der Wand hängen sah. Es war immer das Erste, was den Leuten auffiel, also würde es bei ihr nicht anders sein. Ich stellte mir vor, wie sie darauf zuging und davor stehen blieb, so wie ich jetzt. Und was würde sie dann tun? Käme sie auf dieselbe Idee wie ich?

Ich griff nach dem gerahmten Foto, nahm es von der Wand, trug es zum Schreibtisch und legte es mit dem Glas nach unten auf den Tisch. Ich löste die Haken, die die pappige Rückwand im Rahmen hielten. Zu meiner Überraschung kam darunter ein weiteres Stück feste Pappe zum Vorschein. Und dann sah ich, dass etwas dazwischen steckte.

Es war ein kleiner brauner Umschlag, etwa so lang wie mein Daumen. Ich nahm ihn aus dem Rahmen heraus. Darin war etwas Kleines, Festes. Ich hielt den Umschlag gegen das Licht, konnte aber durch das dicke Papier nichts erkennen.

Vorsichtig riss ich die verklebte Klappe ein und öffnete den Umschlag. Darin fand ich eine SD-Karte und ein in Folie eingeschweißtes Polaroidfoto. Auf dem Foto war eine wunderschöne Halskette mit bronzenen Gliedern zu sehen, an der eine tropfenförmige Perle in einer filigranen Fassung hing.

Auch wenn die Qualität des Bilds nicht die beste war, so erkannte ich doch das wunderschöne Schimmern der Perle.

Dieser tropfenförmige Anhänger ähnelte den Zeichnungen auf der Seite des Notizbuches, die auf Blakes Foto zu sehen gewesen war. War es das, wonach sie suchte? Ein Schmuckstück? Weder auf dem Bild noch auf der SD-Karte entdeckte ich eine Beschriftung.

»*Hoo?*«

Ich schreckte zusammen. Die Monster hatte ich für einen Augenblick ganz vergessen. Sie waren nun alle wach und kamen auf den Schreibtisch zu. Ich berichtete ihnen kurz von den Gedanken, die mir durch den Kopf gegangen waren, während sie sich auf der Tischplatte versammelten. Um Monty nicht auszuschließen, setzte ich ihn mit mittlerweile geübten Handgriffen in das Glas und stellte ihn ebenfalls auf den Schreibtisch.

»Ich sollte dein Aquarium am besten gleich hierher umsiedeln«, sagte ich und lachte. Dann holte ich den Laptop aus meiner Wohnung, für den ich dann auch noch etwas Platz auf dem Schreibtisch fand.

Ich tippte nervös mit den Fingern auf der Armlehne meines Stuhles herum, während der Computer surrend zum Leben erwachte.

Die Neugierde stieg auf ein Maximum an, als alle Monsteraugen auf den Laptop gerichtet waren.

Ich schob die SD-Karte in den dafür vorgesehenen Schlitz. Ein Tab ploppte auf, und ich klickte auf den einzig vorhandenen Ordner. Dann wurde ich in einem nächsten Feld dazu aufgefordert, ein Passwort einzugeben. Seufzend lehnte ich mich im Stuhl zurück, und auch die Monster wirkten enttäuscht. Die nächste Sackgasse war erreicht.

Doch ich hatte tatsächlich etwas gefunden, und das allein reichte für den Moment. Mit dem Foto und der SD-Karte konnte ich hoffentlich Nuvo aus der ganzen Sache heraushalten. Sarah Persky würde sicherlich einen Weg finden, den Ordner zu öffnen.

»Ich muss Blake Bescheid geben«, murmelte ich und nahm das Handy vom Tisch. Unter den freudigen Ausrufen der Monster schrieb ich ihm eine Nachricht.

Du kannst ab sofort jederzeit kommen.
Leah

Die Antwort folgte kaum fünf Sekunden später.

Bin in einer halben Stunde da.
Blake

Kaum hatte ich den Monstern Blakes Antwort vorgelesen, stürzten sie sich vom Tisch und zum Erker hin. Glues Augen blitzten, doch sie blieb ruhig auf dem Tisch sitzen. Monty hingegen zappelte ungeduldig, deswegen trug ich ihn zu den anderen hinüber.

»Irgendwann habe ich Muckis wie ein Bodybuilder«, witzelte ich. Damit die Monster auch etwas sehen konnten, zog ich die Rollläden hoch. Draußen war es wieder einmal regnerisch und grau. Das Grummeln, das ich daraufhin vernahm, stammte aber nicht vom Donner.

»Hunger?«, fragte ich in die Runde. Als ich nur Zustimmung erntete, verteilte ich das Frühstück. Ich ging zu meinem Schreibtisch zurück und stellte einen Napf vor Glue ab. Während sie sich über ihren Fleischersatz hermachte, zog ich die SD-Karte aus dem Laptop und legte sie zusammen mit dem Foto in die oberste Schublade meines Schreibtisches, die ich anschließend wieder zuschob. Ich hängte auch das gerahmte Foto wieder auf, bis alles so aussah wie vorher. Glue musterte mich interessiert, und ich spürte die Frage, die sie hatte.

»Ich möchte erst mit Blake reden und sichergehen, dass wir beide noch dasselbe wollen. Ich muss mich auf sein Wort verlassen können, bevor ich ihm beides anvertraue. Hilfst du mir dabei?«

Sie blinzelte einmal, wie um mir zu sagen »Immer«.

Genau eine halbe Stunde später fuhr ein schwarzer Wagen vor und hielt auf dem Parkplatz direkt vor *Monsters & Glue.* Ein blonder Haarschopf kam zum Vorschein, als sich die Fahrertür öffnete. Die Monster erkannten Blake schneller als ich und wurden unruhig. Doch er war nicht allein. Ein weiterer junger Mann stieg aus dem Auto. Er war etwas dünner als Blake und hatte dunkelbraune Haare. Sie liefen am Fenster vorbei auf die Tür zu. Die Officers, die momentan noch über das Heim wachten, machten keine Anstalten, aufzustehen. Sie kannten Blake bestimmt oder hatten von ihm gehört und griffen daher nicht ein.

Ich stand auf und lief den beiden entgegen. Die Monster eilten nicht zur Tür, wie ich es erwartet hatte, sondern blieben auf dem Podest zurück.

»Hey«, begrüßte ich Blake, als ich die Tür aufgeschlossen hatte und ihn hereinbat. Ein kurzes Lächeln huschte über seine Züge, das ich erwiderte. Mir fielen aber auch seine Augenringe auf. Er sah nicht aus, als ob er letzte Nacht viel Schlaf bekommen hätte.

Blake ging an mir vorbei und in das Heim hinein. Seine Begleitung nickte mir kurz zu und trat dann ebenfalls ein. Ich schloss die Tür hinter den beiden ab und ließ den Schlüssel stecken.

Blake ging sofort zu den Monstern hinüber und begrüßte sie. Die kleinen machten keine Anstalten, vom Podest herunterzu-

kommen und den unbekannten Gast zu begrüßen. War er eines von den Mosaiken? Und wenn ja, warum reagierten die Monster auf ihn nicht so, wie sie es bei Blake getan hatten?

»Hallo, Leah, ich bin Joshua. Blakes bester Freund.«

Ich schüttelte die Hand, die er mir hinhielt, und musste mich schwer zusammenreißen, um nicht etwas Falsches wie »Ich kann deine Mutter nicht ausstehen« zu sagen, was mir direkt auf der Zunge lag.

»Freut mich«, war alles, was ich herausbekam. Was machte er hier?

»Ich habe Joshua alles erzählt«, sagte Blake, der anscheinend meine Gedanken gelesen hatte. »Seine Mom hatte gestern einen Zusammenbruch. Und ich glaube, es hat mit dieser Sache zu tun. Daher dachte ich, es wäre das Richtige, es ihm zu sagen. Wir haben dann gemeinsam in ihrem Büro nach einem Hinweis gesucht und das Notizbuch und die Skizzen darin gefunden.«

»Ich will meiner Mom helfen«, sagte Joshua.

Ich hatte Verständnis für die beiden, dennoch war mir nicht ganz wohl bei der Sache. Joshua wegen des Wesens seiner Mutter zu verurteilen, war allerdings auch nicht fair. Also gab ich mir einen Ruck und schenkte ihm ein hoffentlich tröstendes Lächeln.

»Ich hoffe, es gelingt dir. Wollt ihr was trinken?«

»Wir sollten lieber gleich über das reden, was du gefunden hast«, meinte Joshua. »Je eher wir das tun, umso eher hast du wieder deine Ruhe.« Er ging zum Schreibtisch und setzte sich auf einen der Stühle. Ich warf Blake, der mich entschuldigend ansah, einen fragenden Blick zu.

»Das wird schon«, sagte Blake leise und ging dann ebenfalls zum Schreibtisch. Meine Monster verhielten sich weiterhin verdächtig still. Ich ging zu ihnen hinüber und ließ den Rollladen herunter. Bei dem kommenden Gespräch wollte ich keine Zeugen haben.

In Pebbles Augen sah ich den Wunsch, Blake zu folgen, aber sie traute sich nicht. Ihr Blick schweifte zu Joshua, den sie misstrauisch musterte. Auch Glue beäugte ihn skeptisch und erwiderte meinen Blick, als sie ihn bemerkte.

Sie hatte die Augen zusammengekniffen. Kein gutes Zeichen. Mit einem mulmigen Gefühl ging ich um den Schreibtisch herum und setzte mich. Blake lehnte an der Schreibtischkante zwischen Joshua und mir.

»Bevor ich euch gebe, was ich gefunden habe, müsst ihr mir eine Frage beantworten. Was habt ihr damit vor?«

Blake antwortete: »Nur das, was wir besprochen haben, Leah. Wir geben es Mister Waystone, der es dann an Doktor Persky weiterleiten wird.«

Ich fragte mich, ob Blake seinem Freund von seinem ursprünglichen Plan erzählt hatte. Joshua hätte bestimmt nicht gut darauf reagiert, wenn er wüsste, dass sein Freund die jahrelange Arbeit seiner Mutter sabotieren wollte. Wie er wohl zu seinem Mosaik-Dasein stand? Mochte er es? Oder wollte auch er den Experimenten ein Ende setzen?

»Wenn meine Mutter bekommt, was sie will, hat man nichts von ihr zu befürchten«, kommentierte Joshua düster. Blakes Kiefermuskeln zuckten. Er schien an sich halten zu müssen. Ich konnte es nur zu gut verstehen, denn Joshuas Mom klang nach dieser Aussage nur noch unsympathischer. Aber dafür konnte Joshua nichts, vielleicht litt er selbst unter dieser Eigenschaft seiner Mom. Das ging mich auch gar nichts an. Sobald ich den beiden die SD-Karte und das Foto gegeben hatte, musste ich mir keine Gedanken mehr darüber machen.

»Wenn das so ist, dann sollten wir keine Zeit mehr verlieren, oder?« Ich bemühte mich, halbwegs positiv zu klingen, und zog die Schublade zu meiner Linken auf. Darin lagen neben dem kleinen Umschlag, in dem ich die SD-Karte und das Foto aufbewahrte, eine Menge Kugelschreiber.

Sie waren alle aus Schokolade.

Glue hatte ganze Arbeit geleistet. Viele Neins lagen in dieser Schublade, und ich wusste genau, was das bedeutete. Joshua sollte die Sachen nicht bekommen. Warum, das verstand ich nicht, aber ich dachte nicht lange nach und schob die Schublade wieder zu.

»Komisch. Ich dachte, ich hätte es hier reingelegt. Hab mich wohl vertan. Wo hab ich denn nur …«

Klick.

Ich würde es nie wieder vergessen. Dieses *Klick.*

Das Geräusch beim Entsichern einer Pistole kannte ich aus diversen Filmen und Serien, aber in der Realität war es noch viel erschreckender. Ich erstarrte mitten in der Bewegung. Joshua war aufgestanden und hielt eine Pistole direkt an Blakes Schläfe. Das Metall war dicht an seine Haut gepresst, die Drachenschuppen formierten sich darunter zu einer Schutzschicht. Ob diese allerdings einen Schuss würde abhalten können? So blass, wie Blake geworden war, konnte ich mir das nicht vorstellen. Er hatte Angst, aber ihm stand auch das pure Entsetzen ins Gesicht geschrieben.

»Josh …«, keuchte Blake.

»Halt den Mund!«, bellte Joshua und presste die Mündung noch etwas fester an Blakes Kopf. »Und keine falsche Bewegung, du weißt, ich bin schneller als du.« Dann fixierte er mich, ohne den Arm sinken zu lassen. Die freie Hand streckte er in meine Richtung aus. »Hör auf mit den Spielchen, Leah! Ich weiß, dass du sie hast. Gib sie mir. Sofort!«

Verdammte Scheiße. War denn die ganze Familie Persky irre? Ich riskierte einen schnellen Blick zu meinen Monstern, die sich in Pebbles' Puppenhaus versteckten. Dort waren sie zum Glück fürs Erste in Sicherheit.

»Was …?«

»Gib mir einfach die Murmel, Leah. Jetzt.«

Murmel? Von was für einer … oh. Nuvos Murmel. Ich hatte Blake ein Bild davon geschickt, weil ich dachte, sie könnte etwas mit der Sache zu tun haben. Von der SD-Karte und dem Polaroid hatte ich ihm noch gar nichts erzählt. Es war ein Dilemma. Gab ich Joshua die Murmel, würde sich früher oder später herausstellen, dass sie nicht das Richtige war. Sarah Persky würde weitersuchen und vielleicht wiederkommen. Aber Glue wollte auch auf keinen Fall, dass ich Joshua die SD-Karte und das Polaroid überließ. Ein Blick auf meine Eule verriet mir, dass sie konzentriert auf Joshuas Pistole starrte. Sie versuchte bestimmt, die Waffe in Schokolade zu verwandeln. Ich sah zurück zu Joshua, der mich düster anfunkelte. Blake atmete schwer und hatte die Hände zu Fäusten geballt. Ich hoffte, er würde nicht versuchen, Joshua zu entwaffnen. Das würde nur im Chaos enden.

Ich musste eine Entscheidung treffen, und verdammt, darin war ich wirklich miserabel.

»Leah!«, brüllte Joshua erneut. Dunkles Fell kroch seinen Hals hinauf. Dieser Anblick gab mir den fehlenden Schubs.

»Schon gut! Ich gebe sie dir.« Ich griff nach der Murmel in meiner Hosentasche und übergab sie ihm. Statt sie mir aus den Händen zu reißen, wie ich es erwartet hatte, nahm er sie behutsam zwischen die Finger und musterte sie.

»Ich hoffe für dich, dass es das ist, was sie sucht.« Er ließ die Murmel in seine Jackentasche gleiten, machte aber keine Anstalten, die Waffe runterzunehmen.

Warum fragte er nicht, woher sie stammte?

»Was ist mit dem Tagebuch?«, wollte er dann wissen.

»Ich habe keine Ahnung, wovon du redest.« Verunsichert sah ich zu Blake, der so überrascht und ahnungslos wirkte, wie ich mich fühlte.

»Was für ein Tagebuch?«, presste er zwischen den Zähnen hervor.

»Das Tagebuch von Scott Lambers«, antwortete er, ohne mich aus den Augen zu lassen. »Laut meiner Mutter muss es eins geben.«

»Es tut mir leid«, erklärte ich ruhig. »Aber ich habe Mister Lambers nie mit einem Tagebuch gesehen. Und gefunden habe ich auch nichts. Alle seine persönlichen Sachen sind entweder gespendet oder vernichtet worden.«

Ich erwartete, dass Joshua mich wieder anbrüllte, das Heim auf eigene Faust durchsuchen wollte, aber nichts geschah. Er biss sich auf die Unterlippe, nickte ruhig und ging ein paar Schritte rückwärts Richtung Tür.

Blakes Schultern sackten nach unten, als Joshua die Waffe ein Stück zurückzog. Blake bewegte sich keinen Millimeter von der Stelle, funkelte seinen angeblich besten Freund nur böse an. Der schwenkte den Arm und richtete die Waffe auf mich. Mir lief es eiskalt den Rücken hinunter. Blake zog zischend die Luft ein und bewegte sich ganz langsam seitwärts auf mich zu, ohne seinen Freund aus den Augen zu lassen.

»Was soll das? Wieso tust du das?«, fragte er mit Bedauern und Wut in der Stimme.

Joshua presste die Lippen zusammen. Verzweiflung stand ihm ins Gesicht geschrieben.

»Du verstehst das nicht.«

»Dann erklär es mir. Wieso hintergehst und bedrohst du mich?«

Blake schob sich langsam vor mich, wir standen nun zusammen hinter dem Schreibtisch.

Joshuas Atem rasselte. Er war fast bei der Tür angekommen. Mit der freien Hand griff er hinter sich, um den Schlüssel in die Finger zu bekommen.

»Ich tue es für meine Mom. Mehr musst du nicht wissen.«

Blake ließ die Arme sinken. Ich hörte den Schmerz in seiner Stimme. »Joshua, deine Mutter plant irgendetwas, und du weißt, was es ist, oder?«

»Ich weiß alles, Blake.« Joshuas Miene verfinsterte sich, und es machte mir wahnsinnige Angst. Die Knöchel der Hand, mit der er die Waffe umklammerte, traten weiß hervor, und ein Zittern lief durch seinen Arm. Er holte tief Luft. Wie um sich Mut zu machen.

Verdammt.

»Blake!«, schrie ich und zog ihn im selben Moment zur Seite. Zumindest versuchte ich es, denn er bewegte sich keinen Zentimeter. Die Kugel, die sich dank des Schalldämpfers nahezu lautlos aus der Waffe löste, traf Blake in die Seite. Er keuchte auf und beugte sich vornüber, stützte sich mit der Hand an der Tischkante ab. Ich war vor Schock wie gelähmt.

»Blake, irgendwann wirst du es verstehen. Ich bin nicht verrückt, ich …«

»Ach, ehrlich?«, keuchte Blake und hustete. »Tut mir leid, aber das kann ich gerade nicht glauben.«

»Komm nie wieder nach *Bwystfilwood Hall* zurück. Sobald du einen Fuß auf das Grundstück setzt, kann ich nichts mehr für dich tun.«

»Was soll das schon wieder heißen?« Blake stöhnte auf und sank zu Boden. Ich rutschte auf Knien zu ihm.

Er war kreidebleich und Schweiß lief ihm an den Schläfen hinunter.

»Blake«, flüsterte ich. »Alles wird gut.« Er hielt sich die blutende Seite und atmete schwer. Sein Kopf sackte zur Seite.

»Nicht einschlafen, Blake!«, rief ich und legte meine Hände an sein Gesicht.

Im selben Moment hörte ich, wie die Eingangstür geschlossen wurde. Ich konnte unter dem Schreibtisch durchsehen, bekam aber nur noch Joshuas Rücken zu Gesicht, als er auf die Straße lief. Wenige Sekunden später waren wir von meinen besorgten Monstern umzingelt. Ob auch die Officers draußen etwas mitbekommen hatten? Die Sicht war durch den Rollladen versperrt, aber vielleicht hatten sie ja trotz des Schalldämpfers etwas von dem Schuss mitbekommen.

Wir würden es bald herausfinden.

»Ich schlafe nicht«, sagte Blake rau. »Ich heile.« Er schenkte mir ein schwaches Lächeln und schob langsam den Stoff seines Shirts nach oben.

Überraschenderweise sickerte kein dunkelrotes Blut mehr aus der Einschussstelle, die von den schillernden und blutbeschmutzten Drachenschuppen umgeben war. Stattdessen schien sich etwas im Inneren zu regen und an die Oberfläche zu drängen.

Mir wurde ein wenig schlecht.

»Die Kugel wird gerade von meinem Körper abgestoßen«, kommentierte Blake leise.

»Bäaah …«, machte ich gespielt, um Blake damit aufzuheitern, und die Monster stimmten mit ein.

»Ich hatte eigentlich auf ein ›Wow, wie cool‹ gehofft.« Blakes Lachen ging in ein Husten über.

»Später vielleicht«, sagte ich zitternd und erhob mich.

»Ich hol mal was zum Säubern. Bin gleich wieder da.«

Zu meinen Monstern sagte ich: »Ihr passt auf ihn auf!«

Wackelig kam ich auf die Beine und eilte als Erstes zur Heimtür. Da die Officers bisher nicht eingeschritten waren, ging ich davon aus, dass sie nichts mitbekommen hatten.

Es war besser so, denn einen sich selbst heilenden Drachenmenschen zu erklären wäre für mich eine Nummer zu groß.

Ich schloss die Tür ab und versicherte mich, dass sie auch wirklich zu war, nahm den Schlüssel an mich und lief dann nach oben in meine Wohnung. Ich holte Handtücher, Verbände, Desinfektionsmittel und eine Schüssel mit warmem Wasser. Mühselig schleppte ich alles in das Heim und stellte es neben Blake ab. Als ich mich neben ihn kniete, fielen gerade kleine Kugelsplitter mit einem metallischen Klappern zu Boden. Robbie beschnüffelte sie interessiert.

Ich wischte das Blut rund um die Wunde mit dem warmen Wasser weg. Das Loch hatte sich schon wieder fast vollständig geschlossen, nur leicht gerötete Haut blieb zurück.

Ob auch darüber bald wieder Schuppen erscheinen würden?

»Wieso hat die Kugel deine Haut durchbohrt? Sind deine Drachenschuppen denn nicht schussfest? Wozu sind sie dann überhaupt gut?«, fragte ich ironisch und entlockte Blake damit ein schwaches Lächeln. Er war noch immer etwas blass um die Nase.

»Normale Munition kann das nicht, diese spezielle aber schon. In *Bwystfilwood Hall* wird alles bereitgehalten, um etwaige ›Ausreißer‹, egal ob Monster oder Mensch, unschädlich zu machen. Immerhin sind wir ein Betatest, der Fehler haben kann. Diese Kugeln sind aus einem speziellen Material und mit winzigen Partikeln von Substanzen beschichtet, die sich durch chemische Reaktionen individuell an ihre ›Ziele‹ anpassen und ihnen so schaden können. Harter Stoff also. Es dauert aber bestimmt nur ein paar Minuten, bis ich wieder der Alte bin. Wobei … Das würde auch bedeuten, dass Joshua Persky noch immer mein bester Freund ist. Jetzt aber habe ich das Gefühl, ich weiß nicht mehr, wer dieser Mensch überhaupt ist.«

Schweigend fuhr ich damit fort, das Blut von Blake zu wischen.

Nachdem sowohl seine Wunde als auch seine Hände komplett sauber waren, kümmerte ich mich um Monty. Ächzend trug ich ihn und sein Glas zu unserer kleinen Versammlung am Boden. Ich lehnte mich an die andere Seite des Schreibtisches und betrachtete Blake. Traurigkeit stand über sein ganzes Gesicht geschrieben, das zum Glück nicht mehr ganz so blass aussah.

Als von der Einschussstelle nur noch eine hellrosa Narbe übrig war, kam Leben in die Monster. Sie kuschelten sich vorsichtig an Blake, der großzügig Streicheleinheiten verteilte. Glue legte mit ihrem Schnabel eine Pfefferminzpastille in Blakes Hand.

»Danke«, murmelte er und steckte sie sich in den Mund.

»Wie fühlst du dich?«, fragte ich eine Weile später.

»Verraten. Und frustriert, weil alles umsonst war. Sarah Persky hat jetzt, was sie wollte.«

»Es muss um etwas wirklich Ernstes gehen, wenn selbst ihr Sohn deswegen bereit ist, seinen besten Freund anzuschießen.«

Blake schnaubte.

»Ihm geht es mehr um seine Mutter als um ihre Experimente. Sie hatte gestern Nacht einen Zusammenbruch und er will ihr helfen.«

»Aber warum schießt er auf dich? Ich hätte euch doch sowieso gegeben, was ich gefunden habe. Deswegen habe ich dich ja hergeholt.«

»Ich habe keine Ahnung. Absolut null.«

»Hat er vielleicht gedacht, du würdest dich doch noch umentscheiden und versuchen, die Arbeit seiner Mutter zu sabotieren?«

Blake dachte einen Moment darüber nach. »Ich habe ihm versprochen, dass ich das nicht tun werde. Und ich habe meine Versprechen bisher immer gehalten. Ich hatte es wirklich nicht vor.«

Ich wusste nicht weiter. Alles Grübeln half nichts, der Einzige, der die Gründe kannte, war Joshua, und ihm wollte ich so schnell nicht wieder begegnen. Wobei das durch meinen Schwindel eine Option war, die wieder im Raum stand.

»Und ich dachte, ich kenne ihn«, sagte Blake und sah traurig zur Decke, während er abwesend Pebbles streichelte. Sein Blick

richtete sich auf mich, und die Gefühle, die sich in seinen Augen widerspiegelten, erschreckten und faszinierten mich zugleich.

»Irgendwann finde ich es heraus. Ich will es verstehen. Vielleicht hätte ich es verhindern können.«

»Blake.« Sanft nahm ich seine Hand in meine, ohne den Blick abzuwenden. »Es ist nicht deine Schuld. Das war Joshuas eigene Entscheidung. Was auch immer der Grund dafür sein mag.«

»Du hast recht. Ich hoffe wirklich, dass es sich wenigstens gelohnt hat und Sarah dich jetzt in Ruhe lässt.«

Die Monster stimmten murmelnd zu. Nur Glue sah mich wissend und mit blitzenden Augen an.

»Ähm. Nun ja. Was das angeht, sollte ich dir vielleicht etwas sagen«, sagte ich leise.

Blake hob eine Augenbraue.

»Das, was ich Joshua gegeben habe, war eine von Nuvos Erinnerungsmurmeln. Ich dachte, eine der Zeichnungen in dem Notizbuch bezog sich vielleicht darauf. Aber ich habe später noch etwas anderes gefunden«, gestand ich zögernd.

Jetzt hatte ich Blakes volle Aufmerksamkeit.

»Wie bitte?«, fragte er fassungslos.

»Ich habe ein Foto und eine SD-Karte. Die Murmel hatte ich nur zufällig noch in der Tasche, und als er explizit nach ihr gefragt hat, habe ich sie ihm gegeben. Glue hat mir unmissverständlich deutlich gemacht, dass ich Joshua die Sachen nicht überlassen soll. Also habe ich ihn getäuscht.«

Blake riss Augen und Mund auf. Dann – ganz, ganz langsam – breitete sich ein freches Grinsen auf seinem Gesicht aus.

»Leah, das ist genial!«

»Das ist das Dümmste, was ich jemals getan habe, befürchte ich.«

»Vielleicht. Aber deswegen ist das mit dem ›genial‹ nicht weniger wahr.«

12. Kapitel

Leah

Genau das, was ich jetzt brauche.« Dankbar nahm Blake mir die Tasse mit dem dampfenden Kaffee ab. Wir waren in meine Wohnung auf das Sofa umgezogen, als er sich wieder allein auf den Beinen halten konnte. Natürlich waren die Monster uns gefolgt, ich hatte auch Monty mitsamt seinem Glas mitgenommen.

So saßen wir nun alle im Wohnzimmer.

Nachdem sich der Schock über die Ereignisse langsam löste, fing ich fürchterlich zu frieren an. Ich wickelte mich in eine Decke ein und klammerte mich an eine heiße Tasse Kaffee auf dem Wohnzimmertisch. Erst jetzt sickerte die Erkenntnis über die Auswirkungen meiner Entscheidung in mein Bewusstsein. Ich hatte Joshua – und damit auch seine Mutter Sarah – absichtlich getäuscht. Sobald die Forscherin bemerkte, dass ihr die Murmel nicht weiterhalf, würde sie vermutlich erneut Leute auf mich ansetzen. Und nach den heutigen Ereignissen war ich mir nicht sicher, ob ich das unbeschadet überstehen würde. Jetzt musste ich die Konsequenzen tragen und eine Lösung finden, ehe die Zeit ablief.

Blake fragte Glue, warum sie mir diesen Rat gegeben hatte. Es sei ein Bauchgefühl gewesen. Die Monster hatten gespürt, dass etwas mit Joshua nicht stimmte. Deswegen hatten sie sich zurückgehalten.

»Was machen wir jetzt, Blake?« Ich kuschelte mich tiefer in das Kissen. Ich wollte nie wieder von dieser wunderbar weichen Couch aufstehen.

»Das kommt darauf an, was du mit den gefundenen Sachen machen willst.«

»Sarah Persky soll sie nicht bekommen.« Ich wusste nicht, woher diese Überzeugung kam, aber als ich es aussprach, fühlte es sich richtig an.

Blake schmunzelte. »Woher der Sinneswandel?«

»Blake«, keuchte ich. »Dein bester Freund hat dir heute eine Waffe an den Kopf gehalten und damit gedroht, dich umzubringen, wenn ich die Murmel nicht herausrücke, und dann trotzdem auf dich geschossen. Er weiß, worum es geht, und setzt solche Mittel ein. Ich will mir gar nicht ausmalen, was für Grenzen sie im Labor überschreiten wollen.«

»Also unterstützt du mich und meine noble Mission jetzt?«, fragte er selbstironisch. Zu gewinnen gefiel ihm für meinen Geschmack viel zu sehr. Ich lehnte mich zu ihm rüber und zwickte ihn in den Oberarm.

»Die Sache mit Joshua hat mir gezeigt, dass ich Sarah Persky auf keinen Fall unterstützen will. Wer solche Geschütze auffährt oder dafür sorgt, dass andere Leute – der eigene Sohn! – so durchdreht, schreckt auch im Labor vor nichts zurück.«

Wir schwiegen eine Weile. Selbst die Monster, die sonst immer sehr mitteilungsbedürftig waren, hielten sich zurück.

»War es egoistisch von mir, hier hereinzuplatzen und dich für meine Mission einspannen zu wollen?« Blake sah mich unsicher an.

»Ist ein egoistischer Gedanke wirklich so schlimm, wenn man damit am Ende des Tages auch anderen das Leben rettet?«, war meine Antwort.

Immerhin hatte er etwas unternehmen wollen, um viele Monster zu retten. Im Gegensatz zu mir. Ich hatte einfach den Kopf in den Sand gesteckt und alles außer dem Heim ausgeblendet.

Blake kniff die Augen zusammen. »Bist du immer so besserwisserisch?« Er lachte und griff sich an den Bauch. »Danke. Das habe ich gebraucht.«

Erschöpft schob er sich die wirren blonden Haare aus dem Gesicht.

»Ich werde dir aber nur unter einer Bedingung helfen«, verkündete ich.

»Unter welcher?«

»Meine Monster müssen zustimmen. Sie stehen noch immer an erster Stelle.«

»Also schön.« Blake setzte sich auf und sah die Rasselbande an. »Was sagt ihr dazu?«

Glue, Robbie, Nuvo und Pebbles versammelten sich rund um Montys Wasserglas und starteten ihre Diskussion. Blake grinste und sah zum ersten Mal an diesem Tag einigermaßen glücklich aus.

»Was ist?«, fragte er, als er meinem Blick begegnete.

»Nichts.« Ich musste lachen. »Es ist in den letzten Tagen nur sehr viel passiert, und ich bin mir noch nicht sicher, ob ich dich deswegen mögen oder hassen soll.«

Die Reaktion auf meine Worte war stärker als erwartet, denn eigentlich war meine Antwort darauf doch offensichtlich. Aber Blake zuckte zusammen und sah niedergeschlagen in seine Tasse.

»Können wir kurz allein reden?«

Ich nickte. Wir ließen die diskutierenden Monster zurück und gingen in die Küche. Blake lehnte sich an die Theke.

»Ich muss dich etwas fragen, Leah.« Blake suchte meinen Blick und hielt ihn fest. Ich glaubte zwar kaum, im Angesicht seiner zimtfarbenen Augen klar denken zu können, aber ich wollte mir alle Mühe geben. Warum nur schaffte es ein Mann, den ich gerade erst kennengelernt hatte, mich so aus der Fassung bringen?

»Was hast du auf dem Herzen, Blake?«

Er atmete tief durch. Nein, das machte mich überhaupt nicht nervös. Was bitte konnte denn nach all den Geschehnissen noch unausgesprochen sein?

»Als ich dir die Wahrheit erzählt habe … Über meine Monster-Gene … Du bist vor mir zurückgewichen, als du gemerkt hast, dass die Drachenschuppen echt sind. Warum?«

Ich hoffte sehr, dass ich bei dem Gedanken an diesen Moment nicht rot wurde. »Es war megapeinlich, Blake. Ich habe dich betatscht! Als mir das klar geworden ist, war mein erster Instinkt zu fliehen oder im Boden zu versinken. Das hat beides nicht geklappt. Mehr als einen Schritt habe ich nicht hinbekommen.«

Erleichterung spiegelte sich in seinen Zügen wider und seine Haltung entspannte sich merklich.

»Das heißt, es hatte nichts damit zu tun, dass du mich ... abstoßend findest?«

Ich verschluckte mich an meinem Kaffee und hustete stark. Tränen stiegen mir in die Augen. Blake nahm mir die Tasse ab, stellte sie auf die Arbeitsplatte und klopfte sachte auf meinen Rücken, bis ich mich beruhigt hatte.

»Sollte ich das als ein Kompliment ansehen oder als einen Tritt in mein Ego?«, wollte er wissen.

Noch immer leicht röchelnd gab ich ihm meine Antwort: »Ich glaube, ich muss dir nicht sagen, dass du gut aussiehst, oder?«

»Im Ernst, Leah. Es stört dich nicht, dass ich kein normaler Mensch bin?«

»Ist dir meine Antwort darauf wirklich so wichtig?«

Er nickte bestimmt. »Im Moment gibt es für mich nichts Wichtigeres.«

Mein Herz – das verräterische Ding – machte einen kleinen Hüpfer und schlug dann doppelt so laut. Ich schluckte und konnte den Blick nicht von Blake abwenden, der noch immer direkt vor mir stand und mich mit diesen verflixt schönen Augen ansah.

Niemals hatte mich jemand so ernst genommen, wie er es in diesem Augenblick tat. Stolz durchflutete mich, gemischt mit Stärke, die aus meinem tiefsten Inneren kam.

»Komm mal mit.« Ich nutzte das neu gewonnene Gefühl und nahm Blakes Hand in meine. Wärme breitete sich in mir aus, die meinen Griff noch fester, bestimmter werden ließ. Blake ließ sich von mir mitziehen. Im Türrahmen zum Wohnzimmer blieben wir unbemerkt von den Monstern nebeneinander stehen, ohne einander loszulassen. Die Kleinen steckten noch immer die Köpfe zusammen und tuschelten.

»Sieh sie dir an, Blake. Was haben sie alle gemeinsam?«

Er überlegte. »Wenn ich das richtig in Erinnerung hab, dann haben sie alle eine kleine ›Macke‹, wegen der sie hier sind, oder? Sie sind keine ›normalen‹ Monster.«

Ich grinste. Dann begriff er, worauf ich hinauswollte.

»Oh! Ich habe gesagt, ich bin nicht ›normal‹. Du findest meine Drachenmonster-Gene also nicht schlimm, weil das quasi meine ›Macke‹ ist?«

»So ungefähr«, sagte ich neckend.

»Das ist nicht sehr schmeichelhaft.« Empört verschränkte er die Arme vor dem Körper. Mir entging das Zucken seiner Mundwinkel allerdings nicht. Zeit, sein Ego wieder zu beruhigen.

»Hast du ›Macke‹ schon mal im Wörterbuch nachgeschlagen?«

Blake schmollte und sagte nichts, also redete ich einfach weiter.

»Dort steht unter anderem ›wunderliche Angewohnheit‹. Man muss genau hinsehen, dann entdeckt man in dieser scheinbar negativen Aussage etwas Positives.«

Blake ließ die Arme sinken, als er verstand. »Das Wort ›Wunder‹.«

»Ganz genau. Das sind sie für mich. Kleine Wunder der Natur. Und sie alle haben noch etwas gemeinsam. Etwas, das sie beschützen wird, egal was kommt.«

Ich blickte zu den fünf Monstern, denen mein Herz gehörte.

»Sie haben *mich*«, flüsterte ich.

Blake lächelte.

»Dann sind sie die glücklichsten Wunder der Welt.«

»*Hoo!*« Glue hatte den Kopf zu uns umgedreht.

»Sie sind so weit«, übersetzte Blake.

Wir ließen uns umzingelt von den Monstern wieder auf das Sofa sinken. Nuvo war es, der Blake von ihrem Ergebnis berichtete. Ich hatte die kleine Wolke noch nie so viel am Stück reden hören. Seine Stimme war ein Wispern wie Blätterrauschen an einem schönen Frühlingstag.

»Um es kurz zusammenzufassen«, sagte Blake, »Sie sind dafür, dass wir den Monstern helfen und versuchen, die Experimente zu stoppen. Und sie wollen uns unterstützen.«

Stolz blickte ich auf meine kleinen Schützlinge.

»Ich habe, ehrlich gesagt, nichts anderes erwartet.« Vermutlich waren sie schon die ganze Zeit über dieser Meinung gewesen, und nur ich hatte ein paar Tage und eine Bedrohung durch eine Schusswaffe gebraucht, um zum selben Entschluss zu kommen. Wir würden Sarah Persky nicht in die Hände spielen, sondern versuchen, die Monster zu retten.

»Wie gehen wir jetzt vor?«, wollte ich von Blake wissen.

»Darf ich mir mal ansehen, was du gefunden hast?«

»Oh, ja, natürlich!« In der ganzen Aufregung hatte ich total vergessen, Blake zu zeigen, was ich hinter dem Rahmen entdeckt hatte. Ich holte beides aus dem Schreibtisch unten im Heim und kehrte dann zurück auf das Sofa, wo ich Blake die SD-Karte und das Polaroidfoto in die Hand drückte. Er sah sich zuerst das Foto an.

»Eine Halskette. Und der Anhänger … das sieht aus wie die Form, die Sarah in ihr Notizbuch gemalt hat.«

»Zusammen mit etwas, das wie eine Kugel aussieht«, ergänzte ich.

Blake nickte. »Vielleicht ist die Kette in ihrem Besitz und sie sucht nach einem weiteren Anhänger wie diesem.« Er hielt das Foto näher an die Augen. »Es sieht aus wie eine Perle von einem Muschelmonster. Aber diese sind normalerweise rund und nicht tropfenförmig. Vermutlich wurde die Perle zurechtgeschliffen. Deswegen sucht Doktor Persky vielleicht nach beiden, der Originalperle und der geschliffenen in Tropfenform.«

»Weißt du, was daran so besonders sein könnte?«

Blake schüttelte den Kopf. Er hielt das Foto so, dass die Monster es sehen konnten. Doch auch die fünf wussten nicht, warum diese Perle so speziell war.

»Vielleicht ist auf der SD-Karte ein Hinweis, aber der Inhalt ist passwortgeschützt und ich komme nicht ran.«

»Ich habe leider auch nicht das Know-how, um die Sperre zu umgehen.«

Ich seufzte und vergrub den Kopf in den Händen. Ob es die richtige Entscheidung gewesen war, beides zu behalten?

»Hey.« Blake legte mir eine Hand auf den Arm, und ich sah ihn an. »Wir bekommen das hin. Ich weiß nicht, wie viel Zeit wir haben, bis Doktor Persky den Schwindel bemerkt, aber wir haben jetzt einen kleinen Vorsprung. Wir müssen ihn nur richtig einsetzen.«

»Vielleicht könnte Mister Tottori uns weiterhelfen«, schlug ich vor. »Das ist der Detective, der dich festgenommen hat. Er meinte, ich solle mich melden, wenn ich Hilfe brauche. Und jetzt brauche ich die definitiv.«

»Das ist eine gute Idee«, stimmte Blake zu. »Hoffentlich stehen ihm die technischen Mittel zur Verfügung. Was die Perle angeht, bin ich aber leider überfragt. Sollen wir einen Juwelier aufsuchen?«

Es war süß, wie er beim Denken die Stirn in Falten legte und die Nase kräuselte. Für einen Moment war ich abgelenkt und hatte nur Augen für Blake. Vergessen war das Chaos, das momentan herrschte. Ich bereute nicht eine Sekunde lang, ihn kennengelernt zu haben. Auch wenn mein Leben seitdem einer Achterbahnfahrt glich.

»Erde an Leah.« Blake fuchtelte mit der Hand vor meinem Gesicht herum und holte mich aus meiner Starre.

»Leah an Blake. Ich habe eine Idee«, erwiderte ich.

»War das eben so ein Heureka-Moment?«

»Vielleicht.« Ich schmunzelte. »Aber ich hatte tatsächlich einen Einfall. Ich nehme an, dass die Perle nicht einfach nur irgendeine Perle ist. Es muss mehr dran sein, wenn diese durchgeknallte Forscherin so versessen darauf ist, sie in die Finger zu bekommen. Wir könnten deswegen das Internet absuchen, aber wenn es so einfach wäre, dann würde Sarah Persky nicht solche illegalen Mittel einsetzen. Ich kenne aber jemanden, der sich sehr gut mit Monstern und deren Magie auskennt. Sein Name ist Doktor

Keith Smithers, er ist ein Monsterarzt und hat eine eigene Praxis. Wann immer ein Monster krank war, sind wir zu ihm. Er ist etwas verschroben, aber er kennt sich wirklich gut aus. Wenn jemand etwas über eine besondere Perle weiß, dann er.«

»Klingt nach einem Plan«, kommentierte Blake und grinste mich breit an.

»Was schaust du so?«

Es machte mich wahnsinnig, dass er mir nicht gleich antwortete, sondern mich noch einen Moment länger anlächelte.

»Ich wusste es«, sagte er dann mit blitzenden Zimtaugen.

»Was wusstest du?« Musste er mich so auf die Folter spannen?

»Dass du es in dir hast, das mit mir durchzuziehen.«

»Dann wärst du aber der Erste, der so gut von mir denkt«, sagte ich leise und senkte beschämt den Blick. Er nahm mein Kinn vorsichtig in seine Hand und brachte mich mit sanftem Druck dazu, ihm in die Augen zu sehen.

»Das ist eine Schande.« Sein Atem streifte meine Wange, so nah waren wir uns. Unter seinem wachsamen Blick richtete ich mich auf. Ich wollte mich nicht mehr verstecken. »Aber es ist mir auch eine Ehre, Leah Mint. Beschützerin der Macken-Monster.«

Die Kleinen um uns herum quiekten empört über diese Bezeichnung.

»Entschuldigung«, sagte Blake, lachte und hob beschwichtigend die Hände. »Ich meinte natürlich Wunder-Monster.«

Pebbles krabbelte auf seinen Schoß und ließ sich von ihm streicheln. Glue beobachtete die Szenerie mit wachsamen Augen und schien so zufrieden wie schon lange nicht mehr. Monty blubberte etwas in seinem Glas, und als ich zu ihm hinüberblickte, verblasste gerade ein Tintenherz im Wasser. Nuvo und Robbie kuschelten sich an mich, und ich streichelte sie beide.

Es gab sie nicht oft, diese perfekten Momente, an die man sich mit Wehmut und Liebe zurückerinnerte. Dieser hier war einer davon. Keine Erinnerungsmurmel der Welt würde diesen Moment so einfangen können, wie ich ihn erlebte. Nichts würde annähernd meinen Gefühlen gerecht werden.

Mit dem Chaos im Rücken und einer möglichen Katastrophe direkt vor Augen saß ich auf dem Sofa und fühlte mich so stark wie noch nie zuvor. Und das alles nur, weil Blake mit den Zimtaugen an mich glaubte.

13. KAPITEL

Leah

Keine zehn Minuten später rief ich Detective Tottori an und fragte, ob wir vorbeikommen konnten. Er freute sich über meinen Anruf und wollte gleich ein paar Männer losschicken, die während unserer Abwesenheit auf das Heim aufpassen würden. Es gab zwar noch immer die Officers, die draußen Wache hielten, aber Detective Tottori wollte sie inkognito belassen.

Ein wenig später ließ ich die zwei Officers in das Heim, die im Auftrag von Detective Tottori gekommen waren. Es war mir nicht wohl dabei, die Monster schon wieder in der Obhut anderer zurückzulassen, aber ich hatte keine andere Wahl. Mrs. Rainwater ließ ich dieses Mal außen vor, sie sollte nicht in diese Sache hineingezogen werden.

Blake und ich verließen *Monsters & Glue*. Der Wagen, mit dem er und Joshua gekommen waren, stand noch immer direkt davor. War das wirklich erst ein paar Stunden her? Joshua musste anders zurück nach *Bwystfilwood Hall* gelangt sein. Wie, war mir aber herzlich egal.

»Ist das dein Wagen?«, fragte ich Blake.

Er nickte, zog den Schlüssel aus der Hosentasche und entriegelte das Auto. Es fiel ihm nicht leicht, sich zu bewegen, da er eine meiner alten Jacken trug, die mir viel zu groß war, in die er aber gerade so hineinpasste. Als er sich auf den Fahrersitz sinken ließ, spannte sie sich allerdings so sehr, dass ich befürchtete, sie würde jeden Moment reißen. Blake zog den Reißverschluss auf und streifte sich die Jacke von den Schultern. Der Blutfleck und das zerrissene Shirt kamen darunter zum Vorschein. Wir hatten beides vor den Augen der Officers verbergen wollen, denn das hätte nur zu unnötigen Fragen geführt. Die Hose hatte zum Glück nichts abbekommen, und das Blut auf dem Boden sowie die Überreste der Kugel hatten wir beseitigt, sodass der Vorfall hoffentlich geheim blieb.

Wie abgesprochen, fuhren wir erst zu einem Secondhandladen in einer kleinen, abgelegenen Straße. Dort kaufte ich ein neues Shirt und einen neuen Pullover für Blake und sah weg, als er sich im Auto von seinen alten Sachen trennte und die neuen überzog. Das blutverschmierte Teil warfen wir in einen Müllcontainer.

»Was willst du jetzt eigentlich machen?«, fragte ich, als wir weiter in Richtung Polizeistation fuhren.

»Darüber haben wir doch gesprochen«, antwortete Blake irritiert.

»Ich meine nicht jetzt in diesem Moment, sondern generell. Du kannst erst mal nicht zurück nach *Bwystfilwood Hall*. Sonst tut Joshua dir wer weiß was an.«

»Momentan will ich auch gar nicht zurück. Ich bin gespannt, wie Joshua mein Verschwinden erklären wird. Vielleicht interessiert es auch einfach keinen, so wie es bei Xavier der Fall ist. Er wurde ja auch einfach aufgegeben.«

»Was absolut keinen Sinn ergibt«, meinte ich. »Wenn ihr so wichtig seid, warum sucht dann keiner mehr nach ihm?«

»Für mich ergibt momentan *überhaupt nichts* Sinn. Aber vielleicht wird es das bald, und vielleicht erklärt sich dann auch die Sache mit Xavier.«

Wir legten den Rest der Strecke schweigend zurück. Ich versuchte, an gar nichts zu denken und mir nicht auszumalen, was alles mit diesem Xavier passiert sein könnte.

Ein paar Minuten später fuhren wir auf den Besucherparkplatz der Polizeistation. Im Gebäude fragten wir nach Detective Tottori und wurden von einer uniformierten Frau zu seinem Büro gebracht, nachdem sie uns telefonisch angekündigt hatte.

Wir klopften an und traten nach einem »Herein« durch die Tür.

Ich konnte mich kaum an dem kleinen Raum sattsehen, der uns dahinter erwartete. Wo der Rest der Station altmodisch war, herrschte in Detective Tottoris Büro die Moderne. Zumindest was die Technik anging, nicht das Mobiliar. Unzählige technische Geräte standen in den Regalen und blinkten, überall lagen Zeitschriften und Bücher zum Thema moderne Kriminologie herum. Mr. Tottori wollte augenscheinlich gern James Bond sein, lebte aber in einer Stadt, die ihm das nicht bieten konnte. Das war irgendwie knuffig und machte ihn mir sehr sympathisch.

»Hallo, Miss Mint! Mister Henderson«, begrüßte uns der Detective freudig und schüttelte uns die Hand. Er bot uns die Sessel vor seinem Schreibtisch an.

»Bitte setzen Sie sich. Wollen Sie etwas trinken?«

Wir lehnten dankend ab. Mein Herz hämmerte in die Stille, während sich Detective Tottori auf seinem Schreibtischstuhl niederließ und die Hände auf den Tisch legte.

»Wie kann ich Ihnen helfen?«

Wir erzählten ihm alles. Ehrlichkeit – da waren Blake und ich uns einig – war in der momentanen Situation die einzige Lösung. Wenn wir seine Hilfe wollten, dann mussten wir alle Karten auf den Tisch legen. Auch diejenige, die offenbarte, dass Blake nichtmenschliche Gene in sich trug und was alles damit zusammenhing. Es dauerte eine kleine Ewigkeit, und ich bereute es, ein Getränk abgelehnt zu haben, denn mein Mund fühlte sich sehr schnell sehr trocken an.

Detective Tottori nahm alles mit stoischer Gelassenheit auf und fuhr sich gedankenversunken über seinen Schnauzer. Ähnlich wie bei Blake kräuselte sich seine Nase, während er konzentriert nachdachte. Doch die ganze Zeit über glitzerten seine Augen. Das hier war mit Sicherheit ganz nach seinem Geschmack. Ein Fall, der eines James Bond würdig war.

Mit klopfendem Herzen beendete ich nach gefühlten Stunden unseren Vortrag und wartete auf eine Reaktion. Detective Tottori starrte für einen Augenblick auf einen Punkt hinter uns.

»Also doch«, murmelte er und ließ die Hände auf den Tisch sinken.

»Was meinen Sie damit?« Blake beugte sich vor.

»Ich kannte Mister Lambers. Flüchtig nur, ich bin ihm dreimal begegnet. Das erste Mal vor zwei Jahren, als er die Polizei wegen einer besonderen Alarmanlage sowie weitergehenden Dienstleistungen um Hilfe bat. Eigentlich zählt das nicht zu unseren Aufgaben, aber als ich von seiner Anfrage hörte, konnte ich nicht widerstehen. Ich scheue mich nicht vor der Herausforderung, und so konnten ein paar dieser Schätze …«, er deutete auf die Apparate hinter sich, »… endlich mal zum Einsatz kommen. Das war der Moment, auf den ich gewartet hatte, um dem Finanzministerium zu zeigen, dass es sinnvoll wäre, dieses Department endlich mal zu modernisieren. Mittlerweile sind die Verbrecher teilweise besser ausgestattet als wir. Sehen Sie hier!« Detective Tottori, völlig gefangen von seiner Euphorie, sprang von seinem Stuhl auf, holte etwas aus dem Regal hinter ihm und drückte es mir in die Hand. Es sah aus wie eine kleine Bohrmaschine, nur viel moderner.

»Das ist vermutlich ein ähnliches Modell wie jenes, mit dem die Einbrecher in das Heim gelangt sind. Damit kann man Schlösser fast lautlos öffnen. Das Surren an der Tür, das Sie mir beschrieben haben, könnte von diesem Gerät gekommen sein.«

Ich drückte auf einen Knopf an der Seite und das Gerät erwachte zum Leben. Und tatsächlich, das Geräusch ähnelte dem aus Nuvos Erinnerungsmurmel sehr.

»Vermutlich hatten die Einbrecher ein neueres Modell, das außerdem mit einem Frequenzstörer gekoppelt ist, der die Alarmanlage ausgetrickst hat, die ja normalerweise losgeht, sobald die verriegelte Tür entweder eingetreten oder mit etwas anderem als dem passenden Schlüssel geöffnet wird. Als wir die Alarmanlage installiert haben, gab es das noch nicht. In zwei Jahren hat sich aber anscheinend viel getan. Oder die Regierung – und damit auch die Einbrecher – verfügt über Equipment, an das man sonst gar nicht herankommt.«

»Um zurückzukommen: Was haben Sie mit dem ›Also doch‹ eben gemeint?« Blakes Frage holte uns auf den Boden der Tatsachen zurück.

»Entschuldigung. Manchmal geht meine Leidenschaft mit mir durch.« Detective Tottori nahm mir das Gerät wieder ab, legte es zurück ins Regal und setzte sich.

»Das dritte Mal, dass ich Mister Lambers begegnet bin, war kurz vor seinem Tod. Er kam hierher, weil er etwas mit mir besprechen wollte. Ohne Kameras, ohne Tonaufzeichnung. Wir suchten uns also einen abgeschiedenen Raum und redeten.«

»Was hat er erzählt?« Nun war auch meine Neugierde geweckt. Davon hatte Mr. Lambers mir nie etwas gesagt.

Wie von so vielem, dachte ich bitter.

Detective Tottori stand abrupt auf. »Ich hole uns doch mal etwas zu trinken, dann erzähle ich Ihnen alles.«

Er verließ den Raum und Blake und ich blieben in der Stille zurück. Ich legte den Kopf in den Nacken. Meine Schultern waren völlig verspannt und mein Schädel dröhnte. Wie lange saßen wir schon hier? Wie lange war es eigentlich her, dass das alles angefangen hatte? Es fühlte sich wie eine Ewigkeit an.

»Alles klar?« Blakes Finger berührten meine. Ohne die Augen zu öffnen, umschloss ich seine Finger und drückte sie sanft.

Eine andere Antwort konnte ich ihm nicht geben, weil ich mir nicht sicher war, ob alles klar war. Er erwiderte die Geste, zog seine Hand dann langsam zurück, als sich die Tür öffnete.

Mit einem Tablett kam Mr. Tottori zurück ins Büro.

»Tee, Kaffee und Wasser. Nehmen Sie sich, was Sie möchten.«

Ich schenkte mir Wasser ein und trank ein ganzes Glas in einem Zug leer. Detective Tottori nahm einen Schluck Kaffee, ehe er fortfuhr.

»Mister Lambers hat mir bei seinem zweiten Besuch hier alles über sich erzählt. Die Wahrheit über seine Arbeit in *Bwystfilwood Hall.* Das ist mir also nicht neu. Allerdings ist er nicht ins Detail gegangen, so wie Sie heute. Ich konnte aber erahnen, dass es ihn belastete. Und dann erzählte er mir, dass er sich schämte, weil er nicht den Mut hatte, etwas gegen die Arbeit in den Laboren zu unternehmen. Dass er trotz allem verstehen konnte, wieso diese Experimente gemacht werden. Doch dann sagte er: ›Detective Tottori, eines Tages könnte aber etwas passieren, das zu weit geht und das es notwendig macht, dass jemand es beendet. Ich hoffe, es kommt nicht dazu. Aber wenn doch, steckt Leah mittendrin. Und dann müssen Sie ihr helfen.‹ Ich habe seine Worte nicht vergessen. Auch nicht den flehenden Ausdruck in seinen Augen. Ich gab ihm mein Versprechen, und ich gedenke es auch zu halten. Bis gerade eben war ich mir nicht sicher, ob Mister Lambers von diesem Vorfall gesprochen hat, aber jetzt gibt es daran wohl keinen Zweifel mehr.«

»Das klingt sehr ernst«, sagte ich leise. »Und auch sehr traurig. Warum hat er mir denn nichts davon gesagt?«

War er tief in seinem Innern doch nicht davon überzeugt gewesen, dass ich das mit dem Heim allein schaffen würde? Ich lachte auf, was sich schnell in ein komisches Schluchzen verwandelte. Er hatte verdammt noch mal recht gehabt. Ich schaffte es nicht allein. Zumindest nicht das, was auch immer er vorhergesehen hatte. Während ich halb lachend, halb schluchzend im Sessel versank, überkam mich ein Gefühl, das ich bisher noch nicht gekannt hatte. Ich gestand mir ein, dass ich etwas nicht schaffte. Zumindest nicht allein. Und das erste Mal in meinem Leben fühlte ich mich deswegen nicht klein und wertlos.

Ich hatte die Monster an meiner Seite. Und Blake. Und Detective Tottori. Menschen und Wesen, die mich achteten und für mich da waren. Dieses Gefühl übertraf alles und erfüllte mich mit Wärme.

Ich stellte das Glas auf dem Tisch ab, bevor ich den letzten Rest des Wassers verschüttete.

Sowohl das Lachen als auch das Schluchzen versiegten.

Die Männer sahen mich mit einer Mischung aus Verwirrung und Mitgefühl an.

»Tut mir leid«, sagte ich. Doch dann schob ich hinterher: »Nein, eigentlich nicht. Das musste sein.« Ich zupfte mein Shirt

zurecht, wischte mir über die Wangen und setzte mich dann aufrecht in den Sessel. Ich fühlte mich leichter und schwerer zugleich. Ganz eigenartig.

»Jetzt ist also Mister Lambers' Prophezeiung eingetreten.«

»Das denke ich auch. Und ich werde mein Versprechen einhalten und Sie unterstützen«, stimmte Detective Tottori mir zu. »Auch wenn das bedeutet, dass ich mich direkt gegen die Regierung stellen muss.«

»Sie wissen aber, dass es Sie Ihren Job kosten könnte, wenn das nach hinten losgeht, oder?«, fragte Blake. »Es bleibt nicht ohne Konsequenzen, wenn man sich mit denen ganz oben anlegt.«

»Dessen bin ich mir bewusst, Mister Henderson. Aber wenn es so schlimm ist, wie wir vermuten, sehe ich es als meine Pflicht an.«

»Sie haben eines zu Hause, oder? Ein Monster, meine ich.« Die Überzeugung, die aus seiner Stimme sprach, kam mir nur allzu bekannt vor. Detective Tottori nickte.

»Ich hatte eines. Eine kleptomanische Riesenmotte namens Holly«, schwärmte er mit traurigen Augen.

»Das klingt so, als könnte sie aus einem Heim stammen, das ich kenne«, sagte ich.

»Es könnte sein, dass ich damals bei der Installation eines Sicherheitssystems in einem gewissen Heim wie eine Motte vom Licht von diesem schon etwas betagten Monster angezogen wurde. Sie war wirklich etwas ganz Besonderes.«

»Ein kleines Wunder«, fügte Blake flüsternd hinzu.

Detective Tottori lächelte.

»So kann man es auch nennen. Auf wundersame Weise hatte ich nämlich auf einmal eine dreihundert Stück große Löffelsammlung in meiner Sockenschublade.«

Wir mussten lachen und vergaßen für einen Augenblick, warum wir hier waren und was uns noch bevorstand. Dann schwenkten wir zu den ernsten Themen zurück.

»Wir sollten uns die SD-Karte genauer ansehen. Vielleicht hat Mister Lambers einen Hinweis hinterlassen, der uns weiterhelfen kann. Folgen Sie mir, ich kenne jemanden, der diese Nuss hoffentlich knacken kann.«

Wir gingen zu der IT-Abteilung des *Buystfilwood Police Department.* Dort übergab Detective Tottori einem jungen Mann, der uns nicht mal begrüßte, die SD-Karte und schilderte ihm in kurzen Worten, was er damit machen sollte. Der Mann stellte keine Fragen, sondern startete gleich mit der Arbeit. Ich sah mich derweil in dem Raum um, der wie das ganze Gebäude ein Update gebrauchen konnte. Außer dem jungen Mann war niemand im Raum. Nur das Klackern seiner Tastatur und das Klicken der Maus war zu vernehmen.

»Ich kann nicht arbeiten, wenn Sie mir zusehen«, sagte der Beamte auf einmal. »Außerdem kann es noch bestimmt den ganzen Tag dauern, bis ich Zugriff auf die Daten bekomme. Meine Ressourcen sind leider begrenzt.«

Detective Tottori entschuldigte sich bei ihm und trat ein paar Schritte zurück.

»Sie beiden können gehen, ich werde mich melden, sobald wir einen Durchbruch haben. In der Zwischenzeit könnten Sie doch diesen Arzt aufsuchen und ihn wegen des Fotos befragen«, schlug der Officer vor.

»Klingt nach einer guten Idee«, gab ich zu. Ich teilte Detective Tottori noch schnell meine Handynummer mit und dann verabschiedeten wir uns.

»Meinst du, wir können ihm vertrauen?«, fragte Blake, als wir das Gebäude verließen.

»Uns bleibt wohl nichts anderes übrig. Allein können wir das nicht durchziehen. Und wenn sich Mister Lambers ihm anvertraut hat, dann muss das auch einen Grund gehabt haben.«

»Das ist alles so kompliziert«, meinte Blake. »Was glaubst du, was für Dateien sich auf der SD-Karte befinden?«

Wir stiegen in Blakes Auto ein, fuhren aber nicht sofort los.

»Vielleicht das Tagebuch, von dem Joshua gesprochen hat?«, mutmaßte ich. »Ich wüsste nicht, wo es sonst sein sollte. Ich habe es nie gesehen. Aber ehrlich gesagt …«

»Was?« Blake musterte mich beim Grübeln.

»Ich glaube nicht wirklich, dass es auf der Karte gespeichert ist.«

»Wieso nicht?«

»Mir ist bewusst, dass Mister Lambers mal ein Forscher und damit auch sehr technikaffin und positiv gegenüber dem Fortschritt eingestellt war. Aber solange ich ihn kannte, war er immer sehr altmodisch. Er hat die Buchhaltung größtenteils per Hand gemacht, Internet gab es in im Heim und der Wohnung nie. Erst seit ich dort eingezogen bin und ihn übernommen habe, habe ich ein paar Dinge gekauft. Ich glaube also nicht, dass er so etwas Persönliches wie sein Tagebuch digital aufbewahrt hat. Ich denke, er hatte Angst, dass ihn die Regierung ausspioniert.«

»Das ist gut möglich … Was haben deine Eltern dazu gesagt?« Der abrupte Themenwechsel traf mich unvorbereitet.

»Wie bitte?«

»Was haben deine Eltern dazu gesagt, dass du ausgezogen bist und dazu noch ein Monsterheim übernommen hast? Das ist ganz schön viel Verantwortung für jemanden, der gerade mal neunzehn ist.«

»Du bist doch auch erst zwanzig«, sagte ich und wollte der Frage ausweichen.

»Das mag sein. Aber ich würde mir das nicht zutrauen.«

Das überraschte mich doch sehr. Und ich beschloss, dass er eine ehrliche Antwort verdiente.

»Für mich hat sich da gar keine Frage gestellt«, gab ich zu. »Auch wenn ich wirklich Angst hatte und immer noch habe. Aber *Monsters & Glue* ist zu meinem Zuhause geworden. Meine Eltern leben nicht mehr. Ich bin in einem Heim groß geworden und die Arbeit bei Mister Lambers war das Einzige, auf das ich in meinem Leben bisher wirklich stolz war, und ich bin jeden Tag mit Freude hingegangen. Die Monster sind mir ans Herz gewachsen und waren für mich mehr wie eine Familie als die Leute, mit denen ich im betreuten Wohnen zusammenlebte. Es war ätzend, und dieses geheuchelte ›Wir halten zusammen‹ ist mir auf die Nerven gegangen. Denn dort habe ich mich nicht wohlgefühlt, bei *Monsters &*

Glue aber schon. Als Mister Lambers dann die Diagnose Krebs bekam und mich fragte, ob ich das Heim übernehmen möchte, war ich wirklich zwiegespalten. Ich war nie sehr selbstbewusst gewesen, und ich war mit der Entscheidung überfordert. Aber mein Herz kannte die Antwort schon lange vor meinem Kopf, also habe ich es einfach getan. Und da ich volljährig bin, durfte ich aus dem betreuten Wohnen raus. Ich habe keinem gesagt, was ich jetzt mache.«

»Wieso nicht?«

»Weil ich Angst habe, dass sie an mir zweifeln. Es mir schlechtreden. Dass ich nicht selbstbewusst genug bin, um ihre Kritik an mir abperlen zu lassen.«

Irritiert sah mich Blake an und deutete mit dem Finger auf mich.

»Du willst mir wirklich weismachen, dass du nicht selbstbewusst bist? Du kümmerst dich jetzt ganz allein um eine Horde kleiner Monster und bist bereit, alles für sie zu tun. Das ist mutig, selbstlos, und dazu braucht man wirklich – entschuldige, wenn ich das so sage – einen Arsch in der Hose.« Er lachte. »Leah, ich habe großen Respekt vor dir und bewundere, was du tust. Wenn jemand stolz wie Oskar durchs Leben gehen müsste, dann doch du.«

Hitze stieg mir in die Wangen, als er meine Hand nahm und mir tief in die Augen sah. Ich rutschte tiefer in meinen Sitz und hoffte, dass wir diesen Parkplatz nie verlassen würden.

Seine Worte legten sich wie eine warme Decke um mich, erweckten meinen Stolz zum Leben. Meine Fingerspitzen kribbelten, und ich wurde nervös. Und wie immer, wenn ich hibbelig wurde, redete ich Unsinn, bevor ich es aufhalten konnte.

»Die Leute in *Bwystfilwood Hall* sind doch sicherlich alle so, oder?« *Verdammt, Leah. Nimm das Kompliment einfach an und halt die Klappe!*

»Es gibt einen großen Unterschied zwischen meinen ehemaligen Mitschülern und dir. Sie sind wie ich Mosaike und verdammt stolz darauf, so wie ich es auch war. Weil man uns immer wieder sagt, wie besonders wir doch sind. Aber das Ding ist doch: Wir können nichts dafür. Es wurde uns wortwörtlich in die Wiege gelegt. Wir haben nichts davon selbst erreicht. Du hingegen schon. Du hast alles gegeben und wirst das auch weiterhin. Du gast es verdient, stolz zu sein. Wir nicht. Zumindest sehe ich das so.«

Er rutschte näher an mich heran, unsere Gesichter nur ein paar Zentimeter voneinander entfernt. Noch immer hielt er meine Hand, und ich musste mich auf seine Worte konzentrieren, um mich nicht seiner Wärme hinzugeben.

»Denn wer bin ich ohne meinen Monster-Anteil? Was habe ich bisher im Leben abseits meines vorgezeichneten Weges erreicht? Nichts. Ich habe nichts geschafft, was eine Herausforderung für mich gewesen wäre. Ich habe mich nie beweisen müssen. Keine eigenen Ziele verfolgt. Ich war nur ein kleines Monster in einem Laufrad der Regierung. Austauschbar. Alles fühlte sich von da an falsch und leer an. Ich fühlte mich fehl am Platz. Und auch alle anderen Mosaike wirkten von da an unecht auf mich. Ich stellte mir bei allen die Frage: Wer sind diese Personen? Und ich kam zu dem Entschluss, dass keiner von uns eine echte Persönlichkeit hat. Wir kämpfen nicht für uns selbst, sondern machen nur, was uns gesagt wird. Wir kennen keine Niederlagen oder Enttäuschungen. Nicht wirklich. Es kann sein, dass ich bei dieser Mission nun scheitere, aber ich will es zumindest versuchen und dafür stolz auf mich sein.«

Mir war klar, dass wir mittlerweile weit von dem ursprünglichen Thema abgedriftet waren, aber anscheinend musste Blake das mal loswerden. Seine Gesichtszüge entspannten sich.

»Blake«, antwortete ich. »Das klingt sehr … philosophisch und auch ein bisschen größenwahnsinnig. Hätte ein etwas kleineres Ziel nicht gereicht?« Ich kicherte. Das tat ich nie. Es musste an dem engen Raum und dem Lufterfrischer liegen, der am Rückspiegel baumelte. Ganz sicher.

»Wieso klein anfangen, wenn man auch gleich groß einsteigen kann?«, erwiderte er keck.

»Ich nehme alles zurück. Es ist nur größenwahnsinnig«, meinte ich. Blakes Lächeln drang bis in mein Herz. Als er dann noch mit dem Daumen über meine Wange fuhr, glaubte ich, dass das Auto mittlerweile vom Parkplatz abgehoben sein musste und flog. Das hier konnte doch nicht wirklich passieren.

»Du bist mit Abstand die *echteste* Person, die ich kenne. Als du heute im Revier gleichzeitig gelacht und geschluchzt hast – das war das Schönste, was ich jemals miterlebt habe. Das waren echte, richtige Emotionen. So etwas gab es bei uns nicht. Du müsstest dich mit meinen Augen sehen, um das zu verstehen.«

»Dass du es mir sagst, reicht mir«, murmelte ich und schmiegte mich an seine Hand.

Herzklopfen. So laut, dass es in meinen Ohren dröhnte. Wir mussten noch immer fliegen, vielleicht hatten wir auch schon die Erdatmosphäre verlassen. Wen kümmerte das? Wenn sich die Zeit in Blakes Nähe nicht an die Regeln hielt, würde die Physik es sicherlich auch nicht tun. Vielleicht saßen die beiden wie wir irgendwo zusammen, Hand an Wange, und scherten sich nicht um den Rest der Welt.

Ein Auto hupte und zerstörte unsere kleine Blase. Blinzelnd ließen Blake und ich voneinander ab, wir waren beide noch in dem Moment gefangen. Was genau war das gerade gewesen?

Blake startete den Wagen, und wir fuhren zurück in Richtung *Monsters & Glue*. Die Praxis von Dr. Smithers lag ungefähr auf halbem Weg zwischen dem *Police Department* und dem Heim. Ich gab Blake kurze Anweisungen, und knapp zehn Minuten später waren wir da. Wir fanden einen Parkplatz gegenüber auf der Straße.

Als wir das Auto verließen, war die Welt noch immer dieselbe. Aber ich – ich war in gewisser Weise jemand anderes. Räuspernd stellte sich Blake neben mich auf den Bordstein.

»Wo müssen wir hin?« Ich wies in die Richtung, und gemeinsam liefen wir die verbleibenden Meter in einen kleinen Hof hinein. Die Praxis von Dr. Smithers war in einem flachen und langen Gebäude untergebracht. Er hatte dafür eine alte Fabrik-

halle renoviert und umgebaut. Manche Monster – wie drachenartige – waren so groß, dass sie nicht in normale OP-Räume passten. Doch sie wurden, wie alle anderen Monster, auch mal krank, und Dr. Smithers war auf alles vorbereitet. Wir traten durch die Eingangstür. Der Empfang sah aus wie bei jedem anderen Arzt. Viel Weiß, die obligatorische Grünpflanze in der Ecke und eine lächelnde Dame hinter dem Tresen. Sie begrüßte uns freundlich, als wir eintraten.

»Herzlich willkommen. Wie darf ich Ihnen helfen?«

»Wir würden Doktor Smithers gern in einer dringenden Sache sprechen«, brachte ich unser Anliegen vor. Die lackierten Finger der Dame schwebten geübt über der Tastatur.

»Haben Sie einen Termin?«

»Nein«, gab ich zu. »Aber es ist wirklich sehr wichtig, und es wäre toll, wenn wir kurz mit ihm reden könnten. Mein Name ist Leah Mint. Ich war ab und an mal mit Mister Lambers hier, von *Monsters & Glue*.«

Die Dame lächelte gütig. »Ah, ich erinnere mich. Ich werde Doktor Smithers Bescheid geben, kann aber nichts versprechen, Miss Mint. Nehmen Sie bitte einen Moment im Wartezimmer Platz.«

Sie erhob sich und verschwand in einen Gang, der tiefer in das Gebäude führte.

Wir setzten uns zu den anderen wartenden Leuten in das einigermaßen gemütliche Zimmer. Es waren nicht viele, nur eine Frau mit einem Monster, das wie ein Hundsadler aussah, und ein Mann mit einem Katzenfalter, der ständig niesen musste und dabei kleine Blitze erzeugte. Sie schauten nur kurz auf, begrüßten uns höflich und wandten sich dann wieder ihren kränklichen Monstern zu. Wir setzten uns etwas abseits, um nicht von einem der magischen Blitze getroffen zu werden. Sie waren zwar nicht gefährlich, aber zwicken konnten sie.

Blake sah etwas blass um die Nase aus.

»Alles in Ordnung bei dir?«

Sein Blick schweifte durch das Zimmer.

»Ja. Hier riecht es nur etwas unangenehm. Nach kranken Monstern«, sagte er leise, damit die anderen uns nicht hören konnten.

»Für dich ist das wahrscheinlich dasselbe Gefühl wie für mich, wenn ich ein Krankenhaus betrete.«

»Noch schlimmer«, brummte er. »Ich fühle mich in beiden unwohl.«

Wenig später wurde die Frau aufgerufen, und eine weitere halbe Stunde später der Mann, der sein Monster regelrecht zwingen musste, ihm zu folgen. Nicht alle Monster gingen so gern zum Arzt wie beispielsweise Glue, die es immer genoss. Warum auch immer.

Wir warteten danach noch eine ganze Weile. Zwischendurch lugte ich immer wieder auf mein Handy, aber Detective Tottori hatte sich noch nicht gemeldet.

»Blake?«, fragte ich in die Stille.

»Mhm?«

»Wie geht es dir?«

Er presste die Lippen aufeinander. Seinem Ausdruck nach wusste er ganz genau, dass ich nicht auf sein Gefühl bezüglich der Praxis anspielte. Ich meinte alles andere, vor allem die Sache mit Joshua.

»Es lässt sich nicht mehr ändern. Ich rege mich erst darüber auf, wenn alles vorbei ist. Vielleicht muss ich es dann gar nicht mehr. Vielleicht verstehe ich es dann.«

»Aber bist du denn gar nicht wütend oder enttäuscht? Du kannst erst mal nicht zurück.«

Blake stupste seine Schulter an meine, was aufgrund des Größenunterschiedes gar nicht so einfach war.

»Wie kommst du auf die Idee, dass ich überhaupt zurückgehen will?«

»Du hast vorhin gesagt, dass du momentan nicht zurückkannst. Das klang für mich so, als würdest du auf lange Sicht gern wieder nach *Bwystfilwood Hall* gehen. Oder kannst du zu deinen Eltern zurück? Du hast im Moment nichts, nur das, was du am Körper trägst.«

»Wenn du magst, dann werde ich auch das noch los«, raunte er mir ins Ohr und lachte im nächsten Moment.

Spielerisch schubste ich ihn von mir und hoffte, dass er nicht bemerkte, was seine Worte in mir auslösten. Wie sich das Bild seiner Drachenschuppen wieder in mein Gedächtnis stahl.

»Jetzt sei doch mal ernst. Was ist mit deinen Eltern?«

»Ich habe keine.«

»Wie meinst du das?«

»Also klar, ich habe Eltern, aber ich kenne sie nicht. Ähnlich wie bei dir. Mit dem Unterschied, dass ich nicht in vivo, sondern in vitro gewachsen bin.«

»Gesundheit!« Ich verstand nur Bahnhof.

»Das bedeutet, dass ich quasi im Reagenzglas und in anderen Aufzuchtapparaten großgeworden bin und nicht im Bauch einer Mutter.«

»Das ist …« Mir fiel kein Wort ein, mit dem ich es hätte beschreiben können.

»Unnatürlich? Gruselig? Unmöglich?«, half Blake mir aus.

»Ungewöhnlich«, sagte ich und starrte ihn verblüfft an. Dabei sollte mich in diesem Zusammenhang eigentlich gar nichts mehr wundern. »Ich wusste gar nicht, dass so etwas möglich ist.«

Er schmunzelte. »Du findest Magie gewöhnlich und das nicht?«

»Monstermagie«, erklärte ich, »kenne ich schon mein ganzes Leben lang. Aber das, was du erzählst, klingt nach Science-Fiction.«

»So oder so ist es wahr. Es ist viel mehr möglich, als du denkst.«

»Aber … Moment. Du hast gesagt, Sarah ist die Mutter von Joshua, aber auch er ist eines der Mosaike. War sie ganz normal schwanger?«

Jetzt verzog Blake das Gesicht. »Nein. Sie hat eine ihrer Eizellen für das Experiment verwendet und ihn wie alle anderen in Reagenzgläsern und einem Brutkasten großgezogen. Seine Mosaik-Gene stammen von einem Raubkatzenmonster.«

»Daher also das Fell.«

»Richtig. Es funktioniert genau wie meine Drachenschuppen. Alle Mosaike habe nur Gene von starken und besonderen Monstern bekommen, es gibt keine zwei, die identisch sind.«

»Dann hat sich Sarah Persky voll und ganz der Forschung verschworen, oder? Wenn sie sogar so weit geht, ihre eigene DNS mit ins Spiel zu bringen.«

Blake nickte zustimmend. »Ich denke schon. Ich frage mich aber trotzdem immer, wieso sie das gemacht hat. Sie muss in ihrer Arbeit Logik walten lassen, und den eigenen Sohn in so ein Experiment einzuspannen kann doch gar nicht gut ausgehen. Die Emotionen könnten ihr in die Quere kommen.«

»Vielleicht hat sie auch einfach keine …«, brummelte ich. »Oder …«

»Oder was, Leah?«

»Oder sie hat es genau aus diesem Grund getan. Vielleicht wollte sie etwas, auf dass sie ihre Emotionen projizieren konnte, um bei Verstand zu bleiben und nicht völlig emotionskalt zu werden. Als eine Art Selbstkontrolle.«

»Das ist total krank.«

»Mich würde bei ihr, ehrlich gesagt, nichts mehr überraschen.«

Blake verzog das Gesicht. Er hatte recht, wir sollten dieses Thema ruhen lassen. Aber meine Neugierde war noch nicht befriedigt.

»Gab es nach eurer Generation noch eine zweite?«

»Nein«, knurrte Blake und seine Kiefermuskeln zuckten. Oh, das war offensichtlich ein unangenehmes Thema. Ich musste aber alles wissen, wenn ich das hier wirklich durchziehen wollte.

»Wieso nicht?«

»Wie gesagt, wir sind der Betatest. Erst wenn dieser abgeschlossen ist und für positiv befunden wurde, sollen diese Experimente wiederholt werden.«

»Und … ich meine … wann endet dieser Test?«

»Nicht mit uns«, sagte Blake düster. Ich wollte nachfragen, was genau er meinte, doch er ließ mich nicht zu Wort kommen.

»Psst. Da kommt jemand.«

Tatsächlich waren ein paar Sekunden später Schritte zu hören, die sich dem Wartezimmer näherten. Kurz darauf streckte die Dame vom Empfang den Kopf herein.

»Miss Mint? Doktor Smithers hat nun für Sie Zeit. Bitte folgen Sie mir.«

Wir erhoben uns und folgten der Frau über einen langen Flur zu einer Tür, die der Beschriftung nach zu Dr. Smithers Büro führte. Die Frau klopfte daran, öffnete sie und verabschiedete sich von uns, als wir eintraten.

14. KAPITEL

Leah

Miss Mint, wie schön, Sie wiederzusehen!«

Dr. Smithers trat um seinen Schreibtisch herum und eilte auf uns zu. Er war ganz in Weiß gekleidet, sein grauer Haarschopf war verstrubbelt. Monsterhaare und -sabber klebten überall an seiner Kleidung, und er roch, als hätte er sich mit seinen Patienten auf dem Boden gewälzt, gemischt mit dem beißenden Geruch von Desinfektionsmittel. Es war alles wie immer.

Wir schüttelten die Hände.

»Es tut mir leid, dass Sie so lange warten mussten.«

»Die Monster gehen vor«, sagte ich. »Dafür müssen Sie sich nicht entschuldigen. Das ist Blake Henderson. Blake, das ist Doktor Smithers.«

Die beiden Männer begrüßten sich.

»Der Tod von Mister Lambers tut mir schrecklich leid. Er war so ein guter Mensch«, bedauerte Dr. Smithers. Er bot uns die Stühle vor seinem Schreibtisch an. »Kommen Sie, setzen Sie sich. Wie kann ich Ihnen helfen?«

Auch das war typisch Dr. Smithers. Er hielt sich nicht mit Small Talk auf, sondern kam immer schnell zum Punkt. Wenn man viele Patienten am Tag behandeln musste, ging es nicht anders. Um also nicht lange um den heißen Brei herumzureden, zog ich das Foto mit der Perlenkette aus meiner Jackentasche und legte es auf den Tisch.

»Wir würden gern wissen, ob Ihnen dieser Anhänger der Kette bekannt vorkommt.«

Dr. Smithers zog das Foto zu sich herüber. Er schob sich die Lesebrille vom Kopf auf die Nase und studierte das Bild, dabei strich er sich gedankenverloren über seinen Bart.

»Es sieht aus wie eine normale Muschelmonsterperle, die allerdings zurechtgeschliffen wurde. Ungewöhnlich. Es muss eine sehr große Perle gewesen sein, wenn man daraus diesen Anhänger gemacht hat. Es könnte aber auch ein anderes Material sein, leider kann ich das aufgrund der schlechten Qualität des Bildes nicht genau erkennen. Was ist denn an dieser Kette so besonders?« Fragend sah er über seinen Brillenrand zu uns herüber.

»Genau das wollen wir von Ihnen wissen«, erklärte ich. »Wir sind uns ziemlich sicher, dass es kein einfaches Schmuckstück ist. Aber wir können nicht sagen wieso.«

Dr. Smithers beugte sich vor, das Polaroid noch immer in der Hand. »Und wie kommen Sie darauf? Wo haben Sie dieses Foto her?«

Hilfe suchend warf ich Blake einen Blick zu, der ihn mit verschlossener Miene erwiderte. Ich suchte noch nach einer passenden Antwort, als Dr. Smithers abwinkte.

»Bei allen anderen würde ich wahrscheinlich nachhaken, aber Sie sind ein nettes Mädchen und ich möchte Sie nicht in Bedrängnis bringen. Außerdem bin ich selbst zu neugierig, wie ich gestehen muss.« Sein Blick heftete sich wieder an das Foto.

Ich atmete erleichtert aus und auch Blake entspannte sich sichtlich. Wir wollten nicht noch mehr Menschen in diese Sache hineinziehen.

»Aber Sie glauben, dass es auch etwas anderes als eine Perle sein könnte?«

Dr. Smithers wiegte den Kopf hin und her. »Selbstverständlich. Denken Sie nur mal an Nuvo und seine Erinnerungsmurmeln. Diese sind auch aus einem Element, das wir noch nicht vollständig erforscht haben. Vielleicht gibt es ein Monster auf dieser Welt, das diese tropfenförmigen Gebilde auf natürliche

Weise herstellt. Bisher habe ich davon aber noch nichts gehört. Doch Monstermagie ist so vielfältig und auch innerhalb einer Art so grundverschieden, dass man ohne einen Anhaltspunkt vermutlich ewig nach dem betreffenden Monster suchen würde. Man könnte mit dem Anhänger experimentieren und dadurch Hinweise bekommen oder vielleicht versuchen, das Element künstlich zu erzeugen. Haben Sie denn das echte Schmuckstück?«

»Nein.«

»Zu schade«, murmelte er. Behutsam legte er das Polaroid auf den Tisch zurück.

»Ich habe heute leider noch ein paar Patienten, aber ich verspreche Ihnen, dass ich mich mal bei meinen Kollegen umhören werde. Ich kenne Monsterärzte aus der ganzen Welt, vielleicht ist jemand dabei, der so etwas schon mal gesehen hat. Ich darf mir doch bestimmt eine Kopie machen, oder?« Ohne auf meine Antwort zu warten, nahm er das Foto und legte es in das Scanfach seines Druckers. Während das Gerät brummte und einen Abzug ausspuckte, murmelte der Doktor weiter. »Ich könnte auch mal bei meinem alten Freund Stuart nachfragen. Oder doch lieber bei Richard? Wo hatte ich doch gleich das Adressbuch hingelegt …?«

Gedankenverloren kramte er in einer Schublade herum. Geistig hatte er sich schon in seine Ermittlungsarbeit eingegraben. Hier waren wir jetzt überflüssig. Ich schnappte mir einen Stift und einen Notizzettel und schob sie Blake hin.

»Schreib meine Nummer auf.«

Blake tat, wie ihm geheißen, dann erhob ich mich und er machte es mir nach.

»Doktor Smithers?« Ich lenkte die Aufmerksamkeit des Arztes ein letztes Mal auf mich. »Danke für Ihre Hilfe. Rufen Sie mich einfach an, wenn Sie etwas herausfinden, ja?« Ich überreichte ihm den Zettel mit meiner Nummer, die er unter seine Tastatur klemmte. Er nahm das Originalfoto vom Drucker und reichte es mir.

»Das werde ich tun, Miss Mint. Ich gebe mir alle Mühe.« Er schüttelte erst mir und dann Blake die Hand. »Grüßen Sie die Monster von mir!«

»Das werde ich tun. Und nochmals danke.«

Ich verließ die Praxis mit gemischten Gefühlen. Wenn jemand etwas zu der mysteriösen Perle herausfinden würde, dann Dr. Smithers. Aber wie lange das bei der Fülle an möglichen Quellen dauern könnte, stand in den Sternen.

»Er wirkte ein wenig zerstreut am Ende«, merkte Blake an und entriegelte das Auto. Ich dachte an unsere Fahrt hierher und stieg nervös auf den Beifahrersitz. Blake schien nicht zu merken, wie angespannt ich war. Er schnallte sich an und startete den Wagen. Endlich fuhren wir in das Heim zurück. Es kam mir vor, als wäre ich eine Ewigkeit weg gewesen.

»So ist Doktor Smithers immer. Das passiert ihm bei Behandlungen auch ab und an. Wir waren einmal mit Glue bei ihm, als sie Schluckauf hatte und bei jedem Hickser etwas in Schokolade verwandelte. Er hat sich dann ausführlich mit einem nunmehr schokoladigen Notizblock auseinandergesetzt und Glue darüber vergessen. Man muss ihn dann manchmal an seine Umgebung erinnern.«

Blake schnaubte. »Wenn ich das so höre und die Sache mit Sarah Persky dazunehme, dann bekomme ich glatt Angst vor Naturwissenschaften und Medizin. Sie stellen komische Dinge mit Menschen an.«

»Nur wenn man sie lässt.«

Die trübe Stimmung, die darauf folgte, begleitete uns den Rest des Heimwegs. Wir verbrachten die Fahrt im Stillen. Langsam, aber sicher legte sich die Aufregung des Tages und ließ wieder Raum für anderes.

Mein Magen knurrte.

»Wann hast du das letzte Mal was gegessen?«, fragte Blake und sah auf seine Uhr. »Verdammt, es ist schon total spät.«

Ein Blick auf das Smartphone verriet auch mir, dass der Tag weiter vorangeschritten war, als ich gedacht hatte. Stunden waren vergangen, seit Joshua auf Blake geschossen hatte. Nur ein paar Stunden, die sich wie die ersten eines ganz neuen Lebens anfühlten.

»Pizza?«, fragte Blake und deutete auf mein Handy.

»Pizza geht immer. Die hilft in allen Lebenslagen.«

Leah, du bist total durch. Jetzt philosophierst du schon über Pizza, meinte mein Gewissen.

Es gab Schlimmeres im Leben.

»Ich platze«, verkündete Blake, und Pebbles nahm quietschend Abstand von ihm. Sie hielt es allerdings nicht lange ohne ihn aus und krabbelte auf seinen Schoß zurück, als die Gefahr gebannt war und er sich nur noch stöhnend auf dem Sofa wand.

Wir waren nach unserer Ankunft im Heim mitsamt den Monstern wieder in meine Wohnung umgesiedelt. Im Wohnzimmer hatten wir uns dann die Pizza schmecken lassen, die wieder direkt in das Heim geliefert worden war.

»Du hast eine komplette Familienpizza allein gegessen«, sagte ich noch immer schockiert und deutete auf sein Shirt, das sich über dem gefüllten Bauch spannte.

»Das ist mein Drachenanteil«, erklärte er. »Der hat immer einen riesigen Hunger. Vor allem, nachdem er mich heute Mittag geheilt hat.«

Kopfschüttelnd räumte ich die Pappschachteln in den Mülleimer. »Wenn ich ein Monster wie dich im Heim zu versorgen hätte, dann wäre ich nach einer Woche pleite.«

Blake lachte, doch es ging in ein Stöhnen über, als sein voller Bauch protestierte. Seit die Monster um uns herumwuselten, hatte sich die Stimmung deutlich verbessert. Ich konnte fast vergessen, was alles an diesem Tag geschehen war. Aber nur fast. Da war etwas, das Blake zu mir gesagt hatte und das ich nicht vergessen konnte.

»Habt ihr noch Lust auf einen Film?«, fragte ich die Monster, die freudig zustimmten.

Ich versorgte die Kleinen mit einem Superheldenfilm, Decken und Kissen. Blake wollte sich den Film mit ansehen, doch ich schleifte ihn in die Küche und schloss die Tür hinter uns.

Schwerfällig sank er auf den Stuhl am Küchentresen. Ich nahm einen Platz an der Arbeitsplatte ein und verschränkte die Arme ineinander.

»Du willst da weitermachen, wo wir heute im Wartezimmer aufgehört haben, oder?«

Er erinnerte sich also auch an seine kryptischen Worte, dass der Betatest nicht mit der ersten Generation der Mosaike enden würde.

»Allerdings. Du kannst so etwas nicht sagen und dann glauben, dass ich nicht nachfrage. Wenn wir das hier durchziehen wollen, muss ich alles wissen.« Blake streckte die Arme über den Tresen nach mir aus, doch ich blieb außerhalb seiner Reichweite. Für einen Moment ließ er den Kopf auf die Arme sinken, dann hob er ihn wieder und wischte sich erschöpft über das Gesicht.

»Es ist mir unangenehm, darüber zu reden, aber es muss wohl sein.«

»Ich will dich zu nichts zwingen«, sagte ich und hoffte, dass er trotzdem weitersprach.

»Was ich dir jetzt sage, weiß ich nicht mit hundertprozentiger Sicherheit. Aber alle Zeichen deuten darauf hin. Seit einiger Zeit gingen die Fragen der Ärzte, zu denen wir regelmäßig zur Kontrolle müssen, in eine ganz bestimmte Richtung. Ich sollte vorab vermutlich sagen, dass uns intime Beziehungen verboten sind. Egal ob untereinander oder mit jemandem von ›außerhalb‹. Wir haben uns – soweit ich das beurteilen kann – alle daran gehalten. Denn ein Verstoß hätte schwere Konsequenzen nach sich gezogen. Aber seit Neuestem wurden wir gefragt, ob es da jemanden in unserem Leben gebe, mit dem wir uns das vorstellen könnten. Ob wir einmal Kinder haben wollen und so weiter. Deswegen glaube ich, dass sie erst noch herausfinden wollen, ob wir uns ganz normal fortpflanzen können, bevor sie eine zweite Generation von Mosaiken erschaffen.«

»Oh«, krächzte ich. »Das ist heftig.« Das eigene Liebesleben vorgeschrieben zu bekommen, erschien mir unvorstellbar. Sosehr ich die Auflagen im betreuten Wohnen gehasst hatte, so wurde mir dennoch eine persönliche Freiheit gelassen, die Blake offenbar nicht vergönnt gewesen war.

»Heftig. Du sagst es. Kannst du jetzt verstehen, wieso ich nicht unbedingt traurig darüber bin, erst mal nicht mehr nach *Bwystfilwood Hall* zurückzukönnen? Ich will nicht, dass irgendein Arzt mit einem Klemmbrett hinter mir steht, wenn ich … du weißt schon.« Blake schüttelte sich. »Ich möchte ein selbstbestimmtes Leben führen und nicht wie ein Bakterium unter dem Mikroskop beobachtet werden. Und ich möchte auch nicht, dass es einer oder einem von den anderen so geht. Es würde niemals aufhören. Bei der nächsten Generation würden sie dann wieder etwas anders machen und es beobachten müssen. Keines der Mosaike könnte sich dagegen wehren.«

»Und du hast dich in den letzten Tagen irgendwann tatsächlich als egoistisch bezeichnet«, sagte ich ironisch. »Dabei denkst du auch immer an die anderen.«

»Das schon, aber es musste erst mich selbst betreffen, bevor ich an die anderen gedacht habe.«

Ich lehnte mich an den Tresen, näher zu Blake.

»Wenn du wirklich so egoistisch wärst, dann würdest du jetzt aufgeben. Du bist durch Joshuas Verrat quasi frei und könntest es einfach hinter dir lassen. Aber das tust du nicht.« Blake legte seine Hand auf meine.

»Danke, Leah.«

»Wofür?«

»Dafür, dass ich hier sein darf, obwohl ich dich belogen habe. Danke dafür, dass du mich trotz allem magst.«

»Wer sagt denn, dass ich dich mag?«, neckte ich ihn und hob eine Augenbraue.

»Monty hat es mir gesagt«, antwortete Blake, ohne zu zögern, und grinste.

»Natürlich. Diese Quasseltante.« Ich musste lachen, verschluckte mich aber fast dabei, als ich an den Tag zurückdachte, an dem Blake zum ersten Mal das Heim betreten hatte. Monty hatte ein Tintenherz in das Wasser gezeichnet.

Blake stand auf und klopfte mir – mal wieder – behutsam auf den Rücken.

»Sag mal, hast du Atmen und Lachen nie richtig gelernt?« Sorgenvoll betrachtete er mein wahrscheinlich hochrotes Gesicht. Ich schubste ihn spielerisch von mir.

»Sehr witzig. Das ist er so, seitdem du hier bist.«

»Ach ja?« Verschmitzt musterte er mich und trat auf mich zu. »Mache ich dich etwa nervös, Leah?«

»Quatsch«, erwiderte ich, während ich mich gleichzeitig nicht von seinen Augen lösen konnte und meine Knie meine Worte Lügen straften. So gut es ging, hielt ich seinem Blick stand. Er war mir so nah, dass sein Atem meine Wange kitzelte. Dieses Mal brauchte es keinen hupenden Autofahrer, um den Moment zu zerstören. Ich schaffte es auch ganz allein, als ich die Stille mit meinen Worten durchbrach.

»Woher weißt du das alles eigentlich? Das mit den Experimenten, mit den Auflagen der Regierung und so weiter? Haben sie so offen mit euch darüber gesprochen?«

Blake wich nicht von meiner Seite. »Ja. Man sagte es uns, sobald wir alt genug waren, um es zu verstehen. Ich glaube, wir waren sieben. Wir fingen an, Fragen zu stellen, und sie wollten uns ruhig und unter Kontrolle halten. Und das ging nur mit absoluter Ehrlichkeit. Natürlich immer gepaart mit der Versicherung, dass es eine Ehre sei und wir etwas ganz Besonderes sind. Selbstverständlich haben sie uns nicht alles darüber verraten, was hinter den Kulissen passiert, aber das hat uns auch nicht wirklich interessiert. Wie ich schon sagte: egoistisch. Ich habe keine Ahnung, wie lange die Monster schon da unten sind und was mit ihnen gemacht wurde. Aber bei einer Sache bin ich mir jetzt ganz sicher: Es ist noch nicht zu spät, um es zu ändern.«

»Ich hoffe es. Und ich hoffe, dass wir das unbeschadet überstehen.«

»Ich auch«, hauchte Blake nah an mein Ohr. »Es gibt da so einiges, was ich gern noch erleben würde.« Ein Schauer rann meinen Rücken hinunter. Schlimmer wurde es, als er mit seiner Hand meine Wange umschloss und mit dem Daumen kleine warme Kreise auf meine Haut malte.

»Man kann sich aber nie sicher sein, oder? Vielleicht sollte ich einen Punkt auf meiner Liste gleich jetzt abhaken.«

Selbstsicher legte er die andere Hand auf meine Hüfte und zog mich sanft an sich, sodass ich mich ganz leicht hätte lösen können, wenn ich gewollt hätte. Aber ich wollte nicht. Vorsichtig legte ich meine Fingerspitzen auf seinen Bauch, auf dem ich die Drachenschuppen zu spüren glaubte. Ich verlor mich im Zimtbraun seiner Augen und gab mich ihrem Sog hin. Seine Nasenspitze berührte meine, und mein Innerstes streckte sich zu dieser Berührung aus, wollte seine Haut liebkosen.

»Leah«, seufzte er und strich mir sanft über den Rücken. Es war pure Folter, ihm so nahe zu sein, aber gleichzeitig nicht nah genug. Langsam ließ ich meine Hände über den Pullover zu seiner Brust hinaufgleiten. Als ich es gar nicht mehr aushielt, klammerte ich mich regelrecht in den Stoff und zog Blake ein kleines Stückchen näher an mich heran. Noch immer nicht nah genug.

Ich konnte das Knistern zwischen unseren Lippen spüren. Sein warmer Atem vermischte sich mit meinem, und sein Herz bebte unter meinen Fingern. Es setzte für einen Moment aus, ebenso unsere Atemzüge, und beim nächsten Herzschlag spürte ich seine Lippen endlich auf meinen. Sie waren weich, so wunderbar warm und sanft. Mein Herz drohte aus meiner Brust zu springen vor lauter sich ansammelnden Gefühlen, die für meinen kleinen Körper viel zu übermächtig schienen. Mit jeder sanften Liebkosung seiner Lippen wurden es mehr, sie erfüllten mich von Kopf bis Fuß.

Ich strich seinen Hals hinauf, vergrub meine Finger sacht in seinen Haaren und zog ihn noch näher an mich heran. Wir küssten uns langsam, aber intensiv. Wir ließen uns Zeit und Raum zum Fühlen, zum Kennenlernen der bis dahin unbekannten Gefühle. Funken kitzelten mich in meinem Inneren und ließen meinen Körper kribbeln. Als ich gerade glaubte, jeden Moment vor Emotionen platzen zu müssen, beendete Blake keuchend unseren Kuss. Schwer atmend lehnte er die Stirn gegen meine.

»Das war echt«, sagte er keuchend.

»Echt was?«

»Einfach nur echt«, wiederholte Blake, und ich verstand. Lächelnd drückte er mir einen schnellen, aber liebevollen Kuss auf die Lippen. Noch immer überwältigt von einfach allem schlang ich die Arme um ihn und legte den Kopf an seine Brust. Er umarmte mich ebenfalls und bettete sein Kinn auf meinen Scheitel. Plötzlich bebte seine Brust vor Lachen.

»Weißt du, was noch echt – und zwar echt unglaublich – ist?«, fragte er.

Verwirrt blickte ich auf in sein schmunzelndes Gesicht. »Was denn?«

Er deutete mit dem Kopf hinter mich. Ich drehte mich um und sah zur Wohnzimmertür, in deren Rahmen die Monster standen. Monty hing innenseitig an der Türklinke.

»Die kleinen Monster, die anscheinend Spanner sind. Na wartet!«

Mit großem Gebrüll ließ er von mir ab und sprang mit erhobenen Händen auf die Racker zu. Sie versuchten vor Blake zu fliehen, kamen aber nicht weit. Pebbles fand sich als Erste piepsend in Blakes Armen wieder, Robbie war der Nächste. Monty ließ sich platschend in sein Glas fallen und machte sich ganz klein, als Blake die beiden mit dem Kopf voran über der Wasseroberfläche baumeln ließ. Die anderen Monster mussten sein Glas mit vereinten Kräften zur Tür geschoben haben. Nur Nuvo gelang es, schnell davonzuschwirren und sich zu verstecken. Ich stand im Türrahmen und beobachtete vergnügt das bunte Treiben.

»Ich sollte euch untertauchen, ihr Frechdachsmonster!« Glue musterte das Geschehen mit glitzernden Augen aus sicherer Entfernung vom Regal aus.

»Aber zu eurem großen Glück«, verkündete Blake, »würde ich für einen Kuss von eurer Leah Gnade vor Recht ergehen lassen.« Alle Augen im Raum richteten sich auf mich.

Verlegen wandte ich mich ab. Er musste ja nicht mitbekommen, wie nah mir seine Worte gingen. Wie nah er mir ging. Oder sollte ich eher sagen – wie nah ich ihn an mich heranließ? Es war mein erster Kuss gewesen. Nicht mein erster echter Kuss, so wie bei ihm, sondern wirklich mein allererster Kuss. Ich konnte ihn mit nichts vergleichen. Und trotzdem war ich mir sicher, dass es nicht viel Vergleichbares auf der Welt gab. Einen Atemzug lang stand ich nur im Türrahmen und lauschte den fröhlichen Stimmen. Reine Freude hatte das Heim und meine Wohnung seit dem Tod von Mr. Lambers lange nicht mehr gefüllt. Erst jetzt, wo sie wieder da war, merkte ich, wie sehr sie mir gefehlt hatte.

Blake trat auf mich zu, die kichernden Monster noch immer im Arm.

»Löst du deine Freunde aus, Leah?«

»Immer«, antwortete ich, und im nächsten Moment küsste mich Blake. Es war atemberaubend, und meine Zehen kribbelten, als er sich zurückzog und die Monster in die Freiheit entließ.

Was und wie war das passiert? Ich küsste einen Mann, den ich erst ein paar Tage kannte, und es fühlte sich an, als müsste es genau so sein. Als wäre jeder weitere Tag ohne einen Kuss unmöglich. Meine Welt war von ihrer Bahn abgekommen. Vor ein paar Tagen hätte mich das völlig fertiggemacht. Doch jetzt?

»Alles in Ordnung?« Blake hatte die Monster wieder sich selbst überlassen und blieb neben mir stehen.

»Ja.«

»Wirklich? Das war nicht zu egoistisch und unangebracht?«

»Nein.« Offensichtlich hatte ich alle Worte außer Ja und Nein vergessen.

»Du siehst müde aus.« Blake strich mir eine gelöste Strähne hinter das Ohr.

»Mhm«, sagte ich und schmiegte mich in seine Hand. Er hatte recht. Ich fühlte den Tag in jedem Knochen und freute mich auf mein Bett.

»Dann lass ich euch mal allein. Ich komme morgen früh wieder, ja?« Er gab mir einen Kuss auf den Scheitel.

»Wo willst du hin?«

»Am Ende der Straße ist ein kleines Hotel. Dort nehme ich mir ein Zimmer. Melde dich, wenn etwas ist, ja? Ich komme sofort, wenn du mich brauchst.«

»Danke. Einen Gefallen könntest du mir tatsächlich jetzt noch tun.«

»Welchen?«

»Kannst du Montys Glas runtertragen? Ich glaube, ich schaffe es nicht mehr.« Da. Ich hatte es zugegeben. Ich hatte um Hilfe gebeten. Und, ging es mir jetzt schlecht? Nein. Es fühlte sich gut an. Erleichternd. Vor allem dann, als Blake grinsend Montys Glas packte und mit ihm die Treppe hinunterstieg. Die anderen Monster folgten ihm, und er verabschiedete sich von jedem einzeln.

An der Tür gab er mir einen letzten liebevollen Kuss, ehe er in die Dunkelheit verschwand. Als ich die Tür abschloss, fühlte ich Kälte in mir heraufkriechen und wünschte ihn mir augenblicklich zurück. Ihn und seinen vertrauten Pfefferminzgeruch.

Vertraut, dachte ich. Das war ein Wort, ein Zustand, den es nach nur vier Tagen eigentlich nicht geben sollte. Wie bitte war das möglich?

»Ihr Monster macht mich wahnsinnig«, sagte ich zu Nuvo, Pebbles, Monty, Robbie und Glue, als ich meine Gutenacht-kuss-Runde drehte. »Und dummerweise gefällt mir das auch noch.«

15. KAPITEL

Leah

Ich war gerade dabei, den Monstern das Frühstück zu servieren, als es an der Tür klingelte. Davor standen zwei Polizisten, und ich schloss ihnen auf.

»Guten Morgen.«

»Guten Morgen, Miss Mint. Entschuldigen Sie die frühe Störung. Ich bin Officer Jack Willows, und das ist mein Kollege Officer George Fletcher. Detective Tottori schickt uns, wir sollen Sie und Mister Henderson zu ihm schicken und solange hier Wache halten«, sagte der jüngere der beiden.

»Danke, kommen Sie doch rein.« Die Männer betraten das Heim. Hatte Detective Tottori etwa herausgefunden, was sich in dem verschlüsselten Ordner auf der SD-Karte befand?

Während sich die Officers im Heim umsahen, rief ich Blake auf dem Handy an, und er versprach, gleich da zu sein. Ich erklärte den Monstern, dass ich noch mal zu Detective Tottori fahren würde, und ging in die Wohnung, um mich fertig zu machen. Mit Jacke, Tasche und den richtigen Schuhen ausgestattet, eilte ich wieder hinunter.

Als ich im Heim ankam, wartete Blake bereits und unterhielt sich mit den Officers. Er schenkte mir ein kleines Lächeln, als ich hereinkam, das ich erwiderte. Mein Bauch vollführte irgendwelche Kunststückchen, denn er kribbelte mit einem Mal sehr heftig. Der ältere der beiden Officers mit dem Namen Fletcher, wenn ich mich recht erinnerte, beugte sich gerade über Nuvo, der am Boden knapp über seinen Füßen schwebte.

»Was genau ist er … oder sie denn?«, fragte der Mann.

»Nuvo ist ein Er, und er gehört zu den Neublum Memorios«, antwortete ich.

»Aha«, sagte der Officer, wusste damit aber anscheinend nicht viel anzufangen. »Er sieht schön aus. Wie Zuckerwatte.« Nuvo gluckste zufrieden und schwebte einmal um den Mann herum.

»Er bedankt sich für das Kompliment«, übersetzte Blake, was Officer Fletcher ein Lächeln auf das Gesicht zauberte. Ich glaubte, dass meine Monster bei den beiden gut aufgehoben waren.

»Wir sollten los«, sagte ich, denn ich wollte endlich wissen, was Detective Tottori herausgefunden hatte. Je eher wir das erfuhren, umso schneller konnten wir uns unsere nächsten Schritte überlegen. Blake und ich stiegen in seinen Wagen und fuhren los. Vermutlich spürte Blake meine Anspannung, denn er sagte kein Wort, warf mir nur ab und an einen Blick zu. Wie gern hätte ich da weitergemacht, wo wir gestern aufgehört hatten, aber ich brauchte jetzt einen klaren Kopf. Ich hoffte, dass er das verstehen würde.

»Ah, Miss Mint, da sind Sie ja. Und Mister Henderson, hallo! Kommen Sie!«

Detective Tottori wirkte aufgekratzt, als er uns in seinem Büro begrüßte. Sein Hemd – trug er noch dasselbe wie gestern? – war zerknittert, die Haare verwuschelt. Er erinnerte mich damit ein bisschen an Dr. Smithers. War er die ganze Nacht hier gewesen? Ohne auf eine Antwort zu warten, wirbelte er herum und bedeutete uns, ihm zu folgen. Wir verließen sein Büro und kehrten zu dem Raum zurück, in dem der IT-Mensch saß, dem wir gestern die SD-Karte übergeben hatten. Dieser sah ebenfalls sehr zerknittert und müde aus. Die Augen waren rot unterlaufen, aber aus ihnen blitzte es aufgeregt.

»Haben Sie etwa die ganze Nacht gearbeitet?«, erkundigte sich Blake, dem der Zustand der beiden Männer ebenfalls nicht entgangen war.

»Ja«, sagte Detective Tottori und trank einen Schluck – dem Geruch nach Kaffee – aus einem Thermobecher, der neben den leeren Verpackungen von einem Lieferdienst stand. Offensichtlich hatten die beiden Männer hier ihr Lager aufgeschlagen.

»Und es hat sich gelohnt! In gewisser Weise. Mister Baker, zeigen Sie uns bitte, was Sie gefunden haben.«

Mr. Baker, der offensichtlich kein Mann vieler Worte war, klickte auf den einzigen Ordner, der auf der SD-Karte vorhanden war. Dieses Mal kam die Passwort-Abfrage nicht.

»Haben Sie das Passwort herausgefunden?«

»Ja«, antwortete der Polizist, dessen Stuhl quietschte, als er sich zu mir umdrehte. »War eigentlich kein schweres Passwort, aber unsere Software ist so veraltet, dass es nicht schneller ging. Die einzige Datei im Ordner war ebenfalls passwortgeschützt, aber auch das haben wir früher oder später knacken können. Soll ich die Datei jetzt öffnen, Sir?« Die letzte Frage war an Detective Tottori gerichtet.

»Ja bitte.«

Mr. Baker klickte auf das Icon, das sich in dem Ordner befand. Dem Symbol nach war es eine Videodatei, die den Namen *Letzter Eintrag* trug. Ich spürte, wie sich Blake dicht hinter mich stellte, und seine Nähe beruhigte mich. Egal was wir nun zu sehen bekamen, solange er da war, würde ich das schaffen.

Für ein paar Sekunden wurde der Desktop schwarz, dann erschien ein Bild. Der rote Punkt in der rechten unteren Ecke verriet mir, dass es ein Videoclip sein musste. Doch außer einer weißen Wand war nichts zu sehen. Dann trat ein Mann in die Aufnahme und drehte sich zur Kamera um.

Ich zuckte zusammen, als ich Mr. Lambers erkannte. Im selben Moment spürte ich Blakes Hand auf meinem Rücken, die mich stützte. Über die Schulter warf ich ihm einen dankbaren Blick zu. Mir stiegen Tränen in die Augen, als ich mich wieder dem Video

zuwandte. Mr. Lambers trug die grau melierten Haare kurz, seine Brille saß etwas schief und sein dunkelblaues Lieblingshemd war ordentlich gebügelt. Ich vermisste Mr. Lambers trotz allem sehr, und ihn wiederzusehen tat weh. Ich wollte in das Video springen, ihn drücken und fragen, was hier eigentlich los war.

»Sarah. Wenn du dieses Video siehst, dann bin ich nicht mehr auf dieser Welt. Ich habe höchstens noch ein paar Wochen. Eigentlich wünsche ich mir, dass du diese Aufnahme niemals findest. Denn wenn du das hier nicht siehst, hast du auch niemals danach gesucht. Doch ich befürchte, dass du eines Tages genau das tun wirst.«

Mr. Lambers unterbrach seinen Monolog und fuhr sich über das Gesicht. Er wirkte aufgeregt, zerstreut, seine Worte klangen etwas wirr. Die Trauer umklammerte mein Herz und drückte zu.

»Aber wenn du dich doch auf die Suche machst, dann ist alles meine Schuld. Denn ich habe dir vor zwei Jahren die Kette geschenkt, kurz bevor ich gegangen bin.« Er hielt das Polaroidfoto hoch, das zusammen mit der SD-Karte versteckt gewesen war.

»Und wenn du dieses Video hier siehst, hast du vermutlich herausgefunden, dass es kein normales Schmuckstück ist. Es war dumm von mir, es dir zu überlassen, aber ich wollte es nicht in meiner Nähe haben und … irgendwie hatte ich gehofft, dass du spürst, wie falsch es ist, dass so etwas überhaupt existiert. Diese ›Perle‹ ist mächtig. Das habe ich sofort verstanden. Ich weiß nicht genau, auf welche Weise, aber sie könnte den Durchbruch bedeuten, auf den wir all die Jahre gewartet haben. Und du würdest herausfinden, wie man sie einsetzen muss. Du warst dahingehend immer besser als ich. Doch die Wege, um an sie zu kommen … Sie sind einfach falsch.«

Mr. Lambers ließ das Foto wieder sinken und starrte mit ernsten Augen in die Kamera.

»Sarah, ich habe dir nie davon erzählt, was ich erlebt und entdeckt habe, kurz bevor ich gegangen bin. Es hat für mich alles verändert. Ich habe meine Arbeit geliebt, aber es gibt Grenzen, die ich nicht überschreiten wollte. Deswegen habe ich alle Aufzeichnungen zu der ›Perle‹ und ihrem Ursprung gelöscht. Du wirst nichts mehr finden. Denn ich will nicht, dass du diesen Weg einschlägst. Und das würdest du. Du bist zu ehrgeizig.«

Er lächelte traurig. »Das habe ich an dir immer bewundert, Sarah. Ich habe dich dafür geliebt. Aber diese Sache, bitte glaube mir, sie würde dich zerstören. Du bist stark, aber ich befürchte – und hoffe – nicht stark genug dafür.

Es gibt keine zweite ›Perle‹ wie diese, und die Aufzeichnungen sind alle weg. Unwiederbringlich vernichtet. Das habe ich für dich getan. Weil ich dich noch immer liebe.

Vergiss die ›Perle‹, vergiss dieses Experiment und sorge einfach nur dafür, dass es Joshua und den anderen gut geht. Bitte.

Hör auf mich. Nur dieses eine Mal.«

Mr. Lambers hob den Arm und streckte ihn in Richtung der Kamera aus, dann wurde das Bild schwarz. Die Videoaufzeichnung war zu Ende.

Ich schluckte schwer. Der Mann, den ich in diesem Video gesehen hatte, stimmte nicht mit dem überein, den ich kennengelernt hatte. Mein Mr. Lambers war fröhlich gewesen, selbst in seinen letzten Wochen. Dieser jedoch klang verzweifelt und melancholisch.

Blake wischte mir die Tränen von den Wangen, die ich unbemerkt vergossen hatte. Die drei Männer sagten kein Wort, hatten die Augen alle auf mich gerichtet.

»Das ist doch gut, oder?«, fragte ich. Ich musste mich räuspern, als mir am Ende die Stimme versagte. »Wir wissen nun, dass Sarah Persky wirklich hinter dieser Perle her ist und es nichts mehr gibt, was sie finden kann. Also hat sie keinen Grund, uns weiter zu belästigen. Wir müssen ihr nur das Video zeigen. Es war ja ohnehin für sie gedacht.« Ich wandte mich an Blake. »Es tut mir leid.«

»Was?«

»Dass wir nichts gegen Sarah Persky in der Hand haben. Wir wollten ja eigentlich alles aufhalten.«

»Dafür musst du dich doch nicht entschuldigen! Ich bin froh, dass das hier nun ein Ende hat. Ich hatte ja Schlimmes befürchtet, und nachdem ich dieses Video gesehen habe, hatte ich wohl recht damit. Mehr muss ich im Moment gar nicht wissen.«

»Aber wir …«

Blake unterbrach mich, indem er mir einen Kuss auf die Wange gab. »Es ist in Ordnung, Leah. Wirklich.«

Ich musste zugeben, ich war etwas enttäuscht. Was Mr. Lambers bei seinem Besuch bei Detective Tottori erzählt hatte, hatte ganz anders geklungen. Seinen Worten nach sollte doch die Chance kommen, alles zu beenden. Hatte er es sich anders überlegt?

»Detective Tottori, können Sie sagen, ob dieses Video vor oder nach Mister Lambers' Besuch bei Ihnen aufgenommen wurde?«

»Danach«, antwortete Detective Tottori. »Es wurde ungefähr eine Woche vor seinem Tod gedreht. Bei mir war er ungefähr drei Wochen vorher.«

»Leah, was denkst du?« Blake musterte mich aufmerksam. »Du hast gerade diesen Denkerblick aufgesetzt.«

»Ich habe nur überlegt … Angenommen, Mister Lambers hat bei seinem Besuch bei Detective Tottori alles so gemeint, wie er es gesagt hat. Dass sich wirklich eine Möglichkeit auftun würde, einzuschreiten. Dann hätte er doch mit Sicherheit einen Hinweis hinterlassen, wo wir finden können, was wir dazu brauchen. Er konnte sich ja nicht darauf verlassen, dass Sarah uns etwas liefert. Er musste also irgendwelche belastenden Dokumente haben, die uns helfen sollten. Vielleicht das Tagebuch, von dem Joshua geredet hat. Kurz vor seinem Tod hat er es sich aber anders überlegt. Angeblich hat er alles vernichtet.

Was aber, wenn er zum Zeitpunkt der Aufnahme des Videos nur den Hinweis vernichtet hat, nicht aber die Dokumente, weil er sich erst an diesem Tag dazu entschlossen hat? Mister Lambers lag vor seinem Tod fast eine Woche im Krankenhaus, zwischen dem Video und seiner Einweisung kann also nicht viel Zeit vergangen sein. Und wenn die Dokumente noch immer da sind, wo er sie hinterlassen hat?«

»Er hätte aber auch jemand anderen damit beauftragen können«, warf Detective Tottori ein. Er sah fürchterlich müde aus.

»Mhm. Das stimmt. Ich werde die Monster fragen, ob sie irgendetwas bemerkt haben. Beide Optionen sind möglich. Es könnte die Dokumente noch geben oder eben nicht.«

»Das weiß Doktor Persky aber nicht«, meinte Blake. »Sie wird nur von dem Video erfahren und hoffentlich glauben, dass es die Wahrheit ist. Etwas anderes können wir jetzt nicht tun. Wir müssen es probieren und abwarten.«

»Ich hasse warten«, brummelte Detective Tottori. »Aber eins nach dem anderen. Wie wollen wir Sarah Persky die SD-Karte überbringen? Per Post ist sicherlich keine gute Idee, und ich denke, wir sollten uns da raushalten. Wenn auf einmal die Polizei in *Bwystfilwood Hall* auf der Matte steht, wecken wir damit vielleicht nur schlafende Hundmonster.«

Ich dachte an Mr. Waystone, dem ich eigentlich alles aushändigen wollte, was *Bwystfilwood Hall* betraf. Aber dieses Video erschien mir doch zu persönlich, um es erst durch seine Hände gehen zu lassen. Je eher Sarah Persky dieses Video bekam, desto früher würde sie uns in Ruhe lassen.

Blake und ich sahen uns an, wir hatten wohl eine ähnliche Idee.

»Joshua?«, fragte ich. Blake zuckte mit den Schultern.

»Ich werde ihm eine Nachricht schreiben. Entweder er reagiert darauf oder nicht. Falls nicht, finden wir einen anderen Weg, ohne noch andere Leute mit hineinzuziehen.«

Etwas klingelte. Detective Tottori griff nach einer Tasche, die an seinem Gürtel befestigt war, und zog ein Handy hervor. Beim Blick auf das Display kniff er die Augen zusammen, dann nahm er das Gespräch an.

»Tottori«, meldete er sich. Seine Müdigkeit war wie weggeblasen. Er stand aufrecht und mit weit aufgerissenen Augen vor uns. Auch Mr. Baker hatte sich neugierig zu ihm umgedreht.

»Scheiße!«, fauchte der Detective plötzlich. »Wir kommen sofort.« Blitzschnell steckte er das Handy zurück an seinen Platz. Er bedachte mich mit einem durchdringenden Blick.

»Miss Mint, wir müssen sofort zum Heim«, stieß Detective Tottori aufgebracht hervor. Mein Herz rutschte mir in die Hose.

und ich taumelte, Blake stützte mich, bevor ich umfallen konnte. Ich bekam kein Wort heraus. Alle Luft war mir aus den Lungen gepresst worden.

»Was ist passiert?«, fragte Blake mit rauer Stimme.

»Ein Feuer. Schnell, kommen Sie.« Detective Tottori wandte sich ab und eilte aus dem Raum.

Ich war wie gelähmt. Ein Feuer? Im Heim? Meine Monster … Mein Körper gehorchte mir nicht. Er machte ausgerechnet jetzt keinen Schritt. Ich wollte mich selbst anschreien, mehr als ein Wimmern kam jedoch nicht dabei rum. Blake handelte schneller, als ich denken konnte. Er warf mich über seine Schulter und folgte Detective Tottori über die Flure, hinaus zu einem Streifenwagen. So sanft wie möglich setzte er mich auf die Rückbank und kletterte dann zu mir, half mir beim Anschnallen.

Meine Monster. Was war mit meinen Monstern? Zitternd griff ich nach Blakes Hand, er drückte sie. Mit der anderen umschloss er meine Wange und drehte meinen Kopf, sodass ich ihn ansah.

»Leah, beruhige dich.« Wie, verdammt noch mal, sollte ich das tun, wo meine Welt vielleicht gerade zerbrochen war?

Auf der ganzen Fahrt redete Blake auf mich ein und wollte mich beruhigen. Doch seine Worte drangen nicht weit vor, ich malte mir bereits die schlimmsten Szenarien aus, hatte keinen Raum mehr für einen anderen Gedanken. Ich zitterte am ganzen Körper, die Fahrt dauerte eine Ewigkeit und doch nicht lange genug. Ich hatte so große Angst wie noch nie in meinem Leben zuvor.

Ich sah die blinkenden Feuerwehrwagen schon von Weitem. Sie drängten sich zusammen mit Polizeiwagen in der Cartref Road um das Haus herum, in dem sich *Monsters & Glue* befand. Die Straße war weiträumig abgesperrt, wir mussten ein paar Häuser weiter vorn halten. Ich konnte das Heim nicht sehen, aber auch keinen Rauch. War das ein gutes Zeichen? War der Brand gelöscht?

Ich stolperte aus dem Wagen, sobald er zum Stehen gekommen war. Blake war da und fing mich auf, bevor ich auf dem Asphalt landen konnte. Er musste mich nicht wieder tragen, aber er stützte mich, als ich auf das Heim zustürzte. Meine Beine taten, was sie sollten, trugen mich immer näher an das Heim heran. Detective Tottori hielt das Absperrband nach oben und wir schlüpften darunter hindurch auf die andere Seite. Überall standen Schaulustige herum, die Geräuschkulisse zerrte an meinen Nerven.

Dann waren wir fast da. Ein Feuerwehrmann hielt uns ein paar Meter vor dem Heim auf. Er wechselte ein paar schnelle Worte mit Detective Tottori und drückte uns Atemschutzmasken in die Hand, die wir aufsetzen mussten. Blake half mir dabei, den Haltegummi über den Kopf zu ziehen. Sobald die Maske über meiner Nase und meinem Mund saß, glaubte ich zu ersticken. Ich versuchte, ruhig zu atmen.

Meine Monster. Nur der Gedanke an sie brachte mich dazu, weiterzuatmen, weiterzugehen.

Als ich die Front des Heims endlich sah, setzte mein Herz einen Schlag aus.

Das Schaufenster war zersprungen, Glasscherben lagen überall auf dem Gehweg und knirschten unter meinen Schuhen. Die Rollläden waren verrußt und angeschmort, ebenso die geöffnete Tür, deren Glas gesprungen war. Als ich das Heim betrat, begleitete mich das unheilvolle Klirren von Scherben. Das Geräusch hielt mich davon ab, den Verstand zu verlieren.

Zwei Feuerwehrmänner eilten durch den Raum, einer ging gerade in die Wohnung nach oben. Ein Großteil der Einrichtung war schwarz, verkohlt, und ich erkannte das Heim nicht wieder. Die Dunkelheit hatte alles zerfressen. Ich ließ den Blick nach links schweifen, hinüber zum Regal, und entdeckte auch dort nur Schwärze. Doch da. War das …? Ein kleiner pinker Fleck leuchtete in der Dunkelheit.

»Pebbles.«

Ich stürzte auf das Regal zu. Im nächsten Moment quiekte etwas. Pebbles sprang mir entgegen, als ich vor dem Regal zum

Stehen kam. Ihr Fell glänzte von oben bis unten in nassem Schwarz. Sie war in Montys Tinte getränkt.

Ich sah zum Aquarium und tatsächlich – das Wasser war komplett verfärbt. Und aus dem Wasser ragten nun noch vier weitere Köpfe, allesamt tintenschwarz.

Ich weinte und lachte gleichzeitig, als ich meine Monster sah. Sie waren wohlauf. Dicht gedrängt steckten sie alle in Montys Aquarium. Auch das Regal um das Aquarium herum war in Wasser und Tinte getränkt. Die magische Tinte hatte alles, was sie benetzte, hitzebeständig gemacht. Das Feuer hatte sich nicht ausbreiten und das Wasser nicht zum Kochen bringen können.

Robbie saß auf Nuvo, weil er sonst untergegangen wäre. Glue dicht daneben und Monty sah erschöpft, aber glücklich über den Glasrand. Mit zittrigen Knien überbrückte ich die letzte Distanz zu ihnen. Ich konnte nicht reden, ich war viel zu glücklich und weinte nur. Blake half mir dabei, die Monster aus dem Aquarium zu holen, und drückte die Kleinen ebenso erleichtert an sich wie ich.

Die Feuerwehrmänner füllten einen Eimer mit frischem Wasser für Monty, der sichtlich entkräftet in das erfrischende Nass sank. Es hatte ihn eine Menge Energie gekostet, so viel Tinte herzustellen. Er sah ganz blass aus, aber das würde hoffentlich bald wieder vergehen. Gemeinsam trugen Blake und ich die Monster raus auf die Straße, raus aus dem stinkenden Heim, das einmal unser Zuhause gewesen war. Wie es in der Wohnung aussah, wusste ich nicht.

Alle Umstehenden erwarteten uns mit Anspannung auf der Straße. Sie jubelten, als ich Detective Tottori mit einem Nicken und einem schwachen Lächeln signalisierte, dass alle Monster in Sicherheit waren. Er selbst atmete sichtbar tief durch. Im nächsten Moment klingelte sein Handy und er nahm das Gespräch an. Schweigend betrachtete ich die Fassade des Heims, die nicht wiederzuerkennen war.

»Das ist ihr Werk, oder?«, fragte ich Blake mit rauer Stimme.

Das wütende Funkeln in seinen Augen war mir Antwort genug.

16. Kapitel

Leah

Das Feuer hatte das Heim zerstört, meine Wohnung darüber war weitestgehend unversehrt geblieben. Die Feuerwehr musste allerdings erst prüfen, ob sich die Brandschäden auf die Statik des Hauses auswirkten. Solange noch nicht geklärt war, ob eine Rückkehr in die Wohnung sicher war, mussten die Monster und ich woandershin.

Detective Tottori wollte uns nicht in ein Hotelzimmer stecken, weil das zur Überwachung viel zu umständlich wäre und zu viel Aufsehen erregen würde. Stattdessen rief er einen alten Freund an, der gerade im Urlaub war, und sprach mit ihm ab, dass wir seine Wohnung nutzen durften. Die kargen finanziellen Mittel, die dem Police Department zur Verfügung gestellt wurden, reichten nicht für ein Safehouse aus, deswegen musste der Detective sich nach einer Alternative umsehen. Er kommandierte einen seiner Officers ab, uns zu der Wohnung besagten Freundes zu fahren. Das Auto war mit dem Fahrer, Detective Tottori, Blake, den Monstern und mir gerappelt voll. Der Eimer, in dem Monty schwamm, stand zwischen meinen Füßen, die anderen Monster saßen mit uns auf der Rückbank. Wir hatten die Polsterung komplett mit Montys Tinte eingesaut, aber Detective Tottori winkte meine Entschuldigung ab. Als wir an dem Haus ankamen, in dem sich die Wohnung befand, trug Blake Pebbles und den Eimer mitsamt Monty die Stufen bis zur

Wohnung hinauf. Ich hielt Robbie in meinen Armen, Glue und Nuvo flogen uns hinterher.

Es war ein hübsches Apartment in einem recht modernen Wohnkomplex, nicht gerade klein und direkt in der Stadtmitte.

Der Kühlschrank war leer, aber Detective Tottori versprach, sich um alles zu kümmern, was wir brauchten. Wir machten eine Liste mit Nahrungsmitteln für uns und die Monster sowie ein paar Klamotten. Blakes und meine Sachen waren hinüber. Wir versuchten, so wenig wie möglich zu berühren, und auch die Monster mussten erst mal auf ein paar Handtüchern auf dem Boden Quartier beziehen, damit sie nicht alles volltropften.

Wir würden warten, bis die Tinte getrocknet war, und uns dann daranmachen, die Klamotten zu wechseln und die Monster zu waschen.

Detective Tottori machte sich sofort auf den Weg, der zweite Officer, der uns hergefahren hatte, positionierte sich vor der Wohnungstür. Vielleicht hätte mich das vor ein paar Stunden noch beruhigt, aber wie man gesehen hatte, fand Sarah Persky Mittel und Wege, um die Polizisten auszutricksen. Die beiden Officers, die *Monsters & Glue* an diesem Tag vom Laden gegenüber observiert hatten, waren durch einen fingierten Anruf des Police Departments weggelockt worden. Das Team im Auto vor dem Heim war ebenfalls angeblich im Namen von Detective Tottori abgezogen worden.

Officer Fletcher und Officer Willows, die bei den Monstern im Heim geblieben waren, hatten ihren Posten kurz verlassen, weil sie in der Seitengasse neben dem Haus einen Schuss gehört hatten. Die Vorschriften besagten, dass Officers in diesem Fall immer zu zweit vorgehen mussten. Und während die beiden die Gasse untersuchten, wurde das Fenster, das vom Hinterzimmer in den Durchgang auf der anderen Seite führte, aufgehebelt. Ein Monster war hindurchgekrochen, laut Aussage von Glue von einer Art, die sie noch nie gesehen hatte. Eine Mischung aus einem riesigen Salamander- und einem Katzenmonster. Sobald es in den Hauptraum gekommen war, hatten sich die Monster im

Regal zusammengerottet, weil sie spürten, dass dieser Fremdling gefährlich war. Es spie Feuer aus und zielte damit auf einzelne Punkte im Raum, wie den Schreibtisch, von dem nichts mehr übrig war. Von dort aus breitete sich das Feuer aus, einige Stellen blieben verschont und wurden lediglich rußgeschwärzt.

Das war der Moment, in dem die Monster in Montys Aquarium gesprungen waren und der Krake sie alle mit seiner Tinte benetzt hatte. Das Monster war durch dasselbe Fenster geflohen, durch das es hereingekommen war. Glue und die anderen hatten versucht, mit ihm zu kommunizieren, aber es war ihnen nicht gelungen, der Eindringling hatte sie ignoriert. Und so hatten sie in dem Aquarium ausgeharrt, bis die Feuerwehr gekommen war und die Flammen gelöscht hatte.

So zumindest hatten Officer Fletcher, Officer Willows und die Monster die Ereignisse geschildert. Blake hatte das Gebrabbel der Monster für uns übersetzt. Den beiden Officers tat das alles wahnsinnig leid, und ich machte ihnen keine Vorwürfe. Sie waren nur ihrer Pflicht nachgekommen, und keiner von uns hatte damit gerechnet, dass Sarah Persky so schnell wieder zuschlagen würde.

Ich saß bei meinen Monstern auf dem Boden und hatte den Kopf auf die Knie gelegt. Ich erlaubte es mir, eine Viertelstunde einfach nichts zu tun. Blake drängte mich nicht, er setzte sich ebenfalls zu uns und streichelte abwechselnd die Monster. Als die Tinte fast vollständig getrocknet war und nicht mehr die Gefahr bestand, dass wir alles einsauten, erhob ich mich.

»Blake, wir trinken jetzt noch einen Kaffee, und dann ist Arbeit angesagt. Ich hoffe, du bist fit?«

Er stand ebenfalls auf. »Egal was es ist, ich bin dabei.«

Mein Herz begann heftig zu klopfen, und ich sehnte mich nach einer Umarmung. Blake musste es gesehen haben, denn er überbrückte die Distanz zwischen uns und nahm mich in den Arm. Ich presste mich an ihn, genoss die Wärme und Sicherheit, die er ausstrahlte. Er strich mir über den Rücken.

»War das gestern mit dem Kuss wirklich okay? Irgendwie sind da die Monster mit mir durchgegangen, und ich konnte nicht widerstehen und … Mann, das ist jetzt wirklich nicht der richtige …«

Ich unterbrach ihn, indem ich ihn an seinem Pullover zu mir herunterzog und ihn küsste. Das Kribbeln war augenblicklich wieder da, und für einen Moment vergaß ich alles.

Ich ließ von ihm ab.

»Ich muss gestehen, dass ich das hier …«, ich deutete auf ihn und mich, »… nicht wirklich verstehe, aber es fühlt sich richtig an. Echt. Deswegen war alles daran okay. Mehr als das.«

Blake grinste erleichtert.

»Aber jetzt müssen wir arbeiten!«

Der Freund von Detective Tottori besaß zum Glück eine Badewanne. Ich ließ das Wasser ein und kippte alles an Shampoo und Duschgel hinein, was ich finden konnte. Ich würde alles ersetzen, aber um die Tinte aus Monstern herauszuwaschen, musste man schwere Geschütze auffahren.

Während sich die Wanne füllte, tranken Blake und ich noch einen Kaffee. Dann krempelten wir die Ärmel hoch und trugen die Monster ins Bad. Vor lauter Schaum sah man das Wasser in der Badewanne nicht mehr, aber genau so musste es sein. Als Erstes hängte sich Monty mit seinen Tentakeln an meinen Arm und ließ sich von mir aus dem Eimer in die Wanne überführen, wo er mit einem Kichern unterging. Seifenwasser war auf Dauer nicht gut für ihn, aber auch er musste erst sauber gemacht werden, bevor wir ihn in frisches Wasser überführen konnten.

»Wer will als Nächstes?«

Pebbles, Nuvo und Robbie sprangen gleichzeitig in die Wanne und setzten das Bad unter Wasser. Glue ließ sich von Blake hineinhelfen. Ich sah die Monster kaum noch und musste mich erst durch den Schaum kämpfen, um sie zu finden. Die Kleinen pusteten ihn mir ins Gesicht, und ich konnte ein Lachen nicht mehr aufhalten. Eine kleine Schaumschlacht wurde ausgefochten, in die auch Blake involviert wurde. Irgendwann war jeder Zentimeter des Bades mit knisterndem Schaum bedeckt und die Monster kein bisschen sauber. Aber zumindest ausreichend eingeweicht. Ich schnappte mir einen Schwamm und fing an, Nuvo zu waschen. Blake nahm ein Handtuch und kümmerte sich als Erstes um Pebbles. Die anderen Monster piepsten vergnügt, als sie dabei zusahen, wie ihre Freunde gründlich gesäubert und immer zotteliger wurden.

»Seid nicht so schadenfroh«, mahnte ich. »Ihr kommt auch noch dran.« Nachdem wir Nuvo und Pebbles von der ersten Schicht Tinte befreit hatten, ließen wir sie noch etwas planschen, damit sich die restliche Tinte besser löste. Danach hieß es wieder schrubben.

Mein Arm wurde schwer, und als ich glaubte, ihn keinen Zentimeter mehr bewegen zu können, löste sich selbst der letzte Tintenfleck in Nuvos Fell in Wohlgefallen auf. Auch Pebbles strahlte wieder in einem kräftigen Pink und sah sehr verstrubbelt aus.

Zwei von fünf. Wir hüllten die beiden in frische Handtücher ein und trockneten sie ab. Nach einer kleinen Verschnaufpause waren Glue und Robbie dran. Glues Federn und Robbies Haut waren einfacher zu säubern, aber es dauerte eine Weile, bis die ganze Tinte abgewaschen war. Übrig war Monty, der gegen seine eigene Tinte leider nicht resistent war – und sein Tutu schon gar nicht. Er hielt es mir mit den Tentakeln entgegen. Es war schwarz wie die Nacht.

»Da ist leider nichts mehr zu machen«, bedauerte ich. Traurig ließ Monty das Tutu wieder unter die Wasseroberfläche sinken.

»Du hast dir aber ein neues verdient. Ich bin wahnsinnig stolz auf dich. Leider bewahrt dich das aber nicht vor dem Schwamm.«

Monty blubberte und ließ die Prozedur ohne Murren über sich ergehen. Er sah schon wieder besser aus, seine blaue Farbe kehrte langsam zu ihrem ursprünglichen Leuchten zurück. Eine gute Viertelstunde später war mit Monty dann das letzte Monster sauber, abgetrocknet und bereit für das Bett. Es war zwar erst früher Abend, aber wir waren alle erledigt. Ich half den Monstern in das Bett im Gästezimmer, Pebbles bekam einen Extraplatz in einem Sessel und Monty blieb in der Badewanne, die wir mit frischem Wasser füllten. Als ich mit meiner Runde fertig war, ging ich zurück in die Küche. Blake wartete mit sorgenvoller Miene auf mich.

»Was ist los?«, fragte ich. Wir beide waren noch immer mit Tinte beschmiert, durch die Reinigungsaktion klebte sie nicht mehr nur auf unserer Kleidung, sondern auch auf der Haut und in den Haaren. Blakes blonder Haarschopf hatte Punkte wie ein Dalmatiner.

»Wieso bist du nicht sauer auf mich?«

Verwundert blieb ich stehen.

»Wieso sollte ich sauer auf dich sein?«

»Weil das Heim gerade abgefackelt wurde und ich daran schuld bin. Das war mit Sicherheit das Werk von Sarah, und wenn ich nicht gewesen wäre …« Mit sich ringend verschränkte er die Arme vor der Brust. Wo kam diese Unsicherheit auf einmal her?

»Es ist nicht deine, sondern ihre Schuld. Also sag so was nicht«, erwiderte ich. Ich machte ihm wirklich keinerlei Vorwurf. Aber Blake sah nicht überzeugt aus.

»Vorhin, nachdem wir die Monster aus dem Heim geholt haben, da hast du mich so wütend angesehen, und ich dachte …«

»Blake. Hör mir zu. Das hat nichts mit dir zu tun, okay?«

Ich deutete mit der Hand auf einen Stuhl am Esstisch, er ließ sich darauf nieder und ich setzte mich auf den daneben.

»Ich bin wütend auf Sarah Persky. Wegen dem, was sie getan hat, und wegen der Gefühle, die sie in mir auslöst.« Blake griff nach meiner Hand, und seine Finger schlossen sich sanft um meine.

»Was meinst du damit?«, fragte er leise.

»Diese ganze Sache bringt mich durcheinander. Ich verspüre einen regelrechten Hass auf diese Frau, dabei bin ich ihr noch nicht mal begegnet. Und ich mag dieses Gefühl nicht, es zieht mich runter. Sie hat mein Bild von Mister Lambers zerstört. Der, den ich kannte, und der, den ich heute Morgen in dem Video gesehen habe – sie waren so verschieden. Das verwirrt mich.«

Blake reagierte auf mein Geständnis mit verständnisvollem Blick.

»Es tut mir trotzdem wahnsinnig leid, dass das passiert ist. Nicht auszudenken, was gewesen wäre, wenn …«

»Es ist aber nicht anders passiert. Es geht allen gut, und es ist vorbei.«

»Nicht für Sarah«, sagte Blake mit unheilvoller Stimme.

»Warum zur Hölle hat sie das gemacht? Aus Rache? Verzweiflung?«

»Keine Ahnung. Aber ich bin mir sicher, dass sie uns das noch wissen lassen wird. Wir sollten ihr schnellstmöglich das Foto und das Video zukommen lassen.«

»Du hast recht. Aber wir müssen auf Detective Tottori warten, beides ist ja noch auf der Polizeistation. Bis dahin sollten wir uns ausruhen. Es bringt ja doch nichts, sich über etwas aufzuregen, was man eh nicht ändern kann. Nachdenken kann ich noch immer, wenn das hier vorbei ist.«

»Ich wüsste etwas, das dich ablenken könnte«, schlug Blake schief grinsend vor.

»Wovon redest du?«

»Ich bin noch immer voller Tinte und könnte Hilfe beim Waschen gebrauchen. Du hast das vorhin so schön gemacht«, sagte er keck und küsste meine Hand. Ein Kribbeln durchfuhr mich, machte mich aber nicht schwach. Ich entzog ihm meine Hand und stand lachend auf. Ich war ihm fürchterlich dankbar dafür, dass er die Leichtigkeit zurückzubringen versuchte. Allein hätte ich das niemals geschafft.

»Mhm«, murmelte ich, strich mir über das Kinn und tat so, als müsste ich überlegen. »Nein. Du schaffst das schon allein.«

»Spielverderberin«, brummelte Blake.

»Ein anderer Ort, eine andere Zeit«, sagte ich und erhob mich. »Ich gehe zuerst duschen.«

Blake ließ mich kommentarlos gewähren. *Eins nach dem anderen, Leah. Gut so. Erst deine Welt retten, dann kommt alles andere.*

Blöde Hierarchie. Verständlich, aber nichtsdestotrotz blöd.

Frisch geduscht und fast vollständig sauber saßen Blake und ich uns eine Stunde später am Küchentisch gegenüber. Während ich

unter der Dusche gestanden hatte, war Detective Tottori zurückgekommen und hatte uns mit frischen Klamotten und Essen für Mensch und Monster versorgt. Er hatte sogar an einen Filter für Montys Wasser gedacht. Es gab noch keine neuen Informationen bezüglich der Wohnung, er wollte sich aber melden, sobald er etwas hörte.

Wir baten ihn darum, uns auch noch das Foto und die SD-Karte zu bringen, und er machte sich gleich auf den Weg. Ich hoffte, dass er sich danach etwas Ruhe gönnen würde, denn er sah so erledigt aus, wie wir alle uns fühlten.

Blakes Handy klingelte.

»Es ist Joshua«, teilte er mir erstaunt mit. Er zögerte einen Moment, dann hob er ab und stellte auf Lautsprecher.

»Joshua«, knurrte Blake, und die Drachenschuppen krochen seinen Hals hinauf.

»Blake.« Joshuas Antwort fehlte jegliche Emotion. Ein paar Sekunden lang herrschte angespanntes Schweigen, und ich musste mir auf die Zunge beißen, um ihn nicht anzubrüllen.

»Wir wissen, dass ihr noch was anderes außer der Murmel gefunden habt. Meine Mom will es haben. Sonst sterben die Monster beim nächsten Mal.«

»Warst du es? Hast du das Feuer gelegt?«, verlangte Blake zu wissen, und seine Stimme klang wie unheilvoller Donner.

»Eine Warnung hat ja offensichtlich nicht gereicht.«

Noch immer sprach Joshua ohne Gefühlsregung, wie ein Roboter, der Befehle ausführte.

»Kommt in einer Stunde zum Heim und bringt mit, was ihr gefunden habt. Keine Polizei.«

Ein Tuten verkündete, das Joshua aufgelegt hatte. Ich musste an mich halten, um nicht aufzustehen und rumzubrüllen. Wenn er in diesem Moment vor mir gestanden hätte, dann hätte ich ihm vermutlich den Hals umgedreht.

»Er hat sich also ein Monster aus dem Labor genommen und damit das Heim in Brand gesteckt?«, fragte ich stattdessen Blake.

»Sieht so aus.« Er war fassungslos. Und fürchterlich wütend.

»Aber warum? Das war ein Risiko, immerhin hätten das Foto und die SD-Karte noch dort sein können.«

»Vielleicht wusste sie, dass wir es woanders hingebracht haben? Immerhin hat sie auch die Info, dass wir noch etwas anderes gefunden haben. Irgendwer muss ihr etwas gesagt haben.«

»Ein Maulwurfmonster bei der Polizei?«, fragte Blake.

»Möglich. Oder sie hat uns beschatten lassen und ihre eigenen Schlüsse gezogen, warum wir zur Polizei gegangen sind. Es spielt jetzt aber keine Rolle, woher sie es weiß. Wir geben ihr beides, und dann ist hoffentlich Schluss.« Denn ehrlich gesagt kam ich so langsam an meine Grenzen. »Soll ich mit dir zu dem Treffen von Joshua kommen?«

Blake zu begleiten hieße, die Monster allein zurückzulassen beziehungsweise unter der Aufsicht der Officers. Aber wenn ich bei den kleinen Rackern blieb, musste Blake allein losziehen. Irgendjemanden würde ich also in jedem Fall im Stich lassen, und genau das wollte ich eigentlich nicht noch mal tun. Was, wenn wieder etwas passierte und ich nicht da war? Würde das überhaupt etwas ändern? Unschlüssig blieb ich auf dem Stuhl sitzen und sah zwischen Blake und der Tür zum Schlafzimmer hin und her.

»Ich denke, es ist besser, wenn ich allein gehe«, sagte er und erhob sich. »Vielleicht ist das sogar gut, weil ich dann noch mal unter vier Augen mit ihm reden kann.« Er blieb hinter meinem Stuhl stehen und legte die Hände auf meine Schultern. Sanft massierte er meinen verspannten Nacken. Ich schmiegte mich in diese tröstende Berührung.

»Meinst du denn, dass das irgendetwas bringt? Ich kann mir nicht vorstellen, dass er dieses Mal netter ist. Was, wenn er wieder eine Waffe dabeihat?« Blake traf eine sehr verspannte Stelle, und ich zuckte zurück, fühlte aber im nächsten Moment, wie sich mein Muskel entspannte.

»Wenn er mich umbringen wollte, dann hätte er es schon beim letzten Mal getan. Er ist … war mal mein bester Freund. So weit würde er nicht gehen.«

»Blake. Er hat schon mal auf dich geschossen«, erinnerte ich ihn.

»Ja. Aber er wusste, dass mich das nicht umbringen würde. Es sollte mich nur daran hindern, ihm zu folgen.«

»Wie schon erwähnt, macht es das nicht besser.«

Blake seufzte. Seine warmen Finger glitten meinen Nacken hinauf und an meiner Wirbelsäule hinunter. Es schauderte mich, aber auf eine angenehme Art.

»Warum bleibst du bei diesem Thema eigentlich so ruhig? Ich an deiner Stelle wäre verzweifelt und total wütend«, sagte ich.

»Würdest du es komisch finden, wenn ich dir offenbare, dass ich ihm dankbar bin?«

Verwundert drehte ich mich zu ihm um. Er verschränkte die Arme, die ich schon nach einer Sekunde schmerzlich vermisste.

»Wenn du mir erklärst, wieso, dann nicht.« Gespannt wartete ich auf seine Antwort.

»Ohne den ganzen Schlamassel hätte ich dich nie besser kennengelernt«, verkündete er liebevoll und beugte sich zu mir herunter. »Das ist mehr, als ich mir jemals erhofft habe.«

In einem Anflug von plötzlicher Sehnsucht und Übermut sprang ich vom Stuhl hoch. Seine Komplimente würden mich immer schwach machen, und vermutlich würde ich auch niemals wie ein normaler Mensch darauf reagieren. Ein »Danke« hätte vermutlich gereicht, ich aber musste wie eine Verrückte reagieren. Und statt in seinen Armen zu landen, verpasste ich mir selbst eine Kopfnuss, als ich mit dem Schädel auf sein Kinn traf. Blakes Drachenhaut hatte sich schützend über seine menschliche gelegt und ich prallte direkt dagegen.

»Aua.« Vorsichtig rieb ich mir über den Scheitel.

Blake hauchte einen Kuss darauf, und ich hätte geschworen, dass es augenblicklich besser wurde.

»Vielleicht sollte ich dich doch nicht mit dir allein lassen«, neckte er.

»Geh schon«, brummte ich und empfing dann doch noch den Kuss, den ich mir erhofft hatte. Er dauerte lange, war zart und aufregend zugleich. Ich würde mich nie daran gewöhnen. Ehrlich gesagt, wollte ich das auch gar nicht.

Es klingelte an der Tür, ehe sie geöffnet wurde. Detective Tottori trat herein.

»Entschuldigung, ich wollte nicht stören«, sagte er, als er uns sah. Er schmunzelte ein wenig. »Ich habe die SD-Karte und das Polaroid dabei. Wissen Sie schon, was Sie jetzt tun wollen?«

Wir erzählten Detective Tottori von dem Telefonat. Er war nicht gerade begeistert, dass Blake dabei keinen Polizeischutz wollte, aber er willigte ein.

»Ich habe allerdings eine Bedingung.«

»Welche?«

»Geben Sie mir Ihr Handy«, sagte Detective Tottori. Blake tat, wie ihm geheißen. Der Detective tippte eine Nummer ein, einige Sekunden später klingelte sein eigenes Telefon. Er nahm ab und reichte Blake sein Handy wieder.

»Sie lassen das Gespräch laufen, sodass wir mithören können. Ich werde meine Männer in der Umgebung positionieren. Sollte etwas passieren, werde ich sie sofort einschalten.«

»Einverstanden.« Blake schob das Smartphone vorsichtig in seine Jackentasche. »Ich muss los.« Blake nickte zuversichtlich, schnappte sich das Foto und die SD-Karte vom Tisch und verschwand.

Sobald sich die Tür hinter ihm geschlossen hatte, vermisste ich ihn. Er hinterließ eine Leere, die ich vorher nicht gekannt hatte. Detective Tottori legte sein Handy auf den Tisch, und ich hörte Blakes Schritte, mit denen er sich immer weiter von der Wohnung entfernte.

Während ich Detective Tottori und mir einen Kaffee kochte, dachte ich über die letzten Tage nach. Es war, als hätte jemand einen Schalter umgelegt und ein neues Leben für mich eingeleitet. Ein anderes Leben. Leah 2.0. Eigentlich sollte es mir Angst einjagen, dass ich nach so kurzer Zeit ein völlig neuer Mensch zu sein schien. Dass ich plötzlich gemeinsam mit einem Mann, den ich kaum kannte und in den ich aller Wahrscheinlichkeit nach

verliebt war, versucht hatte, eine verrückte Forscherin aufzuhalten. Leah 1.0 wäre in so einer Situation am liebsten in einem Loch verschwunden, Leah 2.0 war fast schon traurig darüber, dass es nun zu Ende ging. Wir hätten wirklich etwas bewegen können …

Ich lauschte dem Geräusch von aneinanderreibendem Stoff, der aus dem Hörer kam. Vor ein paar Tagen wären diese Schritte für mich einfach nur irgendwelche Schritte gewesen. Heute brachten sie mich dazu, mit zitternden Fingern eine Tasse zu umklammern. Auch Detective Tottori sah angespannt aus und starrte fast schon wütend in seinen Kaffee.

»Ich bin gleich da«, sagte Blake leise.

Ich hörte, wie seine Atmung schneller wurde. Auch wenn er es nicht zugab, er war aufgeregt, und sogleich pochte auch mein Herz schneller. Ich gab keinen Mucks von mir.

Die Schritte verstummten. Außer Blakes Atem war für einen Moment nichts zu hören.

»Blake«, erklang es eine gefühlte Ewigkeit später dumpf aus dem Hörer.

»Joshua«, war Blakes besser zu verstehende Antwort.

»Warum habt ihr mir nicht gleich alles gegeben? Das hätte dir und deiner kleinen Freundin eine Menge Ärger erspart.«

»Und warum hast du uns bedroht? Leah wollte dir alles überlassen, aber du hast ihr Vertrauen verspielt. Und meins ebenso«, antwortete Blake betrübt.

»Wie schon gesagt – ich will meiner Mom helfen«, war alles, was Joshua erwiderte. Nichts Neues. Keine bessere Erklärung für sein Verhalten.

Stoff raschelte.

»Hier«, spuckte Blake aus. »Nimm es und verschwinde.«

»Was ist da drauf?«

»Sieh es dir an, dann weißt du es.«

»Ich hoffe, das ist dieses Mal wirklich alles.« Den bösen Blick, den sich die beiden im nächsten Augenblick zuwerfen mussten, konnte ich förmlich durch die Leitung knistern spüren.

»Danke«, sagte Blake dann, und ich hätte wetten können, dass Joshua in dem Moment genauso irritiert dreinschaute wie ich, als mir Blake offenbart hatte, dass er seinem ehemals besten Freund dankbar war. Mein Bauch kribbelte, als ich an seine Begründung dachte.

»Warum sagst du das?«, wollte Joshua wissen.

»Weil du mir mein Leben schöner gemacht hast. Ich wünsche dir, dass du das für dich selbst auch irgendwann schaffst. Leb wohl, Joshua.« Blake setzte sich in Bewegung, ich konnte seine Schritte hören.

»Was soll das heißen?«, rief sein ehemaliger Freund ihm hinterher. »Blake?«

Doch offensichtlich war sein Stolz zu groß, und so lief er ihm nicht hinterher. Blake atmete tief durch und beschleunigte seinen Gang. Für eine Weile sagte niemand ein Wort.

»In fünf Minuten bin ich da.« Dann legte er auf. Ich gönnte ihm diese kleine Pause für sich, die er gut gebrauchen konnte. Denn sobald er die Tür zur Wohnung durchschritt, würde er sich der Frage nach dem »Was nun?« stellen müssen.

Auch ich wollte eine Antwort darauf finden.

Unschlüssig starrte ich in meine Tasse. Leider lieferten mir weder sie noch der Kaffee eine befriedigende Antwort.

Detective Tottori sank erleichtert auf seinem Stuhl zusammen.

»Das lief besser als erwartet. Ich hoffe, diese Doktor Sarah Persky nimmt sich das Video zu Herzen.« Er gähnte.

»Abwarten und Tee trinken. Detective, warum legen Sie sich nicht einen Moment hin? Bis Blake wieder da ist, können wir eh nichts machen.«

»Eine gute Idee. Danke.«

Detective Tottori ging in das zweite Schlafzimmer, und wenige Minuten später hörte ich ein leises Schnarchen. Ich spülte unsere Tassen ab, als plötzlich ein aufgeregtes Heulen aus dem Gästezimmer zu hören war. Ich wirbelte herum und rannte los. Keuchend riss ich die Schlafzimmertür auf und – stolperte in ein Meer aus Federn.

Die Monster, die eigentlich friedlich schlummern sollten, tollten im Bett herum und unzählige kleine Federn stoben auf. Wie in Zeitlupe fielen sie auf die Matratze zurück, um sogleich wieder in die Luft gestoßen zu werden. Ein paar der Kissen auf dem Bett waren zerrissen – nein, eher durchlöchert.

Nur ein Monster hüpfte nicht. Pebbles. Schuldbewusst saß sie am Bettrand, ihre kleinen Beinchen baumelten über der Kante. Ihr pinkes Fell war an einigen Stellen noch steif und lila, sie musste gerade einen Anfall gehabt und dabei die Kissen zerstört haben.

»Ach, Pebbles. Ärgere dich nicht.«

Ich kniete mich neben sie und strich mit dem Finger über das, was man beim Menschen wohl als Wange bezeichnet hätte. »Es sind doch nur ein paar Kissen.«

Es hätten aber auch die anderen sein können, sagte ihr Blick.

Sie hatte recht, aber es war nichts passiert. Trotzdem machte sie sich Vorwürfe, so war sie nun mal. Sie hatte sich einen Moment gehen lassen und hatte einen Anfall bekommen, für den sie nichts konnte. Glue bemerkte Pebbles' inneren Konflikt als Erste und brachte die anderen Monster dazu, innezuhalten und ihrer kleinen Freundin beizustehen. Ohne Vorsicht setzten sie sich zu ihr und redeten ihr gut zu – auf monsterisch, versteht sich.

Draußen fiel eine Tür ins Schloss. Erschrocken fuhr ich herum und stellte mich schützend vor meine Monster. Doch es war nur Blake, der im Türrahmen zum Stehen kam. Sein trauriger Gesichtsausdruck wandelte sich zu einem Lächeln.

»Was ist denn hier passiert?«

»Es ist alles gut.« Ich nahm ihn bei der Hand und zog in näher heran. »Wir haben nur eine kleine Kissenschlacht gemacht.«

»Das sehe ich.«

Pebbles sagte etwas zu ihm. Blakes Reaktion konnte ich nur mit herzerwärmend beschreiben. Sein Ausdruck wurde liebevoll und er ging vor Pebbles auf die Knie.

»Aber natürlich. Darf ich bitten?« Er streckte die Hand aus und Pebbles kletterte darauf. Blake holte leicht Schwung und warf sie dann vorsichtig, aber gezielt in den Berg aus Federn und

Kissen, weit genug entfernt von den anderen Monstern, die nun wieder weiter vorn im Bett tobten. Sobald sich Pebbles vergnügt quiekend aus dem Kissenberg befreit hatte, sprang sie wieder in Blakes Hand, die sie nicht würde verletzen können, und abermals flog sie in einem hohen Bogen auf das Bett. Die tobenden Monster wirbelten die Federn auf. Wie Schnee rieselten sie auf uns herab, und Pebbles flog wieder und wieder durch sie hindurch – so glücklich, wie ich sie noch nie gesehen hatte.

»Du weißt, dass du das jetzt wahrscheinlich die ganze Nacht lang machen darfst, oder?« Ich tippte Blake mitfühlend auf die Schulter.

Der sah lächelnd zu mir auf. Verschwunden war der Kummer von vorhin. Ein paar Federn hatten sich in seinen blonden Haaren verfangen.

»Mit dem größten Vergnügen.«

17. Kapitel

Leah

Mein Mund war trocken, als ich am nächsten Morgen umzingelt von den noch schlafenden Monstern im Bett aufwachte. Pebbles schlummerte auf einem Kissen, das ich neben das Bett gelegt hatte.

Ich hatte gehofft, dass ich an diesem Morgen erleichtert aufwachen würde. Doch davon spürte ich nichts. Alles, was ich empfand, was ein ungutes Gefühl im Magen. Ich konnte einfach nicht glauben, dass es nun wirklich vorbei sein sollte. Sarah Persky hatte jetzt die Speicherkarte und das Polaroid, aber ob sie sich damit zufriedengeben würde? Ob sie Mr. Lambers glauben würde, dass er alle Daten und Dokumente gelöscht hatte?

Was sollte ich machen, falls dieses Tagebuch, von dem Joshua gesprochen hatte, wirklich existierte und sie mich danach fragte?

Ich würde ihr nicht weiterhelfen können. Und dann?

Schnell sprang ich aus dem Bett auf und flüchtete vor diesen düsteren Gedanken. Sie würden mich überall finden, das war mir bewusst, aber vielleicht konnte sie der Geruch von Kaffee zumindest einen Moment lang davon abhalten.

Ich schlich mich leise am schlafenden Blake vorbei, der sein Quartier auf dem Sofa bezogen hatte, und winkte Monty zu, der mit seinem Glas auf dem Beistelltisch stand und Pirouetten drehte. Er hatte unbedingt bei Blake im Wohnzimmer schlafen wollen, und einer von Detective Tottoris Kollegen war so nett gewesen, uns ein Glas zu besorgen.

Drachenschuppen überzogen Blakes muskulöse Arme, die ich in dem kurzen T-Shirt zum ersten Mal so richtig bemerkte. Noch immer konnte ich kaum glauben, dass diese zweite Haut echt war und nicht nur ein Tattoo. Mosaike – ein viel zu langweiliges Wort für so etwas Magisches.

Vorsichtig zog ich die Wohnzimmertür hinter mir zu und bemühte mich, so leise wie möglich in der Küche zu hantieren. Anscheinend war ich nicht leise genug, denn noch bevor ich die Kaffeemaschine einschalten konnte, stand ein verschlafener Blake im Türrahmen.

»Morgen«, brummelte er und setzte sich an die Theke. Ob er sich dessen bewusst war, dass er nur kurze Shorts und ein Shirt trug? Nicht dass ich den Anblick nicht zu schätzen wüsste …

»Guten Morgen. Auch einen?« Ich winkte mit einer Tasse.

»Gern. Ich glaube, ich bekomme heute Muskelkater im Arm.«

»Selbst schuld«, sagte ich und musste bei der Erinnerung an das Herumtollen im Schlafzimmer lächeln. Die Monster hatten sich so sehr ausgetobt, dass sie sicherlich noch lange schlafen würden.

Dankbar nahm Blake den Kaffee entgegen und trank gleich einen kräftigen Schluck, als ich mich auf den Hocker neben ihn setzte.

»Der ist heiß!«, warnte ich, doch da war es schon zu spät.

»Drachenkräfte«, sagte er und stellte die Tasse auf den Tisch. Ich musste noch ein bisschen auf den Genuss warten und war ein wenig neidisch.

»Haben wir einen Plan?«, fragte ich. So viel dazu, dass ich vor den unangenehmen Gedanken fliehen wollte.

»Meinst du für heute oder generell?«

»Beides«, antwortete ich. »Aber es reicht erst mal einer für heute. Weiter kann ich noch gar nicht denken. Das traue ich mich nicht.«

Blake kniff die Augen zusammen und ergriff meine Hand.

»Wieso nicht?«

»Weil es möglicherweise noch nicht vorbei ist und ich nicht absehen kann, was uns noch erwartet«, gab ich kleinlaut zu.

»Wir haben alles getan, was wir konnten. Wir müssen jetzt abwarten, Leah.«

»Du hast recht. Aber genau das ärgert mich, verstehst du das? Dieses Nichtwissen und auf etwas warten, wenn man keine Ahnung hat, worauf. Das ist kein schönes Gefühl.«

»Ich kenne da eines …« Er grinste frech und stand auf.

»Was?«

»Na, ein schönes Gefühl.«

Er schlang die Arme um meine Hüfte und küsste mich. Der Geschmack von Kaffee hing noch an seinen Lippen und vermischte sich mit seinem eigenen. Es berauschte mich mehr als jedes Koffein. Ich fuhr mit den Händen über seine Arme, die ich vorhin noch bewundert hatte. Sie waren schön und stark zugleich. Ich fühlte mich so wohl und geborgen wie schon lange nicht mehr.

Ich begegnete seinem Blick, als er sich zurückzog.

»Was ist?«, fragte er und sah zwischen meinen Augen und Lippen hin und her.

»Findest du das hier …«, ich deutete erst auf ihn, dann auf mich, »… nicht etwas …«

»Komisch?«

Warum musste er so grinsen? »Wir kennen uns erst seit ein paar Tagen, und schon …«

»Küssen wir uns?«

»Hör auf, meine Sätze zu beenden!« Ich gab ihm einen spielerischen Schubs.

»Es wundert mich sehr, Miss Mint, dass gerade Sie von ›komisch‹ sprechen.«

»Das hast du gesagt, nicht ich«, korrigierte ich ihn.

»Aber du hast es gedacht.«

»Es ist neu für mich, und ich weiß eben nicht, ob es so sein muss, wie es ist.«

»Trink mal etwas Kaffee, mein Kuss scheint dich verwirrt zu haben.« Lachend schob er mir die Tasse hin.

»Sehr witzig.« Ich nahm trotzdem einen Schluck und ließ ihn nicht aus den Augen.

»Wenn sich etwas so echt anfühlt – und zwar für beide, wie ich hoffe –, warum dann warten? Warum sich nicht einfach hineinstürzen, wenn man doch nichts zu verlieren hat? Besser so, als wenn man zu viel darüber nachdenkt und sich hinterher gar nicht mehr traut, oder? Es sei denn, dir ist unwohl dabei. Nur ein Wort und ich lasse dich in Frieden«, sagte Blake.

»Nein. Ich fühle mich wahnsinnig wohl bei dir. Aber gerade das verunsichert mich. Vor ein paar Tagen kannte ich dich noch nicht, und jetzt …«

»Und jetzt?«, fragte er mit rauer Stimme.

»Jetzt«, sagte ich mit bebendem Herzen, »habe ich Angst, dass du aus der Tür da vorn gehst und nie wiederkommst.«

Mein Herzschlag dröhnte überall. Hoffentlich brachte er mich nicht dazu, vom Stuhl zu fallen.

»Wie kann das sein? Wie kann sich ein Leben – ein Mensch – vom einen auf den anderen Augenblick so verändern?«

»Willst du das wirklich wissen und den Moment seiner Magie berauben?«

Ich dachte darüber nach. Würde es mir besser oder anders gehen, wenn ich für alles eine Erklärung hatte? Oder sollte ich einfach genießen, was gerade mit mir geschah, und es auf mich zukommen lassen? Was hatte ich schon zu verlieren – ein Herz, das noch immer die Narben der Vergangenheit trug und mit Sicherheit auch noch eine andere Enttäuschung verkraften konnte.

Egal was kam, ich würde es schon schaffen. Das hatte ich bisher immer, das gestand ich mir in diesem Moment ein, auch wenn ich es bisher nicht so gesehen hatte. Ich musste mich mehr verändert haben, als mir bewusst war.

Statt ihm eine Antwort zu geben, zog ich Blake am Shirt zu mir und küsste ihn. Ganz sanft. Ich legte so viel Zuneigung hinein, wie ich konnte.

»Magie also«, sagte Blake, und sein warmer Atem streifte meine Wange. Ich spürte das Lächeln auf seinen Lippen, als er mir einen letzten kurzen Kuss gab, bevor das Chaos uns wieder für sich beanspruchte.

Das Wort Chaos war eine Untertreibung, wenn man den Zustand des Heims beschreiben wollte. Nach dem Brand und den Löscharbeiten durch die Feuerwehr sah nichts mehr so aus wie früher. Tränen standen mir in den Augen, als ich das ganze Ausmaß sah.

Detective Tottori hatte angerufen und mir die Erlaubnis gegeben, zu meiner Wohnung zu fahren, um ein paar Sachen zu holen. Es war allerdings nicht sicher genug, auf Dauer dorthin zurückzukehren. Wir sollten bis auf Weiteres in der Wohnung des Freundes von Detective Tottori bleiben.

Die Monster waren für die Zeit unserer Abwesenheit – Blake hatte darauf bestanden, mich zu begleiten – in der Obhut von Officer Fletcher und Officer Willows. Die Monster hatten darauf bestanden, dass diese beiden auf sie aufpassten. Denn wenn die Monster in einem gut waren, dann darin, nicht nachtragend zu sein. Sie mochten die zwei, und die Männer hatten sich sichtlich gefreut, dass keiner von uns einen Groll wegen der Sache hegte.

Auch ich war nicht sauer auf sie, sondern auf Sarah Persky. Trotzdem hatte ich die Monster nur ungern zurückgelassen, aber in der Obhut der Officers waren sie im Moment am sichersten.

Schon als ich das Absperrband, die Bretter vor den Fensterscheiben und die neue, vorübergehend eingebaute Tür gesehen hatte, hätte ich am liebsten geweint. Nichts erinnerte mehr an das Heim, in dem wir die schönen Stunden verbracht hatten.

»Alles okay?« Blakes Stimme holte mich in die Gegenwart zurück.

Ich nickte schwach, unfähig, etwas zu sagen. Der Schreibtisch, die Akten – alles war verbrannt. Der beißende Gestank nach Verbranntem fraß sich durch meine Atemwege und kratzte in meinem Hals.

Blake legte seine Hand um meine. »Lass uns hochgehen.«

In der Wohnung sah es aus, als wäre nichts passiert. Natürlich roch es auch hier nach Rauch, aber weiter als die ersten beiden Treppenstufen waren die Flammen nicht gekommen.

Trotzdem fühlte ich mich wie in der Wohnung einer Fremden. Alles wirkte entrückt, traurig und leer. Als hätte ich alle wichtigen Erinnerungen schon eingepackt und sie anderswo verstaut.

»Ich kann hier nicht mehr wohnen«, sagte ich in den Raum hinein.

»Der Geruch geht …«, setzte Blake an.

»Nein«, fiel ich ihm ins Wort. »Ich meine, ich kann *hier* nicht mehr wohnen.«

»Verstehe.«

Ich wandte mich zu ihm um. »Tust du das?«

»Dir geht es vermutlich genauso wie mir, als ich erkannt habe, wie unecht alles in *Bwystfilwood Hall* ist.«

Tatsächlich hatte ich ihn erst vor ein paar Tagen gefragt, wie er sein altes Leben so leicht hatte hinter sich lassen können. Jetzt verstand ich, dass es keineswegs leicht gewesen war. Aber es war die einzige Entscheidung, die sich richtig anfühlte.

»Ich fang mal mit Packen an.«

»Brauchst du Hilfe?«

»Du könntest aus der Küche alles noch Essbare in die Kiste packen, die unter der Spüle steht.«

»Geht klar.«

Im Schlafzimmer kramte ich meinen Rucksack und meinen Koffer aus dem Wandschrank. Mehr als das, was in die beiden passte, wollte ich erst mal nicht mitnehmen. Zum Glück stanken die Klamotten in meinem Schrank nicht allzu sehr und ich packte meine Lieblingsstücke ein. Hinterher folgten Sachen aus dem Bad, Bücher und wichtige Dokumente wie meine Kontounterlagen und Versicherungspapiere. Leider konnte ich nichts von den Monstern mitnehmen, denn alles, was sie besaßen, hatte sich unten im Heim befunden.

Zwei Sachen fielen mir allerdings noch ein, nach denen ich suchen wollte.

»Ich habe alles«, sagte ich zu Blake, der gerade ein paar Kekse in die Kiste packte.

»Das ging aber schnell.«

»Ich brauche auch erst mal nicht viel. Ich komme ein anderes Mal wieder.«

Seinem skeptischen Blick nach zu urteilen, glaubte er nicht recht daran, dass ich je wieder einen Fuß in diese Wohnung setzen würde. Aber das hatte ich vor, musste ich sogar, auch wenn ich einen Neueinzug ausschloss. Ich wollte nur einfach schnell weg hier und zurück zu meinen Monstern.

»Im Heim sind noch zwei Dinge, nach denen ich sehen möchte.«

»Geh schon mal vor, ich komme gleich.«

Unten angekommen, stellte ich Koffer und Rucksack in eine Ecke, in der nicht so viel Dreck herumlag. Als Erstes ging ich zu Montys Aquarium. Ich achtete darauf, meine Klamotten nicht noch einmal mit der Tinte zu beschmieren, die noch immer überall haftete. Ich zog den Pullover aus und griff mit dem rechten Arm ins Wasser. Durch die Tinte war es dunkel und trüb und ich tastete blind herum. Meine Finger schlossen sich um den gesuchten Gegenstand und ich hob ihn aus dem Wasser.

Es war die alte Ballerina-Spieluhr, die Mr. Lambers Monty geschenkt hatte. Sie war wahrscheinlich das einzige Lieblingsstück, das überlebt hatte. Durch die Tinte war sie stellenweise angeschwärzt, aber das machte nichts.

Ich zog sie auf. Mr. Lambers hatte es geschafft, die Spieluhr so wasserfest zu präparieren, dass sie noch immer funktionierte.

Die ersten Töne klangen etwas verzerrt. Doch dann ertönte eine längst vergessene Melodie aus dem runden Gehäuse und erfüllte das Heim ein letztes Mal mit Leben. Es war ein melancholisches Stück, zu dem die Ballerina obenauf die immer gleichen Kreise drehte.

Ich stellte sie neben meinem Koffer auf den Boden und die Musik begleitete mich, als ich zur Wand ging, an dem das Foto von Mr. Lambers, den Monstern und mir hing.

Das Glas war geschwärzt und zerplatzt, und ich konnte das Foto darunter nicht sehen. Vorsichtig nahm ich den Rahmen von der Wand und drehte es um. Dann löste ich die Rückenpappe heraus und nahm das Foto an mich. Ich sammelte mich einen

Moment, ehe ich es umdrehte. Wie durch ein Wunder war es ohne einen Schaden davongekommen.

An dem Tag, an dem es aufgenommen worden war, waren wir alle so glücklich gewesen.

Ich hob den Blick und sah zum Schaufenster. Die angekokelten Rollläden und Bretter waren ein Vorhang, der das Innere des Heims vor den Schaulustigen auf der Straße verbarg. Ein Vorhang, der sich nie wieder heben würde.

Ich schleuderte den Bilderrahmen mitsamt dem Glas dagegen. Mit einem dumpfen Knall prallte er davon ab und das Glas zerbrach auf dem Boden.

»Ich hasse dich, Sarah Persky! Hörst du mich?« Ich schrie, wie ich es noch nie in meinem Leben getan hatte. Sie konnte mich nicht hören, aber das war mir egal. Es laut auszusprechen reichte. Behutsam steckte ich das Foto in die vordere Tasche meines Rucksacks.

Dann drehte ich völlig durch.

Alles, was mir in den Weg kam, trat ich, schlug ich oder warf es durch die Gegend. Das Heim stand nicht mehr für uns – die Monster und mich –, es stand für diese durchgeknallte Frau, die ich nicht in meinem Leben haben wollte. Da ich das nicht an ihr auslassen konnte, musste der Scherbenhaufen ausreichen, den sie hinterlassen hatte.

Ich brüllte alles raus, nahm kein Blatt vor den Mund. Irgendwann stieß ich gegen etwas Hartes, das partout nicht nachgeben wollte. Dieses Etwas umschlag mich mit warmen Armen und presste mich an sich.

Ich heulte bittersüße Tränen in Blakes Shirt, krallte mich an seinem Rücken fest und wollte nie wieder loslassen. Als das Schütteln nachließ, spürte ich seine Hand auf meinem Rücken, die beruhigend auf und ab fuhr.

»Ich will nach Hause«, krächzte ich. Wortlos nahm Blake mich bei der Hand.

Jeder andere hätte vermutlich verständnislos den Kopf geschüttelt, da mein Zuhause nicht mehr existierte. Blake aber

verstand, dass ich immer dort daheim sein würde, wo meine Monster waren.

Er schulterte den Rucksack und nahm den Koffer. Ich sah mich noch ein letztes Mal im Heim um, in dem es nun noch wüster aussah. Doch ich verspürte keine Reue. Ich fühlte mich besser.

In meiner Raserei hatte ich auch den großen Tontopf von Glues Baum umgeworfen, von dem nichts außer Asche übrig geblieben war. Etwas an der Stelle, wo der Topf gestanden hatte, stach mir ins Auge. Ich löste mich von Blakes Hand und ging darauf zu, kniete mich hin. Da waren Vertiefungen im Boden. Ich strich mit den Fingern darüber. Nein, keine Vertiefungen, sondern Einschnitte.

»Was tust du da?« Blake hockte sich neben mich.

»Siehst du das?«

Er fuhr ebenfalls mit den Fingern an den Kanten entlang.

»Da hat jemand das PVC an drei Stellen eingeschnitten, quadratisch, allerdings nur an drei Seiten. Wie eine …«

»Klappe«, sagte ich.

»Meinst du, es ist etwas darunter versteckt?«

Ich klopfte den Bereich auf und um die Linien herum ab, konnte aber keinen Unterschied feststellen.

»Sehen wir doch mal nach.« Blake versuchte die Finger zwischen die Rillen zu stecken, doch es gelang ihm nicht. »Sie sind zu eng.«

»Lass mich mal.« Mit viel Mühe schaffte ich es, meine Finger in den Zwischenraum zu schieben. Meine Haut riss an ein paar Stellen auf, aber das war mir egal. Sobald ich die Kante einigermaßen zu fassen bekam, zog ich daran. Das Stück Boden war festgeklebt, und ich musste viel Kraft aufwenden, bevor sich ein kleines Stück mit einem reißenden Geräusch vom Holz löste. Blake half mir dabei, die Ecke komplett vom Untergrund zu trennen.

Darunter befand sich tatsächlich eine hölzerne Klappe, in die ein Verschluss eingelassen war. Ich drehte daran, und sie ließ sich problemlos öffnen. In der Öffnung erkannte ich nur Dunkelheit. Blake beugte sich vor.

»Siehst du was?«, fragte ich.

»Da schimmert etwas«, meinte er. Er überzog den rechten Arm mit schützenden Drachenschuppen und griff in das Loch hinein. Blake versank bis zum Ellbogen darin, ehe er etwas zu fassen bekam. Knisternd zog er eine transparente Plastiktüte aus dem Loch, in die etwas eingewickelt war.

Ein ledernes Notizbuch.

»Ich glaub's nicht«, flüsterte ich. Blake reichte mir das Buch und verschloss das Loch wieder. Er stellte den Tonkübel darauf zurück, sodass das Versteck nicht mehr zu sehen war. Ich ließ mich in den Schneidersitz fallen und befreite das Buch aus der Tüte.

Der Einband war dunkelbraun, abgegriffen und wurde durch ein rotes Band zusammengehalten. Ich zog vorsichtig daran, um die Schleife und dann den Einband zu öffnen. Die Seiten im Inneren waren dick wie Skizzenpapier und jeder Quadratzentimeter mit Mr. Lambers' Handschrift bedeckt. Hier und da waren auch ein paar Zeichnungen und Formeln zu sehen.

Soweit ich es auf den ersten Blick beurteilen konnte, drehte sich das meiste um seine Forschung mit den Monstern.

Wir mussten den Eintrag finden, in dem es um die Perle ging.

»Ich bin mir nicht sicher, ob ich wirklich wissen will, was in diesem Buch steht«, gab ich zu.

»Soll ich?«

»Nein.« Ich atmete tief durch. »Ich schaff das schon. Solange du bei mir bist.«

»Möchtest du woanders hingehen?«

»Nein. Es erscheint mir passend, es hier zu tun.«

Ich konnte zwar förmlich Dr. Perskys Atem in meinem Nacken spüren, immerhin schien sie überall und nirgendwo zugleich zu sein, aber ich wollte es jetzt hinter mich bringen.

»Dann rühre ich mich nicht vom Fleck«, sagte er und legte seine Hand auf mein Bein. Bevor ich es mir anders überlegen konnte, schlug ich das Buch auf und blätterte es durch.

»Blake«, keuchte ich.

»Hast du es gefunden?«

»Nein. Aber etwas anderes. Sieh mal hier.«

Ich hielt Blake eine Doppelseite hin, auf der Mr. Lambers neben seinen Einträgen Kommentare in roter Farbe hinterlassen hatte.

Illegal, Verboten, Nicht mit der Regierung abgesprochen, lauteten einige von ihnen. Mit einem Strich hatte Mr. Lambers die Kommentare mit den entsprechenden Inhalten verknüpft. Und es waren viele.

»Mister Lambers hat also doch etwas hinterlassen, womit wir die Experimente beenden können«, sagte ich voller Ehrfurcht. »Hier sind all die Verstöße dokumentiert, die in *Bwystfilwood Hall* begangen wurden. Wenn wir das an die richtige Stelle weiterleiten oder öffentlich machen, dann könnte es das Ende der Experimente bedeuten.«

»Also hatte er doch vorgehabt, etwas zu hinterlassen, dann aber etwas anderes beschlossen. Nur blieb ihm keine Zeit mehr, dieses Tagebuch zu vernichten.«

»Vielleicht hat er sich aber auch nicht umentschieden und nur keine Zeit mehr gehabt, einen Hinweis zu hinterlassen«, sagte ich. »Wie dem auch sei, wir haben jetzt, was wir brauchen …«

Ich schweifte gedanklich ab und sah zu dem Loch zurück. Dem Versteck unter dem Baum, auf dem Glue gesessen hatte.

»Leah?« Blake sah mich sorgenvoll an.

»›Glue wird für dich da sein, wenn du sie brauchst, und dich an ihrem Wissen teilhaben lassen.‹ Das war eines der letzten Dinge, die Mister Lambers zu mir gesagt hat. Ich habe es auf die Adoptionen bezogen, aber was, wenn es mehr bedeutete? Wenn es sich hierauf bezogen hat?«

»Ich glaube, wenn du nur lange genug nachdenkst, fallen dir mit Sicherheit noch mehr Sätze ein, die sich darauf beziehen könnten. Oder aber es stimmt, und er hat sich deshalb so unspezifisch ausgedrückt, weil ihm die Entscheidung schwerfiel. Er war sich unsicher, was er tun sollte, auch im Angesicht des Todes. Vielleicht war es für ihn einfacher, diese Entscheidung jemand anderem zu überlassen, wenn es so weit ist.«

»Wir werden es nie wissen, oder?« Als Antwort zuckte Blake mit den Schultern.

»Na gut, dann müssen wir nun die Entscheidung treffen und mit den Konsequenzen leben. Und das werden wir tun, sobald ich herausgefunden habe, was es mit dieser ›Perle‹ auf sich hat.«

Blake beobachtete mich schweigend, während ich weiterblätterte.

Ich überflog die Einträge nur, aber es reichte aus, um mir einen Eindruck von den Experimenten zu verschaffen. Und der war nicht gerade angenehm. Nicht alle waren für die Monster schädlich, aber viele doch grenzwertig und manche schlichtweg grausam. Aber auch über die Tests an den Mosaiken hatte er etwas aufgeschrieben, und es las sich nicht besonders schön.

Ich blätterte vor, zu den Einträgen, die kurz vor Mr. Lambers' Kündigung gemacht worden waren. Und tatsächlich fand ich etwas.

»Der Eintrag wurde im Juni vor zwei Jahren verfasst«, sagte ich mit Blick auf das Datum, das oben rechts in der Ecke stand.

»Also kurz bevor Mister Lambers *Bwystfilwood Hall* verlassen hat«, merkte Blake an. Mit zitternder Stimme begann ich vorzulesen, noch immer unsicher, ob ich überhaupt wissen wollte, was auf den folgenden Seiten stand. Doch jetzt gab es kein Zurück mehr.

»›Ich habe schon des Öfteren an meiner Arbeit gezweifelt. Ein Punkt, an den vermutlich jeder Mensch ein- oder mehrmals kommt. Ich bin bisher jedoch immer wieder darüber hinweggekommen, habe mich mit neuem Eifer in die Forschung gestürzt.

Aber in den letzten Tagen habe ich nicht nur gezweifelt, ich habe erkannt, wie falsch das alles ist. Seit Sarah und mir die Züchtung der Mosaike gelungen ist, haben wir geglaubt, alles schaffen zu können, die Grenzen zu überwinden. Doch nun *weiß* ich, dass es möglich ist. Und ich habe große Angst davor.

Die Einbringung von Monster-Genen in den Menschen mag uns insofern gelungen sein, dass wir ihre physischen Merkmale übertragen konnten und regulierbar gemacht haben. Die

Drachenhaut von Blake Henderson und die guten Augen der Hundsadler wie bei Iris Hillard sind ein Beispiel dafür. Aber was wir bis heute noch nicht unter Kontrolle haben, ist die Magie.

Wir haben es nicht geschafft, den Mosaiken oder normalen Menschen magische Fähigkeiten zu übertragen. Wir sind seit Jahrzehnten auf der Suche nach ihrem Ursprung und wie wir sie nutzen können. Bisher ist noch nichts dabei herumgekommen, außer dem Wissen, dass die Magie der Monster mithilfe magnetischer Wellen geschwächt werden kann. Eine Technik, die wir auch bei unseren speziellen Käfigen einsetzen, um die Monster darin ruhig zu halten.

Aber jetzt bin ich der Lösung des Rätsels ein Stück näher. Ich weiß, wie man an die Magie der Monster herankommt.

Versuchsobjekt K625, ein Monster der Gattung *Fublis ameris*, saß in einem defekten Käfig, was ich zu spät bemerkte. Die magnetischen Wellen, die der Käfig ins Innere ausstrahlte, waren zu stark und fügten dem Versuchsobjekt Schaden zu. K625 lag bereits im Sterben, als ich in das Labor kam und die blinkenden Warnlichter der Kontrollanzeige sah. Ich schaltete den Strom sofort ab, doch der Zustand des Monsters verbesserte sich nicht, egal was ich tat.

Dann sah ich, wie das Versuchsobjekt L639 – ebenfalls ein *Fublis ameris* – vom angrenzenden Käfig aus eines seiner Beine zu K625 hinüberstreckte und ihn an der Seite berührte. Vorsichtig trat ich einen Schritt näher und wurde Zeuge davon, wie sich eine Träne aus dem Auge von L639 löste und über seinen Körper und das Bein zu K625 rollte. Eine Welle von Energie erfasste mich, bevor sie sich im gesamten Raum ausbreitete und Reagenzgläser zum Klirren brachte. Meine Haare stellten sich auf und ein Schauer lief mir den Rücken hinunter.

Als die Träne das Versuchsobjekt K625 berührte und in seinem Fell hängen blieb, ging es dem Monster augenblicklich besser. L639 allerdings fiel in sich zusammen. Ich schaltete den Strom des zweiten Käfigs ebenfalls ab, um L639 zu untersuchen. Doch das Monster war bereits tot.

Die Träne löste sich in dem Fell von K625 auf und das Monster erholte sich. Ich traute mich dennoch lange Zeit nicht, den Strom wieder einzuschalten. Doch K625 machte auch keinerlei Anstalten, seine Magie gegen mich einzusetzen.

Während ich das Monster weiter beobachtete, fasste ich meine Beobachtungen in Worte.

Die erste Schlussfolgerung: Wenn man die Magie von Monstern zu stark oder vollständig unterdrückt, sterben sie. Sie können nicht ohne ihre Magie überleben.

Die zweite Schlussfolgerung: Magie kann gebündelt werden. L639 wollte das andere Monster vor dem Tod durch Magieverlust bewahren und hat sein Leben geopfert, um das von K625 zu retten. Und das hat L639 getan, indem es dem anderen seine Magie, sein Lebenselixier, in Form einer Träne überließ. Wussten die Monster schon immer um diese Kraft? War es ein Instinkt?

Die dritte Schlussfolgerung: Magie ist übertragbar. Vielleicht sogar auf Mosaike oder Menschen?

Ich weiß, was diese Entdeckung bedeutet: Mithilfe dieser Tränen können wir den Durchbruch schaffen und die Magie für unsere Mosaike nutzen. Aber ist der Preis dafür zu hoch? Wie viele Monsterleben würden wir zur Selbstaufgabe zwingen müssen, um an ihre Magie und damit an unser Ziel zu gelangen?

Ich habe Sarah nichts davon erzählt. Ich wollte erst eine Nacht darüber schlafen.

Doch als ich am nächsten Tag ins Labor kam, lag K625 ebenfalls tot in seinem Käfig, neben ihm eine perlmuttfarben schimmernde, fest gewordene Träne.

Ich weinte, als ich verstand, dass auch K625 den Freitod gewählt hatte, indem es seine Magie abgegeben hatte. Weil es ohne das andere Monster nicht weiterleben wollte? Weil das alles hier so schrecklich war? Das war der Moment, ich dem ich beschloss auszusteigen.

Ich bin nicht bereit, diese Grenze zu überschreiten.

Die Träne ließ ich in eine Fassung setzen und wählte eine Kette dazu aus, die ich Sarah schenkte. Ich habe so getan, als sei alles in

Ordnung. Sie würde es nicht verstehen. Für ihre Arbeit würde sie alles tun. Das ist auch ein Grund, warum ich gehen muss. Ich will nicht erleben, wie sie sich in ihrer Arbeit verliert und zu einem echten Monster wird, das einen in Albträumen heimsucht. Dafür liebe ich sie zu sehr.

Ich verstehe selbst nicht, wieso ich ihr die Träne gegeben habe. Natürlich bin ich mir des Risikos bewusst, das ich damit eingegangen bin. Denn sie könnte eines Tages herausfinden, was es mit dieser Träne auf sich hat. Vielleicht wird sie dann verstehen, wieso ich gehen musste.

Ich hoffe, wünsche mir, dass es niemals so weit kommt. Aber so wie ich sie kenne, wird es früher oder später doch eintreten. Ob nun aufgrund meiner Träne oder einer anderen. Und dann wird sie dieselben Schlüsse ziehen wie ich.

Wird die Möglichkeiten erkennen, die sich damit offenbaren – und Fragen stellen. Dann wird sich zeigen, was sie mit den Antworten anfangen wird.‹«

Mit zitternden Fingern schlug ich die Seite um. Doch der Rest des Buches war leer, Mr. Lambers hatte nach diesem Eintrag nichts mehr geschrieben.

Es war still im Raum. Ich brauchte eine Weile, um zu verdauen und zu verstehen, was ich da gerade gelesen hatte.

»Sarah Persky darf diese Aufzeichnungen nicht in die Hände bekommen. Niemals!«

Ich zitterte, als ich das rote Band wieder um das Tagebuch legte und es sorgfältig verknotete.

»Wir sollten die Seiten am besten sofort vernichten.«

»Das werden wir tun, sobald wir sie Detective Tottori gezeigt haben«, sagte Blake.

»Wieso das?«

»Sollten wir es mit dem restlichen Inhalt des Buches tatsächlich schaffen, dass wir die Verantwortlichen des Forschungsprojektes vor Gericht stellen, dann müssen wir einen Zeugen haben, der die letzten Seiten in diesem Tagebuch gesehen hat.«

»Aber warum?«, wollte ich wissen.

»Ein Verteidiger würde sich sofort darauf stürzen. Auf diesen zwei Seiten hätte alles stehen können, und das wird er im Zweifelsfall für die Verteidigung nutzen. Uns beiden wird keiner glauben. Wir brauchen eine neutrale Person, die es ebenfalls bezeugen kann und die unseren Entschluss, diese Seiten zu zerstören, begründen könnte. Und warum wir auf gar keinen Fall eine Kopie, welcher Art auch immer, davon anfertigen wollten«, erklärte Blake.

Ich verstand seinen Einwand, mir war trotzdem nicht wohl dabei, das Tagebuch und vor allem die letzten Seiten länger als nötig bei mir zu tragen.

»Was ist mit uns?«

»Wie meinst du das, Leah?«

»Wir wissen, was hier steht. Selbst wenn wir die letzten Seiten vernichten, geht das Wissen nicht verloren. Es ist in uns. Damit machen wir uns zur Zielscheibe, sollten wir das Buch doch noch an Sarah Persky verlieren. Mittlerweile traue ich ihr alles zu. Ihr würde das sofort auffallen, und nach allem, was ich von ihr weiß, ist sie nicht dumm. Ihr wäre sofort klar, was da gestanden hat.«

»Dann gibt es nur eine Möglichkeit, damit wir nicht in ihr Visier geraten: Wir geben es sofort der Polizei, wo es sicher verwahrt und mit allen möglichen Mitteln beschützt wird, bis wir entschieden haben, wie wir weiter vorgehen.«

»In Ordnung.«

Blake und ich erhoben uns vom Boden und klopften die Asche von unseren Kleidern. Blake zückte sein Smartphone und wählte eine Nummer.

»Hallo, Sir. Blake Henderson hier. Wir haben etwas gefunden und würden gern mit Ihnen darüber sprechen. Können wir vorbeikommen? Danke, bis gleich.«

»Warum kündigst du uns an? Wir hätten auch einfach losfahren können.«

»So fällt es auf, falls wir unterwegs ›verloren‹ gehen.«

Ich schluckte schwer. Nun war es also so weit, wir hatten all unseren Optimismus aufgebraucht. So schnell wie möglich verließen wir das Heim und stiegen in Blakes Auto.

Mit einem letzten Blick auf das rußgeschwärzte *Monsters & Glue*-Schild über der Fensterfront verabschiedete ich mich vom Heim und der Zeit, die ich hier verbracht hatte. Es fiel mir unwahrscheinlich schwer. Eine einzelne Träne rann mir über die Wange, als ich gedankenverloren aus dem Fenster sah. Ich bemerkte nicht einmal, dass wir einen kurzen Zwischenstopp einlegten, bis Blake mir einen Becher in die Hand drückte.

»Trink das. Es wird dir helfen.«

Skeptisch blickte ich auf den Pappbecher. »Ist das etwa ein Zaubertrank?«

Blake schmunzelte. »Viel besser.«

Ich öffnete den Deckel ein Stück. Es war eine heiße weiße Schokolade mit Marshmallows.

Lächelnd sah ich zu ihm auf.

»Blake.«

»Mhm?«

»Ich bin froh, dass ich dich kennengelernt habe«, gestand ich ihm.

Er lachte trocken.

»Weil ich dir Getränke spendiere?«

»Genau. Nur deswegen«, erwiderte ich und trank einen Schluck. Eine wohlige Wärme breitete sich in mir aus und verscheuchte die trüben Gedanken für einen Moment. Es war genau das, was ich gebraucht hatte.

Blake beugte sich zu mir herüber.

»Eigentlich liegt es an den Küssen, gib es doch zu«, flüsterte er.

»Mhm … Nein. Nur wegen der heißen Schokolade.«

»Lügnerin«, brummte er in mein Ohr. Und trotz der sich anbahnenden Katastrophe musste ich lächeln.

18. Kapitel

Leah

Detective Tottori empfing uns, wie auch schon das letzte Mal, in seinem Büro. Geradezu ehrfürchtig nahm er das lederne Tagebuch entgegen.

»Das ist also der Schlüssel, der alles verändern kann?«

Er legte es vorsichtig auf dem Tisch ab und zog an dem roten Band. Bevor er es öffnete, hielt er inne.

»Darf ich?«

Mit einer nickenden Kopfbewegung gab ich ihm mein Einverständnis. Blake und ich saßen angespannt auf den Stühlen vor dem Schreibtisch und sahen dem Polizisten dabei zu, wie er das Buch begutachtete. Detective Tottori schlug es vorsichtig auf, die dicken Seiten raschelten, als er umblätterte. Er überflog sie, und nachdem er am Ende angekommen war, schob er das Buch ein Stück von sich.

»Das ist viel belastendes Material«, stellte er fest. Der Detective fuhr sich gedankenversunken über seinen Schnäuzer.

»Was können wir tun?« Ich rutschte näher an den Schreibtisch heran.

»Erst einmal gar nichts, Miss Mint. Von hier an übernehmen wir. Ich möchte nicht, dass Sie weiterhin mittendrin stecken, genau so wenig, wie Mister Lambers das wollte. Doch wir müssen vorsichtig vorgehen und jeden Schritt vorab sorgfältig planen. Unser Gegner ist mächtig, und nur über den richtigen Weg

können wir ihm gefährlich werden. Doch das braucht Zeit. Und Geduld. Habe ich schon mal erwähnt, dass ich warten hasse?«

Detective Tottori lächelte entschuldigend. »Ich weiß, das ist sicher nicht das, was Sie hören wollten, aber es ist das Einzige, was ich Ihnen bieten kann.«

»Danke, dass Sie das für uns tun, Detective Tottori.«

»Es ist mir eine Ehre.«

Das war's, dachte ich. *Hier ist die Geschichte vorerst zu Ende.*

Blake und ich verabschiedeten uns, dann kehrten wir dem Department den Rücken. Mir fiel ein riesiger Stein vom Herzen, als wir das Tagebuch zurückließen.

Blake war auf dem Rückweg zur Wohnung sehr still.

»Ist alles in Ordnung?«

»Was? Ich … ja. Und nein.« Er atmete tief durch und schüttelte den Kopf. »Das kann es nicht gewesen sein, oder? Ich wollte bis zum Ende helfen und es nicht auf jemand anderen abwälzen.«

»Wir werden sie auch weiterhin unterstützen, Blake. Aber aktuell können wir nichts tun. Was hast du erwartet? Dass wir gemeinsam mit einem Sondereinsatzkommando *Bwystfilwood Hall* stürmen und die Mitarbeiter dort festnehmen?«

Seine Mundwinkel zuckten. »So etwas Filmreifes hätte mir gefallen«, gestand er. »Aber …«

»Aber was?«

»Es war mal mein Zuhause, Leah. Und egal was war, es ist auch noch das Zuhause von den anderen Mosaiken, und ich überlasse es jetzt einem Außenstehenden, es zu zerstören.«

»Wäre es denn besser, wenn du es tun würdest?«

»Nein. Ich könnte es ihnen allerdings erklären. Die anderen verstehen nicht, was hier abgeht. Aber ich weiß, dass sich keiner von ihnen seine Zukunft vorschreiben lassen will. Als die Ärzte mit diesen Fragen über Liebe und Kinder anfingen, wurden wir alle etwas nervös. Ich glaube, die anderen begreifen langsam auch, dass sie ein Experiment auf Lebenszeit sind. Früher oder später hätten wir vielleicht alle gemeinsam etwas unternommen. Doch nur unseretwegen, und dann wäre es für die anderen Monster, die für uns leiden mussten, vielleicht schon zu spät gewesen.«

»Trotzdem hast du ein schlechtes Gewissen, oder?«

Er nickte. »Ja. Ich will nicht so sein wie Sarah, die Mensch und Monster aus ihrem Zuhause vertreibt.«

»Du möchtest ihnen eine bessere, eine selbstbestimmtere Zukunft ermöglichen. Sowohl den Mosaiken als auch den Monstern. Davon kann bei Sarah Persky nicht die Rede sein. Sie hat es aus Wut und vermutlich auch aus Rache getan. Du bist nicht wie sie.«

»Es fühlt sich trotzdem ein bisschen so an. Ich habe die ganze Zeit gedacht, ich weiß, was ich tue, doch jetzt ... jetzt liegt es nicht mehr in meiner Hand. Um es mit Detective Tottoris Worten zu sagen: ›Warten ist scheiße.‹«

Ich lachte auf. »So hat er das nicht gesagt.«

»Aber gemeint.«

Wir fuhren auf den Parkplatz vor der Wohnung und grüßten die beiden Officers, die in einem Wagen Wache hielten.

Blake stoppte das Auto und schaltete den Motor aus.

»Blake, sieh mich an.«

Als sich seine Zimtaugen auf mich richteten, fing mein Bauch wieder an zu kribbeln.

»Du bist ein wundervoller Mensch und kämpfst für eine gute Sache. Und wenn du mir nicht glaubst, dann frag die fünf Monster da oben in der Wohnung. Sie werden dir genau dasselbe sagen. Trotz allem glauben sie nämlich an uns. An dich.«

»Warum eigentlich?«, fragte er und grinste.

Ich lachte. »Keine Ahnung. Aber ich werde alles dafür geben, was ich kann, um ihnen gerecht zu werden.«

Blake legte seine Hand an meine Wange und zog mich zu sich herüber. Er küsste mich sanft und vorsichtig.

»Danke«, flüsterte er und zog sich zurück.

»Nicht dafür.«

»Geh du schon mal hoch, ich drehe noch eine Runde.«

Ich wollte fragen, was er vorhatte, ließ es aber bleiben. Er brauchte vermutlich einfach nur ein paar Minuten für sich, in denen er seine Gedanken ordnen konnte. Es war viel geschehen, und es würde noch viel passieren, wofür sich Blake verantwortlich fühlte. Sein ganzes Leben war wie meines auf den Kopf gestellt worden. Das war nicht einfach zu verdauen, schon gar nicht, wenn man keine Ruhe dafür fand.

Ich drückte seine Hand und stieg aus dem Auto. Einer der beiden Officers aus dem anderen Wagen geleitete mich zur Wohnung, wo er mich an einen zweiten Polizisten übergab. Als ich gerade die Tür aufschloss, hörte ich, wie Blakes Wagen vom Parkplatz fuhr.

Die Geräusche des Fernsehers begrüßten mich, als ich den Flur betrat. Die Officers Willows und Fletcher erwarteten mich bereits, und Ersterer deutete mit dem Finger in Richtung Wohnzimmer.

»Wir haben einen Film angemacht, weil ihnen langweilig war. Sie haben auf einem Krimi bestanden, ich hoffe, das war in Ordnung?«

»Klar. Vielen Dank!«

»Immer wieder gern, Miss. Wir gehen wieder nach draußen. Melden Sie sich, wenn Sie etwas brauchen.«

Ich verschloss die Tür hinter den beiden Männern und lehnte mich einen Moment dagegen. Dann ging ich ins Wohnzimmer. Im Krimi stand anscheinend das große Finale bevor, denn die Monster beachteten mich kaum, als ich eintrat. Glue begrüßte mich mit einem Zwinkern, und ich war froh, dass die Kleinen für einen Moment alles vergessen konnten. Monty allerdings richtete seine Augen direkt auf mich und winkte mich zu sich und seinem Glas. Ein Licht am Filter leuchtete rot, er musste gesäubert werden, und das, obwohl er neu war. Daran merkte man den qualitativen Unterschied zwischen Massenware und liebevoller Handarbeit. Also schnappte ich mir Monty und seine Behausung und brachte beide ins Bad. Ich ließ die Wanne volllaufen und setzte Monty hinein, der sogleich ein paar Runden drehte. Danach reinigte ich den Filter und das Glas.

»Monty, was sollen wir jetzt machen?«

Der kleine Krake zog sich am Wannenrand hoch und schaute darüber.

»Wir brauchen eine neue Unterkunft. Aber soll ich ein neues Heim eröffnen oder etwas anderes machen?«

Ich erzählte Monty von allem, was passiert war und was nun noch geschehen würde. Er hörte mir aufmerksam zu. Es ging mir nicht darum, dass er mir eine Antwort gab, aber zu reden, die wirren Gedanken in Worte zu fassen, beruhigte mich.

»Ich glaube, wir müssen das alle gemeinsam besprechen. Aber nicht mehr heute. Es ist schon spät. Oder was meinst du?«

Monty nickte. Als ich ihn aus der Wanne heben und wieder in das Glas setzen wollte, zeichnete er ein Tintenbild ins Wasser. Es waren ein Drache und ein Fragezeichen.

Ihm war also aufgefallen, dass jemand fehlte. Blake, der bereits nach wenigen Tagen eine Leere hinterließ, wenn er nicht da war.

»Er braucht einen Moment für sich. Auch für ihn waren die letzten Tage schwer.«

Monty deutete ein Nicken an, dann legte er den Kopf schief und zeigte mit einem Tentakel auf den Boden.

»Ob er wieder herkommt? Ich denke schon. Aber wie lange er bleiben wird, das kann ich dir nicht sagen.«

Und da traf es mich.

Ein Gefühl, das mir kurzzeitig die Luft raubte.

Was, wenn Blake nicht wiederkam? Was, wenn er mich nun nicht mehr brauchte, nicht mehr wollte, nachdem alles vorbei war und wir nichts weiter tun konnten?

Was, wenn ich all das, was zwischen uns war, doch falsch verstanden hatte?

Ein blauer Tentakel wickelte sich um meinen kleinen Finger und drückte ihn leicht. Monty schüttelte heftig den Kopf und zeigte erneut mit einem Tentakel auf den Boden. Mit einem weiteren berührte er auf meiner Brust die Stelle über meinem Herzen.

»Ich hoffe, du hast recht.«

Zurück in seinem Glas, ließ sich der Krake von mir ins Wohnzimmer tragen. Glue und Co. sahen mich erwartungsvoll, gera-

dezu fragend an. Ich spürte einen Stich im Herzen, weil ich nicht wusste, wie ich ihnen gegenübertreten sollte.

Ich hatte rein gar keine Idee, wie es weitergehen sollte, und das war nicht das, was sie verdienten. Blake gegenüber hatte ich gesagt, dass ich alles für sie tun würde, aber in diesem Augenblick zweifelte ich etwas an mir.

»Monty wird euch auf den neuesten Stand bringen«, meinte ich zu ihnen, weil sie bestimmt dieselben Fragen hatten wie er.

Außerdem konnten sie dann schon mal unter sich besprechen, was sie nun gern tun würden.

Ein neues Heim? Oder nicht?

Ich verzog mich in die Küche und bereitete die verschiedenen Abendessen für die Monster zu. Dabei ließ ich mir mehr Zeit als nötig, weil es mich ablenkte.

Blake kam nicht zurück.

Nach dem Essen lagen die Monster und ich müde auf dem Sofa und sahen uns noch einen Film im Fernsehen an. Stunden waren vergangen, seit Blake verschwunden war, und er hatte sich noch nicht gemeldet. Ich rief ihn nicht an, aus Angst, ihm auf die Nerven zu gehen.

Dennoch war ich die ganze Zeit angespannt, und mein Blick huschte immer wieder zur Tür.

Und zu dem zweiten Sofa, auf dem er geschlafen hatte.

Auch die Monster warteten auf ihn.

Ich konnte nicht mal genau festmachen, woran ich das merkte.

Ich fühlte es.

Seit Blake in das Heim gekommen war, *fühlte* ich.

Mehr als je zuvor. Und ich wusste nicht, ob mir das Angst machen sollte oder nicht.

Als wir ins Bett gingen, war Blake noch immer nicht da. Ich wählte nun doch seine Nummer, aber es ging nur die Mailbox ran, und ich bat ihn darum, sich kurz zu melden, dann legte ich wieder auf.

Doch er rief nicht zurück. Stattdessen bekam ich eine halbe Stunde später eine SMS.

Es ist alles in Ordnung. Schlaf gut.

Ich war enttäuscht, dass er mir das nicht persönlich sagte. Ich hätte gern seine Stimme gehört und ihn gefragt, wo er war. Ob er wiederkam. Aber er war mir natürlich keine Rechenschaft schuldig, denn wir waren ... tja, was eigentlich?

»Noch eine Sache auf meiner Liste der Dinge, die ich nicht verstehen und benennen kann«, sagte ich zu meinem Spiegelbild, als ich mich im Bad bettfertig machte.

Mein anderes Ich zuckte nur mit den Schultern.

»Na, vielen Dank auch.«

Die Monster schnarchten schon selig, als ich das Schlafzimmer betrat. Nur Pebbles saß noch wach auf dem Sessel, den wir aus dem Wohnzimmer hergeholt hatten. Ich rückte die Kissen um sie herum zurecht.

»Es ist alles in Ordnung. Schlaf gut.«

Sie schloss die Augen, legte sich hin und ich gab ihr einen Kuss auf den Kopf, ehe auch ich ins Bett kroch.

Kurz bevor ich einschlief, dachte ich an Blake.

Nicht dass ich an diesem Abend je damit aufgehört hätte. Aber ich wünschte mir, dass er wiederkam.

Und blieb.

19. KAPITEL

Blake

Er hatte wirklich nichts dazugelernt, war mit dem Kopf durch die Wand, ohne nachzudenken. Egal was Leah sagte, er war furchtbar egoistisch.

Er war so in seiner Mission aufgegangen, dass er nicht daran gedacht hatte, wie sie sich auf andere auswirken konnte. Es stimmte, was er zu Leah gesagt hatte. Nicht alle Mosaike hießen den Weg gut, den das Experiment einschlug. Aber rechtfertigte das sein Verhalten? Hätte er erst mit ihnen reden sollen?

Vielleicht bin ich es falsch angegangen, dachte Blake.

Doch jetzt war es zu spät. Der Stein war ins Rollen gebracht worden, und es gab kein Zurück. Er hoffte, dass sie Erfolg hatten und die Monster in *Bwystfilwood Hall* retten konnten. Damit auch die Mosaike endlich frei waren, um zu tun, was sie wollten. Denn keiner von ihnen hatte sich dieses Leben ausgesucht.

Und nun zwingst du ihnen wieder etwas auf, meldete sich Blakes Gewissen zu Wort. *In welcher Art ist das anders?* War es ein Fehler, ein Verbrechen, jemanden in die Freiheit zu zwingen?

Blake schlug mit der Faust auf das Lenkrad, weil ihn diese Frage in den Wahnsinn trieb. Er kam aus Versehen auf die Hupe und erschreckte einige Passanten, die auf dem Gehweg neben der Straße liefen.

»Tut mir leid«, murmelte er, aber natürlich konnten sie ihn nicht hören. Blake lenkte den Wagen auf den nächsten freien

Parkplatz und stellte ihn dort ab. Wenn er in diesem Zustand weiterfuhr, würde er am Ende noch jemanden überfahren.

Also stieg er aus dem Auto und fluchte, als ihn ein paar Tropfen trafen. Wieso nur musste es hier immer regnen?

Die Kapuze über den Kopf gezogen lief er los.

Er musste über die Ironie des Schicksals lachen. Nachdem er das erste Mal bei Leah im Heim gewesen war, hatte es ihn danach auch auf die Straße verschlagen. Damals hatte er sich ganz ähnliche Vorwürfe gemacht.

Damals … wie lächerlich das klang, es waren nur ein paar Tage vergangen. Und doch war alles anders und irgendwie auch nicht. Er hatte nun, was er wollte. Es ging *Bwystfilwood Hall* an den Kragen. Doch er war nicht schlauer als vorher.

Was sollte er nun tun? Wo würde ihn sein Weg hinführen? Noch hatte die Regierung sein Konto nicht gesperrt, aber sobald das Forschungsprojekt aufflog und man Blakes Verwicklung darin erkannte, würde sich das ändern.

Er brauchte einen Job. Aber wie sollte er an einen kommen? Sein Abschluss war kein offizieller. Nichts, was anerkannt werden würde. Keiner von den Mosaiken hatte das. So würde die Freiheit, die Blake ihnen gab, nicht unbedingt bedeuten, dass sie frei entscheiden konnten. Sie waren weiterhin durch die Regeln im Rest der Welt eingeschränkt.

Blake fragte sich, ob er überhaupt etwas richtig gemacht hatte. Mittlerweile schien Leah mehr von seiner Mission überzeugt als er selbst.

Beim Gedanken an sie schlug Blakes Herz schneller, und seine Drachenschuppen regten sich, als ihn ein Kribbeln erfasste.

Er hatte sie nicht verdient. Obwohl sie bisher den meisten Schaden, das meiste Leid davongetragen hatte, vertraute sie ihm immer noch und glaubte an seine Sache.

Er wusste nicht, ob sie zu naiv war oder er zu pessimistisch.

Woher kamen diese trüben Gedanken? Wo war sein Kampfgeist geblieben? Ihm wurde schwindelig, er fing sich an einer Hauswand ab, ließ sich daran heruntergleiten, bis er auf dem

nassen Gehsteig saß. Er fasste sich an die Narbe, die die Kugel hinterlassen hatte, und dachte an Joshua. Warum hatte er nicht gemerkt, wie schlecht es seinem besten Freund gegangen war? Möglicherweise hätte er vieles verhindern können, wenn er sich mehr um ihn und weniger um seine persönliche Mission gekümmert hätte.

»Du bist ein Egoist, Blake Henderson«, sagte er zu sich selbst.

»Wie bitte?« Ein älterer Herr fühlte sich angesprochen und blickte skeptisch auf ihn herab.

»Entschuldigung, ich habe mit mir selbst geredet.«

»Solltest weniger Drogen nehmen, Junge.«

Blake schnaubte und verfolgte den alten Mann mit seinem Blick.

Er entdeckte ein hell erleuchtetes Schaufenster auf der anderen Straßenseite. Schwerfällig erhob er sich und lief darauf zu.

Es war ein Spielzeugwarenladen, in der Auslage entdeckte Blake ein paar Puppen. Eine von ihnen war eine Ballerina.

Er betrat das Geschäft, suchte nach einem Verkäufer und ließ sich die Puppe aus dem Schaufenster zeigen.

»Ich brauche nur das Tutu«, sagte Blake zu dem Mann.

Der Verkäufer runzelte die Stirn und stellte die Puppe zurück. »Wir verkaufen sie nur komplett, aber wir haben ein paar einzelne Tutus, folgen Sie mir.«

Blake suchte sich ein pinkes, sehr bauschiges Exemplar aus und bezahlte es.

Plötzlich setzten heftige Kopfschmerzen ein, und er musste sich erneut abstützen. Nach ein paar Sekunden waren sie verflogen, aber Blake fühlte sich nicht besonders gut. Etwas zu essen wäre nicht schlecht.

Er ging in das nächste Restaurant, setzte sich an einen freien Tisch und bestellte eine Portion Nudeln. Nach dem Essen ging es ihm besser, aber die Kopfschmerzen kehrten dennoch zurück.

Plötzlich ließ sich jemand auf dem Platz ihm gegenüber nieder.

»Hallo, Blake.«

Er traute seinen Augen nicht.

»Was machst du hier?«

Joshua sah sich in dem Restaurant um.

»Ich bin dir gefolgt. Nicht gerade schwer, da du noch immer deine Uhr benutzt und ich dich damit tracken kann.«

»Lass es mich anders ausdrücken: Was willst du?« Blake fasste sich an die pochende Schläfe.

»Dir geht es nicht gut, oder? Schwindelanfälle, Kopfschmerzen, allgemeines Schwächegefühl, düstere Gedanken?«

»Du kennst die Antwort ja anscheinend schon«, knurrte Blake.

»Erinnerst du dich an die Spritzen?« Joshua beugte sich vor und senkte die Stimme.

»Die, die uns deine Mutter seit ein paar Monaten gibt? Ja. Wieso? Was ist damit?«

»Was du gerade erlebst, ist das Abklingen des Wirkstoffes darin. Und es wird schlimmer werden. In ein paar Tagen ist es aber vorbei. Du solltest nach Hause gehen.«

»Nach Hause? Ich habe kein Zuhause mehr, falls du es vergessen haben solltest. Deinetwegen.«

Joshua zuckte zusammen. »Bitte geh.« Er klang fast schon flehend.

Blake kniff die Augen zusammen. »Was ist los? Was hat es mit diesen Spritzen auf sich? Wieso bist du hier und sagst mir das?«

Joshua biss sich auf die Lippen. Sein Blick huschte über Blakes Schulter und zurück zu ihm. »Es tut mir leid. Alles. Bitte glaube mir.«

Blake durchfuhr ein stechender Schmerz von seinem Nacken bis in den Kopf hinauf. Sein Blick verschwamm für einen Moment. Als er wieder klar sehen konnte, erkannte er das traurige Gesicht seines Freundes.

Dann wurde alles schwarz.

20. Kapitel

Leah

Am nächsten Morgen gab es von Blake noch immer keine Spur. Ich versuchte ihn im Halbstundentakt zu erreichen, aber erst nahm er nicht ab, dann wurde ich direkt zur Voicemail weitergeleitet.

Die Monster und ich machten uns mittlerweile große Sorgen. Ich rief Detective Tottori an, aber auch er hatte nichts von Blake gehört. Er versuchte mich zu beruhigen.

»Er wird sicher wieder auftauchen. Einige Männer tun zwar oft so, als wären sie allem gewachsen, aber auch wir werden mal aus der Bahn geworfen und brauchen etwas Zeit, um zurückzufinden. Sollte er sich bis heute Abend nicht gemeldet haben, rufen Sie mich an.«

Ich verabschiedete mich und legte auf, aber besser ging es mir nicht. Zur Ablenkung spielte ich mit den Monstern Verstecken. Es funktionierte eine Weile ganz gut, dann klingelte mein Handy. Ich stürzte aus meinem Versteck, und Pebbles quietschte, als ich ihr entgegenrannte.

»Du hast gewonnen!«

Ich griff nach dem Handy und mein Herz machte einen Hüpfer. Ich hob ab.

»Blake!«

Ich hörte zunächst nur ein Rauschen, dann ein Rascheln.

Doch niemand meldete sich.

»Blake?« Mir war ganz flau im Magen. Wieso antwortete er nicht?

Lautlose Sekunden verstrichen.

»Leah Mint«, raunte dann eine weibliche Stimme in den Hörer. Mein Herz, das eben noch vor Freude schneller geschlagen hatte, rutschte mir in die Hose. Meine Knie gaben nach, und ich musste mich auf den Esszimmerstuhl fallen lassen.

Ich kannte sie nicht, hatte noch nie mit ihr gesprochen, und dennoch wusste ich, wer da am anderen Ende der Leitung war.

Sarah Persky.

»Wo ist Blake?«

Die Frau lachte verächtlich. »Du weißt also, wer ich bin. Freut mich. Und Blake ist genau da, wo ich ihn haben will.«

Die Kälte in ihrem Tonfall ließ mich erzittern. Im Hintergrund hörte ich etwas knirschen.

»Was haben Sie mit ihm gemacht?« Ich sprang vom Stuhl auf, lief unruhig in der Küche hin und her.

»Noch nichts.« Eine unterschwellige Drohung schwang in ihren Worten und ihrer Stimme mit.

Warum musste ich ihr alles aus der Nase ziehen?

»Was wollen Sie?«, knurrte ich.

»Das Tagebuch, Leah.«

Natürlich. Was auch sonst? Nur woher zum Teufelmonster wusste sie, dass wir es gefunden hatten?

»Sie können es haben, wenn Sie Blake im Gegenzug gehen lassen.«

»Ein angemessenes Angebot«, säuselte Sarah in das Telefon, und ich wäre ihr am liebsten ins Gesicht gesprungen. »Ich nehme es an. Komm so schnell wie möglich ins Heim. Und lass die Polizei aus dem Spiel.«

Im Hintergrund hörte ich ein dumpfes Geräusch, dann ein gepresstes Stöhnen. War das Blake?

Sarah Persky legte auf, bevor ich nachfragen konnte. Fassungslos starrte ich auf das Smartphone, das ein trauriges Tuten von sich gab.

War das gerade wirklich passiert? Hatte ich tatsächlich mit der Frau gesprochen, die uns das alles eingebrockt hatte?

Mit dem Heim musste sie *Monsters & Glue* meinen – oder das, was sie davon übrig gelassen hatte. Sie besaß doch wirklich die Nerven, mich ausgerechnet dort treffen zu wollen.

Mit einem Schrei der Frustration schmiss ich das Handy quer durch den Raum. Es zerschellte an der Wand neben der Eingangstür und fiel in Einzelteilen zu Boden.

Ich stieß noch einen Schrei aus und raufte mir die Haare. Ich war auf hundertachtzig und glaubte jeden Moment zu explodieren. Nicht mit mir, Sarah Persky. Das wirst du noch bereuen.

Im nächsten Moment stürmten zwei Officers mit gezückten Waffen in den Raum.

»Was ist passiert?«, fragte der Blonde von ihnen.

»Tut mir leid, ich habe mich geärgert und etwas gegen die Wand geworfen.«

Die beiden Polizisten steckten ihre Waffen zurück in die Holster.

»Können wir etwas für Sie tun?«

»Es wäre toll, wenn Sie mich in fünf Minuten zu Detective Tottori fahren und während meiner Abwesenheit auf die Monster aufpassen könnten.«

»Wird gemacht. Wir warten draußen auf Sie.«

Die Männer gingen zurück nach draußen und Glue streckte ihren Kopf zur Tür herein.

»*Hoo?*« Augenblicklich verpuffte meine Wut und ich fühlte mich nur noch erschöpft.

»Entschuldigt. Ich wollte euch nicht erschrecken.«

Kaum ausgesprochen, stieß sich Glue vom Boden ab und flog auf den Esstisch. Mitleidig und mit schief gelegtem Kopf sah sie mich an. Ich ging zu ihr, strich ihr sanft über das weiche Gefieder.

»Erinnerst du dich, wie ich zu Blake gesagt habe, dass ich keine Heldin bin? Womöglich muss ich jetzt doch eine sein und ihm helfen.«

Ich erzählte ihr, was passiert war. Wer mich da eben angerufen hatte.

Glue plusterte sich auf.

»Nein. Ich werde euch nicht in die Nähe von dieser Verrückten lassen. Ich brauche euch hier, wenn ich mit Blake wiederkomme. Ihr müsst ihn aufmuntern. Und mich wahrscheinlich auch.«

Meine weise Eule sah nicht gerade glücklich aus, aber ihr langsames Zwinkern verriet mir, dass sie meine Entscheidung akzeptierte.

»Pass gut auf die anderen auf, während ich weg bin, ja?«

»*Hoo*«, machte Glue und flog zurück ins Wohnzimmer. Dem aufgeregten Geschnatter zufolge erklärte sie den Monstern, was los war. Ehe ich mich anders entscheiden konnte, schnappte ich mir meine Jacke und die Umhängetasche. Ich folgte einem der Officers zum Auto, der andere ging in die Wohnung.

Die Fahrt zum Police Department kam mir unglaublich lang vor. Ich wollte mir nicht ausmalen, was in der Zwischenzeit mit Blake geschah. Doch ich musste mir überlegen, was ich Detective Tottori sagen sollte. Wenn ich ihm die Wahrheit erzählte, würde er sicher mitkommen wollen, doch genau das hatte Sarah Persky mir verboten.

Ich sprang aus dem Auto, noch bevor der Officer richtig angehalten hatte, und rannte die Treppen zum Gebäude hinauf. Am Empfang fragte ich nach Detective Tottori, und die Dame rief ihn an, um ihn über mein Kommen zu informieren. Dann ließ sie mich von einer Mitarbeiterin zu seinem Büro bringen. Ich kannte den Weg mittlerweile auswendig, aber Besucher durften nicht allein durch die Gänge streifen.

Detective Tottoris Lächeln versiegte, als er mich sah.

»Ist alles in Ordnung?«

Ich schloss die Tür hinter mir. »Nein.«

Und dann erzählte ich ihm die Wahrheit. Mir blieb nichts anderes übrig.

»Deswegen brauche ich das Tagebuch«, schloss ich. Detective Tottori schwieg, zog seinen Schlüsselbund aus der Hosentasche und öffnete eine Schublade im Rollcontainer rechts von ihm. Er zog das lederne Tagebuch heraus und reichte es mir.

»Sie überlassen es mir einfach so?«

»Nach wie vor sind Sie die rechtmäßige Besitzerin, die es mir nur ausgeliehen hat. Es gehört zu Mister Lambers' Nachlass und damit Ihnen. Noch gibt es kein offizielles Verfahren in diesem Fall, daher darf ich es nicht als Beweisstück beschlagnahmen. Deswegen dürfen Sie weiterhin frei darüber verfügen«, erklärte er. »Aber ich würde Sie bitten, nicht allein zu dem Treffen zu gehen. Das ist viel zu gefährlich«, warnte mich Detective Tottori, während er aufgeregt durch den Raum streifte.

»Sobald sie auch nur den Verdacht hat, dass sich ein Officer in der Nähe befindet, wird sie Blake etwas antun. Das will ich nicht riskieren. Ich werde ihr das Buch geben und dann wird sie Blake frei lassen.«

»Und Sie glauben ihr?«

»Ich muss«, sagte ich und war kurz davor zu weinen. »Denn wenn nicht, gibt es keine Hoffnung und das überstehe ich nicht. Ich könnte es mir nicht verzeihen, wenn Blake etwas zustößt.«

»Dann sollten wir aber zumindest Kopien des Buches anfertigen, damit wir trotzdem etwas gegen diese Doktor Persky in der Hand haben.«

Ich winkte ab. »Nein. Denn sobald das herauskommen würde, hätten Sie eine Zielscheibe auf der Brust. Sie dürfen in dieser Sache nichts unternehmen. Doktor Persky würde nicht ruhen, bis sie alles in ihrem Besitz hat, auch wenn zuvor etwas davon ans Licht kommt. Sie haben gesehen, wozu diese Frau fähig ist. Sie kennt keine Grenzen, und ich will nicht, dass noch jemand unter ihr leiden muss. Nicht, solange ich es verhindern kann. Wir finden einen anderen Weg, um die Experimente zu enttarnen. Es muss einen anderen Weg geben.«

Detective Tottori seufzte. »In Ordnung. Aber Sie gehen nicht ohne das hier.« Erneut griff er in eine Schublade, holte etwas heraus und gab es mir. Es war eine kleine silberne Taschenlampe.

»Was soll ich damit?«, rutschte es mir heraus.

»Sobald Sie auf den Knopf dort unten drücken, wird eine SOS-Nachricht an mein Handy geschickt. Dieses Gerät ist außerdem mit einem Peilsender versehen, ich kann also jederzeit nachverfolgen, wo Sie sind. Als kleines Extra verfügt sie außerdem über ein helles Stroboskoplicht, mit dem Sie Ihren Gegner blenden können. Sollte etwas Unvorhergesehenes passieren und Sie in Gefahr geraten, dann drücken Sie den Knopf und wir kommen. Ich werde meine Männer in einem ausreichenden Radius um das Heim postieren, damit wir im Notfall eingreifen können. Einverstanden?«

»Ja.« Ich war erleichtert, dass ich nicht ganz allein dastehen würde. »Aber Sie müssen aufpassen, dass Sarah Persky Sie nicht sieht. Wie schnell können wir los?«

»Geben Sie mir zehn Minuten.«

»Wo haben Sie dieses Ding eigentlich her?«, fragte ich Detective Tottori, als er sich die Jacke anzog, und deutete auf die Taschenlampe.

Er grinste.

»Aus dem Internet. *Spy Gadgets und Co.* Ich teste alles Mögliche und versuche es dann meinem Vorgesetzten schmackhaft zu machen, aber das Budget für unser Department ist leider sehr knapp.«

»Detective Tottori, ich verspreche Ihnen, sollte ich dieses Teil nutzen müssen, dann kaufe ich Ihnen davon so viele, wie Sie möchten.«

»Abgemacht.«

Ich steckte das Tagebuch in meine Handtasche und hängte sie mir über die Schulter. Sie wog gefühlt eine halbe Tonne. Und mit jedem Schritt zog mich die Last des Inhaltes mehr herunter.

Ich wartete im Department, bis Detective Tottori die Vorkehrungen getroffen hatte. Es dauerte wirklich nur zehn Minuten. Dann nahm ich mir ein Taxi und nannte dem Fahrer die Adresse vom Heim.

Kaum war ich angeschnallt, fädelte er sich mit dem Wagen in den Verkehr ein. Es war nicht viel los, nur ein paar Autos und Busse waren auf den Straßen. Trotzdem kam mir jeder Halt, jede rote Ampel wie eine ewige Verzögerung vor. Ich unterdrückte

meine Nervosität so gut es ging. Zumindest so lange, bis wir beim Heim angekommen waren. Dann fing ich doch an zu zittern.

Ich ließ mich ein paar Häuser weiter vorn in der Straße absetzen und bezahlte den Fahrer. Einige Minuten stand ich noch unschlüssig herum, ich wollte Detective Tottori und seinen Männern Zeit geben, um sich in Position zu bringen. Die kleine Taschenlampe hatte ich in meine Hosentasche gesteckt und hoffte sehr, dass ich sie nicht brauchen würde.

Dann ging ich auf das Heim zu. Ich keuchte auf, als mich nur noch ein paar Meter vom Eingang trennten.

Ich war so bescheuert. Alles in mir schrie, dass ich wegrennen sollte, aber ich setzte meinen Weg unbeirrt fort. Wenn mir etwas passierte, dann hatte ich es verdient. Aber ich sah keine andere Möglichkeit, und ich wollte mich nicht noch mehr mit Sarah anlegen.

Ich hoffte, dass sie gnädig war, wenn sie die Zügel in ihrer Hand wusste.

»Leah!« Mein Name ließ mich zusammenfahren. Ich wirbelte nach rechts und keuchte erleichtert auf, als ich meine Nachbarin sah.

»Misses Rainwater, wie schön, Sie zu sehen.« Ich stürzte auf sie zu und umarmte sie. Das tat ich sonst nie, aber sie drückte mich fest an sich.

»Kindchen, was ist denn passiert? Als das Heim abgebrannt ist, dachte ich, mir bleibt das Herz stehen! Und keiner wollte mir etwas sagen. Geht es den Monstern gut?«

Ich schob die Dame sanft von mir, hielt sie aber an den Armen fest.

»Ich kann Ihnen das jetzt nicht erklären. Es ist eine Menge geschehen, und ich verspreche, ich erzähle Ihnen alles, wenn Sie mir einen Gefallen tun.«

»Jeden, Kindchen!«

»Den Monstern geht es gut. Aber sollte mir etwas passieren, dann müssen Sie für sie da sein, ja?«

Mrs. Rainwater wurde blass.

»Was sollte dir denn zustoßen?«

»Hoffentlich nichts. Aber versprechen Sie es mir? Dass Sie sich um meine Monster kümmern? Falls mir etwas zustößt, wenden Sie sich an Detective Tottori vom *Buwystfilwood Police Department*, ja?«

»Ich verspreche es.«

»Danke. Und nun gehen Sie bitte nach Hause.«

Sie nickte und ging ins Haus zurück.

Ich streckte meinen Rücken durch und setzte den Weg zum Heim fort. Jetzt, da ich wusste, dass meine Monster jemanden haben würden, falls ich nicht zurückkehren sollte, ging es mir besser. Doch ich würde alles geben, damit es nicht so weit kommen musste.

Das Schaufenster von *Monsters & Glue* war noch immer mit Brettern vernagelt, ebenso das Fenster in der Tür. Aber ich konnte Licht durch den Spalt am Boden leuchten sehen.

Sie war also tatsächlich da. Sarah Persky. In meinem Heim, das sie niedergebrannt hatte.

Mit zusammengepressten Lippen klopfte ich an die Tür und hasste Sarah Persky dafür. Es knirschte auf der anderen Seite, Schritte kamen näher. Ein Surren ertönte, es knackte und die Tür schwang auf. Dahinter stand eine Frau.

»Sie«, knurrte ich und konnte mich nur mit Mühe davon abhalten, ihr an die Gurgel zu springen.

Es war die Frau, die sich als Mrs. Schuler ausgegeben hatte. Mit einem diabolischen Lächeln bat sie mich herein und schloss die Tür hinter mir.

Die Scherben knackten unter meinen Schuhen. Ein kabelloser Baustrahler stand im Raum und spendete grelles Licht.

Und dann sah ich *sie*. Hellblonde Haare, ähnlich wie die meinen. Sie war groß gewachsen, trug Jeans und einen dunkelblauen Mantel. Mit dem Rücken zu mir stand sie vor einem Stuhl. Und darauf, festgebunden und geknebelt, saß Blake.

Unsere Blicke trafen sich, und er schien erleichtert und wütend zugleich über mein Eintreffen. Hinter ihm stand der angebliche Mr. Schuler, mit dem ich auch schon Bekanntschaft geschlossen hatte.

Als hätte sie alle Zeit der Welt, drehte sich Sarah langsam zu mir um. Ich war erschrocken darüber, wie hübsch sie aussah, und das trotz des düsteren Ausdrucks und der dunklen Augenringe. Wenn sie lächelte, war sie mit Sicherheit noch schöner.

»Leah. Wie nett, dass du gekommen bist«, sagte sie unheilvoll.

All meine Entschlossenheit verpuffte. Gegen diese Frau hatte ich keine Chance. Kalte Berechnung lag in ihrem Blick, und ich hatte ihr absolut nichts entgegenzusetzen.

Sie fixierte mich mit ihren rauchblauen Augen und trat auf mich zu. Ich wich vor ihr zurück, was sie verzerrt grinsen ließ.

»Du brauchst keine Angst vor mir zu haben.«

Ich ballte die Hände zu Fäusten und blieb stehen, wo ich war. Noch immer kam mir kein Wort über die Lippen.

Sarah Persky sah auf mich herab. »Ich werde euch nichts tun, wenn du mir das Tagebuch gibst. Jetzt. Ich würde dir raten, mich nicht erneut zu hintergehen.« Sie streckte die Hand aus.

Ich war so auf ihre Finger konzentriert, dass ich nicht merkte, wie ihre Gehilfin hinter mich trat. Im nächsten Moment spürte ich einen stechenden Schmerz an meiner Halsbeuge. Ich konnte mich vor Schreck nicht bewegen, sah aber aus dem Augenwinkel, dass die angebliche Mrs. Schuler eine goldgelbe Flüssigkeit unter meine Haut spritzte. Es dauerte keine drei Sekunden, ehe sie die Nadel wieder herauszog und ich mich endlich wieder rühren konnte. Ich rieb mir über die schmerzende Stelle.

»Was war das?«, krächzte ich.

»Nur ein kleines Serum, das mir versichert, dass du mir von nun an die Wahrheit sagst. Und nun gib mir das Buch.«

Sarah Persky wackelte ungeduldig mit den Fingern.

Wärme breitete sich in meinem Bauch aus und mein Kopf prickelte. Ich verspürte das Bedürfnis, ihr alles zu sagen, und musste mich zwingen, ein Wort nach dem anderen auszusprechen.

»Tun Sie nicht, was darin steht«, sagte ich mit zitternder Stimme. Ich griff in meine Tasche und zog das Tagebuch heraus.

Mit gerunzelter Stirn nahm sie es an sich und betrachtete es von allen Seiten. »Ihr habt darin gelesen«, stellte sie kühl fest.

Es klang wie ein Vorwurf, den ich nicht auf mir sitzen lassen wollte.

»Sie haben mein Heim niedergebrannt«, erwiderte ich. »Was ist wohl schlimmer?«

Ich biss mir auf die Zunge. Hatte ich das wirklich gesagt?

Sarah verzog den Mund zu einem halben Lächeln. »Touché.«

Sie wandte sich von mir ab und hielt das Tagebuch in das Licht des Scheinwerfers. Vorsichtig öffnete sie das Band und schlug das Buch auf. Sie blätterte direkt zum letzten Eintrag. Ihr Augen bewegten sich beim Lesen der Zeilen schnell von links nach rechts.

In der Zwischenzeit warf ich Blake einen Blick zu, weil ich mich nicht traute, mich zu bewegen. Die Einstichstelle pochte.

Er sah erschöpft aus, aber ansonsten schien es ihm gut zu gehen. Ich konnte keine offenen Wunden ausmachen.

Blake erwiderte meinen Blick, in dem Verzweiflung, Wut und eine Entschuldigung lagen. Ich lächelte ihm aufmunternd zu.

»Das ist es«, hauchte Sarah Persky und drehte sich zu uns um.

Nun sah ich ihn. Den Funken Wahnsinn in ihren Augen, der sie zu all dem getrieben hatte. Sie hatte sich gut unter Kontrolle, aber innerlich musste es brodeln.

»Green, machen Sie Blake los.«

Der Mann löste sich aus den Schatten und schnitt Blakes Fesseln durch. Sobald er frei war, sprang er auf die Beine, wurde von diesem Mr. Green aber daran gehindert, zu mir zu kommen.

Ich wandte mich wieder Sarah zu.

»Sie haben, was Sie wollen. Es gibt keine Kopien, keine Aufzeichnungen außer dem Tagebuch. Lassen Sie uns nun gehen?«

»Wenn das die Wahrheit ist, wüsste ich nicht, was dagegenspricht. Nicht dass die Polizei, die auf euch achtgibt, noch auf dumme Gedanken kommt«, sagte sie.

Sarah Persky nickte Mr. Green zu. Er schubste Blake in meine Richtung, der sich sofort schützend vor mich stellte. Ich schlang die Arme um ihn und drückte ihn an mich.

Sarah richtete ihre Aufmerksamkeit wieder auf das Tagebuch.

»Lasst sie gehen«, wies sie ihre beiden Handlanger an.

Wie gern hätte ich ihr noch all die bösen Worte an den Kopf geworfen, die ich in den vergangenen Tagen ihretwegen gedacht hatte. Wie gern hätte ich sie mit meinem Hass überschüttet. Aber es hätte nichts bewirkt. Für sie nicht und für mich auch nicht.

Wir sollten gehen, solange wir konnten. Es musste ihrer guten Laune wegen des Tagebuchs geschuldet sein, dass sie uns trotz meines Verstoßes gegen ihre Vorgabe, keine Polizei einzuschalten, gehen ließ.

Die Frau öffnete uns die Tür und verfolgte uns mit finsterem Blick, als wir schweigend das Heim verließen. Ich drehte mich nicht noch einmal um, lief mit gesenktem Blick und an Blakes Seite einfach weiter die Straße hinunter.

Sarah Persky hatte gewonnen.

21. Kapitel

Leah

Als wir weit genug vom Heim weg waren, hielt ich an und warf mich Blake in die Arme, der mich fest umklammerte. Ich weinte in sein Shirt, schrie meine Wut auf Sarah Persky heraus und wollte dann vor Erschöpfung zusammenbrechen.

Doch Blake hielt mich aufrecht, strich mir über das Haar und redete auf mich ein.

Als ich meinen Frust los war, sah ich zu ihm auf. Ich musste schrecklich aussehen, aber das war mir egal.

»Geh nie wieder weg, hörst du?! Ich hab mir solche Sorgen gemacht! Von den Monstern will ich gar nicht erst anfangen.«

Blake küsste die Tränen auf meinen Wangen weg.

»Es tut mir so leid, Leah. Ich weiß gar nicht, wo ich anfangen soll. Es ist alles meine Schuld.«

Und dann erzählte er mir von dem gestrigen Abend bis zu dem Moment, als ihm schwarz vor Augen geworden war.

»Als ich zu mir kam, saß ich bereits auf dem Stuhl im Heim. Joshua war weg, dafür waren diese beiden Halunken und Sarah Persky da, die auch noch die Dreistigkeit besaß, dir von meinem Handy eine Nachricht zu schicken. Und Doktor Smithers war ebenfalls vor Ort.«

»Wie bitte?«

»Er arbeitet für Sarah. Er versorgt sie mit neuen Monstern für das Labor, schon lange. Er hat ihr von dem Foto erzählt, mit dem wir zu ihm gegangen sind. Von ihm hat sie erfahren, dass wir ihr etwas verheimlicht haben.«

»Das kann ich nicht glauben.«

»Sie hat es mir selbst gesagt. Und dann hat sie mir eine Spritze gegeben, genau wie dir, und ich habe ihr daraufhin die ganze Wahrheit erzählt. Keine Ahnung, was das für ein Zeug ist, aber ich hatte mich nicht mehr unter Kontrolle. Ich konnte nicht mehr aufhören zu reden, und da habe ich ihr von dem Tagebuch erzählt. Es tut mir so leid.«

Nun war ich es, die Blake trösten musste. Ich strich ihm über die Arme. »Es ist okay, Blake. Es geht dir gut, das ist die Hauptsache. Es ist vorbei.«

»Ist es das wirklich?«

»Sie hat doch nun alles, was sie wollte.«

»Ich hoffe es.« Er drückte mich wieder an sich, und ich wollte mich nie wieder aus dieser Umarmung lösen.

Doch die Realität war nicht so gnädig.

»Wir müssen Detective Tottori Bescheid geben«, murmelte ich an Blakes Brust.

»Nur noch fünf Minuten«, antwortete Blake und presste mich fester an sich.

Nachdem wir uns etwas Zeit gestohlen hatten, meldeten wir uns beim Detective, der hörbar erleichtert war, dass es uns gut ging. Wir hatten uns dafür kurz das Handy einer Frau geliehen, die wir auf der Straße trafen. Meines lag nach meinem Wutausbruch noch immer zertrümmert in der Wohnung, und Blake hatte man sein Smartphone nach seiner Entführung abgenommen.

Detective Tottori schickte uns einen Officer vorbei, der uns zurück in die Wohnung bringen sollte. Anschließend wollte er im Heim nachsehen, ob Sarah Persky auch wirklich wieder verschwunden war. Er würde sich später noch mal bei uns melden.

Wir stolperten über die Monster, als wir die Wohnung betraten. Alle – inklusive Monty in seinem Glas – saßen wartend hinter der Tür und fielen über uns her, sobald wir sie einen Spalt geöffnet hatten.

Wie auch immer sie es geschafft hatten, Montys Glas dorthin zu schleifen.

Doch als ich in die erleichterten Gesichter von Officer Willows und Oddicer Fletcher sah, konnte ich mir gut vorstellen, dass die beiden ihren neuen Freunden geholfen hatten.

Wir wurden von allen Seiten mit Fragen überschüttet, die ich nicht verstehen konnte. Ich verwies auf Blake und begnügte mich damit, die Monster einmal durchzuknuddeln.

Dann wollte ich Kaffee kochen gehen, ich brauchte jetzt etwas Warmes. Das abklingende Serum in meinem Kreislauf machte mich schlapp. Ich schnappte mir Montys Glas und nahm es mit in die Küche, wo ich es auf dem Esstisch abstellte. Officer Willows bot mir seine Hilfe an, aber ich lehnte dankend ab. Mittlerweile hatte ich mich schon daran gewöhnt, es gehörte einfach dazu.

Blake und sein Gefolge leisteten uns kurz darauf in der Küche Gesellschaft. Wir halfen den Monstern auf den Tisch, wo sie es sich, soweit es ging, gemütlich machten. Ich stellte Blake, der noch immer mit Antworten beschäftigt war, eine Tasse Kaffee hin und füllte ein Schälchen mit Pfefferminzpastillen, das ich neben den Monstern platzierte, die beherzt zugriffen. Was im Falle von Pebbles, Glue, Robbie und Nuvo bedeutete, dass sie ihr Gesicht in die Schale drückten und sich so zu ihrem Bonbon verhalfen.

Das erste Mal, seit wir das Heim verlassen hatten, musterte ich Blake von oben bis unten. Er wirkte mitgenommen, konnte sich aber – wie ich – beim Anblick der Monster das Grinsen nicht verkneifen.

Pebbles schmiegte sich an seine Hand, er strich mit dem Daumen über ihr Fell.

»Wir haben nichts mehr in der Hand, und das ist meine Schuld.« Blake sah mich mit traurig blickenden Augen an. »Es tut mir leid.«

»Ich denke, ich spreche für uns alle, wenn ich wiederhole, was ich vorhin zu dir gesagt habe: Nichts davon ist deine Schuld. Und wir sind froh, dass es dir gut geht. Das war es wert.«

»Aber meinetwegen haben wir ihr das Tagebuch geben müssen, Was, wenn ich …?«

Unzählige Monster zum Tode verurteilt habe? Er musste es nicht aussprechen, ich wusste genau, was er sagen wollte. Darüber nachzudenken, bereitete mir Bauchschmerzen. Ich sah meine Monster nacheinander an. Glue, Pebbles, Monty, Nuvo und Robbie. War ich ein schlechter Mensch, weil ich froh war, dass wir sie vor Sarah bewahrt hatten? Auch wenn wir dasselbe nicht über andere Monster sagen konnten?

Blake griff über den Tisch nach meiner Hand.

Ein ohrenbetäubender Knall hallte durch das Treppenhaus. Wir zuckten alle erschrocken zusammen.

»War das ein Schuss?« Blake sprang von seinem Stuhl auf und rannte zur Wohnungstür. Durch den Spion sah er nach draußen.

»Ich kann nichts sehen.« Er griff nach der Klinke.

»Blake«, zischte ich. »Bist du verrückt? Wenn das wirklich ein Schuss war, dann geh von der Tür weg!«

Ich rannte auf ihn zu und zerrte ihn am Arm hinter mir her, zurück in den Küchenbereich.

»Das hier ist Amerika, da kann jeder Depp mit einer Waffe herumlaufen. Man sollte nicht darauf zurennen! Die Polizei wird sich darum kümmern.«

Weitere Schüsse fielen, und ich geriet in Panik. *Ruhig bleiben*, mahnte ich mich. *Denk an die Monster.* Ich bewegte mich, ohne darüber nachzudenken. Einen Schritt nach dem anderen. Wir brachten die Kleinen ins Schlafzimmer, den Raum, der am weitesten vom Eingang entfernt war.

»Ihr rührt euch nicht vom Fleck!«

Artig verharrten sie auf dem Bett. Ich stürmte zurück in die Küche. Ein weiterer Schuss fiel und durchschlug unsere Tür. Das Schloss zersplitterte, ich hielt mir die Ohren zu und ließ mich zu Boden fallen. Blake sprang zu mir, warf sich über mich und drückte mich zu Boden. Die Tür wurde aufgestoßen, herein stürmten zwei Personen. Blake sprang auf die Beine und stellte sich ihnen in den Weg.

»Ihr schon wieder!«, stieß er hervor.

Und dann war auf einmal alles still. Nur Blakes stoßweises Atmen war zu hören. Ich rollte mich herum und kam zitternd auf die Beine.

Das durfte nicht wahr sein. Es waren Sarahs Handlanger, dieser Mr. Green und die Frau, die Blake mit zwei Waffen bedrohten.

Er hatte die Fäuste erhoben und starrte wütend zwischen den beiden hin und her.

»Was wollt ihr? Wir hatten einen Deal!«

»Doktor Persky macht keine Deals.« Die Frau lachte trocken. »Ihr müsst echt dumm sein, wenn ihr das wirklich geglaubt habt. Wir brauchten nach den neuen Infos nur noch etwas Zeit, um alles zu organisieren und ein paar Leute mitzubringen.«

Mr. Green sagte nichts, machte nur eine komische Handbewegung. Keine Sekunde später stürmten weitere Leute in die Wohnung. Ganz in Schwarz, mit jeder Menge Waffen ausgerüstet.

»Beeilt euch. Findet die Monster und nehmt sie mit. Und ihr schnappt euch die beiden!«

Jeweils zwei Männer kamen auf Blake und mich zu. Ich wollte zum Schlafzimmer stürmen, wurde aber im Gehen von jemandem zu Boden gestoßen.

»Hört auf«, schrie ich. »Lasst meine Monster in Frieden!« Ich trat und schlug um mich, wehrte mich mit aller Kraft. Aber als ein zweiter Mann seine Finger in meinen Beinen vergrub, konnte ich mich kaum noch rühren. Ich schrie immer weiter und hoffte, dass mich irgendwer hören konnte.

Ob die Officers Willows und Fletcher noch lebten? Und da erst erinnerte ich mich an die kleine Taschenlampe, die ich in der Hosentasche hatte. Ich kam nicht dran.

Verfluchter Mist.

Ich brüllte weiter, auch dann noch, als die schwarzen Gestalten meine heulenden Monster aus dem Schlafzimmer brachten.

Sie hatten sie in metallische Käfige gepackt und trugen sie aus der Wohnung. Immerhin waren sie noch am Leben.

Blake kreischte ein »Nein«, dann spürte ich etwas Kaltes erst an und dann in meinem Hals. Es brannte höllisch und zwickte, als es sich weiter ausbreitete.

»Tragt sie raus, wenn sie so weit ist. Wir fahren schon mal vor.«

Mein Kopf fiel schwer auf das Parkett, ich konnte ihn nicht mehr oben halten. Ich sah nur in Stiefel gehüllte Füße, die meine Monster immer weiter von mir wegbrachten.

Und dann war da nur noch Schwärze.

22. Kapitel

Leah

Als ich aufwachte, war ich mir sicher, dass ich tot sein musste.

Das eine hätte eigentlich das andere ausschließen müssen, aber wer wusste schon, wie sich Sterben anfühlte? War es vielleicht genau das, was ich gerade erlebte?

Mit steifen Gliedern lag ich rücklings auf einem harten, kalten Untergrund. Über mir strahlte ein Licht, hell wie tausend Sonnen. Es drang durch meine Lider, und ich konnte mich nicht dazu durchringen, die Augen zu öffnen.

War ich in der Hölle? Im Himmel? In Valhalla? War ich überhaupt irgendwo? Ein Fiepsen drang von rechts an mein Ohr. Ich war nicht allein. Hier war noch jemand. Nicht irgendjemand.

Ein Monster.

»Pebbles?« Meine Stimme war ein Krächzen. Ich war offenbar doch noch nicht tot.

In meinem Kopf drehte sich alles, mir wurde schlecht. Ich würgte und schmeckte Galle.

»Drehen Sie sie auf die Seite, sonst erstickt sie!«, befahl eine Frauenstimme in harschem Ton.

Behandschuhte Hände berührten mich, drehten meinen Körper wie befohlen um. Kaum lag ich auf der Seite, übergab ich mich.

Danach fühlte ich mich besser, leichter.

Das Licht blendete mich nicht mehr so stark, und ich wagte den Versuch, die Augen zu öffnen. Erst gab das linke und dann das rechte meinem Drängen nach. Überall schimmerte es silbern, das Licht wurde von Glas gebrochen und von glatten Oberflächen reflektiert.

Ich blinzelte, gewöhnte mich langsam an die ungewohnte Umgebung. Noch sah ich alles etwas verschwommen, aber der Schleier lichtete sich langsam.

»Leah?« Blakes Stimme würde ich überall erkennen, auch wenn sie – so wie jetzt – gebrochen klang. Ich strengte mich an, mehr zu sehen. Direkt gegenüber, auf einem metallischen Tisch, lag er auf dem Rücken und sah zu mir herüber.

Ich rang mir ein Lächeln ab, dann übergab ich mich noch einmal.

»Legen Sie sie wieder hin.«

»Nein …«, flüsterte ich, doch mein Protest wurde nicht beachtet. Die Hände drehten mich herum, das Licht war wieder da und blendete mich.

»Blake«, seufzte ich.

»Geben Sie ihr das. So können wir nichts mit ihr anfangen.«

Etwas durchstach meine rechte Ellenbeuge, dann war da wieder dieser kribbelnde Schmerz. Sekunden später begrüßte mich das süße Nichts.

Das nächste Mal, als ich zu mir kam, war ich wirklich hellwach. Ruckartig setzte ich mich auf und stieß mir fast den Kopf an einer Lampe. Sofort wurde ich nach unten gedrückt, meine Handgelenke in Halterungen gesteckt und festgeschnallt. Ich sträubte mich dagegen, doch ich war noch zu schwach, um wirklich etwas auszurichten. Zwei Menschen in weißen Kitteln, mit türkisem Mundschutz und Handschuhen, zerrten die Gurte fest, die meine Arme auf der harten Unterlage fixierten.

Nur meinen Kopf konnte ich noch bewegen.

»Was soll das?«

Die beiden antworteten mir nicht. Ich konnte nichts anderes tun, als mich umzusehen.

Endlich wusste ich, wo ich war. In einem Labor.

Zumindest stellte ich sie mir so vor. Und ich musste sicher nicht dreimal raten, wessen Labor das war.

»Leah?«, rief Blake. Ich konnte nicht zu ihm hinübersehen, weil mir einer der beiden Kittelträger die Sicht versperrte.

»Blake. Alles in Ordnung?«

Das war eine dumme Frage, immerhin war er in derselben Situation wie ich, aber mir fiel nichts Besseres ein.

»Es geht mir gut«, antwortete er. »Noch.« Die beiden Kittelträger waren endlich fertig damit, mich festzuschnallen, und ließen von mir ab. Sie verzogen sich aus dem Raum.

Endlich konnte ich Blake in die Augen sehen. Auch wenn das auf dem Rücken liegend gar nicht so einfach war. Ihn hatte man nicht nur an Händen und Füßen, sondern auch am Bauch und den Beinen auf der Liege fixiert. Er trug – wie ich – nur eines dieser kratzenden Krankenhaushemden.

»Bitte erklär mir, was hier gerade passiert«, flehte ich. »Oder weck mich auf.«

»Es ist leider Wirklichkeit.« Er stieß zitternd die Luft aus. »Und ich habe Angst.«

»Ich auch.«

»Ich würde dich gern in den Arm nehmen.«

Schwach lächelten wir uns über die knapp zwei Meter an, die uns trennten. Eine Träne lief über Blakes Wange.

»Es tut mir so leid, Leah.« Seine Stimme brach mitten im Satz. »Ich bin mir nicht sicher, was genau geschehen wird, aber … irgendjemand wird sterben. Ich oder du oder …«

Die Monster. Mein Herz blieb stehen.

»Wo sind sie?«

Blake schüttelte den Kopf. »Ich habe keine Ahnung.«

»Sind sie …?«

»Ich weiß es nicht.«

Frustriert schrie ich in den Raum, bäumte mich gegen meine Fesseln auf.

Doch es half nichts, sie blieben an Ort und Stelle.

»Ich bringe diese Frau um. Hörst du, Sarah? Ich bringe dich um, wenn du meinen Monstern etwas antust!«

»Falls du überlebst, kannst du das gern versuchen.«

Ertappt zuckte ich zusammen. Sarah hatte unbemerkt hinter uns das Labor betreten. Ich hörte ihre Schritte, dann trat sie in mein Blickfeld. Sie hatte sich die Haare zu einem Pferdeschwanz zusammengebunden und trug ebenfalls einen weißen Laborkittel und Handschuhe. Auf einen Mundschutz hatte sie verzichtet. Ihr Lächeln war kalt und zeugte von äußerster Zufriedenheit. In dem grellen Licht der Lampen waren die Schatten unter ihren Augen noch dunkler und das nahezu wahnsinnige Glitzern in ihren Augen stärker.

»Ich frage mich, wie Mister Lambers Sie lieben konnte.«

Die Worte verließen meinen Mund, bevor ich sie aufhalten konnte. Sarahs Blick wurde dunkel, und für einen Moment war ich überzeugt, sie würde mich schlagen. Doch sie tat es nicht, wandte sich stattdessen ab.

Ich hatte einen Nerv getroffen, denn ihr gerader Gang verlor etwas von seiner Härte. Wenn ich heute schon sterben musste, wollte ich so viel Rache auskosten, wie ich kriegen konnte. Ich bezweifelte, dass ich mich dann besser fühlen würde, aber es lenkte mich ab.

»Blake, du hast dich gefragt, was mit Xavier passiert ist«, sagte sie kühl.

Mein Blick schweifte zu Blake, der die Augenbrauen zusammenzog.

»Er ist auf dem Tisch gestorben, auf dem du gerade liegst.«

Blake wurde blass, seine Atmung ging schneller.

»Sie haben ihn umgebracht.«

Es war eine Feststellung, keine Frage.

»Das war nicht der Plan«, erwiderte Sarah, die an einem der Laborplätze etwas tat, was ich nicht sehen konnte. »Aber die Forschung verlangt hin und wieder Opfer. Fast hätte er es geschafft.«

Sie schaltete ein kleines Gerät an, das daraufhin brummte. Sie drehte sich zu uns um.

»Mit ihm hat alles angefangen, wisst ihr?«

Blake und ich warfen uns einen Blick zu. Eigentlich wollte ich ihre Geschichte nicht hören, aber wenn nur der Hauch einer Chance bestand, dass uns irgendwer retten würde, wäre unser einziger Trumpf Zeit. Also mussten wir das Spiel mitspielen.

»Was hat mit ihm angefangen?«, fragte ich.

Sarah deutete auf uns.

»Das, was euch zu mir ins Labor und auf diesen Tisch gebracht hat. Ich werde es euch gleich erzählen, allerdings warten wir noch auf jemanden.«

»Auf wen?«, erkundigte sich Blake.

Sarahs Miene verzog sich zu einer diabolisch lächelnden Fratze. Sie sah mir direkt in die Augen, als sie sagte: »Auf Leahs Monster.«

Bevor ich mich von dem Schock erholt hatte und etwas sagen konnte, war Sarah verschwunden.

»Verdammte Scheiße!«, brüllte Blake.

»Was hat sie mit meinen Monstern vor?« Das kleine Gerät – eine Tischzentrifuge – brummte noch. Ich wollte die Antwort auf meine Frage nicht hören, befürchtete, dass ich sie schon kannte.

Wir schwiegen und warteten. Ich wollte Blake so viel sagen, und doch kam kein Wort über meine Lippen. Wo sollte ich anfangen? Wie sollte ich es ausdrücken? Ich gab einen Laut von mir, etwas zwischen einem Wimmern und einem hysterischen Aufschrei.

Blake flüsterte meinen Namen.

Ich drehte den Kopf und sah ihn an. Mein Lachen blieb mir im Hals stecken und verwandelte sich in ein Schluchzen.

Auch Blake schluckte schwer. Wir sahen uns einfach nur an, so lange, bis Sarah zurückkam.

Und sie war nicht allein. Ein paar ihrer Mitarbeiter schoben weitere Liegen wie die unsere, nur etwas kleiner, in den Raum hinein. Drei Stück waren es, und auf zwei von ihnen standen Käfige, auf dem dritten ein in einen metallischen Rahmen eingefasstes Aquarium mit Monty. In den Käfigen saßen sie – meine Monster. Sie sprangen auf und fiepsten, als sie Blake und mich

erkannten. Ich freute mich unendlich, sie wohlbehalten wiederzusehen. Augenscheinlich ging es ihnen gut, aber sie waren blass und wirkten kraftlos. Robbies Anblick überraschte mich. Normalerweise war immer nur eine Hälfte von ihm sichtbar, nun aber erblickte ich ihn zum ersten Mal im Ganzen.

Ich erinnerte mich an den Tagebucheintrag von Mr. Lambers, in dem er Käfige beschrieben hatte, die die magischen Eigenschaften der Monster unterdrückten.

Das hier mussten solche Geräte sein.

»Geht es euch allen gut?«, fragte ich. Sie blubberten, fiepsten und heulten. Blake übersetzte und meinte, dass sie alle unversehrt seien. Ich war erleichtert, aber Sarahs eiserner Griff, der sich um mein Herz geschlossen hatte, ließ trotzdem nicht locker.

Ich spürte sie. Die tiefe, bodenlose Angst um meine Monster. Jetzt erst begriff ich, in welcher Gefahr wir eigentlich schwebten.

Dass Sarah sie mir wegnehmen konnte.

Für immer.

Ich verfluchte mein Hirn, das nicht klar denken konnte, seit wir hierhergeschleppt worden waren. Die Prioritäten da oben waren definitiv nicht in der richtigen Reihenfolge.

Ich schluckte. »Sarah, hören Sie. Sie können mit mir anstellen, was Sie wollen, meinetwegen können Sie mich auch in kleine Teile zerhacken und verscharren. Aber bitte – ich flehe Sie an – lassen Sie meine Monster gehen!«

»Es muss doch einen Weg geben, wie wir das regeln können, ohne dass jemand zu Schaden kommt«, sprang Blake mir bei.

Mittlerweile war ich mir sicher, dass er unter dem Einfluss eines Beruhigungsmittels stehen musste. Er wirkte so schwach.

Sarah schüttelte den Kopf und ihre Mitarbeiter traten zur Seite. Sie stellten sich hinter uns, sodass ich sie nicht mehr sehen konnte.

»Genau deswegen will ich euch ja erzählen, wieso ihr hier seid. Weil ihr sonst nicht versteht, warum keiner von euch gehen kann. Und was zu tun ist, damit überhaupt jemand überlebt.«

Die Zentrifuge piepte und Sarah öffnete per Knopfdruck den Deckel. Sie nahm ein kleines Plastikröhrchen heraus, kippte einen Teil der Flüssigkeit ab und stellte es dann in eine Fassung. Mit einer Pipette entnahm sie eine klare Flüssigkeit aus einer Glasflasche, die sie in das Röhrchen tropfte. Sie verschloss es mit dem Deckel und drehte es auf den Kopf und wieder zurück. Das tat sie die ganze Zeit, während sie erzählte.

»Ihr wisst, was ich will. Die Monstermagie auf Menschen übertragen. Damit wir in Zukunft nicht nur ihre äußerlichen, sondern auch ihre magischen Merkmale für uns nutzen können. Wir erschaffen eine neue Art Mensch. Schon immer haben wir uns an der Natur orientiert, wieso also nicht auch hier?«

Das Glitzern in ihren Augen, ihre Begeisterung war gruselig anzusehen.

»Das mit den äußerlichen Merkmalen haben wir geschafft. Du, Blake, bist einer der Beweise dafür. Genauso wie die anderen Mosaike. Aber das Problem mit der Magieübertragung konnten wir nicht lösen. Bis heute. Eigentlich hatte man mir nach Scotts Kündigung verboten, weiter daran zu arbeiten, aber ich bin schon immer meinen eigenen Regeln gefolgt. Ich habe vor ungefähr einem Jahr Gene isolieren können, die vermutlich mit für die Magie verantwortlich sind – so wie Scott und ich es prophezeit hatten. Die DNS an diesen Stellen ist anders als bei normalen Genen. Vermutlich ist sie an sich schon magisch. Ich konnte sie aus Monstern extrahieren. Da es mir aber verboten wurde, eine neue Generation an Hybriden großzuziehen, und das auch viel zu lange dauern würde, habe ich mir ein anderes Experiment überlegt.Ich habe die isolierte DNS aufbereitet, dann habe ich sie direkt in ein Mosaik gespritzt.«

Erwartungsvoll sah sie zu Blake.

»Xavier«, keuchte dieser.

»Ganz genau. Er war der Schwächste von euch und hat sich gern als Proband zur Verfügung gestellt, als ich ihn vor einem halben Jahr danach fragte. Er bekam Spritzen zur Vorbereitung, die gleichen wie du und Joshua und über denselben Zeitraum. Ich wollte, dass ihr beide bereit seid, wenn ich Erfolg habe. Ihr solltet nach Xavier die Ersten sein, die davon profitieren. Ich war wirklich überzeugt, dass es funktionieren würde. Eigentlich wollte ich die Vorbereitungsphase etwas länger ausdehnen, aber als ich von Scotts Tod erfahren habe … Sagen wir mal, ich habe mich von meinen Emotionen treiben lassen. Also habe ich Xavier vor zwei Wochen die DNS injiziert.

Zunächst sah es so aus, als ob es klappen würde. Er hatte Schmerzen, als sich die magischen Gene in ihm vermehrten, ausbreiteten und in jeder einzelnen Zelle in sein Genom integrierten. Das war normal. Er erholte sich, aber dann wurde es schlimmer. Er bekam Fieber, halluzinierte. Ich beugte mich über ihn, fühlte seinen Puls. Plötzlich streckte er die Hände nach mir aus, griff nach meiner Kette und zog mich zu sich herunter.

Er flehte mich an, ihn umzubringen. Ich befreite mich, doch dabei riss er mir die Kette vom Hals. Er umklammerte den Anhänger. Die Träne, wie wir nun wissen. Und dann, mit einem Mal, nahm seine Haut wieder einen normalen Ton an. Für ein paar Stunden ging es ihm besser. Natürlich erkannte ich sofort, dass es an der Perle liegen musste, die auf seinen Zustand reagierte. Doch sie half nicht auf Dauer. Sie verlor ihre Kraft und Xavier starb. Aber ich wusste, ich hatte den Schlüssel gefunden.«

Sie trat an meine Liege heran. Mir waren die Tränen gekommen, und das, obwohl Sarah alles so kalt erzählte, als hätte es sie nicht im Mindesten berührt. Nur die letzten Sätze, in denen sie von ihrer Entdeckung sprach, hatten ihre Augen aufleuchten lassen. Sie war ihrer Forschung restlos verfallen. Und das machte mir Angst. Kein Mitgefühl der Welt würde uns retten können.

Uns erwartete nur der ebenso kalte, wissenschaftlich unumgängliche Tod.

»Kannst du dir vorstellen, wie schlimm das war? Die Lösung in Händen zu haben, aber sie nicht zu verstehen?«

Sarah blickte mir direkt in die Augen. »Es war eine Qual. Tagelang habe ich recherchiert, nicht geschlafen und Scott verflucht. Nur er wusste, was er mir da geschenkt hatte, und er war tot, der Mistkerl!«

Sie hob das Röhrchen hoch, und ich dachte, sie würde es mir in die Brust rammen. Doch sie fing sich, wurde ruhig und trat zurück an den Arbeitsplatz.

»Deswegen schickte ich meine Leute los. Sie sollten das Heim durchsuchen und alles holen, was auch nur im Entferntesten mit dieser Träne zu tun hat. Aber irgendjemand meinte ja, mir in die Quere kommen und mich belügen zu müssen.«

Ihr wütender Blick galt erst Blake, dann mir. Sie stand nun zwischen uns. »Ihr habt mir mit euren Eskapaden also keine andere Wahl gelassen. Ich wusste, dass Scott ein Tagebuch besaß, und setzte meine Hoffnungen darauf. Er hatte immer alles aufgeschrieben, sicherlich würde auch die Träne darin erwähnt sein. Hättet ihr es mir einfach gleich gegeben, wäre das alles nicht passiert.«

Sie hielt das Röhrchen gegen das Licht.

»Nun ja, ihr wärt wahrscheinlich so oder so auf meinem Tisch gelandet. Denn ihr seid die besten Testobjekte, die man sich für dieses Experiment wünschen kann.«

Sie hatte endgültig den Verstand verloren.

»Wie ihr dank des Tagebuchs wisst, steckt die reine Magie der Monster in den Tränen, die sie weinen, wenn sie ihr Leben freiwillig beenden. Ein Monster kann damit ein anderes retten. Das Monster aber, von dem meine Träne stammte, wählte den Freitod aus einem anderen Grund. Meiner Theorie nach war sie deswegen nicht stark genug, um Xavier zu retten. Sie reagierte zwar auf seinen Zustand, ihr fehlte jedoch eine entscheidende Komponente.«

Sie verdrehte die Augen.

»Liebe«, spuckte sie aus.

Und da begriff ich, was sie vorhatte. Warum sowohl wir als auch die Monster hier waren. Zum ersten Mal in meinem Leben wünschte ich mir, dass ich sterben würde. Nur um nicht miterleben zu müssen, was unausweichlich war, wenn kein Wunder geschah.

»Magie allein reicht nicht aus. Sonst hätte ich sie ja auch spüren und wirken können, weil ich die Träne an meinem Körper trug. Ich spürte aber zwei Jahre lang keine Auswirkung. Es muss

also alles zusammenkommen: Die Gene, die Magie, und es muss auch eine enge Verbindung zwischen dem Monster und dem – nennen wir ihn – Empfänger der Träne geben. Nur wenn diese vorhanden ist, kann die Magie auch ein Leben retten.«

»Und da sind Sie sich ganz sicher?«

Ich schluckte schwer. *Bitte, bitte, bitte, bitte, bitte nicht.* Denn nur dann bestand eine Chance, dass sie es vielleicht doch nicht durchzog.

»Nein.« Sie lächelte. »Aber so fängt jede Forschung an.«

Eiskalt lief es mir den Rücken hinunter. Ich spürte meine Zehen nicht mehr, alles an mir fühlte sich taub an.

Hilflos sah ich mich um. Auch Blake rührte sich, versuchte sich aus seinen Fesseln zu lösen. Er fing meinen Blick auf, und ich entdeckte in seinen dunklen Augen den Horror, der auch mich fest in seiner Gewalt hatte.

Sarah wandte sich ab. Sie steckte das Röhrchen erneut in die Zentrifuge und schaltete diese für ein paar Sekunden an.

Anschließend nahm sie die Flüssigkeit zu gleichen Teilen mit zwei Spritzen auf. Damit stellte sie sich vor die Käfige der Monster.

»Lassen Sie die Finger von ihnen!«, schrie ich.

»Sarah!« Blakes Stimme donnerte durch den Raum.

Doch die Wissenschaftlerin würdigte uns keines Blickes, sie winkte unsere Proteste ab.

»Ich werde ihnen kein Haar krümmen«, sagte sie. »Das werden sie selbst tun. Das hier …«, sie hielt die Spritzen vor die Käfige, sodass alle Monster sie sehen konnten, »… sind die magischen Gene, von denen ich sprach. Hochkonzentriert. Und sie warten nur darauf, sich in ein Genom einzubauen und jemanden zu töten, der nicht mit ihnen umgehen kann.«

Geradezu beschwingt drehte sie sich um und trat an Blakes Seite. Mein Herz hämmerte gegen den Brustkorb, und ich konnte nicht mehr denken, nicht mehr atmen.

Ich wusste, was nun geschehen würde.

Und ich konnte nichts dagegen tun.

Blake schrie, als Sarah die Nadel in seinen Arm rammte. Die Drachenschuppen, die seine Haut hinaufkrochen, waren nicht schnell genug. Sarah warf den Monstern einen wahnsinnigen Blick zu.

»Wenn sich keiner opfert, wird er sterben.«

Dann drückte sie den Kolben hinunter. Blakes Körper bäumte sich auf, er schrie, als würde er in Stücke gerissen.

Zwei der Mitarbeiter eilten heran und hielten Blake fest. Sarah beachtete ihn nicht weiter, kam auf mich zu. Sie übergab die leere Spritze an einen weiteren Mitarbeiter und hob die zweite noch gefüllte hoch.

Ihre Worte ließen mir das Blut in den Adern gefrieren.

»Wie schön. Wir haben auch einen Nicht-Mosaik-Probanden. Wollen wir doch mal sehen, ob Menschen auch Magie wirken können, wenn sie vorher nicht mit Monster-Attributen versehen worden sind. Auch hier – liebe Monster – gilt Folgendes: Ohne Monstermagie wartet der Tod auf sie.«

Fast schon sanft stach sie mir die Nadel in den Arm. Ganz langsam drückte sie die Flüssigkeit unter die Haut.

Dann explodierten die Welt und mein Herz, und alles, was zurückblieb, war Schmerz.

23. Kapitel

Leah

Als mein Körper nicht mehr nur aus Höllenqualen bestand, weinte ich. Nicht vor Erleichterung, sondern vor Wut. Ich verfluchte meinen Körper, weil er nicht aufgegeben hatte. Weil er noch am Leben war. Er hatte die Monster nicht vor dem bewahren können, was nun folgen würde.

Schweißgebadet kam ich zu mir. Ich zitterte am ganzen Leib, fühlte mich, als hätte ich einen Ganzkörper-Muskelkater. Blake schien es ähnlich zu ergehen. Ich schaffte es gerade so, den Kopf zu drehen. Sein Blick erwartete mich bereits. Er sah so beschissen aus, wie ich mich fühlte. Keiner der Mitarbeiter hielt uns mehr fest. Aber ich war sicher, das hier war die Ruhe vor dem Sturm. Sarah stand zwischen unseren Liegen und sah zufrieden aus.

»Ihr habt jetzt noch etwa eine Stunde, ehe euch die Gene umbringen.« Sie drehte sich zu den Monstern, die auf den Liegen in ihren Käfigen saßen.

»So lange habt ihr Zeit. Aber je eher ihr eine Entscheidung trefft, umso besser. Das mit der Stunde ist nur eine Schätzung.«

Sie klang, als würde sie uns einen gut gemeinten freundschaftlichen Rat geben.

Den Monstern war der Horror anzusehen. Sie waren verängstigt, besorgt und kauerten in ihren Käfigen. Doch als sie meinem und Blakes Blick begegneten, hellten sich ihre Gesichter bittersüß auf.

Sie fingen an zu brabbeln. Zu blubbern, zu fiepsen.

Ich erkannte es.

Es war wie die Abstimmung, wer den Platz im Erkerfenster bekommen sollte.

»Nein«, wollte ich schreien, aber meine Stimme versagte. Ich räusperte mich und startete einen neuen Versuch.

»Nein! Hört auf!« Sie warfen mir nur kurze Blicke zu, beachteten meinen Einwand nicht weiter.

»Wagt es nicht! Lasst mich sterben«, kreischte ich wieder und wieder. »Verdammt noch mal! Glue! Bitte!«

Ich flehte und bettelte, aber sie hörten nicht auf mich.

Blake, der jedes Wort verstehen musste, das zwischen ihnen gewechselt wurde, tat es mir nach. Lautstark redeten wir auf die Monster ein, doch es half nichts. Sie diskutierten weiter.

Gefühlte Stunden vergingen, dabei waren es in Wirklichkeit nur ein paar Minuten.

Plötzlich schwiegen die Monster.

Mit letzter Kraft hob ich den Kopf und sah zu den Käfigen hinüber. Meine Kleinen schauten erwartungsvoll zu Sarah. Diese begriff sofort, was los war.

»Ihr habt euch entschieden.«

»Nein, nein, nein …«, wimmerte ich leise. Wenn ich nur die Kraft gehabt hätte, meinen Kopf mit aller Wucht gegen die Liege unter mir zu schlagen, hätte ich es vielleicht auf andere Weise beenden können. Aber selbst dafür war ich zu schwach.

»Nun? Wer möchte Leah retten?«, wollte Sarah freudig wissen. Als wäre das alles nur ein Spiel.

Unter Tränen sah ich, wie Monty einen Tentakel hob und sich meldete. Sarah nickte einer Mitarbeiterin zu, die den Strom des Käfigs um das Aquarium abstellte und die Liege neben mich fuhr. Monty zog sich am Glasrand hoch, streckte einen Tentakel nach mir aus und wickelte ihn um meinen kleinen Finger.

»Monty.« Meine Stimme war kaum zu hören, aber das musste mein kleiner Krake auch nicht. Er malte ein Herz aus Tinte ins Wasser. Im Gegensatz zu meinem eigenen war es noch heil.

»Wunderbar«, sagte Sarah. »Und wer erweist Blake die Ehre?«
Ich hätte nicht hinsehen müssen, um zu wissen, wer seinen Käfig verließ. Trotzdem tat ich es, weil ich sie in ihren letzten Momenten nicht allein lassen wollte.
»Pebbles.« Meine Stimme war nur ein Hauch. Sie erwiderte meinen Blick, als man sie zu Blake trug und neben ihn setzte.
Noch nie hatte sie so selbstsicher auf mich gewirkt wie in diesem Moment.
Blake weinte. Stumm, aber nicht weniger emotional. Er hatte die rechte Hand zur Faust geballt. Noch immer weigerte er sich aufzugeben. Pebbles stupste seine Finger an, woraufhin er sie öffnete und die Hand mit der Innenfläche nach oben ausstreckte. Pebbles hüpfte darauf und kuschelte sich an ihn.
Wenn es jemals in meinem Leben eine perfekte Zeit für ein Wunder gegeben hatte, war sie soeben gekommen. Ich schwor allen Mächten des Universums, dass ich alles für sie tun würde, wenn sie nur meine Monster retteten.
Mein Flehen wurde nicht erhört.
»Eure Zeit läuft ab«, sagte Sarah ungeduldig.
Pebbles und Monty blickten ein letztes Mal zu Glue, Nuvo und Robbie hinüber. Die drei stimmten das Lied an, das eigentlich für einen fröhlichen Abschied gedacht war. Dann tauschten Pebbles und Monty einen entschlossenen Blick.
Ich sah in Montys blaue Augen und ließ meinen Tränen freien Lauf. »Ich hab dich lieb«, flüsterte ich schluchzend. Ich wollte sein Opfer stolz annehmen und ihm in seinen letzten Sekunden das Gefühl geben, geliebt zu werden. Hoffentlich tat Blake dasselbe für meine kleine Pebbles.
Monty blinzelte.
Eine große blau schimmernde Träne lief aus seinem Augenwinkel, rollte ein Stück an seinem Körper und dann am ausgestreckten Tentakel hinunter. In dem Moment, in dem die Träne meine Hand berührte, sackte Monty blass und leblos in sich zusammen. Er sank langsam auf den Glasboden hinunter, die Augen für immer geschlossen.

Mein Blick glitt zu Pebbles, die soeben reglos auf Blakes Hand zusammenbrach. Ich betrachtete die Träne und schloss meine Finger darum, im gleichen Moment, als Blake dasselbe tat.

Die Welt explodierte. Und wir mit ihr.

Zwei schimmernde Druckwellen breiteten sich ausgehend von unseren Händen donnernd im Labor aus und zerstörten alles, was sie auf ihrem Weg berührten.

Alles außer die Monster.

Glasflaschen zerplatzten, Behälter fielen aus den Regalen, Geräte schlossen kurz und zerbarsten in einem Funkenregen. Die Erde bebte. Sarah und ihre Mitarbeiter wurden quer durch den Raum geschleudert, krachten in Wagen, Regale und auf die Arbeitstische. Der Strom fiel aus und Dunkelheit brach herein. Sirenen heulten, im nächsten Moment erwachten die Wassersprinkler zum Leben.

Ich atmete ein.

Es brummte, dann leuchtete das Schild des Notausgangs auf und tauchte den Raum in diffuses Licht, das sich in Millionen Wassertropfen spiegelte und funkelte.

Ich atmete aus.

Der erste Atemzug eines neuen Lebens.

Nichts im Labor regte sich. Dann ein tiefer Atemzug.

Blake stöhnte, Glue, Nuvo und Robbie wurden aktiv.

Plopp. Glues Käfig verwandelte sich in Schokolade. Zwei weitere *Plopps*, und auch die anderen Käfige waren nur noch Schokolade.

So schnell sie konnten, knabberten sie sich frei. Wie es aussah, hatte die magische Druckwelle die Magie der anderen Monster mächtiger gemacht. Denn unter normalen Umständen wäre Glue das nicht gelungen.

Aber gab es normal überhaupt noch?

Als meine Eule endlich frei war, flatterte sie zu mir und verwandelte meine Fesseln in Schokolade. Nuvo und Robbie befreiten mich, indem sie sie durchbissen, und wurden anschließend von Glue zu Blakes Liege getragen, wo sie die Prozedur wiederholten.

Plopp. Plopp. Plopp.

Ich fiel mehr, als dass ich aufstand. Mit Mühe und Not konnte ich mich aufrecht halten, aber nicht für lange. Ich umklammerte Montys Träne mit aller Kraft. Als ich zu fallen drohte, war Blake an meiner Seite und stützte mich.

»Leah«, krächzte er.

»Pebbles. Monty«, war alles, was ich erwiderte. Blake verstand. Er ließ mich stehen und lief in Richtung der Liege zurück. Er zog Sarah, die bewusstlos in der Nähe lag, den Kittel aus, dabei hielt er die Hand, auf der Pebbles gesessen hatte, fest geschlossen. Wie ich klammerte auch er sich an eine Träne. Er knotete die Ärmel und Zipfel zusammen und baute so eine provisorische Tragetasche. Zuerst legte er Pebbles und dann Monty behutsam hinein.

Der Anblick zerriss mich, machte kleine Fetzen aus mir. Ich sah zu der am Boden liegenden Sarah und ließ mich von meinem Hass auffressen. Ich schrie sie an, beschimpfte sie, rüttelte an ihr. Doch sie wurde nicht wach. Mit angehaltenem Atem stand ich neben ihr.

»Leah.« Blakes Stimme holte mich in die Wirklichkeit zurück.

Ich drehte mich um. Er betrachtete mit aufgerissenen Augen den Raum. Erst begriff ich nicht, was so faszinierend war. Doch dann – die Wassertropfen fielen nicht mehr. Sie standen still in der Luft. Ich atmete aus und sie regneten zu Boden. Ein zweiter Herzschlag neben meinem erwachte in meiner Brust zum Leben und sagte mir, was ich zu tun hatte. Ich ließ mich von seinem – von Montys – Rhythmus leiten. Und das Wasser gehorchte mir. Es beugte sich meinem Willen, ich konnte ihm eine Richtung geben. Es formen, wie Monty es mit seiner Tinte getan hatte. Ich dachte nicht darüber nach, ich hinterfragte nicht. Ich fühlte einfach nur und ließ mich davon leiten.

Sarah ließ ich links liegen. Sie war nicht mehr wichtig.

Blake und ich stolperten über das Chaos aus dem Labor. Glue flog mit Nuvo vor, Robbie saß auf meiner Schulter.

Auf den Fluren herrschte eine Katastrophe. Überall waren Scherben und Wasser. Knirschen und Plätschern.

Die Druckwellen hatten ganze Arbeit geleistet. Aus allen Räumen hörte man Geräusche, darunter viele Stimmen von Monstern. Ein paar in Kittel gekleidete Menschen liefen kopflos durch die Gänge. Dann kamen bewaffnete Männer, die durch die Flure stürmten. Sie trieben ausgebüxte Monster zurück in die Räume, ich hörte Schreie und Quietschen, was mir das Herz zerriss. Ein paar flüchtige Monster schlossen sich unserer Gruppe an.

Ich wusste, was zu tun war. Mein Herz sagte es mir. Zum ersten Mal in meinem Leben waren da keine Zweifel, kein Zögern.

»Blake, weißt du, wo es nach draußen geht?«

Er nickte.

»Dann zeig den Monstern den Weg, nimm so viele wie möglich mit.«

Ich sah den Protest in seinen Augen, doch ich ließ ihn gar nicht erst zu Wort kommen.

»Bitte, bring Pebbles und Monty hier raus.«

Seine Schultern strafften sich und er wandte sich ab.

»Ich komme wieder.«

Er lief los, einige der ehemals eingesperrten Monster folgten ihm. Glue, Nuvo und Robbie blieben bei mir. Sie mussten es auch spüren, diese Energie in der Luft, die wir nutzen würden.

»Wir werden es beenden.«

Mit Kampfgeschrei, das aus meinem tiefsten Inneren kam, stürzte ich los, meine Monster hinter mir, ebenso laut.

Alles, was dann geschah, war wie ein Film. Wir rannten den bewaffneten Männern entgegen und beschossen sie mit allem, was wir hatten. Ich nutzte das Wasser auf dem Boden und schleuderte es ihnen entgegen, Glue verwandelte alles, was sie konnte, in Schokolade, Nuvo schoss mit Murmeln um sich und Robbie befreite vollkommen unsichtbar die Monster aus den Käfigen, die sich nicht selbst hatten helfen können.

Andere Monster schlossen sich uns an und halfen uns mit ihrer Magie dabei, die Männer und Frauen von *Bwystfilwood Hall* mit vereinten Kräften zurückzutreiben. Große wie kleine Monster waren dabei, alte wie junge. Einige Arten erkannte ich, andere hatte ich noch nie gesehen. Irgendwann wusste ich nicht mehr, wo unten und oben war. Ich ließ mich einfach von dem zweiten Herzschlag treiben und legte all die Liebe, all den Schmerz in meine Bewegungen.

Und dann – Stille.

Die Menschen waren geflüchtet, die Sirenen und Sprinkler abgestellt. Ich stand umgeben von unzähligen Monstern in einem dunklen Gang, nass bis auf die Knochen.

Robbie saß keuchend auf meiner Schulter. Ein paar Monster, die fliegen konnten, kundschafteten den Rest des Kellers aus, unter ihnen auch Glue und Nuvo.

Dann kamen sie zurück und verkündeten, dass sich niemand mehr hier unten aufhielt. Ich verstand sie noch immer nicht wortwörtlich, aber ich spürte genau, was sie sagen wollten.

Alle Monster waren entkommen, ein paar von ihnen verletzt, es war aber kein weiteres gestorben. Ich strauchelte, und sofort eilten mir ein paar der größeren Monster zur Seite. Dank ihrer Hilfe schaffte ich es Richtung Ausgang.

Dann waren da auf einmal wieder Schritte, die auf uns zueilten. Ich machte mich bereit, doch es war Blake, der um die Ecke gerannt kam. Ich fiel in seine Arme und gab auf. Ich wollte nicht länger kämpfen. Er hob mich hoch und trug mich nach draußen.

Als wir ins Freie und unter den Nachthimmel traten, weinte ich. Und ich weinte, als ein freudestrahlender Detective Tottori auf uns zuhastete. Er war auch einer der wenigen, die in unsere Richtung rannten und nicht wie die meisten anderen Umstehenden auswichen, als viele der Monster ihre neu gewonnene Freiheit nutzten und sich in alle Richtungen verstreuten.

Doch nicht alle liefen einfach weiter in ihre Freiheit. Zumindest so lange, bis sie auf den Zaun stießen, der das Gelände umgab. Stand er überhaupt noch? Einige Monster blieben stehen und schauten zu den Sternen hinauf.

Hatten sie den Himmel jemals zuvor gesehen?

Detective Tottori sagte etwas, doch ich hörte nichts außer einem dumpfen Dröhnen in den Ohren.

Der Zeitpunkt zum Aufgeben war gekommen. Wir mussten nicht mehr kämpfen.

Blakes Knie versagten ihm den Dienst, und wir gingen beide zu Boden. Detective Tottori sowie ein paar Rettungssanitäter ließen sich neben uns auf die Knie fallen.

Glue war da, Robbie und Nuvo ebenfalls.

»Wo sind Pebbles und Monty?«, fragte ich Blake, ich konnte wieder ein wenig hören.

»Die Officers Willows und Fletcher haben sie«, sagte Blake unter Tränen.

»Detective?« Ich griff nach seiner Hand, er rückte ein Stück näher an mich heran.

»Ja?«

»Zeigen Sie's ihnen.« Ich konnte meine Augen kaum noch offen halten. Der Polizist versuchte sich an einem Lächeln. Er zog seine Jacke aus und legte sie mir vorsichtig über die Schultern.

»Sie können sich auf mich verlassen.«

»Blake? Passt du auf, dass ich meine Hand nicht öffne?«

Ich nuschelte nur noch, lehnte mich schwach an seine Schulter.

Er umfasste meine linke Faust. »Versprochen.«

Mit einem tiefen Seufzen gab ich mich der Dunkelheit hin. Vielleicht hatte das Schicksal dieses Mal Gnade mit mir.

24. Kapitel

Leah

Ich wusste es nicht. Für ein paar Sekunden, nachdem ich wieder zu mir kam, wusste ich nicht mehr, was mit Pebbles und Monty geschehen war. Ich existierte für einige Augenblicke in einer Welt, in der sie noch lebten. Dann erst holte mich die Realität ein und warf mich gnadenlos auf den Boden der Tatsachen.

Mit Mühe und Not öffnete ich meine verklebten Augen. Jede Zelle meines Körpers pulsierte, sie holten mich zusammen ins Leben zurück.

Verdammt sollten sie sein.

Glues kugelrunde smaragdfarbene Augen waren das Erste, was ich erkannte, als sich meine Sicht klärte.

»*Hoo*«, begrüßte sie mich und flatterte mit den Flügeln.

Du bist wach. Wie schön.

Sie saß an meiner linken Seite, neben ihr erkannte ich Nuvo, der auf der weißen Bettwäsche kaum zu sehen war. Ich streckte meine Finger nach ihm aus, und er schmiegte sich mit seinem wolkenweichen Fell hinein. Robbie krabbelte mit sichtbarem Vorderteil auf meinem Bein herum.

»Hey.« Mehr konnte ich noch nicht sagen. Ich lag in einem Krankenhauszimmer. Alles war weiß, kalt und leer. Auf dem Nachttisch zu meiner Rechten entdeckte ich einen bunten Blumenstrauß, neben meinen Monstern die einzige Farbe in meinem Zimmer.

Pink und Blau fehlten.

Mit Schreck sah ich auf meine Hände. Die Träne – sie war weg! Ruckartig setzte ich mich auf, was meinem Körper gar nicht gefiel.

»Wo ist sie?«, krächzte ich. Hastig tastete ich meinen Körper ab.

»*Hohoo*«, machte Glue und deutete mit ihrem Schnabel auf Nuvo.

Alles gut.

Der Kleine schüttelte sich ein wenig, dann stieg aus seinem wabernden Fell die Träne auf und schwebte über seinem Kopf.

Blau glitzernd hing sie in der Luft. Selbst in dem kühlen Licht der Neonröhren sah sie wunderschön aus. Mit zitternden Fingern griff ich nach ihr. Sofort fühlte ich mich stärker und nicht mehr ganz so traurig. Ich stellte mir vor, wie Monty ein Herz aus Tinte zauberte, und fühlte den Puls eines zweiten Herzens in mir, das mir antwortete.

»Es tut mir so leid.« Meine Stimme brach.

Robbie legte den Kopf schief. Ich hatte zwei ihrer Freunde sterben lassen. Niemals würde ich das wiedergutmachen können.

Das halb unsichtbare Chamäleonmonster rollte sich auf meinem Bauch zusammen, Nuvo schmiegte sich an mein Bein und Glue sah mich an, als hätte ich nicht mehr alle Tassen im Schrank. Es sah so komisch aus, dass ich tatsächlich kurz auflachen musste.

»Sie geben dir keinerlei Schuld, Leah.«

Blake stand in der offenen Tür, und ich war erleichtert, ihn wohlauf zu sehen. Ich ließ mich zurück in das Kissen sinken.

»Blake«, hauchte ich und war den Tränen nahe.

Er nahm sich den Stuhl von der Wand, stellte ihn neben mein Bett und setzte sich zu mir, nachdem er mir einen Kuss auf den Kopf gegeben hatte. Er trug eine Jogginghose und ein graues schlichtes Shirt.

»Du musst dich nicht bei ihnen entschuldigen. Sie machen dich für nichts verantwortlich. Mich im Übrigen auch nicht, was ich, ehrlich gesagt, nicht verstehe.« Glue bedachte ihn mit dem-

selben Blick, den sie mir eben zugeworfen hatte. Und wie zuvor in den Laboren spürte ich, was sie sagen wollte.

Blake strich der Eule über das Gefieder.

»Blake!«, stieß ich aus, als ich die Drachenschuppen an seinen Handgelenken sah. Er schob den Ärmel seines Shirts ein Stück nach oben und legte den Arm auf meine Beine. Die Drachenhaut wallte auf. Sie schimmerte nicht mehr nur blau und grün, dazwischen mischte sich nun auch ein kräftiges Magenta. Sie hatten die Farbe von Pebbles' Fell angenommen. Zärtlich fuhr ich mit dem Finger darüber. Ich schluckte, wusste nicht, was ich sagen sollte.

»Spürst du es auch?«, fragte ich.

Ich nahm seine Hand und legte sie auf meinen Brustkorb.

Er nickte.

»Du hast aber noch nicht in den Spiegel gesehen, oder?« Blake schmunzelte.

»Nein«, sagte ich verwirrt. Blake ging in das Bad und brachte einen Kosmetikspiegel zurück. Er hielt ihn mir vor das Gesicht.

Zunächst fielen mir nur meine dunklen Augenringe und die blasse Haut auf. Dann erkannte ich, was er meinte. Ich fasste mir in meine hellblonden Haare und zog die blaue Strähne mit pinker Spitze nach vorn.

»*Brrrb*«, kommentierte Robbie und färbte sich in denselben Tönen ein.

Monty.

»Es sieht aus wie ein blauer Tentakel«, meinte Blake. Er ließ den Spiegel sinken und legte ihn auf den Tisch neben dem Bett.

»Anscheinend hat die Monstermagie ein paar Nebenwirkungen«, erklärte er. Er fasste in die kleine Brusttasche seines Shirts und zog die pinke Träne heraus. »Äußerlich sowie innerlich. Wobei ich noch nicht herausgefunden habe, worin meine Magie nun besteht. Aber das ist momentan auch nicht so wichtig.«

»Wie kann es sein, dass Nuvo meine Träne hat? Hätte ich nicht sterben müssen?«

»So schnell geht das nicht. Es reicht, wenn sie ganz in deiner Nähe ist.«

»Woher weißt du das?«

»Unsere Monster hier haben einen guten Instinkt, was das angeht. Und nicht nur das.«

Neugierig sah ich zu Glue, Robbie und Nuvo.

»Was noch?«

»Es stellte sich heraus, dass Monster in ihren letzten Momenten, bevor sie ihre Magie abgeben, eine Art ›Zauberspruch‹ wirken können, der dann durch die Träne ausgeführt wird.«

»Die Druckwellen … das war Pebbles' und Montys Werk?«

Blake nickte.

»Woher wusstet ihr das?«, fragte ich meine Monster.

»*Pffft*«, erklärte Nuvo.

Nicht Wissen. Ein Wunder.

Kopfschüttelnd betrachtete ich die drei. Ich hatte Mitleid mit all den Forschern, Wissenschaftlern und Menschen, die diese Wesen zu verstehen versuchten. Das konnten sie vergessen. Vor allem dann, wenn sie die kleinen Monster mit ihren Besonderheiten weiterhin unterschätzten. Dabei hätten sie nur mal einen Blick in ein Wörterbuch werfen müssen, um zu erkennen, was für großartige Geschöpfe sie da vor sich hatten. Welche Helden in ihnen schlummerten – was für Wunder sie bewirken konnten.

»Ich hatte ihm ein Tutu gekauft«, flüsterte Blake.

»Was?«

Blake standen Tränen in den Augen. »An dem Tag, an dem ich meinen Egotrip hatte und entführt wurde, habe ich Monty ein Tutu gekauft. Joshua hat die Tüte mitgenommen, als sie mich aus dem Restaurant entführt haben. Sie haben übrigens so getan, als hätte ich einen Schwächeanfall erlitten, und haben mich dann rausgetragen, damit ich angeblich frische Luft schnappen konnte. Und jetzt wird Monty es nie mehr tragen können.«

Blake bettete seinen Kopf in meinen Schoß und weinte ein paar stumme Tränen. Ich strich ihm durch die Haare. Die Monster trösteten ihn.

Nach einer Weile fassten wir uns. Es gab noch so viel, was ich wissen wollte.

»Wie lange war ich bewusstlos?«

»Ungefähr einen Tag«, erwiderte Blake.

»Was ist nach der Explosion passiert?«

»Es war das reinste Chaos. Sie haben *Bwystfilwood Hall* evakuiert.«

»Sarah und die anderen … sind sie tot?«

»Nein. Sie waren nur ohnmächtig und haben die eine oder andere Fraktur. Aber was die elektronischen Gerätschaften angeht, sieht es anders aus. Pebbles' und Montys magische Druckwelle hat alles zerstört. Nichts ist mehr zu retten. Die ganzen Daten, Ergebnisse und Aufzeichnungen sind weg.«

»Woher weißt du das?«

Blake biss sich auf die Lippe. »Joshua war hier.«

Ungläubig riss ich die Augen auf. »Joshua? Was wollte er?«

»Mir genau das sagen: dass alles weg ist. Alles, wofür seine Mutter gearbeitet hat. Und das Tagebuch auch. Da die Experimente offiziell nicht existieren, gab es keine externen Back-ups. *Bwystfilwood Hall* war ein geschlossenes System, und es wurde komplett und unwiederbringlich zerstört. Es ist alles weg. Für immer.«

»Das heißt also, keine Experimente mehr mit Monstern, Menschen und Mosaiken?«

Blake schüttelte den Kopf. »Nein, nie wieder. Zumindest nicht in Amerika, und am besten auch nirgendwo sonst – behauptet Detective Tottori, der sich persönlich darum kümmern wird.«

»Er tut mir so leid. All die Jahre ist in Bwystfilwood nicht viel passiert, und jetzt muss er sich gleich mit der Regierung anlegen, und zwar sofort und ohne die geplanten Vorbereitungen.«

»Und glaube mir, er wird das alles mit einem riesigen Knall machen«, meinte Blake. »Ich glaube an ihn.«

»Wir auch«, sagte ich lächelnd. »Was ist mit den anderen Mosaiken? Mit Joshua?«

Blake zuckte die Schultern.

»Ich weiß es nicht. Aber auch darum will sich Detective Tottori kümmern. Und ich denke, wir sollten ihm dabei helfen.«

»Unbedingt.«

»Ich hatte einen Chip«, sagte Blake, ohne mich anzusehen. »Man hat mir als Kind einen elektronischen Mikrochip am Bauch eingesetzt, damit man jederzeit meine Vitalfunktionen ablesen kann. Damit wäre es im Notfall auch möglich gewesen, mir von *Bwystfilwood Hall* aus einen elektrischen Schlag zu verpassen, der mich getötet hätte. Joshua wusste davon.«

Erst hatte ich keine Ahnung, worauf er damit hinauswollte. Dann machte es klick.

»Deswegen hat er dich angeschossen«, sagte ich.

»Er hat ihn exakt getroffen und zerstört. Wir haben ihn zwischen den Kugelsplittern nicht bemerkt. Damit hat er verhindert, dass mich seine Mutter umbringt, was er ihr zu diesem Zeitpunkt zugetraut hat. Alles, was er getan hat, diente meinem Schutz. Und dem seiner Mutter. Er wollte uns beiden helfen. Aber dass er das Heim in Brand gesteckt hat, das werde ich ihm nie verzeihen. Niemals«, murmelte Blake. »Doktor Persky hat uns übrigens verfolgen lassen, als wir nach der Begegnung mit ihr zurück zur Wohnung gefahren sind. Sie hat sie dann von ihren Soldaten stürmen lassen.«

Ich hatte die Schüsse im Flur des Hauses schon fast wieder vergessen. Seitdem war so viel passiert.

»Ist jemand verletzt worden?«

»Nur ein paar Streifschüsse, nichts Ernstes.«

»Wenn es nicht vorbei wäre, würde ich Sarah noch mehr hassen«, gestand ich. »Aber ich glaube, sie ist genug gestraft.«

Blake sah überrascht auf.

»Womit?«

»Sie hat alles verloren. Alles, wofür sie gekämpft und gelebt hat. Es sei dahingestellt, wie gut oder schlecht das war. Aber der Sinn – ihr Lebenssinn – ist für immer verloren. Das ist eine fürchterliche und verdiente Strafe für sie.«

Ihr ging es vermutlich wie mir, als ich vor den kümmerlichen Resten des Heims gestanden hatte. Vielleicht hatte sie – wie ich – diese Leere gespürt, die Verzweiflung, die mit der Angst vor der Zukunft kam.

Und nun war da auch noch die Trauer.

»Ich vermisse sie«, flüsterte ich. Ich klammerte mich an Montys Träne, wollte sie nie wieder loslassen.

Blake strich mir über die Hand.

»Sie hätten sich alle geopfert, Leah. Aber Pebbles und Monty hatten die größten Dickschädel.

Ihre Magie hat uns gerettet. Dich, mich, Glue, Nuvo, Robbie und all die anderen Monster, die dort unten gefangen gehalten wurden. Sie haben die Mosaike gerettet und vielleicht auch ein paar Menschenleben. Die kleinen wundersamen Helden haben mit ihrer Magie nicht nur *ein* Wunder vollbracht.«

»Mit ihrer Magie und ihrer Liebe«, fügte ich hinzu.

Blake lächelte.

»Ist das nicht manchmal dasselbe?«

Zwei Tage musste ich zur Beobachtung bleiben. Doch seit ich aufgewacht war, ging es mir immer besser.

Ich war froh, dem sterilen Krankenhauszimmer endlich zu entkommen. Die Monster und Blake waren mir zwar nie von der Seite gewichen, aber die Decke fiel mir trotzdem auf den Kopf.

»Sind Sie bereit?«, fragte mich Officer Willows, als er Blake, die Monster und mich im Krankenzimmer abholte.

Ich nickte, glaubte aber, dass ich mich nie wieder für etwas bereit fühlen würde. Wahrscheinlich konnte man das gar nicht, wenn man wusste, dass das Leben ohnehin seine eigenen Pläne verfolgte.

Doch ich stieg dennoch in den Polizeiwagen, der uns zu unserem nächsten vorläufigen Zuhause brachte. Detective Tottori hatte Blake, die Monster und mich im schicksten Hotel der Stadt in eine riesige Suite eingemietet. Die Rechnung, so sagte er, würde er direkt an die Regierung weiterleiten. Er ging darin auf, den entsprechenden Leuten in den Allerwertesten zu treten.

Seine Worte, nicht meine.

Blake, Glue, Nuvo, Robbie und ich saßen drei Tage später abends bei einem Kaffee und Pfefferminzbonbons in der Suite auf dem Sofa. Ich sah gedankenverloren aus dem Fenster.

Endlich Ruhe.

Es war dunkel draußen, grau und regnerisch. Eigentlich das perfekte Wetter für einen Film. Doch ich schlug es nicht vor, auch keines der Monster. In solchen Momenten spürte man die Leere, die Pebbles und Monty hinterlassen hatten, nur noch mehr. Als würden sie genau dann an unseren Rockzipfeln ziehen und uns pausenlos daran erinnern, dass sie nicht mehr da waren.

Dabei waren sie immer da. Sobald ich Wasser plätschern hörte, dachte ich an Monty. Sobald ich ein Kissen sah, dachte ich an Pebbles. Es verging kaum ein Moment, in dem die beiden nicht in meinen Gedanken waren.

Ich strich über die Träne, die mittlerweile an einer Kette um meinen Hals hing, eingefasst in eine filigrane Halterung. Blake hatte sich seine an einem Lederband befestigen lassen und trug sie ebenfalls um den Hals. Warum sich die beiden Tränen nicht aufgelöst hatten, wussten wir nicht. Aber ehrlich gesagt war mir das auch egal. Wir würden es nehmen, wie es kam.

Ich ertappte Blake oft dabei, wie er Pebbles' Träne berührte oder sich die pinken Drachenschuppen auf seiner Haut ansah, wenn er sich unbeobachtet fühlte. Ich zupfte dafür des Öfteren an meiner blauen Strähne. Wir mussten nicht darüber reden, jeder fühlte den Schmerz und ging auf seine Art und Weise damit um. Er würde niemals verschwinden, aber das war auch in Ordnung so.

Wir hatten kaum Zeit, uns über die Zukunft Gedanken zu machen. Ständig mussten wir mit Leuten reden. Sie kamen von der örtlichen Polizei, vom FBI, von der Regierung und von der Versicherung. Drei Tage lang kamen und gingen sie. Sie fragten uns alles doppelt und dreifach, jedem standen wir Rede und Antwort darüber, was sich in den letzten Tagen zugetragen hatte. Sie erkundigten sich auch nach Dr. Smithers, der spurlos verschwunden war. Wo auch immer er sich nun aufhielt, ich hoffte, dass er seine gerechte Strafe noch bekommen würde.

Alle verließen die Suite mit einem Kopfschütteln, Entschuldigungen und den besten Wünschen für die Zukunft. Niemand von ihnen sagte uns, wie diese eigentlich aussehen sollte. Ob es zwischen all den Scherben überhaupt eine gab.

Wir beerdigten Pebbles und Monty am nächsten Morgen. Die Sonne war so gnädig und zeigte sich, was vor allem Blake freute. Wir fuhren weit aus der Stadt zu einem Monsterfriedhof.

Als wir ankamen, waren bereits zwei Löcher für uns vorbereitet. Der Anblick schnürte mir die Kehle zu.

Gemeinsam mit Blake, Glue, Nuvo und Robbie hatte ich in einem Spielwarenladen ein Puppenbett gekauft, das wir mit Schaumstoff beklebt hatten. Nicht kompostierbare Stoffe waren eigentlich nicht erlaubt, aber der Bestatter hatte eingelenkt, nachdem Detective Tottori ihn angerufen und von den Heldentaten der beiden Monster berichtet hatte.

Für Monty hatten wir deswegen auch die Spieluhr sowie das von Blake gekaufte Tutu dabei, das Joshua zurückgebracht hatte. Wir legten zuerst die Grabbeigaben in die Löcher, dann unsere beiden Monster, die in Leinentücher gehüllt waren.

»Lebt wohl, ihr kleinen Helden«, sagte Blake und griff nach meiner Hand.

»Lebt wohl, ihr kleinen Wunder«, verabschiedete ich mich.

Glue, Nuvo und Robbie sangen ein letztes Mal für ihre Freunde.

Stunden später klingelte es an der Tür unserer Suite. Ich stieß Blake an, der neben mir im Bett lag.

»Machst du auf? Danke.«

Ich zog die Bettdecke über den Kopf und verkroch mich in meiner Höhle. Robbie hatte sich an meinem Nacken zusammengerollt, Glue und Nuvo mussten auch irgendwo im Bett sein. Wir waren nach der Beerdigung von Pebbles und Monty nach einigen Stunden voller Geschichten über die beiden alle eingenickt. Ich konnte nicht sagen, wie spät es war, aber an einem Tag wie heute war alles zu früh.

Stöhnend rollte sich Blake aus dem Bett. Ich hörte, wie sich die Tür öffnete, dann ein paar Stimmen. Blake kam zurück, ehe ich mich einen Zentimeter bewegt hatte.

»Es ist Detective Tottori«, teilte er mir mit. »Und er sieht schrecklich zufrieden mit sich aus.«

Stirnrunzelnd warf ich die Decke von mir. Robbie fiepste und krallte sich an mir fest. Glue und Nuvo kullerten ebenfalls aus dem Bett und begrüßten Detective Tottori freudig. Dessen fröhliches Lächeln erstarb, als er mich sah.

Als könnte es mich zerbrechen.

»Sie dürfen gut gelaunt sein, Detective. Bitte. Es wäre eine schöne Abwechslung.«

»Wenn alles gut läuft, werde ich auch Sie heute zum Lächeln bringen«, antwortete er mystisch. Ich bezweifelte es, wollte seine Hoffnungen aber nicht gleich zerstören.

»Kaffee?«

»Sehr gern.«

Blake half mir dabei, eine Kanne aufzubrühen, und verteilte drei Becher auf dem Tisch.

»Was gibt es Neues?«, erkundigte er sich.

»Das Projekt Mosaike wird eingestampft. Zumindest die weiteren Experimente. Die jungen Leute werden mit allem Lebensnotwendigen ausgestattet, und ihre weitere medizinische Versorgung ist gewährleistet. Es könnte noch immer etwas Unvorhergesehenes passieren«, berichtete er. Den letzten Satz sagte er nicht ohne Argwohn in der Stimme. Vermutlich witterte er weiteren Ärger, sollten ein paar Leute der Regierung doch wieder auf dumme Ideen kommen. Doch nach den Vorfällen der letzten Tage müsste er eigentlich für alles gewappnet sein.

»Mister Henderson und die anderen Mosaike dürfen gehen, wohin sie wollen. Sie sind nicht mehr länger ›Eigentum‹ der

Regierung und bekommen eine angemessene Entschädigung. Die Kontrollchips werden entfernt. Aber sie alle müssen geheim halten, was sie sind, und sich für eben besagte medizinische Kontrollen einfinden, die nur zu ihrem eigenen Wohl passieren.«

Blake verzog das Gesicht. Ich wusste, was er von einer solchen »Überwachung« hielt. Das würde ihm und den anderen also doch nicht erspart bleiben.

»Mister Henderson, ich habe mit jedem einzelnen von den Mosaiken gesprochen, und sie alle waren froh darüber. Ausnahmslos.«

Blake strahlte. »Wirklich?«

»Wirklich. Mister Aelfric Waystone, der Leiter der Schule, wird vermutlich ungeschoren davonkommen. Er hat sich nichts zuschulden kommen lassen, außer dass er Geld von der Regierung angenommen und seine Räumlichkeiten inoffiziell vermietet hat. Sarah Persky hatte versucht, ihn für ihre Sache einzuspannen, um sich selbst im Hintergrund zu halten. Sie wollte wohl, dass er Sie, Miss Mint, direkt nach Mister Lambers' Tod nach seinem Tagebuch fragte, weshalb er Sie – seiner Aussage nach – auch zu sich einlud. Er stellte Ihnen die Frage allerdings nicht, behauptete Sarah Persky gegenüber aber, dass er gefragt hätte, Sie jedoch keine Ahnung hatten. Ich glaube, er wollte Sie schützen und das Vorhaben nicht unterstützen. Er ist bereits abgereist, plant von dem Geld aus der Vermietung vermutlich seinen Ruhestand.«

»Wie geht es Joshua und seiner Mutter?«, wollte ich wissen.

Blake sprach es nicht aus, aber ich wusste, dass es ihn auch interessierte.

»Doktor Persky ist ein eine psychiatrische Heilanstalt eingewiesen worden. Nachdem sie vor dem Scherbenhaufen ihrer Karriere stand, ist sie endgültig durchgedreht. Die Mitarbeiter, die ihr bei der Entführung und dem Experiment geholfen haben, werden sich für ihre Vergehen vor Gericht verantworten müssen. Ebenso der Rest der Bande, der von dem Projekt wusste. Und Joshua Persky – ich glaube, er will in Bwystfilwood bleiben. Im Gegensatz zu seiner Mutter hat er in den Verhören echte Reue gezeigt.«

Vielleicht gab es doch noch eine zweite Chance für die Freundschaft zwischen ihm und Blake.

»Aber die besten Neuigkeiten kommen erst noch.«

Ich klammerte mich an meinen Becher. Ich konnte mir kaum vorstellen, was so toll sein sollte. Detective Tottori zog einen Briefumschlag aus der Innentasche seines braunen Jacketts und legte ihn vor mich auf den Tisch. Einen zweiten hielt er Blake hin.

»Das ist für Sie.«

Wir öffneten die Briefe gleichzeitig. In meinem war ein Scheck, auf dem eine beachtliche Zahl an Nullen stand. Mit einer Eins davor. Es war ein Vielfaches von Mr. Lambers' Vermögen.

»Was ist das?«

»Der Wiedergutmachungsversuch der Regierung.«

Blake war der Mund aufgeklappt. Er hielt einen Scheck über die gleiche Summe in der Hand.

»Nichts auf der Welt kann das Geschehene wiedergutmachen«, sagte ich finster. Detective Tottori blickte mitfühlend drein.

»Ich weiß. Aber vielleicht gelingt es Ihnen, mit dem Geld etwas Neues zu erschaffen. Um die Erinnerung zu erhalten.«

Er spielte mit Sicherheit auf ein neues *Monsters & Glue* an. Doch das war vorbei. Ich würde keine Monster mehr vermitteln. Meine drei würden für immer bei mir bleiben, so hatten wir es beschlossen. Dreieinhalb, wenn man Blake mit einbezog. Aber für mehr wollte und konnte ich mein Herz nicht öffnen.

Noch nicht. Das wäre weder ihnen noch mir gegenüber fair gewesen.

Aber ich hatte ein paar andere Ideen und einen lang gehegten Traum, bei dem Mrs. Rainwater mir helfen könnte.

»Was ist mit den Monstern aus den Laboren?«, erkundigte ich mich.

»Diejenigen, die zurückgeblieben sind, werden medizinisch behandelt, und dann sehen wir weiter. Diejenigen, die weggelaufen sind, haben wir entkommen entlassen, indem wir den Zaun um das Gelände abgerissen haben – ich hoffe, sie genießen ihre Freiheit.«

»Ich werde den zurückgebliebenen Monstern Heime bauen. Und solchen, die vielleicht nichts mit ihrem neuen Leben anfangen können und zurückkommen. Heime, die den Namen auch verdienen. Groß, mit allem, was die Monster brauchen. Sie dürfen bleiben oder gehen, wie sie wollen. Ich werde Leute finden, die sich gut um sie kümmern. Und Sie, Detective Tottori, bekommen von mir so viele tolle Geräte, wie Sie haben wollen. Ich brauche nur einen Bruchteil des Geldes für meinen größten Traum.«

Blake und Detective Tottori horchten auf.

»Was meinst du?«, wollte Blake wissen. »Ich hätte da ein bisschen Geld zum Investieren.« Er zwinkerte.

»*Das pinke Aquarium*«, antwortete ich. »Das ist mein Traum.«

EPILOG

Das pinke Aquarium – ein Jahr später

Zweimal das Haus-Spezial«, rief Blake vom anderen Ende des Tresens zu mir herüber.

»Kommt sofort!«

Ich füllte frisch geschäumte Milch in zwei Gläser mit geschmolzener weißer Schokolade, garnierte sie mit ordentlich Sahne und sprenkelte zum Abschluss kleine rosa und blaue Marshmallows darüber. Zwei Strohhalme hinein und fertig.

Die Gläser stellte ich auf ein Tablett, und Nora, unsere Angestellte, brachte sie an den passenden Tisch. Blake rauschte mit der nächsten Bestellung an.

»Zweimal die Murmel für Tisch fünf!« Schon war er wieder zwischen den Tischen verschwunden.

Nuvo pfiff zufrieden. Die Murmel hatte er sich ausgedacht. Es war ein Milchkaffee mit Pfefferminzsirup auf der Sahne, dessen Musterung der von Nuvos Erinnerungsmurmeln ähnelte.

Zu Beginn hatte Nuvo die Getränke unbemerkt noch mit einer seiner echten Murmeln *versüßt*, nach der ersten Beschwerde hatten wir ihm das aber sehr schnell wieder ausgeredet. Nun bewachte er von seinem Lieblingsplatz am Tresen aus das bunte Treiben. Er ließ sich gern von den Gästen streicheln, die zum Bezahlen nach vorn kamen. Mrs. Rainwater machte die Kasse.

Sie war sofort Feuer und Flamme gewesen, als ich ihr von meinem Traum erzählt hatte, und hatte mich tatkräftig unterstützt und beraten. Nun arbeitete sie hier, weigerte sich aber,

eine Bezahlung anzunehmen. Ich versorgte sie dafür mit so vielen Keksen, wie sie wollte.

»*Hoohooo!*« Glue machte von ihrem Aussichtspunkt aus Blake darauf aufmerksam, dass sich auf einem Tisch dreckiges Geschirr stapelte. Er flitzte sofort herbei und räumte den Tisch frei.

»Aye, aye, Captain Glue!« Die Eule plusterte sich zufrieden auf.

Robbie entdeckte ich an einem anderen Tisch, wo er sein sichtbares Hinterteil gerade an das Muster einer Handtasche anpasste und zwei ältere Damen damit entzückte. Sie überschütteten ihn geradezu mit Pfefferminzbonbons, die sie aus den Untiefen ebenjener Tasche zogen.

Schmunzelnd betrachtete ich den Innenraum des Cafés.

Meines Cafés. Vor einem guten Jahr hatte ich die leer stehenden Räumlichkeiten in einer Anzeige entdeckt, nun war das *Pinke Aquarium* zu einem der beliebtesten Treffpunkte in diesem Teil der Stadt geworden. Wir hatten es wie ein riesiges Wohnzimmer eingerichtet. Kunterbunte Sessel, bunt gemischte Beistelltische, Bücherregale bis an die Decke und Fotos, die die Wände zierten.

Auf der Tapete prangten Puppenhäuser und Aquarien verschiedenster Arten – eine Spezialanfertigung, die Blake gesponsert hatte.

Unsere Besucher in den ersten Wochen waren vor allem die ehemaligen Kunden von *Monsters & Glue* gewesen, als sie von meinem neuen Projekt gehört hatten. Die Neuigkeit sprach sich schnell herum, auch wenn die Wahrheit über *Bwystfilwood Hall* keinem in der Stadt bekannt war.

Es gab Gerüchte und Theorien, aber kein offizielles Statement dazu. Es reichte aber, um die Neugierde zu wecken, und so kamen die Leute vorbei und blieben.

Am ersten Öffnungstag hing nur ein Foto an der Wand, nämlich das von Mr. Lambers und den Monstern. Nach und nach brachten die ehemaligen Kunden von *Monsters & Glue* aber Bilder von sich und ihren vermittelten Monstern mit. Die Wände wurden voller und das Café zu einer lebendigen Erinnerung.

Genau wie ich es mir gewünscht hatte.

Egal was Mr. Lambers in der Vergangenheit getan hatte oder auch nicht – ich würde ihn immer so in Erinnerung behalten, wie ich ihn in dem einen Jahr unserer gemeinsamen Zeit kennengelernt hatte. Ich würde ihm immer unendlich dankbar dafür sein, dass er mir das Heim hinterlassen hatte. *Monsters & Glue* hatte mich das Fürchten, aber vor allem auch das Lieben und den Glauben an die Magie gelehrt. Nichts und niemand konnte mir das mehr nehmen.

In den folgenden Monaten wurde unsere Klientel so bunt und schräg wie unsere Einrichtung. Detective Tottori war übrigens einer unserer Stammkunden und präsentierte jede Woche stolz ein neues Gadget, das er sich von meiner großzügigen Spende gekauft hatte. Er gab es nicht zu, aber ich glaubte, er war mittlerweile dankbar für die Ruhe, die nach der »Operation *Bwystfilwood Hall*« eingekehrt war. Die Officers Willows und Fletcher kamen ebenfalls regelmäßig vorbei. Auch James, der lediglich Mr. Waystones Fahrer gewesen war und nichts mit den Mosaiken zu tun gehabt hatte, schaute oft vorbei.

Einige unserer Kunden brachten ihre Monster mit, was wir sehr begrüßten. Ein paar der alten und von einem der neuen Heime erfolgreich vermittelten Labormonster waren auch darunter. Ich wünschte mir jedes Mal, dass Pebbles und Monty die Freude in den Augen der Monster sehen könnten. Freude, die meine kleinen Monster durch ihr Opfer möglich gemacht hatten.

Glue ging auf ihrem großen echten Baum, der in einem riesigen Kübel stand, voll in ihrer Rolle als Dirigentin auf. Sie sah alles und machte sich einen Spaß daraus, uns durch die Gegend zu scheuchen.

Ich liebte es – mein kleines verrücktes Café.

»Was schaust du denn so?« Blake warf mir seine Schürze ins Gesicht. Ich schleuderte sie zurück, doch er wich aus. »Du siehst viel schöner aus, wenn du lachst.«

Ich schenkte ihm ein Schmunzeln.

»Na also«, sagte er und zog mich an sich. Er küsste mich und ich fühlte mich zu Hause. Ich schlang die Arme um ihn und

drückte ihn fest an mich. Noch immer konnte ich nicht glauben, dass er da war. Dass er bei mir geblieben und sich diesem chaotischen Unterfangen angeschlossen hatte.

»*Blrrrb*«, machte Robbie, dessen sichtbares Vorderteil sich zu Nuvo auf den Tresen gesellte.

Ich rückte ein Stück von Blake ab, um ihm ins Gesicht zu sehen. Er machte einen zerknirschten und sauren Eindruck.

»Da hat sich einer der Mosaike über meine pinken Drachenschuppen lustig gemacht und zwei andere sind eingestiegen. Kieran und Konsorten. Konnte sie noch nie leiden. Aber ich ignoriere es. Ist besser für alle.«

Ich folgte Blakes Blick. Ein junger Mann in seinem Alter saß mit zwei anderen an einem Tisch und schielte zu uns herüber. Er war hübsch, wie alle von den Mosaiken, wie ich mittlerweile festgestellt hatte. Alle zwei Wochen trafen sich diejenigen von ihnen, die in Bwystfilwood geblieben waren, abends nach Feierabend bei uns im Café, um sich auszutauschen.

Über Dinge, die sie mit sonst niemandem teilen konnten. Nicht nur Blake und ich waren nach den Vorfällen gestrandet, auch einige von ihnen wussten nicht wohin und blieben erst einmal. Die meisten von ihnen waren nett, aber es gab eben auch solche, die ihre Nase in fremde Angelegenheiten steckten.

Wir hielten uns da raus, jeder konnte seine eigene Meinung haben. Aber dieser dumme Kommentar – dabei ging es auch um Pebbles, und da verstanden wir absolut keinen Spaß. Wie gut, dass wir dafür genau das richtige Rezept parat hatten.

Ich pfiff nach Glue und sie flatterte zu uns auf den Tresen.

»Einmal das Monster-Spezial des Hauses bitte.«

Ich hielt einen Kugelschreiber hoch, der sich mit einem *Plopp* in Schokolade verwandelte. Ich schnitt ihn in kleine Stücke und warf ihn in ein Glas. Die sich selbst heilenden Mosaike würden das vertragen.

»Ähm, Leah? Was wird das, wenn es fertig ist?«

Blake stand mit hochgezogener Augenbraue neben mir. Bisher hatte ich dieses ganz wunderliche Rezept vor ihm geheim halten können. Es kam auch nur äußert selten zum Einsatz.

»Mach dir da mal keinen Kopf. Robbie, unsichtbare Spucke bitte.« Ich hielt ihm das Glas hin. Robbie machte seinen Kopf unsichtbar, spuckte in das Glas und kam dann wieder zum Vorschein.

»Nuvo, einmal testen. Wir wollen unseren Kunden ja nur die guten Lebensmittel geben.« Ich hielt Nuvo einen Pfefferminzdrops hin, den er mit seiner kleinen Zunge genüsslich ableckte, und warf es dann zu Kugelschreiber und Spucke dazu. Ich goss das Ganze mit Milch auf, rührte gut um und vollendete das Meisterwerk mit Sahne und Marshmallows. Das alles machten wir noch zweimal.

»Nora, das hier bitte an Tisch acht zu den drei jungen Männern. Sag ihnen, es geht aufs Haus.«

Bake beobachtete voller Entsetzen, wie sich die jungen Männer bei unserer Bedienung für das besondere Gemisch bedankten und gierig tranken.

Die drei beteiligten Monster kicherten vergnügt.

»Mach dir keine Sorgen, Blake. Davon bekommen sie höchstens Bauchweh und müssen einmal länger auf die Toilette.«

»*Pffffi*«, kommentierte Nuvo. Und dieses Mal meinte er genau das, was er sagte.

Ich konnte es ein paar Sekunden lang unterdrücken, dann aber brach das Lachen aus mir heraus. Es kam über mich wie ein längst überfälliger Anfall. Es erfüllte mich von Kopf bis Fuß. Als ich fertig war, atmete ich tief durch.

»Das hat gutgetan.« Und es bedeutete, dass noch Hoffnung für mich bestand. Ich würde immer mit dem Schmerz und dem Verlust von Pebbles und Monty leben, aber ich musste es nicht allein tun. Ich hatte dreieinhalb Monster, die für mich da waren.

Blake schüttelte den Kopf.

»Wundersam oder nicht, ihr habt einen Knall«, kommentierte er, musste aber selbst schmunzeln.

Ich sah zu meinen drei kleinen Monstern, die ziemlich zufrieden mit sich waren.

»Soll ich dir mal was sagen? Wir sind da verdammt noch mal stolz drauf!«

Blake und ich wussten noch immer nicht, ob Sarahs Experiment vollständig *gelungen* war.

Ob wir weitere Auswirkungen spüren würden oder nicht.

Es würde sich erst noch zeigen. Solange genoss ich unser Zusammensein. Niemand konnte Pebbles und Monty ersetzen, aber wie sagte man – zusammen war man weniger allein.

Wir waren vielleicht wundersam, ein wenig durchgeknallt und ein bisschen verloren, doch wir waren es gemeinsam.

Das war alles, was zählte.

Das war die einzige Magie, die wir brauchten.

weil in
»WUNDERLICH«
auch Wunder
steckt.

DANKSAGUNG

»Danke an alle, die für mich zu kleinen und großen Helden wurden.« Das war die kurze Danksagung in der alten Ausgabe von Monstermagie. Sie gilt auch heute noch, allerdings würde ich dieses Mal gern ein paar Leute namentlich nennen.

Monstermagie und ich … wir haben eine ganz besondere Beziehung. Ich will nicht zu tief ins Detail gehen, aber es sei gesagt, dass ich mit diesem Buch bittersüße Gefühle verbinde. Von Freude bis Trauer ist alles dabei, wenn ich an die Monster und ihre Geschichte denke. Das betrifft nicht nur die Handlung auf den Seiten, sondern auch die Ereignisse in meinem Leben rund um die Veröffentlichungen des Buches (sowohl bei der alten als auch der neuen Ausgabe). Zwischenzeitlich habe ich sogar gedacht, dass das Buch verflucht ist. (Ich schwöre, ich fasse es ab sofort nicht mehr an. Das ist sicherer für alle.)

Unterm Strich muss ich aber sagen, dass ich mit dem Buch und den Monstern überwiegend Schönes verbinde. Zu keinem Buch habe ich so viele Nachrichten bekommen wie zu Monstermagie, und jede davon hat mich unglaublich gefreut. Dass ihr die Monster so in euer Herz geschlossen habt, gerade auch in den Momenten, in denen mir das selbst schwerfiel, hat mich gefreut und mich stellenweise auch getröstet.

Mit einem Lächeln denke ich an die Monster-Testaktion zurück. Da habe ich noch vor Veröffentlichung 300 Briefe mit Monster-Stickern und selbst gebastelten Monster-Leseecken an euch schicken dürfen, weil eure Vorfreude so groß war wie meine. Vor allem meine Autorenfreundinnen haben sich selbst übertroffen mit ihrer Begeisterung.

Von Tanja Voosen habe ich damals eine Plüschkrake geschenkt bekommen, für die Lin Rina dann noch ein Tutu geschneidert hat.

Lin, als Monsterfan erster Stunde, hat auch ein Pebbles-Fanart links auf der Seite gemalt, das ich bis heute abgöttisch liebe.
Und: Sie hat mir sogar eine Plüsch-Pebbles gebastelt.
Hallo?! Wie genial ist das bitte?
(Der Spruch »Weil in wunderlich auch Wunder steckt« stammt übrigens von ihr.)

Und Jenny Pieper hat mir eine kleine Nuvo-Tasche geschneidert.

Man merkt, ich wurde von allen Seiten mit Monsterliebe überschüttet – und mit der Frage, wann denn endlich ein Taschenbuch kommt. Dass mir – und euch – dieser Traum nun nach fünf Jahren erfüllt wird, liegt an Astrid, meiner Drachenmama. Sie hat den Monstern ein neues Heim gegeben, und dafür bin ich ihr unendlich dankbar.
Neben all den anderen Dingen, die sie für mich schon getan hat. Astrid ist mehr als nur meine Verlegerin, sie ist eine Freundin, die ich für kein Geld der Welt mehr hergeben möchte. (Sonst müsste ich auch allein zu den Konzerten von Imagine Dragons gehen, und das will ich nicht. :P)
Ihr seht also, ich bin von Heldinnen umgeben, denen ich aus tiefstem Herzen dankbar bin.

Natürlich muss ich an dieser Stelle auch wieder dem Covergott Alexander Kopainski danken, der Monstermagie ein neues Outfit verpasst hat.
MIT PEBBLES!!! Mehr als DANKE, DANKE, DANKE kann ich da nicht sagen.

Inhaltlich haben Natalie vom Lektorat Bücherseele und Michaela als Korrektorin an den Monstern mitgewirkt.
Vielen Dank an euch beide.

Und ich möchte an dieser Stelle auch dem alten Verlag der Monster noch mal dafür danken, dass er das erste Heim für sie war. Denn sonst hätten die Monster nie das Licht der Welt erblickt.

Und der letzte Dank geht an meine Familie, meine Freunde und meine Nerds. Ich hab euch lieb, und Danke für alles!

TEST

Welches Monster passt zu dir?

Wähle aus jedem Themengebiet den Begriff aus, mit dem du dich am meisten identifizierst. Merke dir dabei, welchem Buchstaben deine Antwort entspricht (am besten schreibst du es auf). Erst wenn du alle Fragen beantwortet hast, solltest du in die Auflösung schauen. (Ab Seite 299)

Farben

A Blau

B Grün

C Rosa

D Weiß

E Ich mag es bunt

Schreibmaterialien

A Füller

B Kugelschreiber

C Filzstift

D Wasserfarben

E Bleistift

Landschaften

A Meer & See

B Wald

C Garten

D windige Insel

E Strand

Superkräfte

A Wasser bändigen

B Alles in Schokolade verwandeln

C Übermenschliche Schnelligkeit

D Fliegen

E Unsichtbar machen

Süßigkeiten

A Brause

B Schokolade

C Zuckerwatte

D Marshmallows

E Zitronenbonbons

Getränke

A Wasser

B Kaffee

C Limonade

D Tee

E Saft

Hobbys

A Sport

B Lesen

C Brettspiele

D Spazieren gehen

E Malen

Wetter

A Regnerisch

B Gemischt

C Schnee

D Wind

E Sonne

Eigenschaften

A Loyalität

B Klugheit

C Verspieltheit

D Kreativität

E Fröhlichkeit

Zähle jetzt deine Buchstaben zusammen. Von welchem hast du am meisten? Danach kannst du dann zur Auflösung gehen. (Übrigens: Falls du mehrere Buchstaben gleich oft hast, passen mehrere Monster zu dir.)

Auflösung

Am meisten A: Monty

Am meisten B: Glue

Am meisten C: Pebbles

Am meisten D: Nuvo

Am meisten E: Robbie

MONTY

Wenn du Wasser magst, dann bist du bei Monty genau richtig. Der kleine Krake liebt sein natürliches Element, in dem man schwebend tanzen kann. Er ist ein treuer Freund und muntert dich stets mit kleinen Scherzen oder Tintenbildern auf.

Glue

Die weise Eule hat einen eher ruhigen Charakter, ist aber immer für dich da. Sie weiß immer einen Rat und schafft es auch in den verzwicktesten Situationen, einen kühlen Kopf zu bewahren. Egal ob Waldspaziergang oder ein gemütlicher Leseabend, sie ist bei allem dabei.

PEBBLES

Du liebst Spiele aller Art und tollst am liebsten draußen rum? Dann findest du in Pebbles die perfekte Freundin. Der rosa Wirbelwind liebt Abenteuer und bringt dich in jeder Situation zum Lachen.

NUVO

Wenn du eher der gemütliche Typ bist, dann solltest du einen Tag mit Nuvo verbringen. Sich vom Wind treiben lassen und einen guten Tee genießen – da schlägt das kleine Wolkenherz höher. Und am Ende des Tages könnt ihr dank Murmel gemeinsam in Erinnerungen schwelgen.

Robbie

Du liebst Überraschungen? Dann solltest du dir Robbie mal genauer ansehen – zumindest den Teil von ihm, den man gerade sehen kann. Mit dem kleinen Racker wird es garantiert nicht langweilig. Vor allem, wenn du Malen magst und auf der Suche nach Farbinspiration bist, kann dir das Chamäleonmonster sicherlich weiterhelfen.

Lisa Rosenbecker

Litersum – Musenkuss

ISBN: 978-3-95991-333-1, kartoniert, EUR 14,90

Litersum – Das Universum aller Buchwelten ist nur eine Tür weit entfernt ...

Malou Winters hat sich damit abgefunden, dass ihr Anti-Musen-Kuss die Ideen angehender Autoren auslöscht und sie diese Gabe zum Wohle des Litersums einsetzen muss. Als der junge Detective Chris Lansbury von Scotland Yard sie jedoch verdächtigt, zwei Autoren ermordet zu haben, will sie das nicht auf sich sitzen lassen. Zusammen begeben sie sich über zwei Universen hinweg auf die Suche nach dem wahren Täter und stoßen dabei auf allerhand Lügen und Widerstände. Malous Verständnis vom Litersum wird auf den Kopf gestellt und bald weiß sie nicht mehr, wem oder was sie glauben soll.Und dann ist da noch dieses verwirrende Herzklopfen, sobald sie sich in der Nähe des attraktiven, aber grimmigen Lansbury aufhält.

Ob auch das mit einem Kuss ausgelöscht werden kann?

1. KAPITEL

Mein Name ist Winters, Malou Winters, und ich habe die Lizenz zum Küssen.

Schmunzelnd streifte ich durch den Buchladen *Westwords* und amüsierte mich über den Gedanken. Da hatte ich wohl einen *James-Bond*-Film zu viel gesehen. Doch ich fühlte mich wirklich ein bisschen wie eine Geheimagentin, als ich hinter dem brusthohen Bücherregal stand und einen Blick zu meiner »Zielperson« warf. Eva – so hieß die junge Frau auf dem Bild, das ich in der Hand hielt – hatte sich verändert, seit das Foto aufgenommen worden war. Ich verglich es mit der echten Version: Ihre langen weizenblonden Haare trug sie zu einem Bob, der deutlich besser zu ihr passte. Das stark geschminkte Gesicht machte sie älter als Mitte zwanzig, was ich schade fand. Sie strahlte eine natürliche Schönheit aus und hätte den dunkelgrauen Lidschatten und den rosa Lipgloss nicht gebraucht, um ihre mandelförmigen Augen und die vollen Lippen zu betonen. Doch sie war die Richtige, daran gab es keinen Zweifel.

Vorsichtig schob ich das Foto in ein Seitenfach meiner Handtasche, damit ich es später unversehrt in die Akte zurücklegen konnte, aus der ich es entnommen hatte. Dabei streiften meine Finger den Glücksbringer, den ich immer bei mir trug. Es handelte sich um einen alten Schlüsselanhänger aus behauenem Stein, so groß wie mein kleiner Finger. Er war geformt wie das flache Profil eines Mannes, der lächelnd nach links blickte; die Kontur seines Hinterkopfes wirkte, als wäre dort etwas abgebrochen. Auch an der Nase fehlte eine kleine Ecke. Ich warf einen kurzen Blick darauf und strich über das unebene Material. Der Anhänger war das einzige Andenken an meinen Vater, den ich nicht kannte. Wegen ihm wiederum stand ich in diesem Moment hier und musste etwas … Trauriges tun. Ich verbot es mir, mein Vorhaben als »böse« zu bezeichnen. Denn das war es nicht.

Es erfüllt einen wichtigen Zweck.

Ich biss mir auf die Lippe. Nun wiederholte ich schon Mrs Pattons Worte, um mich zu motivieren. So weit war es also gekommen. Mein Humor, mit dem ich diese Situationen zu meistern versuchte, ließ mich im Stich.

Ich drückte den Anhänger ein letztes Mal und atmete tief durch. Es war Zeit für einen Plan. Als ich aufsah, wurde Eva von einer Kundin angesprochen, die eine Buchempfehlung brauchte. Die beiden wandten sich dem Regal vor ihnen zu und Eva zeigte der Kundin verschiedene Titel. Das würde sicherlich noch einen Moment dauern. Sobald Eva wieder allein war, würde ich handeln.

Bis dahin zog ich gedankenverloren ein paar Bücher aus dem Regal, besah sie kurz und schob sie an ihren Platz zurück. Ein Cover, auf dem der skurrile Titel *›Zeigen Sie mir Ihre Katze und ich sage Ihnen, wer Sie sind‹* prangte, hielt meine Aufmerksamkeit länger gefangen. Ich schnaubte.

»Wenn man sich Sheldon ansieht, bin ich vermutlich Fernbedienungsdrücker und Napfauffüllmensch«, murmelte ich. Mein Kater Sheldon brauchte mich hauptsächlich, damit er seine Lieblingsserien – bevorzugt mit Superhelden – sehen konnte und um Futter zu schlemmen, während er das tat. Ansonsten war er eher der unabhängige Typ. Von der einen oder anderen Krauleinheit einmal abgesehen. Und natürlich musste ich auch sein Katzenklo säubern, wenn er wieder kläglich miauend in der Wohnung auf und ab lief, weil im Katzenstreu ein winziger nasser Klumpen war. Pingelig, das war er. Aber ich liebte meinen Sheldon, und allein der Gedanke an ihn brachte mich zum Lächeln. Mein Herz zog sich vor einem Funken Heimweh zusammen.

Ich schreckte aus der Tagträumerei auf und legte das Buch über Katzen und ihre Herrchen beziehungsweise Frauchen wahllos ins Regal zurück. Glücklicherweise war Eva wieder allein und sortierte Bücher ein. Fünf Jahre arbeitete sie schon bei *Westwords* und war unter anderem für die *Chick-Lit*-Ecke zuständig, die sich vor uns erstreckte. Helle und weibliche Farben brachten die Regale zum Strahlen, gepaart mit Titeln, die in mir einen Mix aus Fremdscham und Belustigung hervorriefen. Seit drei Monaten schrieb Eva in jeder freien Minute an einem eigenen humorvollen Liebesroman, dessen Thema ich nicht einmal schlecht fand. Und doch würde ich gleich dafür sorgen, dass ihre Geschichte es niemals in das Regal dort schaffen würde.

Der Gedanke ließ mich schlucken. In solchen Momenten hasste ich es, eine Anti-Muse zu sein. Jemand, der mit nur einem einzigen Kuss Buch-Ideen und damit gleichzeitig Lebensträume auslöschen konnte.

Und ausgerechnet du studierst Literaturwissenschaften, höhnte meine innere Stimme. Sofort meldeten sich die Bauchschmerzen wieder. Gerade waren Ferien und ich brauchte keine Ausrede, um meinen Kursen und meinen Kommilitonen aus dem Weg zu gehen, aber sobald das Semester wieder losging … Ich schüttelte den Kopf. Darüber konnte ich mir Gedanken machen, wenn es so weit war.

Seufzend setzte ich mich in Bewegung, weil das Hinauszögern es letztendlich nur schlimmer machte. Wie ein normaler stöbernder Kunde lief ich zu Eva hinüber und stellte mich neben sie. Sie lächelte mich an, und mein Magen zog sich zusammen.

»Kann ich Ihnen helfen?« Ihre Stimme war hell und fröhlich.

»Nein danke. Ich schaue mich nur um.« Ich deutete auf die Bücher vor mir. Aus der Nähe waren die vielen Farben geradezu überwältigend grell.

»Dabei kann man unerwartete Schätze finden«, antwortete sie und zwinkerte. Wenn ich es jetzt nicht tat, würde ich es nie übers

Herz bringen. Ich zog ein blau-gelbes Taschenbuch auf Augenhöhe so ungeschickt aus dem Regal, dass es mitsamt seinen Nachbarn herunter auf den Boden fiel. Das Flattern des Papiers und das dumpfe Geräusch, mit dem die Bücher aufprallten, taten mir in der Seele weh.

»Oh nein! Entschuldigung«, rief ich und ging in die Knie.

»Kein Problem, das kann passieren. So eng, wie die Bücher hier manchmal stehen«, erwiderte Eva noch immer lächelnd und half mir, die Bücher aufzusammeln. Ihr Gesicht war nah an meinem und wir befanden uns außerhalb der Sichtweite von anderen Kunden. Ich warf einen kurzen Blick über meine Schulter, dann sah ich zu Eva zurück. Mit der linken Hand auf dem Teppichboden abgestützt, beugte ich mich zu ihr hinüber. Wie immer, kurz bevor ich einen Autor küsste, spürte ich die Magie in Form einer grauen Wolke in meinem Kopf aufwallen, wie ein Gedanke, der sich nur in einer dunklen Farbe äußerte. Meine Lippen prickelten, als ich ihrer Wange immer näher kam. Eva erstarrte. Auch das war Teil meiner Gabe. Einige Herzschläge vor und nach dem Kuss verharrten die Autoren an Ort und Stelle, unfähig, sich zu rühren. Das bot mir zwei Vorteile. Erstens boxten sie mich nicht im letzten Moment ins Gesicht und zweitens gewann ich dadurch genug Zeit, um mich anschließend in aller Ruhe von den Geküssten zu entfernen.

Wenn sie wieder zu sich kamen, würden sie sich nicht an den Zwischenfall erinnern. Und auch nicht an mich. Als hätte es mich nie gegeben, ähnlich wie die Ideen, die ich ihnen nahm. Ich drückte meine Lippen vorsichtig auf ihre Haut. Die Wolke in meinem Kopf waberte, nahm eine dunklere Farbe an, als würde sie jeden Moment Blitze abschleudern. Wie von einem unsichtbaren Sturm bewegt veränderte sie ihre Form und wurde größer. Sie griff nach Evas Idee, nahm die Elemente auf, die damit verbunden waren. Vor meinem inneren Auge sah ich die Charaktere, Momente der Geschichte und Textfetzen aufblitzen. Ich würde sie noch ein paar Stunden mit mir herumtragen, bevor sie in dem Dunkel der Magie verschwanden. Für immer.

Nach dem Kuss zog ich mich zurück und ging zu dem Regal, von dem aus ich Eva anfangs beobachtet hatte. Aus dem Augenwinkel sah ich dabei zu, wie sie wieder zu sich kam und etwas verwirrt dreinschaute. Sie blinzelte und starrte ins Leere. Dann zuckte sie mit den Schultern und richtete sich auf, die eingesammelten Bücher hielt sie im Arm. Behutsam strich sie über die Einbände, ehe sie sie an ihren Platz zurückstellte. Damit war meine Aufgabe erledigt. Eva würde heute Abend nach Hause kommen, den Laptop hochfahren, ihr Manuskript betrachten und sich wenige Minuten später dazu entschließen, es in den virtuellen Papierkorb zu schmeißen. Der Drang zu schreiben ging bei den geküssten Autoren nie verloren, nur mit dieser einen, ganz bestimmten Idee war es vorbei. *Mission erfüllt, 00Kuss.* Mein rechter Mundwinkel zuckte, als mein Humor wieder zum Leben erwachte. Das war gut. Denn ohne ihn hätte ich das hier schon längst aufgegeben.

Das Katzenbuch, das noch dort lag, wo ich es zurückgelassen hatte, fiel mir wieder ins Auge. Aus einer Eingebung heraus nahm ich es mit, als Geschenk für Sheldon, über das er sich nicht wirklich freuen würde. Den Spaß war es mir aber allemal wert. Ich bezahlte das Buch an der Kasse und verließ *Westwords*. Vor der Tür empfingen mich die Sonne und das energiegeladene Londoner Stadtleben. Wuselnde Menschen aus aller Herren Länder streiften durch die Stadt, fotografierten rote Busse und schwarze Taxis und wedelten mit ihren Selfiesticks herum, als wären sie moderne Musketiere. Ich konnte ihre Begeisterung nachvollziehen. Man wollte es kaum glauben, aber auch London hatte schöne Frühlingstage mit strahlend blauem Himmel. Überladene Blumenkübel hübschten die Bürgersteige auf und verliehen der Stadt noch mehr farbenprächtige Fülle, als ohnehin schon vorhanden war. Ich liebte die Vielfalt der Menschen, ihre unzähligen Sprachen, die in meine Ohren drangen und mir das Gefühl gaben, London wäre nicht nur eine Stadt, sondern eine Welt, in der es immer etwas zu entdecken gab.

In der Sonne wurde mir warm und ich zog meinen schwarzen Hoodie aus, bevor ich mich auf den Heimweg machte. Zu Fuß waren es nur zwanzig Minuten und bei diesem Wetter bot sich ein kleiner Spaziergang an. In einem Café um die Ecke bestellte ich mir noch einen schwarzen Kaffee to go, den ich mir in meinen mit *Minions* bedruckten Mehrwegbecher füllen ließ. Das kam in manchen Stadtteilen einer Sünde gleich. London war – hier stimmten die Klischees – voller Teetrinker, die sich nur ungern eingestanden, dass Tee niemals so hip sein würde wie Kaffee, der aufgepeppt mit Sirup, Schokostreuseln und Bildern aus Kakao auf dem Milchschaum außerdem ein ziemlicher Hingucker war. Die meisten Engländer hielten ihn für eine Modeerscheinung, deren Hype hoffentlich bald vorüberging. Doch da konnten sie lange warten. Solche Londoner wie ich, die diesem Getränk verfallen waren, hielten sich wacker. Mal ganz abgesehen von den vielen Touristen, die meistens ebenfalls Team Kaffee waren. Zumindest machte es auf mich den Eindruck.

Als ich an unserer Wohnung ankam und die Tür aufschloss, wartete Sheldon bereits. Er empfing mich empört miauend, tappte schnurstracks in die Küche und blieb demonstrativ vor seinem leeren Napf stehen. *Napfauffüller,* ich sagte es ja.

»Dickerchen, der Arzt meinte, dass du abnehmen musst. Die nächste Portion gibt es erst heute Abend. Tut mir leid.«

»Hrmpffff«, machte Sheldon, ein wirklich ungewöhnlicher Laut für einen ebenso ungewöhnlichen Kater. Er teilte sich gern der Welt mit und das auf unterschiedlichste Art und Weise. Ohne mich eines weiteren Blickes zu würdigen, tapste er zur Couch, sprang hinauf und ließ sich auf seinem Lieblingskissen nieder. Ähnlich wie sein Namensvetter aus der bekannten TV-Serie saß er immer auf demselben Platz. Deswegen der Name. Er hatte das schon gemacht, als er gerade mal ein paar Tage bei uns gewesen war.

Nun erwartete er von mir, dass ich mich zu ihm auf die Couch lümmelte, um gemeinsam mit ihm Captain America aus *The Avengers* anzuschmachten. Das wäre der Job als Fernbedienungsdrücker, an den ich zuvor gedacht hatte. Doch auch darauf musste er verzichten. Ich ließ mich neben ihm auf das Sofa sinken und kramte das neue Buch aus der Tasche, um es ihm vor die Nase zu halten.

»Heute befassen wir uns mit Bildungsprogramm anstatt Superhelden«, sagte ich. Sheldons Begeisterung hielt sich in Grenzen. Da er die Fernbedienung aber nicht mit den Pfoten bedienen konnte, fügte er sich seinem Schicksal und rollte sich neben mir zu einer Kugel zusammen. Ich schlug die erste Seite auf und las vor, während ich Sheldon mit der anderen Hand hinter den Ohren kraulte. So konnte ich die Bilder der noch immer in mir kreisenden fremden Idee verdrängen, bis die Wolke sie endgültig schluckte.

Am Ende des Buches war ich um die Erkenntnis reicher, dass verrückte Katzen meist auch verrückte Herrchen oder Frauchen hatten … Ich schielte zu Sheldon, der ein wahrlich gutes Beispiel für einen verschrobenen, aber liebenswerten Kater darstellte. Wenn dasselbe auch für mich galt, konnte ich gut damit leben.

Die alten Musen, die ursprünglichen neun, hatten jede ein Artefakt, das stellvertretend für sie stand, ähnlich einem Symbol oder Piktogramm. Manchmal stellte ich mir vor, dass Sheldon so etwas wie meines war. Malou, die Anti-Muse der miauenden Künste. Ja, das hätte was.

Lisa Rosenbecker

Magie aus Gift und Silber

ISBN: 978-3-95991-450-5, kartoniert, EUR 14,90

Rya ist gefangen in einem Körper aus Stein.
Seit einer Ewigkeit fristet sie ein Dasein als Statue in einem Museum und beobachtet voller Neid das bunte Leben der Menschen.
Bis eines Tages Nick auftaucht, der sie hinter der Fassade aus Marmor spüren kann. Mit einem Kuss erweckt er Rya zum Leben und sie stolpert in eine Welt, die magischer ist, als sie es sich erträumt hat – und viel gefährlicher. Sie wird in einen uralten Krieg zwischen Gorgonen und den Nachfahren von Perseus hineingezogen, ohne zu ahnen, wie eng ihr Schicksal mit ihnen verknüpft ist. Während die Konturen von Gut und Böse verschwimmen, muss sie sich entscheiden: Will sie zu einer Heldin werden oder ihr Herz verlieren?

KAPITEL

1

Ich genoss den ersten Atemzug des Museums. Der Haupteingang lag in weiter Ferne, noch nie hatte ich gehört, wie er geöffnet wurde und die Besucher hereinströmten. Und doch spürte ich es, wenn der Wind von draußen in das alte Gemäuer eindrang und ihm Leben einhauchte. Die Luft knisterte voll Vorfreude und die Staubkörner tanzten im Licht der Sonnenstrahlen. Obwohl ich Tag für Tag, Jahr für Jahr ein und denselben Ausblick hatte, wurde ich seiner nie überdrüssig. Mir direkt gegenüber war ein großes, bodentiefes Fenster mit Blick in den Museumsgarten. Die Jahreszeiten und das Wetter wechselten sich vor meinen Augen ab, alles hatte einen eigenen Charme. Am liebsten hatte ich jedoch den Regen.

Die grauen, dunklen Wolkendecken hüllten den Flur des Museums in gedämpftes Licht und verliehen den Bildern an der Wand links daneben eine andere, faszinierende Atmosphäre. Die stetig fallenden Tropfen waren beruhigend. Auch das Geräusch bei ihrem Aufprall auf die Scheibe war wie Musik für mich. An jenen Tagen herrschte im Museum auch der meiste Betrieb, was mich ebenfalls freute. Ich mochte es, Menschen zu beobachten und hatte einen guten Platz dafür. Genügend Raum für mich, einen schönen Ausblick und viel Unterhaltung, wenn sich die Menschen auf der Bank vor dem Fenster niederließen und miteinander redeten. Sie kannten ganz wundervolle Geschichten, manchmal redeten sie aber auch nur über ganz belanglose Dinge, was eine schöne Abwechslung war. Ich konnte rechts und links von mir in die Flure spähen und nicht alle Standorte waren so beliebt und belebt wie meiner. Ich hatte es nicht schlecht getroffen für eine Statue.

Das war wohl, was ich war. Zumindest nannten mich die Menschen so, die an mir vorüberliefen, stehen blieben und meine Plakette lasen. Soweit ich es mitbekommen hatte, stand auf der kleinen Tafel zu meinen Füßen: Marmorstatue einer unbekannten jungen Frau, Herkunft und Künstler ebenfalls unbekannt, vermutlich aus dem Jahr 430. v. Chr. Laut den Menschen im Museum war ich eine ›alte Schachtel‹. Wenn ich wirklich so alt war, dann stimmte das vermutlich.

Doch die Erinnerungen an mein bisheriges Dasein waren vage. Die Jahre verschwammen, Zeit war ein diffuses Gefühl. Schätzungsweise einhundert Jahre stand ich nun schon in diesem Museum, aber die Einzelheiten waren mir entglitten. Von allem, was noch weiter zurücklag, war nichts mehr übrig geblieben.

Dabei beobachtete ich die Menschen aufmerksam und versuchte, jeden Tag etwas Neues zu lernen. Sie waren eine unerschöpfliche Quelle an Informationen und so wandelbar. Mein gesamtes Wissen hatte ich durch sie erlangt. Auch die Erkenntnis, dass es noch unglaublich viel gab, was ich niemals mit eigenen Augen sehen, geschweige denn verstehen würde. Ich malte mir gerne aus, wie es in der Welt außerhalb des Museums aussah.

Malen. Das war etwas, was ich zu gerne ausprobiert hätte.

Mein Blick schweifte zu der Pinnwand hinüber, die neben dem Fenster hing. Dort klebten lauter Zettel mit Informationen. Zumindest standen die Menschen ständig davor und schauten nach etwas, um dann nickend weiter ihres Weges zu gehen. Doch darüber hingen Bilder, die die Museumsguides zusammen mit den Kindern angebracht hatten, die diese kleinen Kunstwerke erschaffen hatten. Es waren mit Wasserfarben angefertigte Nachzeichnungen von Gemälden, die im Museum hingen. Und diese Farben … Ich wurde nie müde, sie anzusehen. Vor allem das Blau faszinierte mich.

Eine Tür fiel ins Schloss. So gut ich es in meinem starren Zustand – der leider mein Sichtfeld mit einschloss – konnte, sah ich nach rechts, um den Neuankömmling zu begrüßen, der sich mit lauten Schritten ankündigte.

»Hallo, Miss.« Eddie, einer der Wachmänner im Museum, kam um die Ecke geschlendert, begleitet vom Klirren seines Schlüsselbundes, und begrüßte mich – wie jeden Tag. Er lächelte und tippte sich an die Mütze, die zu seiner Uniform gehörte. Unter dem Arm trug er einen Stapel Papier. Ein Blatt davon heftete er an die Pinnwand. Ich konnte nicht lesen, was draufstand, dazu war es zu weit weg.

Pfeifend führte Eddie seinen Rundgang durch das Museum fort. Er lief zwischen dem Fenster und mir vorbei.

»Ich wünsche Ihnen einen wunderschönen Morgen.« Lächelnd sah er mich an und ging weiter. Er blieb nie stehen, um auf eine Antwort zu warten. Ich hätte sie ihm nicht geben können, aber ich versuchte immer wieder, irgendetwas an mir zu bewegen, um ihm zu zeigen, dass ich ihn hörte. Aber es hatte keinen Zweck. Nichts bewegte sich und kein Ton kam mir über die geschlossenen Lippen. Dabei hätte ich seinen Gruß gerne erwidert. Nur ein einziges Mal.

Ich sah Eddies dünner Gestalt so lange nach, wie ich konnte. Dann wartete ich auf die Besucher.

»Mama, was hat sie da in den Händen?« Ein kleines Mädchen zog am roten Wollpullover ihrer Mutter und deutete auf mich. Die Frau drehte sich um und sah auf die Stelle, auf die die Kleine zeigte. Durch den Sockel, auf dem ich stand, überragte ich die Frau ein gutes Stück und sie musste sich auf die Zehenspitzen stellen, um auf Augenhöhe mit meinen Händen zu gelangen. Ich hielt sie geschlossen und übereinandergelegt vor meiner Brust. Die Frau schaute von links, von rechts und zuckte dann mit den Schultern.

»Ich kann es leider nicht erkennen, mein Schatz.«

Missmutig sah die Kleine mich an. »Was hast du da?«, fragte sie mich.

Ich weiß es selbst nicht, antwortete ich in Gedanken.

Sie legte den Kopf schief und für einen Moment glaubte ich, dass sie mich tatsächlich gehört hatte. Doch sie rümpfte nur die Nase und wandte sich ab.

»Sie ist unhöflich«, sagte das Mädchen zu seiner Mutter und zog sie von mir weg.

Wenn ich gekonnt hätte, wäre ich in schallendes Gelächter ausgebrochen.

Wenig später stand eine Gruppe männlicher Teenager vor mir. Sie unterhielten sich lautstark und schubsten sich gegenseitig spielerisch. Einer, der gerade eine aufgeschraubte Wasserflasche in der Hand hielt, stolperte und konnte sich gerade noch so fangen, kurz bevor er gegen meinen Sockel gestoßen wäre. Das Wasser allerdings ließ sich nicht aufhalten. Ein kleiner Schwall schwappte aus der Flasche und landete auf meinen steinernen Füßen. Zum Glück war gerade keiner der Aufseher da, denn das hätte sonst eine Menge Ärger für die jungen Leute bedeutet. Der Übeltäter tat so, als wäre nichts geschehen und drehte sich zu seinen Freunden um.

»Diese respektlose Jugend!«, keifte eine Stimme. »Was glaubt ihr, wo ihr hier seid?«

Der Junge mit der Wasserflasche drehte sich erschrocken um, auch seine Freunde verstummten und wandten sich der Stimme zu. Ein Päckchen Taschentücher flog in die Mitte der Gruppe und die Jugendlichen stoben auseinander.

»Mann, die Alte ist verrückt. Lasst uns abhauen!« Sie verschwanden prustend im Gang und eine ältere Dame schob sich in mein Sichtfeld. Kopfschüttelnd und ächzend bückte sie sich und hob das Päckchen wieder auf, wobei ihr fast die silberne Brille von der Nase rutschte. Sie zog eines der Taschentücher heraus und tupfte damit an der Stelle auf meinem Fuß herum, auf der das Wasser gelandet war.

»Keinen Respekt mehr, diese Jugend«, wiederholte die Dame.

Sie sah mit ihren grauen Augen zu mir auf. »Du bist aber wirklich ein hübsches Ding.« Sie tupfte noch ein bisschen weiter, dann knüllte sie das Taschentuch zusammen. Nachdem sie fertig war, nickte sie zufrieden und ging. In Gedanken schickte ich ihr ein von Herzen kommendes »Danke« hinterher.

Doch sie drehte sich nicht noch mal um. In diesen Momenten frustrierte es mich, dass ich kein Mensch war. Ich wollte auch laut sein. Lustig. Lebendig. Ich wollte leben. Mein Dasein hatte nichts damit gemeinsam und ich wusste nicht, womit ich es verdient hatte, so nah und doch so fern davon zu sein.

War ich es nicht würdig, ein Leben wie die Menschen zu führen? War meine Existenz eine Strafe? Auch wenn alles andere mit der Zeit verflog – diese Fragen blieben. So gut es ging hielt ich sie im hintersten Winkel meiner Gedanken versteckt und akzeptierte die Tatsache, dass ich darauf wahrscheinlich nie eine Antwort erhalten würde.

Ein Kreischen ließ mich aufsehen. Die Jungengruppe war zurückgekehrt und nun damit beschäftigt, die gleichaltrigen Mädchen ihrer Klasse zu ärgern. Alle Anwesenden zuckten teils erschrocken, teils empört zusammen. Alle, bis auf einen.

Auf dem Gang stand ein junger Mann, der lediglich kurz die dunklen Augen verengte, als die Jugendlichen an ihm vorbeirannten. Er machte einen eleganten Schritt zur Seite, damit sie nicht gegen ihn liefen, und verschränkte die Arme vor dem Körper, sodass sich der Stoff seines dunkelblauen Pullovers über den Muskeln straffte. Das alles tat er, während er mich ansah.

Sein Blick durchfuhr mich wie ein Blitz und eine eigenartige Unruhe erfasste mich. Viele Menschen betrachteten mich tagtäglich. Schauten mir manchmal sogar in die Augen. Aber nicht so, wie er es tat. So direkt. So wissend. Als hätte er eine Ahnung, dass ich hier drin war. Dass ich *da* war.

In der nächsten Sekunde spannte er seinen Körper an, auch seine Gesichtszüge verzogen sich, wobei seine Kieferknochen kurz hervortraten. Einer der Jugendlichen war gegen seinen Rücken geprallt und hingefallen. Der junge Mann wandte den Blick kurz von mir ab und drehte sich zu dem Jungen um, der schon wieder auf den Beinen war.

»Alles in Ordnung?« Seine Stimme war ebenso warm wie seine Augen, trotzdem wich der Jugendliche einen Schritt zurück, murmelte eine Entschuldigung und rannte davon.

Der junge Mann schüttelte schmunzelnd den Kopf, wobei ihm eine schwarze Haarsträhne vor die Augen fiel, die er zurückstrich, als er sich wieder zu mir umdrehte.

Was wollte er? Wieso starrte er mich so an?

Kannst du mich hören?

Es war albern zu versuchen, ihn telepathisch zu erreichen. Er rührte sich nicht, zeigte keine Anzeichen dafür, dass er etwas hörte. Er wandte den Blick aber auch nicht ab, sah mir weiter unverhohlen in meine leeren Augen, die nicht mal ich selbst ertrug, wenn ich sie in der Fensterscheibe erspähte. Ein eigenartiges Kribbeln erfasste mich. Ein mir bisher unbekanntes Gefühl. Die steinerne Hülle, die mich umgab, fühlte sich an wie ein Gefängnis. Zu eng. Zu fest. Zu *ewig*.

Lasst mich hier raus!

Doch niemand hörte mich. Die Zeit stand still. Das erste Mal seit immer.

Der junge Mann verharrte ebenso starr wie ich noch ein paar Minuten an Ort und Stelle, dann stieß er sich von der Wand ab und ging.

Der Rest des Tages zog an mir vorbei. Ich achtete nicht auf die Menschen, die meinen Gang passierten, mit mir redeten oder mich einfach nur ansahen. Denn bei keinem von ihnen war es wie bei ihm. Es war nicht *echt*.

Ich fühlte mich eingeengt, allein und kalt. So wie immer. Bisher hatte ich mich mit diesem Zustand und all den Fragen, die damit verbunden waren, abgefunden. Doch in diesem Moment wollte ich die Antworten darauf so sehr wie noch nie zuvor. Denn da musste doch mehr in mir sein, wenn er mich sehen konnte. Oder? War es vielleicht nur Einbildung gewesen?

Die mühsam aufgebaute Akzeptanz meines Daseins hatte einen Riss bekommen. Und das nur wegen eines einzigen Blickes.

Hibbelig, so hätten die Menschen meinen Zustand genannt. Den Rest des Tages war ich hibbelig und konnte mich auf nichts konzentrieren. Normalerweise verbrachte ich die Nacht in einer Art Dämmerzustand, in dem ich alles um mich herum mitbekam, aber nicht darüber nachdenken konnte.

Doch heute war es anders. Ich war hellwach, ließ meinen Blick nervös hin und her schweifen. Doch außer den alltäglichen Besuchern und der Putzkolonne, die nach der Schließung des Museums durch die Flure fegte, gab es nichts Außergewöhnliches mehr. Die Hauptlichter gingen wie jeden Abend um acht aus, draußen blieb es noch eine ganze Weile hell. Den Garten im Hinterhof in aller Ruhe bewundern zu können, war normalerweise einer der schönsten Vorteile des Sommers. Heute aber hatte ich keine Augen für ihn. Ich schrak auf, als einer der Wachmänner, der seine allnächtliche Runde drehte, in meinen Gang abbog und pfeifend an mir vorüberlief. Ich hatte gar nicht bemerkt, wie spät es geworden war.

Die Dunkelheit brach herein, bis die Gänge nur noch von einer schwachen Beleuchtung und dem hereinfallenden Mondlicht erhellt wurden. Nie hatte mir diese Atmosphäre etwas ausgemacht, aber in dieser Nacht gruselte es mich.

Was war nur los mit mir? Mit geschlossenen Augen, oder wie auch immer man das bei mir nennen würde, blendete ich die Außenwelt aus. Ich musste mich beruhigen.

Alles wird gut, Rya. Du hast es all die Jahre geschafft, nicht verrückt zu werden, da wirst du doch wohl diese eine Nacht überstehen. Was soll schon passieren?

Ganz genau. Nichts. Wie immer, da ich verdammt noch mal nur eine Statue war! Ich riss die Augen wieder auf und schrie. Außer mir hörte mich natürlich niemand, aber es tat gut, den Frust rauszulassen. Das ging ungefähr eine Stunde so, bis meine Kräfte aufgebraucht waren und ich mich besser fühlte. Die Stille und der Blick in den Garten verschafften mir wieder die innere Ruhe, die mir verloren gegangen war.

Gegen Mitternacht hörte ich dann die Schritte.

Erst glaubte ich, dass ich sie mir nur einbildete, dann wurden sie immer deutlicher. Sie kamen von rechts. Waren schon wieder mehrere Stunden vergangen und die Wachmänner drehten ihre nächste Runde?

Wenig später schob sich eine Person in mein Blickfeld. Mir fiel sofort der dunkelblaue, fast schwarze Pullover auf, der im Licht an manchen Stellen zu schimmern schien. Das war definitiv keiner der Wachmänner, und er kam direkt auf mich zu. Die Person blieb stehen und sah zu mir auf. Und endlich konnte ich das Gesicht erkennen. *Sein* Gesicht. All die Gelassenheit, die ich mir in den letzten Stunden mühsam erkämpft hatte, verpuffte ins Nichts. Wie zuvor starrte der junge Mann mir direkt in die Augen.

Er streckte die Hände in Höhe meiner Taille aus, packte zu und zog sich hoch. Im nächsten Moment stand er gemeinsam mit mir auf meinem Sockel und überragte mich um gut einen Kopf. Meine Sicht wurde von seinen breiten Schultern verdeckt. Er lehnte sich leicht zurück, hob eine Hand und umfasste damit meine Wange. Mit schief gelegtem Kopf musterte er mich. Dann senkte er sein in Schatten gehülltes Gesicht zu mir herab und überbrückte die letzte Distanz zwischen uns. Er schloss die Augen und … Was genau machte er da? Verdammter Körper aus Stein, ich spürte nichts! Er würde doch nicht …

Küsste er mich etwa? Ich schielte und versuchte zu erkennen, was genau er von sich wo genau an mich drückte, aber es war zwecklos. Und genauso schnell wie er angefangen hatte, hörte er auch schon wieder auf. Er zog den Kopf zurück, blickte mir noch einmal in die Augen und sprang dann behände vom Sockel herunter. Ich war wieder allein.

Auf eine ganz andere Art als zuvor. Seine Berührung, auch wenn ich sie nicht direkt hatte spüren können, hatte eine Wärme hinterlassen, die von der Kälte der Nacht wieder zerstört wurde. Ich hatte einen Eindruck davon bekommen, wie es war, jemandem nahe zu sein. Und das wieder genommen zu bekommen, war schlimmer, als es nie erfahren zu haben.

Statt schnell wieder zu verschwinden, lehnte er sich mit verschränkten Armen an die Wand neben dem Fenster und … wartete? Er ließ mich nicht aus den Augen und machte nicht den Eindruck, als ob er sich in nächster Zeit bewegen wollte. In Ordnung. Wenn ich eines hatte, dann Zeit. Vielleicht würde er mir noch verraten, warum er sich mitten in der Nacht in einem Museum rumtrieb und sich an Statuen heranmachte.

Das durch das Fenster fallende Mondlicht malte seine Züge weich und brachte sein Oberteil zum Schimmern. Jetzt erkannte ich, dass es nicht aus normalem Stoff, sondern einem festen, dunklen Material war. Vielleicht Leder? An einigen Stellen waren silbrige Verzierungen eingearbeitet. Auch an seiner Hüfte glänzte etwas. Es sah aus wie der Griff eines großen Messers, das in einem Futteral am Gürtel befestigt war. Ein Dolch? Wer in aller Welt war dieser Kerl?

Für mehrere Minuten blieb er reglos an derselben Stelle stehen, als wäre er selbst auch aus Stein. Und als würde er auf eine Reaktion von mir warten, ließ er mich keinen Moment aus den Augen. Umgekehrt tat ich dasselbe, weil ich keine Regung verpassen wollte, die mir vielleicht doch noch verriet, was hier vor sich ging.

Wenig später waren erneut Schritte zu hören. Das musste nun aber einer der Wächter sein. Meinem Besucher entging das ebenfalls nicht, er drehte den Kopf in Richtung des Geräuschs, bewegte sich sonst aber keinen Zentimeter. So würde man ihn doch sofort entdecken! Doch als der Wachmann kam und zwischen dem Fenster und mir entlanglief, reagierte er gar nicht auf den Eindringling. Er musste ihn doch sehen. Er stand nur einen Meter neben ihm! Doch der Wachmann lief einfach weiter. Die einzige Reaktion des jungen Mannes war ein zufriedenes Nicken.

Das war nicht normal.

Und das sagte ich. Die Statue.

Stunden vergingen, in denen nichts passierte, außer dass draußen die Dämmerung hereinbrach. Auch bei seinen zwei weiteren Runden hatte der Wachmann den Eindringling nicht bemerkt, Letzterer stand noch immer regungslos an die Wand gelehnt und sah mich nach wie vor an.

Wie am Tag zuvor spürte ich auch dieses Mal den Moment, in dem das Museum erwachte. Eddie würde gleich kommen. Er würde ihn doch sicherlich bemerken, oder? Wenig später hörte ich tatsächlich seine Schritte und den rasselnden Schlüsselbund im Flur. Aber waren das nicht zwei Paar Füße, die da über den Boden liefen? Als Eddie um die Ecke kam, wurde er von einem Mann verfolgt, der dieselbe Kleidung trug wie mein Beobachter und sich nahezu lautlos neben diesen stellte. Sie hatten eine ähnliche Statur, doch der zweite Mann war blond und wirkte freundlicher als der nächtliche Besucher. Eddie begrüßte mich wie jeden Morgen und ging seiner Wege. Er hatte keinen der beiden Eindringlinge auch nur eines Blickes gewürdigt. Die Männer grüßten sich mit einem Handschlag, als Eddie außer Hörweite war.

»Nichts passiert?«, fragte der Mann, der eben gekommen war, und deutete mit einer Kopfbewegung auf mich.

»Bisher noch nicht.« Die Stimme des Dunkelhaarigen war tief und schön, und glitt kribbelnd über mich, wie der intensive Blick seiner Augen.

Der Neue strich sich mit den Fingern über die blonden Bartstoppeln am Kinn. »Bist du dir sicher, dass sie eine von ihnen ist? Ich kann nichts spüren.« Wovon redete er da?

»Ganz sicher«, sagte der andere. Er stieß sich von der Wand ab und richtete sich auf.

»In Ordnung. Ich vertraue deinem Bauchgefühl, Nick.« So hieß der Eindringling also.

»Es hat nichts mit Bauchgefühl zu tun. Es ist wie bei allen anderen auch«, sagte jener Nick mit Nachdruck.

Der andere Mann kniff die Augen zusammen.

»Wenn du das sagst.«

Nick öffnete den Mund, doch dann hielt er inne, als wäre ihm gerade etwas eingefallen, was er vergessen hatte. Er biss sich kurz auf die Lippe und sammelte sich.

»Danke fürs Übernehmen, Linos. Bis heute Abend.«

»Bis dann.«

Nick verschwand. Doch er warf mir einen letzten, langen Blick zu, ehe er um die Ecke bog. Und da war es wieder. Dieses Gefühl, zurückgelassen worden zu sein.

»Dann machen wir beiden Hübschen uns mal einen schönen Tag«, sagte Linos und setzte sich auf die Bank. Dort blieb er, bis die ersten Besucher kamen – und ihn nicht sahen. Als es voller wurde, machte er die Bank für die Besucher frei und stellte sich ähnlich wie Nick an die Wand. Doch bald wurde es ihm anscheinend zu langweilig, denn er schritt den Gang auf und ab und betrachtete die Exponate. Zwischenzeitlich kam er immer wieder zu mir zurück, wie um sich zu vergewissern, dass ich noch da war. Als könnte ich irgendwo anders hin.

Moment mal. War das möglich? Würde ich verschwinden? Wollten die beiden mich auslöschen? Mein Innerstes zog sich zusammen, ich musste einen Schrei unterdrücken, als sich ein Gefühl in mir breitmachte, das mir fremd geworden war. Angst. Zum ersten Mal, seit ich mich erinnern konnte, bangte ich um das bisschen Dasein, das ich hatte. Trotz dessen, dass ich dazu mehr Fragen als Antworten hatte, wollte ich mich nicht auflösen! Ich wollte ein Teil dieser Welt bleiben! Vor meinem inneren Auge malte ich mir aus, wie ich in meine Einzelteile zerfiel und nicht mehr von mir übrig blieb als feiner Staub. Ich würde die Menschen nicht mehr beobachten, den Ausblick auf den Garten nicht mehr genießen können. All die Jahre war mir das wenig vorgekommen, doch jetzt, da es auf dem Spiel zu stehen schien, wurde mir bewusst, dass ich es nicht aufgeben wollte.

Aber lag das nun noch in meiner Hand? Meine Gedanken rasten. Wie viel Zeit blieb mir noch? Was würde passieren? Ich richtete meinen Blick auf den Garten, um mich zu beruhigen. Es half nicht viel, aber zumindest der unmittelbare Gedanke an eine Zukunft als Staubwolke ließ sich vertreiben. Das Beobachten der Besucher tat für den Rest des Tages sein Übriges, sodass ich am Abend nicht mehr das Bedürfnis hatte zu schreien. Doch das ungute Ziehen in meinem Inneren war noch da, ich fühlte mich erschöpft und nahm alles wie durch einen Schleier wahr.

Mit Einbruch der Dunkelheit kam Nick zurück. Als er um die Ecke bog, huschte sein Blick sofort zu mir. Seine Augenbrauen zogen sich zusammen und seine Schultern sackten nach unten. »Noch immer nichts?«

»Nicht ein Staubkorn hat sich bewegt«, erwiderte Linos und beschwor damit erneut die düsteren Bilder in meinen Gedanken. »Bist du dir auch wirklich ganz, ganz sicher? Es wäre schade, wenn wir unsere Zeit hier vergeuden.«

»Ja. Ganz sicher.« Nick verschränkte die Arme vor der Brust und lehnte sich an die Wand. Er presste die Lippen zusammen.

Linos seufzte. »In Ordnung. Dann bis morgen.« Er winkte kurz und verschwand. Nick blieb still stehen und sah mich an. Auch in dieser Nacht rührte er sich nicht und er redete auch nicht mit mir. Sosehr seine Aufmerksamkeit mich anfangs gereizt hatte, so sehr nervte sie mich jetzt. Konnte er nicht einfach wieder verschwinden und mich in Ruhe lassen? Bevor er aufgetaucht war, hatte es keine schlimmen Gedanken, keine Angst gegeben. Jetzt fürchtete ich mich vor den Schatten, vor dem Nichts und war der Angst hilflos ausgeliefert.

Leck mich am Sockel, dachte ich und vergrub mich in mein Innerstes, wo ich nicht nachdenken konnte.

Drei Tage lang wiederholte sich dieses Spiel. Nick überwachte mich in der Nacht, Linos am Tag. Nick stand wie festgeklebt an der Wand, Linos streifte durchs Museum und sah nur ab und an nach mir. Auch wenn ich mich in meinen Dämmerzustand versetzt hatte, so war da doch dieses Zerren in meinem Inneren, die Angst, dass ich mich auflösen würde. Da weder Nick noch Linos mit mir redeten, wusste ich nicht, was mich erwartete. Meine Gedanken stellten allerlei Vermutungen an, doch ich ließ mich nicht länger darauf ein, da es mich sonst verrückt machte. Vielleicht hatten sie sich aber auch geirrt, in Bezug auf was auch immer, und würden mich bald wieder in Ruhe lassen.

Am vierten Tag taten sie mir diesen Gefallen tatsächlich. Linos kam, um Nick von seiner Nachtwache abzulösen. Doch statt die Plätze zu tauschen, blieben beide vor mir stehen.

»Die drei Tage sind rum«, meinte Linos. »War wohl doch ein falscher Alarm.«

Nick richtete den Blick auf die Plakette zu meinen Füßen und steckte die Hände in die Hosentaschen.

»Dabei war ich mir absolut sicher«, sagte er so leise, dass ich ihn kaum verstand. Linos sah zwischen ihm und mir hin und her.

»Bauchgefühl, hm? Wohl eher Wunschdenken, oder?«

Nick boxte ihn spielerisch gegen den Arm und lächelte bitter. »Halt die Klappe und lass uns gehen.«

Die beiden drehten sich ohne ein weiteres Wort um und gingen. Doch kurz bevor sie um die Ecke bogen und aus meinem Sichtfeld verschwanden, warf Nick mir einen letzten Blick zu, der meine Erleichterung über sein Verschwinden kurz ins Wanken brachte. Dann waren sie weg und kamen nicht wieder. Der Einzige, auf den wie immer Verlass war, war Eddie, der schon wenig später durch den Flur lief und mich grüßte. Dann kamen die Besucher und lenkten mich von meinen düsteren Gedanken ab, die mich trotz allem noch fest im Griff hatten. Die unmittelbare Gefahr schien vorüber, doch noch traute ich mich nicht aus dem Dämmerzustand. Ich wollte mir noch einen Tag Ruhe gönnen.

Doch die folgende Nacht war von einer Stille erfüllt, die mich wahnsinnig machte. Die Stimmen in meinem Kopf waren viel zu laut und nervtötend. Schlimmer noch als in der Anwesenheit von Nick und Linos. Hätte er mich doch bloß nie entdeckt. Morgens hatte ich mir gewünscht, dass die beiden mich in Ruhe ließen, doch mit der Nacht kam die Einsamkeit zurück, die mir zum ersten Mal etwas ausmachte. Es war alles in Ordnung gewesen, bevor die beiden aufgetaucht waren.

Oder?

Nicht wirklich. Auch davor war nicht alles gut gewesen, aber ich hatte es akzeptiert und gelernt, damit umzugehen. Doch jetzt, da ich wusste, wie es war, wirklich bemerkt zu werden, war dieses Alleinsein fast unerträglich. Ich blieb im Dämmerzustand und konnte nur darauf hoffen, dass es irgendwann besser wurde.

Drei weitere Tage dämmerte ich vor mich hin, ließ das bunte Leben der Menschen einfach an mir vorüberziehen. Ich hatte keinen Spaß daran, sie zu beobachten. Es führte mir nur vor Augen, was ich niemals haben würde. Ebenso das Gewitter und der auf die Scheibe prasselnde Regen, die am dritten Abend nach dem Verschwinden der beiden vor dem Fenster tobten, konnten mich nicht besänftigen. Ich würde niemals spüren, wie sich Gewitterluft oder die Tropfen auf meiner Haut anfühlen würden. Mein graues Dasein widerte mich in diesem Moment so sehr an wie noch niemals zuvor. Ich wollte *leben*.

Knack.

Das Geräusch zerriss die Stille um mich herum. Ich hatte es aber nicht nur gehört, ich hatte auch etwas gespürt. Direkt an meinen Lippen.

Knack. Knack. Knack.

Auf meinen Händen, in denen ich das unbekannte Etwas vor meiner Brust hielt, war ein Riss. Ein langer, breiter Spalt in meiner Steinhaut.

Zerfiel ich nun doch noch zu Staub?

Felicitas Brandt

Als die Bücher flüstern lernten

ISBN 978-3-95991-682-0, Klappenbroschur, EUR 21,90

Wenn Feenstaub Geschichten lebendig macht …

Als Waisenkind hat Hope früh gelernt, niemandem außer sich selbst zu vertrauen. Ihre einzigen Begleiter sind ihre Bücher und die Geschichten, die diese ihr zuflüstern. Auf der Suche nach ihrer Vergangenheit und einer Möglichkeit, im verschneiten England die Nacht zu überstehen, trifft sie auf Sam. Ziemlich nerdig und sehr schwer wieder abzuschütteln. Ehe Hope entscheiden kann, was sie von Sam hält, werden sie unverhofft in eines der Bücher hineingezogen und landen … ja, wo eigentlich?

Christian Handel (Hrsg.)
In Feenquellen und Zauberschlössern
ISBN 978-3-95991-707-0, Klappenbroschur, EUR 15,90

Drei Prüfungen. Sieben Wassernymphen. Zwölf Prinzessinnen.

Zahlen besitzen in Märchen oft eine ganz eigene Magie. Doch nicht immer entfaltet sich ihr Zauber auf die gleiche Weise.
Möchtest du wissen, welche Schicksalsfäden sich verweben, wenn das Glückskind auszieht, um drei goldene Haare zu stehlen, oder eine junge Frau von einem Schneeflöckchen aus Glas träumt? Folgst du mit uns der Spur einer verliebten Meerjungfrau und hast ein Herz für ein kämpferisches Rotkäppchen und einen Meisterdieb, in dem weit mehr steckt, als es scheint?
Dann lass dich verzaubern von siebzehn Geschichten, scheinbar so alt wie die Zeit und doch überraschend und neu.

Die siebte märchenhafte Anthologie

Lisa Rosenbecker

Arya & Finn – Im Sonnenlicht

ISBN 978-3-95991-134-4, Softcover, EUR 14,90

Arya hat ihre Zukunft als Leibwächterin klar vor Augen: Sie will ihrer Freundin Elena um jeden Preis zur Seite stehen. Schon seit vielen Jahren bereitet sie sich darauf vor und nimmt sogar ihre verhasste Gabe in Kauf, die ein gut behütetes Geheimnis ist. Ebenso wie Elenas wahre Herkunft.

Aus diesem Grund lässt sich Arya auf eine Reise ein, bei der sie nicht nur mit ihrer Vergangenheit, sondern auch mit der Zukunft konfrontiert wird. Denn ihr Reisegefährte Finn weckt unbekannte Gefühle in ihr.

Doch während Arya versucht auf ihr Herz zu hören, kristallisiert sich eine Bedrohung für das gesamte Königreich heraus, der sich die Gefährten am Ende gemeinsam stellen müssen.